家園

瑪莉蓮・羅賓遜——著　　姬健梅——譯

Marilynne Robinson

Home

獻給諾亞、艾莉絲、碧翠絲。

各界讚譽

高翊峰（小說家）

瑪莉蓮．羅賓遜是一位令我靈魂寧靜下來的小說家。在這喧囂時代，讀她描述的小鎮過往，令我無比珍惜自身的獨處時光。她以優雅的緩速敍事，讓幽微的記憶，無比晶瑩剔透。她的小說已將時光挽留在最透明的空氣。

鍾文音（作家）

家園何在？羅賓遜總是藉由有形的血緣家園，來建構精神的永恆家園。她的書寫定錨在變形的小鎮生活裡，看見人性與神性的迴游兩端，素描牧師與信徒的細節，予人安慰，引人扣問。「憂傷困倦者歸家」，家園眞正之所在就是能安妥「憂傷者」。羅賓遜的書寫一向充滿醒世關懷（透過小說人物來層層表現），詩意的文字流淌著她對人間這一切的敬意，同時重拾凡人對愛的種種召喚，有如一篇充滿詩意的人間「祈禱文」。

《歐普拉雜誌》

羅賓遜筆下的場面有時宛如一個幽閉的空間，她的文字卻是展現洞察力與卓越的銳利工具，帶領我們飛出去……當男人試圖理清他們粗糙的情感，此書的智慧與慈悲存在於愛著他們的女人的輕柔話語中。

《環球郵報》

深思、節奏從容、文字優美，錯綜複雜……傑出的小說。

《紐約時報》

充滿雙重性和矛盾，既安詳又火爆，既無情又寬容……很美的小說。

《衛報》

複雜而微妙，文字明晰……讀來令人深感滿足。

《時代雜誌》

羅賓遜是超凡的作家，能輕易進出書中角色的心靈，以大師級的文筆喚出最細微、最複雜的情感。

《芝加哥太陽報》

羅賓遜的寫作足以重新塑造我們閱讀的方式。她建構小說的方式讓我們放慢速度，使我們融入寧靜之中，引導我們領會措辭上微妙而意味深長的改變……一部傑作。

Emily Barton，《洛杉磯時報》

《家園》的步調甜蜜悠緩，在這個過程中，展現了當代小說中罕見的深刻感染力與同理心……內涵豐富而能引起共鳴……

《新聞週刊》

羅賓遜從不迴避令人難堪的眞相……此書充滿了悲傷，但就讀者而言，最悲傷的事在於此書終有讀完之時。

《紐約雜誌》

一如《遺愛基列》，此書情節細微。由於沉重的往事，也由於羅賓遜以超凡的能力來處理良心的複雜運作，一連串日常生活的瑣事和對話因此有了分量。

《出版人週刊》

《家園》是「浪子歸家」這個寓言故事的優雅變奏……賦予這樣一個關於慈悲與永劫不復的古老故事如此牢固的家庭結構，羅賓遜強烈要求承認家庭儀式背後的神性。

《紐約客》

《家園》的開頭很簡單……逐漸變得豐美——末尾極爲動人。

《達拉斯晨報》

《家園》的文字豐富深刻，足可媲美托爾斯泰、福克納和韋爾蒂。傑克和葛洛莉屬於美國文學中最令人難忘的人物。在《遺愛基列》和《家園》這兩部作品中，羅賓遜創造出偉大的藝術。

《舊金山紀事報》

一部豐美得不可思議的新小說。

《Elle 雜誌》

羅賓遜對她筆下人物不容置疑的愛與信心，讓這些人物變得鮮活，他們躍出紙面，以他們的人生故事緊緊抓住了我們的心。

《MORE 雜誌》

羅賓遜屬於最能夠靜靜地扣人心弦的美國小說家。

《聖彼得堡時報》

羅賓遜用一個小鎮作為稜鏡，來檢視美國經驗的幾個中心主題：美國白人對奴隸制度的難辭其咎及其後果，還有關於救贖與慈悲的深刻神學。引人入勝……你將會緊抓每個字句。

導讀

無家可歸的靈魂

——張讓（作家）

花了幾天時間重讀《家園》英文原著。這是本緩慢的書，適合緩慢地讀。這裡得強調，我說「讀」，不是「看」，讀書和看書不一樣。像《家園》這樣的書只能用心讀，不能消遣式地看。即使慢慢讀都可能錯過許多，更不用說蜻蜓點水式地看了。

老實說，二〇〇八年《家園》剛出版時，我並不太想看，覺得是《遺愛基列》的續集而興趣缺缺。然而多方書評一致讚好，最終我還是讀了，果然不失所望，起碼可以媲美《遺愛基列》，可能在有些方面更有過之。

《家園》其實並不是《遺愛基列》的續集，毋寧是姊妹作。兩書的人物和時空大多重疊，不少細節重複出現，然角度不同，主題也不同。全書圍繞三人進行：三十八歲失意歸來的高中教師么女葛洛莉，斷絕音訊二十年回家的四十三歲浪子傑克，以及餘年無多的垂垂老父鮑頓牧師。沒有故事，只有日常作息。通常葛洛莉在廚房忙，傑克在菜園裡忙，有時講講話透露一點訊息，更多的是沉默和猜測，日子就這樣過去。表面上看好像沒什麼事發生，其實許許多多事在交互進行：關切和期待、隱藏和祕密。在底下，在背後，在心裡。因爲愛，大家都戒愼恐懼，用心良苦。

《遺愛基列》通過艾姆斯牧師日記的方式，以第一人稱進行。這裡，作者改用第三人稱，通過葛洛莉的觀點來敍述。大多時間我們看見她眼中的一切：充滿回憶擠滿家具物事讓人窒息的老屋，陌生難解的哥哥傑克，脆弱需要照顧保護的老父……

無疑，書的中心人物是傑克，眞正的神祕在他身上，眞正亟需解決的疑難是他的，眞正讓人動容掉淚的也是他。他是個問題重重的人物，是落落寡合的浪子，是動輒得咎的異端。從小就和家人格格不入，大錯小錯不斷，讓父母操心，給家人蒙羞。老父最鍾愛他，日夜憂心只願他安全無恙，終於盼到他歸來卻仍無法安枕。

傑克回家不是因爲想家，走投無路是一個理由，尋找終極家園是另一個。我們不知道他爲什麼淪落，只隱約聽說他流離在外的片段遭遇。但我們知他遠非惡徒——異乎尋常並不就等同惡。他是個靈魂受苦的人，無法在人世安身，也無法在自己深處安身。他並不了解自己，徒然爲內在意願所驅策。每當老父要求他解釋自己，他總老實回答不知道。只因他討厭說謊，不善說謊，儘管有時說謊可以脫困（最後他也確實嘗試）。他和葛洛莉說：「我不是個僞君子。」相對，偶爾在和老父爭辯時，虔誠正直強硬的老父和傑克對照起來儼然就是個僞君子，譬如在談到種族問題時。當然，對傑克來說，黑人問題並不是抽象的種族平等議題，而是切身的，關係他自己的幸福，不過這我們要到最後才會明白。

故事在幾對兩人互動中展現了引人的張力：傑克和葛洛莉，傑克和老父，傑克和乾爸艾姆斯，老父和艾姆斯。最動人的是傑克和葛洛莉的「靈魂之舞」，兩人從各懷祕密相互提防開始，漸漸取得彼此的了解和信任，最後兩人親到可以互相嘲笑有如知交，在老父前包庇對方彷彿共犯。

羅賓遜筆下雖淡，但人物個個生動，傑克我們尤其如見其人——討人喜歡，引人同情，讓人著急。貫穿全書他一次次雙手遮臉，彷彿無以見人。（有一次老父也以手蒙面，我們才豁然醒悟。）然似乎不管傑克再怎麼竭力討好世界，還是難免得罪天下人。他熟讀《聖經》隨口引用，比誰更深思裡面的章節片段。儘管不盡信仰上帝，他關心自己的靈魂，唯恐萬劫不復。他告訴葛洛莉：「靈魂是那個你無法擺脫的東西。」可見感切之深。

兩人都離家後再度歸來。但家是什麼？葛洛莉曾想：「家。世上還有哪個地方比家更寬容，可是為什麼對他們來說卻像是流刑地？」確實，凡是離家過的人都熟悉這種矛盾。「她記得，除了傑克以外，所有的哥哥姊姊都喜歡回家，也記得他們隨時樂於再度離開。」最後這樣安慰自己：「可是靈魂會找到自己的家，如果它有家的話。」

《家園》和《遺愛基列》可以分開讀，但最好並讀，好像一門的兩扇，雙雙打開以後，我們才能比較清楚看見室內全景。比較起來，《遺愛基列》文字樸質詩意，畫布比較大，並偶有喜劇點綴。而《家園》文字更加收斂，在生活日常點滴間深入挖掘，每一句話都可能出錯，切出更深的傷口。字裡行間是無盡的關切和憂傷，失望乃至絕望的可能盤旋空中，難得一二鬆緩時刻。最接近快樂的一刻應該是傑克出門回來帶了一堆羊肚蕈那次。老父最愛吃羊肚蕈，見到那麼多菇心情大好，不由談起當年種種，忽然往日閘門打開，過去一大家人的熱鬧歡樂湧了出來。讀到這裡我不禁期望接下來作者會給我們一個眞正開心的羊肚蕈晚餐，可是沒有，那個閘門才剛打開即又闔起，故事緊接就回到了原來的僵局裡去。

《新約聖經》路加福音裡浪子回頭的故事，老父歡天喜地接納歸來的浪子，是圓滿結局。《家園》的故事比較複雜，問題在於家人相處從來就是件麻煩的事，光是愛並不夠。問題在怎麼處理眞相，面對眞相。傑克發現，老家是個無法面對眞相的地方。因此老父儘管至愛傑克，不忍見他孤獨無歡，竭力包容原宥，就是越不過兩人思想性情間的鴻溝。他不解爲什麼傑克一意孤行，爲什麼他不愛家人（甚至當面問過他）。他自覺是個失敗的父親，唯獨失敗的癥結並非如他以爲那樣。

一次晚餐前老父祈禱：「主啊，替我們揭去時間和憂傷的面紗，把我們交還給我們所愛的人，也把我們所愛的人交還給我們。我們的確渴望他們……」無疑道出了在座三人最深心事，可惜難免失望。老父後來一度神智不清，甚至不肯握傑克的手。而對葛洛莉和傑克來說，回家或者離鄉在在事與願違，讓人嘆息。

我已經說得太多了。如果你竟而讀到這裡，便請進入書中，細細品讀，慢慢回味。

家園

Home

「回家來住！葛洛莉，太好了！」她父親說，而她的心一沉。他想爲這個念頭流露出一絲歡欣，雙眼卻由於憐憫而濕潤。「這一次回來住久一點！」他修正了原先那句話，把枴杖換到比較無力的那隻手，再從她那兒接過行李。主啊，她想，天上的主。這些日子，她的禱告——更接近驚愕的呼喊——全都這樣開始，也這樣結束。父親怎麼如此虛弱？又爲何拚命想要展現紳士風度，竟把枴杖掛在樓梯扶手上，好幫她把行李提到房間去？但他這麼做了，然後站在房門邊喘口氣。

「布蘭克太太認爲這是最舒適的房間。」他指指窗戶。「空氣可以對流。我不知道是不是這樣。在我看來，每一間都很好。」他笑了。「這是棟好房子嘛。」對他來說，這棟房子具體呈現出他這一生的福分，這福分顯而易見，無庸置疑。他也一向知福惜福，尤其是當這福分撐過了特別令人傷心的事。在他們的母親去世後，他提起這棟房子往往更像說起一個老妻，在悠悠歲月裡提供的舒適，優雅而美麗。那份美麗不是人人都能一眼看見。這房子在街坊中顯得太高，正面單調，屋頂扁平，窗戶上有遮簷。她父親說那是「義大利風格」，但那只是猜測，或是強辯。雖然她父親在屋前建了門廊，以配合當地人喜歡在炎炎夏夜交際往來的習慣，凌霄花的藤蔓也爬滿門廊，但它就是有辦法看起來既樸素又張揚。她父親說這是棟好房子，意思是它有一顆仁慈的心，不管它的模樣有多笨拙。如今庭院和灌木叢一片凌亂，這他想必也知道，雖然他很少踏出門廊之外。

倒不是說這庭院和灌木叢以前有多美觀，即使是在全盛時期。這得要怪他們老在那兒玩捉迷藏，還有槌球、羽球、棒球。「你們可是有一段好時光！」她父親說，彷彿如今的空疏是壯觀的遊行隊伍經過之後留下的五彩碎紙和糖果包裝紙。屋子前面那棵橡樹還在，比這個街坊更老，也比這個鎮還要久遠。樹根擠碎了路面，難以估量的枝葉伸在路面之上，橫過院子，樹枝要比一般的樹幹還粗。樹身有一處扭曲，在他們看來就像個高大的蘇菲派教徒旋舞著。他們的父親說，假如他們能夠像上帝一樣用地質時間來看，就會看見這棵樹從地上蹦出來，在陽光中扭轉身體，伸展手臂，沉浸在身為愛荷華州一棵橡樹的喜悅中。從前曾有四個鞦韆掛在枝上，昭告世人這一家人丁興旺。那棵橡樹靜靜地茁壯，而院子裡當然也有蘋果樹、櫻桃樹、杏樹、丁香、凌霄花和萱草。她母親種的鳶尾花還開了幾朵。每逢復活節，她們姊妹還是能採下滿滿一捧花進屋，而父親眼裡會閃著淚光說「啊，太好了，太好了」，彷彿她們攜回了某件勾起回憶的東西，彷彿這些花只是讓他愉快地想起過去曾有的花。

為什麼這棟昂然挺立的房子讓她感到如此荒涼？如此令人心碎？或許因為她用的是旁觀者的眼光。然而，她父親的七個子女盡可能經常回來，也會打電話，寫信來，寄來禮物和一箱箱葡萄柚。孫子輩打從能握住蠟筆塗鴉，就被教導要記得爺爺，再下一代又被教導要記得曾祖父。教區居民和他們的子孫也常來探望，其殷勤會讓他的體力不勝負荷，幸而新任牧師向人們暗示了這個問題。另外還有艾姆斯，她父親的知己，她父親長年向他吐露心事，毫無保留，乃至於對他們來說，他就像第一個父親，尤其他對他們的了解還遠遠超過了令他們感到自在的程度。有時候，他們要求父親答應不把他們的祕密告訴任何人，而父親也知道他們指的是艾姆斯牧師——父親爲人謹慎，不會透露任何祕密，除了在艾姆斯那間單身漢的廚房裡。那廚房就像他們父親的懺悔室，他們料想父親在那裡會忘了各種考量。而什麼是父親不該說出去的呢？他們如何去告發傑克，告訴他傑克說了什麼、做了什麼，或是有意做什麼。

「我必須知道，爲了他好。」父親說。所以他們去告發他們可憐的壞兄弟，而傑克也知道；既覺惱怒又暗自好笑，傑克也故意放消息給他們，有時還是錯誤的，好引起他們迫切的懷疑，讓他們不顧任何疑慮也要把消息傳遞出去，以免父親又得跟警長交涉。他們不是愛打小報告的孩子。事實上，他們恪遵「不打彼此的小報告」的規矩。而他們之所以沒把這條規矩用在傑克身上，只是因爲他們害怕不去告發他的後果。「他會被關進牢裡嗎？」當鎮長的兒子在他們家的車庫裡找到他的獵槍，他們擔心地互問。假如能先知道就好了，他們就可以把槍歸還，免得父親吃驚受辱。至少，如果父親收到預警，他就能鎮定以對，不至於承受驚愕的刺激。

警察沒有把傑克關進監獄。他站在父親旁邊，再一次道歉，答應每天去掃鎮公所的臺階，連續一個星期。他也的確每天一大早就出門了，但樹葉和楓樹的裂果在鎮公所前面堆積，直到那個星期結束，由鎮長掃掉。不，他父親總是會替他求情。而擁有這樣一個父親通常讓求情變得沒有必要。再說，這個男孩能夠流利地道歉，就跟鮑頓家其餘的小孩能夠流利地背誦使徒信條一樣。

十年的告密，或大或小，由於各方的一份體認而變得更糟：亦即他們時時提防著違規事件，也時時警覺到違規事件即將發生。更糟的是，傑克從不曾以同樣的方式報復他們，雖然這也許只是因爲他們的頑皮事件太過微不足道，引不起他的興趣。若要說他們直到今天都還對傑克感到愧疚，這話是稍微誇張了一點。他之所以這麼多年來都不回家，拒絕跟他們有任何來往，無疑有他自己的理由。假設他還活著的話，願上帝保佑。如今回顧起來，不難想像傑克也許受夠了這一切，雖然他們知道他把這視爲一種陰鬱的遊戲。有時候他似乎希望自己有個可信賴的兄弟或姊妹。他們有時回憶起他曾經近乎坦率、認眞地說話，然後大笑，但那也許只是因爲不自在。

之後那許多年裡，他們對父親都很體貼，部分原因在於他們曉得他的憂傷。他們對待彼此也很親切，而且快活，喜歡回憶美好時光，瀏覽舊相片，逗得父親哈哈大笑，說：「是啊，是啊，你們小時候確實頑皮。」這一切若說是出於良心不安也許更爲恰當，若非如此，就是出於類似內疚的悲傷。她那些乖巧、親切、快活的兄姊是刻意而明顯地乖巧、親切、快活。就算在小時候，他們其實也乖巧，但也是爲了被視爲乖巧而乖巧，其中隱約的迎合，令人不安，雖然他們只是想藉此來替傑克做補償——他刻意不乖，替這個家蒙上一層陰影。他們一如父親所希望的一樣快樂，甚至比他所希望的還要快樂。他們是那樣興高采烈！父親笑得開懷，在手搖留聲機的音樂中與他們共舞，和他們一起圍在鋼琴旁邊唱歌。他們的家庭何其美好！而傑克若是難得在場，會在一旁看著，露出微笑，從不參與。

如今，成年後的他們總在節日時相聚，以至於多年來，葛洛莉還不曾見過這棟屋子空蕩而寂靜。打從她還是個小女孩的時候起，就算哥哥姊姊都去上學了，她母親還在屋裡，她父親也還有足夠的精力在屋裡出出進進、哼唱歌曲、嘟嘟囔囔。「我不知道他關門爲什麼要那麼大力！」她母親會說，當他出門去處理一些跟牧師職務有關的事，或是去和艾姆斯下棋。他幾乎是跳著走下臺階的。傑克和那個女孩以及寶寶的那件事令他震驚，壓在心頭令他喘不過氣來，但他仍舊相當強壯，心性堅強。後來，他的身體終於虛弱下來，他們的母親去世之後，家裡也還常有親戚來訪，那些嬉笑吵鬧的堂兄弟姊妹經常干擾、打斷大人的談話，足以省却她交代自己的近況。那時候她還在教書，訂了婚準備要結婚。是啊，訂婚的時間最好長一點。事實上，她未婚夫兩度一起回來，跟大家逐一握手，在他們不失禮的打量下微笑。他來過這兒。雖然只能短暫停留，但他見過她父親，而父親聲稱挺喜歡他，這稍微減輕了疑心。他們的疑心，還有她自己的疑心。如今就只有她跟可憐的老爸爸在這兒，悲傷的老爸爸，基列鎮長老教會二十歲以上的教徒大多曾在他肩上哭泣過。什麼也不必說，也毫不希望隱瞞什麼。

由於她回到鎮上來住，她覺得這個鎮似乎不同了。她已經習慣了把基列鎮視爲懷舊回憶的對象和場景。她記得，除了傑克以外，所有的哥哥姊姊都喜歡回家，也記得他們隨時樂於再度離開。他們珍惜這個老地方和往日舊事，但他們又分散得如此之遠。當往日待在應有的位置上，是美好的。但如今她之歸來，回來住下，如同她父親所說，使得回憶變得令人畏懼。讓回憶以這種方式越出其界限，變成了當下，說不定也會變成將來——他們都知道這會令他們懊悔。想到他們的憐憫，她耿耿於懷。

大多數居民早已拆除了房屋的附屬建築，賣掉了牧草地。風格較新、占地較小的房屋冒了出來，漸漸讓那些老房子顯得不太相稱。從前，基列鎮上的房屋坐落在小型農莊上，有花圃、莓果圃、雞舍，有柴房和兔籠，還有養著一、二頭牛的牛舍，養著一、二匹馬的馬廄。這些都是生活所需。她父親說是汽車改變了這種生活，大家無須像從前一樣自給自足。這是種損失——沒有什麼比雞糞更能讓花草茂盛生長。

鮑頓家保留了所有的東西，保留了土地、空牛舍、無用的柴房、未修剪的果園和無馬的牧草地。在他們的童年那片不變的土地上，她的哥哥姊姊確實記得那些歲月的種種細節，那些既屬於各人，也更常是他們共有、沒有必要在手足之間分配的回憶。他們看著照片，笑著重溫舊日時光，而他們的父親很欣慰。

鮑頓家的地產位在屋子後面，寬寬的一長條，跨越了兩個街區——如今這個鎮擴大了，才有街區可言。有許多年，一個鄰居——他們至今仍然稱他爲「托洛斯基先生」[1]，因爲當年從大學返家的路克這樣稱呼他——在那半塊土地上種了苜蓿。她父親有時會試圖找到合適的話語來表達對此事的氣惱。「要是他先來問過我就好了。」當時她還太小，無法理解那場「苜蓿事變」，等上了大學，她才逐漸明白那些舊事的意義，明白那些事其實是曾經在別處猛烈燃燒的舊火重燃。想到基列鎮是她所讀到的世界的一部分，令她高興，她但願自己認識「托洛斯基先生」和他太太。然而，儘管年邁，他們在一陣起因不明的憤慨之中離開了基列鎮，把基列鎮留給它的愚蠢，那是在她大二快結束的時候。

如果那個鄰居沒有在這塊土地上種植作物，這塊成爲戰場的土地就會荒廢，再說，苜蓿對土壤有益。那個鄰居除此之外似乎並無工作，並且嘲笑複雜的金錢往來，而好笑之處（或者說是事實眞相），在於那個鄰居把他的作物送給務農的表親，對方則給他一筆錢作爲交換。無論如何，她父親始終無法說服自己有必要表示反對。那個鄰居也是個不可知論者[2]，強占土地或許有道德上的理由。她父親曾試圖阻止鎮上建造一條穿過家族土地的道路，所持的理由就只是他父親若還在世的話會反對，他祖父也一樣。在這樁令人難堪的事件之後，他似乎覺得不能冒險再輸掉一場爭論。他在一個漫長的夜晚明白了自己反對建造那條道路的理由並不充分，自認立場正確的信念如霧般消散，雖然他並未眞正仔細加以檢視。這個領悟就只是翩然降臨，在晚上十點多，黎明之前的七個小時。在白晝裡，他的論點看起來也沒有比較充分，於是他寫了一封信給鎮長，信寫得簡單而有尊嚴，並未提及「貪婪的僞君子」這個字眼——他自認某次和鎮長會面後，離開前聽見鎮長在他身後嘀咕著這個字眼，而他原本認爲兩人交談愉快。他在晚餐時把這件事告訴他們，後來更不止一次在佈道中當作實例，因爲他衷心相信，上帝所給他的道德教誨不是只讓他一個人受益。

每年春天，那個不可知論者鄰居就坐在借來的曳引機上，脊梁打直，雙肩聳起，一副準備好面對質疑的模樣。明明不愛交際的他會熱絡地向路過的人大聲招呼，一副沒什麼好隱瞞的。或許他是想讓鮑頓牧師知道他在從事侵占，也讓鎮上大多數人知道。基督徒面對這種行爲，正好用以昇華自己的靈魂，因爲如果他們聽從自己的禱告，他們就必須原諒那些冒犯他們的人。

直到作物成熟，她父親的氣惱顯然可見，但他願意讓步。他知道，年復一年，那個鄰居在播種和收成的季節讓他當衆難堪，不僅是爲了提醒大家他曾經有欠考慮地反對建造那條道路，在某種程度上，也是爲了報復整部宗教僞善史——以那個鄰居不可知論的觀點，這部僞善史從未間斷。

有一次，鮑頓家六個較小的孩子當中的五個——傑克在別處——在未成熟的苜蓿田裡玩著「狐狸和鵝」[3]的遊戲，不怎麼有趣，但他們硬是要玩。那些苜蓿很美，綠得接近藍色，水分飽滿，即使是正午，細小的葉片上仍帶著水氣。他們並未意識到他們心存報復，直到丹尼爾跑進田裡去拾回一顆棒球，泰迪跟在他後面，侯璞、葛莉絲、葛洛莉也跟在後頭。一個孩子大喊「狐狸和鵝」，他們全都跑起來，圍成一個大圓圈，然後再跑出直徑，上氣不接下氣。苜蓿在他們腳下折斷，那麼溫柔，讓他們在繼續踐踏之時已然後悔自己所造成的傷害。他們在那堆植物裡滑倒摔倒，弄髒了手和膝蓋，直到明白自己闖了大禍，這份認知蓋過了心中報復的快感。他們一直玩到被叫回家吃飯。當他們一個個走進廚房，帶著孩童的汗臭和折斷的苜蓿，他們的母親從喉嚨深處發出尖銳的叫喊：「羅勃，快過來看！」

父親臉上流露出一絲快意，證實了他們所擔心的，亦即他看出這是個機會，能夠以如此明確的方式來展現基督徒的謙卑，讓那個鄰居不得不感覺到這是種指責。

他說：「你們當然得去道歉。」他的神色幾近嚴厲，只帶著一絲好笑，一絲高興。「你們最好先去把這件事了結了。」他們知道，與其被迫道歉，出於自願的效果更佳；再加上那個鄰居脾氣暴躁，情勢很容易就會對他們不利。所以，他們五個經由馬路走到街區的另一邊。半途，傑克趕上來，跟他們一起走，彷彿悔罪的事總也得有他一份。

他們敲敲那棟棕色小屋的門，鄰居太太開了門，看見他們似乎挺高興，而且一點也不驚訝。她請他們進屋，對於屋內飄著煮甘藍菜的氣味略表歉意。那屋子裡家具很少，擺滿了書籍、雜誌和小冊子，布置顯得將就，雖然那對夫妻已經住了很多年。牆上釘著幾張照片，照片上是些留著鬍子、沒有笑容的男人，還有頭髮凌亂、戴著無框眼鏡的女人。

泰迪說：「我們是來道歉的。」

她點點頭。「我知道你們踐踏了田地，他也知道。我來告訴他你們來了。」她朝著樓梯上喊，說的也許是一種外語，她聽了一會兒，沒聽見回應，又對他們說：「破壞是件可恥的事。

沒有理由的破壞。」

泰迪說：「那是我們家的田地。我的意思是，我父親的確擁有那塊地。」

「可憐的孩子！你就只知道這個嗎？說什麼擁有土地，卻根本沒加以利用。握在手裡卻只是爲了讓別人無法運用，這就是你從你那個神父父親那兒學到的！哼！而他卻是靠著世人的無知來掙錢！」她揮起纖細的手臂和小小的拳頭。「到處都有窮人受苦，他只會不停重複那些可笑的謊言！」

在那之前，他們從不曾聽過這些話，也沒有人這樣說他們。她盯著他們，讓他們徹底明白她的意思，水藍藍的眼中有令人信服的憤怒和正直，而傑克笑了。

「喔！我知道你是誰。那個又偷東西又喝酒的！虧你父親還好意思指導別人該怎麼過活！他活該有你這個兒子！」接著她又說：「怎麼這麼安靜呀？你們從來沒聽過實話嗎？」

丹尼爾是他們當中年紀最大的，他說：「你不應該這樣說話。如果你是個男的，我可能就得要揍你一頓。」

「哈！你們這些好基督徒，竟然到我屋裡來揚言要打人！我會去向警長告發你！這世上還是有正義的，哪怕是在美國！」她又揮起拳頭。

傑克又笑了，說：「好了，我們回家吧。」

她說：「沒錯，聽你弟弟的話。他曉得見警長是怎麼回事！」

於是他們一個個出了屋子，門在他們身後重重甩上。他們排成縱隊回家，在暮色裡試圖理解剛才聽到的話。他們一致認爲那個女人瘋了，她丈夫也一樣。儘管如此，他們心裡還是湧起了報復之意，說起要去打破窗戶，洩掉輪胎裡的氣；挖一個大坑，再好好遮住，讓那個鄰居和他的曳引機一起摔進去，坑底還會有蜘蛛和蛇。等他呼救，他們就會放一架梯子下去，一級級的橫木都先鋸開，他一踩上去就會斷裂。唉，年紀小的孩子樂得要命，年紀大的孩子則明白了一件事實：他們聽見自己的家庭遭人侮辱，卻什麼也沒有做。

他們走進自家廚房，父母親在那兒，等著聽他們報告。他們告訴父母，沒有跟那個先生說到話，但那個太太對他們大吼，還把他們的父親叫做神父。

「噢，我希望你們當時有禮貌。」母親說。

他們聳聳肩膀，看看彼此。葛莉絲說：「我們就只是站著聽。」

傑克說：「她眞的很壞。她甚至說你活該有我這個兒子。」

父親的眼睛一陣刺痛。「她這麼說嗎？嗯，她這樣說很好心。我一定會去謝謝她。我希望我的確該有你這個兒子，傑克。當然，你們全都在內。」他那不倦的溫柔，還有傑克面對這份溫柔時難以解讀的安靜。

隔年，托洛斯基先生種了馬鈴薯和南瓜，再下一年種了玉米。他鄉下表親的一個侄兒來幫忙他收成，漸漸地，那塊田被交給那個侄兒使用，那人在田地一角蓋了間小屋，攜來了妻子，也有了孩子。金盞花圃多了幾畦，又一條曬衣繩在風中飄動，又一個屋頂搭在天空下，庇護著人類的希望和脆弱。鮑頓家默默地讓出了所有權。

葛洛莉回來後，幾週之內，她和父親就習慣了一種還過得去的生活。管家布蘭克太太比她父親還大上幾歲，很高興能夠退休，因爲她知道牧師有人好好照顧。鄰居和教區居民一直以來對她父親的照料漸漸減少，即使來了，也是偷偷摸摸的。葛洛莉感覺得到這種停止多麼神奇、多麼突然，彷彿有人發出了某種信號，彷彿一片海從中分開，海水像牆壁一樣向後退。他們還小的時候，姊姊葛莉絲在晚餐時發問，說不明白這樣的事怎麼可能發生，海水怎麼可能那樣靜止豎立。葛洛莉也反覆思考過，說那大概就像肉凍一樣。她並非想要解釋這個奇蹟，只是想描述它的效果，可是每個人都嘲笑她，傑克也一樣。有時候她覺得傑克比其他人更同情她的年幼，所以她注意到他笑了，也記住了這件事。然而，就算他們笑她，她還是覺得，把手指戳進停住的水牆裡就跟戳進一團沙拉裡沒有兩樣——身爲牧師的女兒，她常有機會這麼做，也不止一次被逮到。可是她想，在那麼一大群人當中，必然會有個以色列人或是埃及人做過相同的事，摸一條魚不可能和摸一片香蕉有太大的差別。回想起這件事眞是奇怪。這是因爲她人在家裡。

每天她都在清掃整理，這工作很輕鬆，因爲這屋子幾乎等於沒人住。她替父親做些小事，讓他舒適一點。他坐在窗邊，坐在門廊上，他吃餅乾，喝牛奶，細讀報紙和《週六晚郵報》雜誌——這些她也讀，還有其他找得到的任何書報。偶爾她聽收音機，如果有齣歌劇或是廣播劇播出，或只是想聽聽人的聲音。那臺又大又舊的收音機會發熱，散發出像變質生髮油的氣味。那氣味讓她聯想到一個緊張的推銷員。如果她從收音機旁邊走開，它就會不高興地發出嘶嘶聲和劈啪聲。是那種由於寂寞而接受的壞同伴，替人上了一課，關於笨拙的求愛何以成功，糟糕的婚姻何以持續。她怪它老是播放〈大黃蜂的飛行〉和拉威爾的〈波麗露〉，卻也原諒了它。為了安撫那架收音機，她閱讀時坐在它旁邊。她甚至想到要做點針線活。也許她會再試著打毛線，做點大而簡單的東西。她最初的嘗試是件嬰兒毛衣和帽子，後來不了了之，但那卻令她母親感到不安，對她說：「葛洛莉，你太在乎了。」他們總是這麼說她。侯璞穩重，路克慷慨，泰迪優秀，傑克就是傑克，葛莉絲擅長音樂，葛洛莉太在乎每一件事。她但願他們曾告訴她要如何才能不那麼在乎、她還能怎麼做。

她很容易哭。這並不表示她對事物的感受比其他人更深刻。肯定不表示她生性脆弱或是多愁善感，也不表示她喜歡用眼淚作為手段，來承受身為老么所受到的輕視。四歲時，為了廣播劇裡死了一條狗，她哭了三天。每次她的眼睛泛起淚光，哥哥姊姊就會想起她曾經為了少女海蒂、小鹿斑比、森林裡的小孩[4]而哭泣。這些故事他們讀了幾十遍給她聽，彷彿那些故事除了讓孩子心裡難過之外沒有其他目的。那實在令人氣惱，而她無可奈何。她學會保持平靜的臉色，從遠處看，未必看得出她在流淚，後來他們就玩起了逮住她在流淚的遊戲——又掉淚了，他們會說。唉，眼淚。她想，如果大自然容許我們藉由手掌心、甚至是腳底來發洩情感，那就太體貼了。

小時候她分不清 secret（祕密）和 sacred（神聖）這兩個字，事實上，是把這兩個字弄混了。在教堂裡連低聲說話都不可以。有些字眼你永遠不准說。有些事等你年紀大到能夠理解的時候就會解釋給你聽。她忍不住要低聲說話，在教堂內外都一樣。她的姊姊們會說：這是個祕密，你絕對不能說出去，承諾你永遠不會說出去，用心發誓。然後她們會在她耳邊嘰哩咕嚕說些沒有意義的事，顯而易見的事，或是根本不眞實的事，看著她爲了守住這個祕密而飽受折磨，十分鐘或十五分鐘。這個玩笑在於她守不住祕密，她會遮住嘴巴，向第一個願意傾聽的耳朵低語，就她還記得的部分，把別人透露給她的胡說八道說出去。然而，意識到自己不斷地打破承諾，「我就會死掉」還有「我就會在醒來之前死掉」這些誓言也牢記在她心裡。有一次，那時她還不到上學的年紀，而傑克該去卻沒去，她看見他在果園裡，便朝他走去，由於難以忍受的恐懼而哭泣。他看著她，微微一笑，說：「該死，小傢伙，長大一點。」然後他說：「你要去告發我嗎？你要讓我惹上麻煩嗎？」她沒有。那是她守住的第一個祕密。她覺得自己似乎在那時學到了守信，也許就只是她夠大了，再加上天性。也許她這一輩子從不曾眞正分清楚「祕密」和「神聖」，過度講求得體和審愼。嗯，說到底，在這些事情上，也許她只不過是像個鮑頓家的人。

不過，到了三十八歲，對於鄉村歌曲和有人情味的故事她仍舊小心提防。她的確避免某些念頭、特定的回憶，因爲父親見不得她不快樂，稍有跡象，他的表情就會黯淡下來。因此她不允許自己鬱鬱沉思，就算她有時候很想那麼做。那會令他難過。

在傑克做出就他們所知最丟臉的那件事的那段日子，她的爸媽看著她，爲她擔心，而且認眞考慮到她的感受，那份認眞引起她的注意。當時她的感受大多還未經試煉。在這安靜的小鎭上，她正要進入平順人生的第十六個年頭，這只表示她的熱情和信念毫不複雜、濃烈，就像寓言中的人物一樣：「眞理」必須是堅定的，「忠誠」必須是絕對的，「慷慨」必須是無限制的，「表象」和「常規」則是巨人「僞善」的子女，必須驅離。她沒有時間，也沒有機會去想得更遠，去想忠誠和慷慨的含義。像她那樣受到保護的人，眞的不諳世事，例如，傑克如何有了個孩子。她覺得那似乎是件相當令人高興的事，雖然她沒有把這個看法說出來。從書本以及關於這個尋常話題的零星傳聞中，她知道自己不該看得這麼簡單。她爸媽實在無須爲了一個孫兒的誕生而流淚嘆息，而她知道她得要找到方法來體諒他們的憂傷。有許多事情從來沒有人向她解釋過。他們就是這種家庭。需要知道的事由哥哥轉告給弟弟，姊姊轉告給妹妹，而在大多數的事情上這也就夠了，儘管轉述過程免不了錯誤和誇大。然而，當葛莉絲離家，去明尼阿波里斯跟侯璞同住，這個傳話鏈就斷了，而她爸媽忘了這個問題。一直以來，他們都仰賴孩子們相互傳遞消息。

她父母在某些方面其實就跟她一樣純眞，但基於實際的理由撇開了純眞——並非認爲純眞不足信，而是他們明白，相較於直接的衝突，有些作法即使不盡理想，卻更爲世人接受：他們從經驗中得知，實話帶有堅銳的稜角，可能與仁慈嚴重相悖；他們學到了，過度推崇某些價值，哪怕是最崇高的，也顯得虛有其表，或可能就是在假裝虔誠；他們也學到，不悅之情可用來判斷是否過度——換作他們，尷尬的表情就表示那條界限被逾越了。他們在最邪惡的罪人身上看出通情達理，只要那人願意讓別人開他一個小玩笑，或接受幾句貶抑的話，來作爲道歉。這一點尤其是她父親也學會由衷欣賞的。他在道德上嚴格，但對人和藹。的確，牧師的生活中有來自各方面的試驗，而她父親謹愼提防。不論事情多小、或是合情合理，正直到近乎嚴苛的她仍會留意到父親的包容，並加以思索。一部分原因是她發現自己在一棟突然安靜下來的屋子裡，而她能去想的只有雙親。

然而，正因爲她的純眞，她對事情的看法在父母眼中更顯得可信。說到底，嬰兒畢竟是上帝所賜的美好禮物，她父親替嬰兒施洗的時候總是這麼說。就算傑克對待嬰兒生母的態度卑劣，她父親老嘆息「她還那麼年輕，那麼年輕！」，也並未改變基本的事實，亦即那孩子屬於他們家，理應受到接納和擁抱。葛洛莉的確不懂父母對此情況的反應何以有一大部分是痛苦。那個女孩不比葛洛莉小多少，葛洛莉相當確定自己不在意有個寶寶。年少的她孤單又傻氣，無法理解父親何以覺得這件事傲慢或殘忍，不明白他爲何常常痛苦地悲嘆。兒子們還在家時，每個星期天她父親會站在教堂前，等待教堂裡的長椅坐滿。她的哥哥會排成一列走進去，其中三個，而她父親會再多等一會兒，看著門口，抬眼看一下樓上的座位，然後微微偏頭，在這個姿勢中流露出遺憾和諒解。偶爾，很難得地，他會點點頭，露出微笑，他們就知道傑克來了，也知道當天的講道將是關於喜樂和上帝的仁慈，不管經文是什麼。「殘忍！傲慢！」，她從未聽父親說得如此嚴厲，也從未見過他接連數日悶悶不樂，低聲嘀咕，彷彿試圖理解有些罪過不是凡人所能原諒。那幾句嚴厲而無法避免的話一再浮現在她腦海。

可是在那些日子裡，他們的生活是那麼公開，她覺得他們大可承認別人遲早知道的事。她從沒有任何理由去認爲爸媽有別的意圖，但她想，藉由讓他們爲她擔心，她也許幫助了他們。他們倆堅信以身作則是極佳的道德教育。他們的行爲必須與信仰一致，他們必須考量信仰在目前情況下的所有應用。「對！主一向對我很仁慈！」她看著父親鼓起勇氣，提醒自己相對地也肩負著很大的義務，事實上那義務無窮大，這樣的念頭一向令他振奮。傑克把汽車鑰匙留在鋼琴上，搭火車返回大學去了。她就快到可以開車的年紀，而她知道該怎麼開車，於是她載著父親下鄉去看那個寶寶。回想起來，在父親深沉的悲痛當中，她卻是多麼快樂，眞是令人不安。

是因爲人在家裡，才讓她回想起這些事，因爲她獨自一人在這片寂靜之中，或是坐在煩人的收音機旁，試著看書。她從架上那幾百本舊書裡盡可能挑出不那麼難以下嚥的，那些書架和書櫥讓擺著太多家具的屋子更爲狹仄。廣播傳來〈馬刀舞曲〉、〈一八一二序曲〉，或是蓋布里·希特播報新聞[5]。她父親偶爾會打起精神來下一盤棋，或是玩一局「大富翁」。他這樣做是爲了她。小時候當她患了水痘、麻疹、腮腺炎或是流行性感冒，不得不躺在家裡，父親會上樓到她房間，帶著一包薄荷糖和一瓶薑汁汽水，還有「大富翁」，陪她玩一局短暫而歡樂的遊戲，從衣袖裡拿出「出獄」牌，把籌碼掉在床罩上，再從她耳朵後面找到。如今他在玩遊戲的時候偶爾會作弊讓她。他會在快要到達木板路之前偷偷停下來，即使他有足夠的錢買下，而且還擁有了公園廣場。這令她難過。基於同樣的原因，錢也不能交給他來管。

下午他坐在門廊，她則在園子裡工作。幾個鐘頭愉快地過去。她整理出幾小塊地，鬆了土，好種植豌豆和萵苣。

可是，唉，夜晚很漫長。當她在晚餐後收拾整理，她會對自己說：我三十八歲了，我有碩士學位，在中學裡教了十三年英文，是個好老師。但我這一生做了什麼？我的人生成了什麼樣子？彷彿作了一遭成年生活的夢，然後夢醒了，而我仍在這兒，在父母家裡。當然，她衣櫥裡掛著樸素而體面的衣裳，適合在課堂上穿。也有另一種生活裡的開襟羊毛衫和低跟鞋。沒有理由不穿。

有時她會夢見自己回到學校。在夢裡，她是個假裝在教書的小孩，或是個尷尬地明白自己正在變成小孩的老師。在這兩種夢裡，她都不知所云，只能拚命編出話來說。她感覺到教室裡的竊笑聲和反感，竊竊私語和怪異的表情。學生全都走出教室不理會她，而她說不出什麼話來讓他們留下。這等羞辱！她會大喊，蓋過那些笑聲和置物櫃砰砰關上的聲音，叫醒她自己，在蟲聲唧唧、黑暗的基列鎮醒來。這也勝過在第蒙市醒來，知道等早晨來臨她又會站在教室裡。她的夢提醒了她，她並非眞的熱愛教書，雖然在白天裡她自認如此。醒來時，她心裡感到一陣刺痛，驚慌地懷疑人生是否在她掌握之中，並非贗品，也不是失敗，不全是失敗。那是陣短暫的痛苦，能夠藉由開燈閱讀一會兒將之拋開。她曾經自問：我還能想要什麼呢？但她一向不信任這個問題，因爲她知道自己經驗有限，讓她難以知道她還想要什麼。

假如她是個男人，她也許會選擇當牧師。那會令她父親高興。路克繼承了他的衣缽，但那只是因爲丹尼爾顯然不會繼承。傑克就是傑克，而泰迪還太年輕，無法肩負起任何人的期望，雖然他很可能樂意一試。她向來隱約明白，在父親心裡，世上的偉大工作是男人的事，和藹嚴肅的男人，熟讀《聖經》，善於禱告，或者，無論如何，在某個值得尊敬的教派中被授以聖職。他們是管理基本事物的人。女人是次等生物，不管她們多麼虔誠，多麼受喜愛，多麼受尊敬。她父親永遠不會這樣告訴她，是侯璞告訴她神職人員都是男性，一向如此，除了麥艾美[6]以外，而這個例外證明了規則之必要。不過，在侯璞告訴她之前，她就已經知道事情如此。凡是聰明的孩子不可能不知道。在她求學和教書的那許多年裡，這些事無關緊要，可是如今，在每個深夜，她會因此感受到孤單。一切都可能有所不同，彷彿這份意識是一片摸得到的黑暗。

看得見的黑暗——是米爾頓的詩句[7]。

她要求學生做的任何作業，那些大孩子幾乎全都埋首去做，雖然他們的身體隨著進入成年期而笨拙、焦躁，命運悄悄爬進他們的血管、腺體、濾泡，像暗中起作用的毒素，使他們愈來愈像父母，對自己則愈來愈陌生。這當中有種幽默，是那種也許會令人對幽默者產生質疑的。

爲什麼我們要讀詩？爲什麼要讀米爾頓的〈幽思者〉[8]？讀了，你們就知道爲什麼了。如果還是不知道，那就再讀一遍。然後再讀一遍。有些學生把她說的話記在心裡，跟從前的她一樣，當老師把那些話說給她聽。她是在幫助他們流露他們的人性。人類一直都在作詩，她告訴學生。要相信詩終將對你影響深遠。〈輕騎兵的攻擊〉[9]的轟轟烈烈讓一些學生感動落淚，然後她談起壞詩。好壞由誰來判斷？由我來，她說。就目前而言。你們不必同意，但是請聽我說。有些學生的確聽了。這對她來說是十足的奇蹟。難怪她在夜裡夢見自己失去了要求他們用心聆聽的權利。她有什麼權利呢？難道是一些學生抬起臉來看著她，帶著輕信的表情，因爲她告訴他們的是實情，說他們是人類口述知識的保管人和創造者？說其實是他們對她有所要求？她父親教導子女，永遠不要懷疑從古代（antiquity）可通往永恆。學習讚美詩，思索早期教堂的方法。知道必須知道的事。古代的父親教導古代的子女，子女又再教導他們的子女，而所教導的正是這些。清教徒米爾頓和他的異教徒繆思。那就像是聽見從另一個房間傳來的歌聲，爲了歌唱的樂趣，於是你也識得這首歌，透過你，這首歌藉由偶然和必然一代代傳下去。那麼，爲什麼歌唱？爲什麼其中有樂趣？當另一個聲音沉浸於自身夢想時被聽見，那一刻爲什麼是種福分？那是她父親在刮鬍子時哼著〈天下萬邦萬民〉。那是詩人濟慈在倫敦的戚普塞街，暢遊他的金色領域[10]。沒必要成爲牧師。當老師是件很棒的事。學生臉上茫然的神情或許是靈性。圍繞在原始之火旁的年輕人也許靜不下來聽長者說一句：「記住這個。」他們肯定靜不下來。他們的身體忙著拉長四肢，長出毛髮，準備好繁殖下一代。即使如此，有時她感覺到教室裡有股寂靜，勝過尋常的深沉。她怎麼能夠拋棄那種生活？爲了什麼而拋棄了？

多年來她認定是未婚夫的那個人在一封信裡告訴她，他記得自己欠她多少錢，幾元幾角都知道。他大概記了帳，想必是從一開始他請吃飯卻忘了帶皮夾開始。想到這件事令她臉紅。他說一旦情況好轉，就會把每一分錢都還給她，還說「要把錢全部還給你需要一點時間，因爲總額相當大」。是何等可怕、心存怨憤的誠實促使他記下這些「債務」？她從不曾記帳，想都沒想過，甚至從不曾覺得她送了他什麼。如今這些都不重要了。重要的是她曾經是這樣一個傻瓜。他在那封信裡說：「我很抱歉，如果我看似誤導了你。」她不能讓自己回憶起她在簡單生活中發現的那份孤單的愉悅，享受著放棄和節儉有朝一日將使之成爲可能的——什麼呢？——普通的幸福。她在路上經過的簡餐店裡看見的那種幸福。

她知道家裡一定有莎士比亞和狄更斯的作品，馬克吐溫的一定也在某處。路克和泰迪房間裡的衣櫃上有吉卜林的書，可是她討厭吉卜林。最後她去問父親，她想讀的那些書都到哪兒去了。他打了通電話，在兩週之內寄來了六個箱子，來自六個地址，裝滿那些美好的舊書，還包含了幾本嚴肅正派的新小說：《安德森維爾》[11]、《盛氣凌人》[12]、《有價值之物》[13]。她把其中十本疊起來放在收音機旁。目前她無法對自己的人生做出任何決定，不願意去想她的人生。她翻開《安德森維爾》。父親告訴她：「寫這本書的人出身愛荷華州，我忘了是哪個鎮。現在他出名了。我忘了他的名字。」她曉得出身韋伯斯特市的麥金雷．坎特。《安德森維爾》很長，而且據說很悲傷，讓大第蒙地區的人心碎。她決定把這本書讀完。她可以流淚而不至於讓父親難過。

然後有一天，郵件送達，幾張帳單，侯璞寫給她的一封短箋，還有一封寄給父親的信。他剛好進廚房來，想喝杯水。「是傑克寫來的，我認得他的筆跡。這是他的筆跡。」他說，坐下來，把信放在面前的桌上。「相當令人意外。」他輕聲說，語氣生硬，接著悄無聲息，讓她擔心也許是某種疾病發作，中風了。但他只是在禱告。他伸出手，摸著信封一角。「我想我需要一條手帕，葛洛莉，如果你不介意去拿的話。在右上方那個抽屜裡。」手帕的確在那兒，整整齊齊的一疊，大而厚實。他一向隨身攜帶一條潔淨的手帕，因爲以他所從事的工作，他永遠不知道何時會用上。她拿了一條給他，他用來在臉上擦了一把。「現在我們知道他還活著。眞是個好消息。」

她想：天哪，萬一他錯了呢？萬一這是思念和年邁所引起的誤會？

她說：「我可以看一眼嗎？」

「當然，這是你哥哥寫的信，你當然想要看一眼！我真是粗心！」

她拿起那封信。信很輕，信紙不會超過一張，寄件地址是聖路易，也蓋著聖路易的郵戳，優美而清晰的細小字跡寫著「羅勃．鮑頓牧師收」。「我來拆信嗎？」

「噢，不，孩子，很抱歉，但我最好自己來，免得信裡有什麼祕密。你知道的，他或許會感謝我顧及他的隱私。我不曉得。至少他還活著。」他擦擦眼睛。

她把信封放回桌上，老人把信擱在手邊，每過一會兒就拿起來看那上頭的字，還有那個郵戳。「是的，這是傑克寫來的，沒錯。一封傑克的來信。」

她想父親也許等著她離開廚房，但她卻害怕離開。他也許會失望。也有可能那封短箋的確來自傑克，內容卻令人煩心：寫自一間住著慢性惡疾和末期患者的病房，或是監牢，看在老天的分上。傑克最好是有個好理由，激起他父親如此澎湃的情緒，讓老人家承受可能難以言喻的失望。他最好是有個好藉口。就算他死了也一樣。

「葛洛莉，我想你得要幫我。我在等自己鎮靜一點，但我大概做不到。你該用把小刀。我們別把回信地址給撕壞了。」

她找到水果刀，拆開了信封，抽出一張摺起的信紙，遞給他。他清了清嗓子，找到懷中的手帕，放在桌上。「好，讓我們來看看他寫了些什麼。」他打開信箋，讀了起來。「嗯，他說他要回家來。他寫了：『親愛的父親，我將在一、兩週後回到基列。我會待上一陣子，如果不打擾的話。傑克敬上。』打擾！他怎麼會這麼想！我們得寫信給他。我自己來寫，但我得先休息一下。我不認爲現在我能拿筆。」他笑了。「這眞是特別的一天！我一直沒把握能否活著見到這一天。」她扶他去坐在臥室的椅子上，脫掉他的鞋子，替他蓋上毯子，親吻他的額頭。他把那封信拿在手裡說：「艾姆斯會想知道這件事。」

於是，當他打著盹，祈禱著，鎮定下來，拋開不滿和懷疑，承受盼望的痛苦，在他人生整體的幸福中尋找支撐，來擺出英雄和父親的氣度，神經中樞的某個部分被激動的情感占據，也許危險地接近破裂邊緣——她父親的沉默一向不只是沉默，她走路到艾姆斯家去。

那地方看起來就跟以前一模一樣，只是經過清掃和擦拭。那屋子的建築風格就跟這地區任何一棟樸素的農舍一樣，除了紡錘形狀的廊柱和欄杆，沒有任何裝飾。在她的童年歲月，艾姆斯似乎都待在二樓的書房裡。晚上她總是看見那扇窗戶透出燈光，而在白天，當父親派她送來便條或書本，她總是站在廚房裡，等著他聽見她叫喚的聲音，把他手邊的一段文字寫完或讀完，再走下樓來。廚房聞起來很乾淨，像是從未使用，彷彿從地板上鋪的油布冒出一股香氣，填滿了由閒置的爐子和餐櫥留下的空虛。

如今廚房的窗臺上種著天竺葵，清爽潔白的窗簾透出一股歡樂，沿著步道整理出新的花園。鮑頓一家人全都回來參加了艾姆斯的婚禮，當然，傑克除外。她父親說那將是他最後一次主持婚禮，也是最令人高興的一場婚禮。在那之後他讓步了幾次，又替另外六、七對他特別喜歡的新人主持了婚禮。他本來期望能替葛洛莉主持婚禮，但她回了封信說明，他們只想早點完婚，一時衝動下已經去找過民間公證人了。在自己的幾個孫兒之外，她父親也還施行過幾次洗禮。儘管如此，他還是稱艾姆斯的婚禮爲他牧師生涯的盛事。那個出人意料的新娘是萊拉，穿著黃色緞面衣裳，戴著平頂筒狀小帽，微笑而立，帶著些許羞怯，容忍他們拍照，遷就他們。她抱著一大捧玫瑰，是她親手所種、親手所摘。她對她的玫瑰特別自豪。至今他們仍舊爲了她當時拒絕拋出捧花而笑她。一如他的牧師住宅，老艾姆斯似乎在不變之中有了改變。如今他不僅像個父親，而是已爲人父，不僅殷勤有禮，且守護著一個妻子，而她似乎時時察覺他的殷勤，啼笑皆非卻爲之感動。

他坐在前廊的長搖椅上看書，看見葛洛莉走來，便小心地站起來等她，帶著他對所有十二歲以上的人所流露出的殷勤尊重，這向來令她高興。如今她覺得這當中有慰問之意，雖然她試著不這麼覺得，試著不去想他都知道些什麼。

「下午天氣眞好。你好嗎？你父親好嗎？你想坐下來嗎？」

她說：「我們很好。不過，我只能待一會兒。今天上午爸爸收到傑克——我的意思是強尼[14]——寫來的信。他想要我告訴你。」

「喔，傑克寫來的信。」

「他說他要回家來。」

「哦，是嗎？你父親覺得如何？」

「我想他很難受。知道將會發生什麼事。傑克一向不是這世上最可靠的人。」

又是沉默。「他說了他什麼時候回來嗎？他說了為什麼嗎？」

「他說他一、兩個星期後回來。差不多就只寫了這些。」

「嗯，太好了。」他這句話絲毫沒有說服力。「你父親今天下午有體力見客嗎？」

「我想可以。」

他送她沿著步道走，替她打開籬笆的門，他說：「也許他最好不要抱太多的希望。」然後他們都笑了。他說：「嗯，在這件事上，我們能做的不多。」可是葛洛莉自己也抱著希望，而她的希望也同樣太多——她希望傑克眞的會回來，希望他的來訪會很有意思，也希望他不會記得她是手足當中最讓人受不了、最愛管閒事、最不能信賴的那一個。她想著，希望他也許幾乎不記得她。

§

等她回到家，父親已經把信寫好，在信封上寫下收件人姓名地址，封好了。「對了，我放了一張小額支票在裡面，萬一他需要用錢。如今旅行很花錢。我希望這不至於惹得他不高興，我只是想用這種方式來強調我們多麼渴望見到他。我想，總的說來，這是個好主意。如果你認爲我不該給，我可以把支票再拿出來……」

「他不會不高興的，爸爸。你一向都寄小額支票給他。」

「嗯，我只是擔心他也許不記得了，你知道的，不記得我的毛病。我應該等一下的，應該讓你看看我寫了什麼。我只是想我們該趕快把信寄了。他會等著聽到回音。『如果不打擾的話』。想想看！我們當然不想讓他擔心這個！」

「我很確定他那樣說只是出於禮貌。」

「很有禮貌。的確，就像是寫給陌生人一樣。但我這是在挑剔了。」

她親吻他的臉頰。「我拿信去郵局寄。」

「我認爲字跡相當清晰。我想我把地址寫得夠清楚。先前我有點擔心，我的手抖了好一會兒。我應該讓你仔細讀一遍的，但願他看得懂。」

「不會有問題的。」她說。但她知道，父親並不想要任何充分、澈底具有說服力的保證。如果傑克沒有回家，他的希望落空，他就能對自己說那是他自己的錯，承擔下所有痛苦，寬恕他的無賴兒子。她知道，換作是他們兄弟姊妹當中任何一個，換作是她，他也會這麼做。但是爲了傑克，他總是能想出最高明的對策來……該怎麼說呢，來挽救。他以前常說：「我眞是拿這孩子沒辦法。」似乎說服了自己這是另一種福分。

艾姆斯來了，他們兩個埋頭下棋。他們之間有那麼多好笑的故事。還是神學院學生的時候，有天他們辯論著教義，走過一座橋。一陣風把她父親的帽子吹進水裡，他捲起褲管，走進河裡去撿，卻沒撿到。帽子隨著水流漂走，他還在跟艾姆斯爭論。「我當時就要辯贏了！」她父親說。

「喔，我笑得太厲害了，沒辦法再辯下去。」艾姆斯說。那頂帽子最後被一根樹枝擋下，過程就只有這樣，但這個回憶每次都讓他們大笑。好笑之處似乎在於他們曾經很年輕，如今則是暮年，也在於日復一日他們始終未改，而人生終點將近，一切全變了。他們用一種安靜、深情的方式仔細觀察彼此。

艾姆斯說：「聽說你那個兒子要回來。」

「他是這麼說的。他寄了信來。」

「他的兄弟姊妹也會回來嗎？」

她父親搖搖頭。「我打了幾通電話。」來了，海水分開。「他們同意最好是等到他想見他們的時候。他跟他們在一起向來感到不自在，我想那得要怪我。當然，有葛洛莉在這裡幫忙很好。」他說，想起來她也在屋子裡。於是她走到客廳，坐在嘀嘀咕咕的收音機旁，解一個填字遊戲。她想：我在這裡真的好嗎？也許是真的。我得要記得不要生氣。她提醒自己這件事，因爲傑克很可能還是令人難以忍受，而她把所有的耐心都在別處耗盡了。

接下來的幾個星期充滿憂慮和混亂，得要應付老人家的期望和焦慮，再應付他的失望，每一次失望都令他焦躁不安，睡不著覺，脾氣不好。那些日子裡她得哄父親吃飯。冰箱和餐櫥裡塞滿了他自認爲記得傑克愛吃的東西，而他疑心葛洛莉會太早放棄，以避免浪費爲藉口全吃了，即使奶油派的派皮不再鬆脆，萵苣也萎軟，除了一碗燕麥粥或一顆水煮蛋之外，他什麼也不肯吃。她擔心萬一傑克永遠不來，這些食物該怎麼辦。想到要坐下來和心碎的父親一起面對一桌不新鮮又沒人吃的盛筵，這個念頭令人難以忍受，但她還是不免去想，以提醒自己她有多生氣，又多麼有理由生氣。事實上，她計畫過在夜裡把鄰居的狗吃得下的分量偷偷拿到屋外，因爲若要送給鄰居，那些食物已經太不新鮮，沾染了痛苦和悲傷，他們多半也會拿去餵狗。

葛洛莉練習過發作怒氣，預期著他將到來。你以爲你是誰！你怎麼能夠這樣不顧別人！隨著日子一天天過去，這些話變成了：你怎麼能夠這麼卑鄙，這麼殘忍，這麼壞……諸如此類。她開始希望他會來，好讓她把心裡的話一五一十地說出來。嗯，她當然生氣，聞著那幾條香蕉麵包在餐櫥裡熟到發臭。你憑什麼！她在內心怒吼，明知道她父親唯一的祈求是傑克會回來，而且留下。

「他信上說會『待上一陣子』！一陣子可以是相當長的一段時間！」收到那封令她父親流淚顫抖的「大函」之後，他們有了傑克的地址。她父親又寄了一封短信和一張小額支票，以免第一封寄丟了。他們等待著。傑克的信攤開來擺在早餐桌上，也擺在晚餐桌上、床邊桌上和莫里斯安樂椅的扶手上。艾姆斯牧師來跟他下棋，他才把信摺好收起，大概是不希望有一道疑惑的目光落在信上。

「是的，他一定會來。」他會這樣推斷，彷彿眼前的不確定只跟那封信的措詞有關。兩個星期過去了，然後又過了三天。接著來了那通電話，而她父親果眞跟傑克講了話，果眞聽見了他的聲音。「他說他後天到！」她父親的焦慮變成了痛苦，但始終沒有失去耐心。「我相信一定是被什麼麻煩事給耽擱了！」他說，藉著擔心受怕來安慰自己。又過了一個星期，然後是第二通電話，再度告知他將在兩天後抵達。在那之後又過了四天，他回來了，站在後門門廊上，一個身穿棕色西裝的瘦削男子，用帽子拍著褲管，彷彿拿不定主意該去敲玻璃窗，還是轉動門把，還是乾脆再離開。他看見她，像是突然想起了一件惱人的事物或是障礙，用那種忘了隱藏的直率看著她。她是他意料之外的麻煩。他沒有料到她會在這兒，她想：他不高興看到我。

她開了門。「傑克，我還以爲你不會回來了。進來吧。」假如他們在路上擦肩而過，她懷疑自己是否認得出他。他臉色蒼白，沒刮鬍子，眼睛下面有道疤痕。

「嗯，我回來了。」他聳聳肩膀。「我該進去嗎？」他似乎在詢問她的意見，也在請求她的許可。

「當然。你想像不到他有多擔心。」

「他在嗎？」

他還能在哪裡？「他在，在睡覺。」

「很抱歉我遲到了。我去打了通電話，結果巴士扔下我開走了。」

「你應該打個電話給爸爸。」

他看著她。「電話在一家酒吧裡。」他說，聲音很小，不露感情。「我本來想要梳洗一下，可是放著刮鬍刀的袋子掉了。」他有點擔心地摸著下巴上的鬍碴，彷彿那是個擦傷。他對這種事情一向過度講究。

「沒關係。你可以用爸爸的刮鬍刀。坐下來吧，我替你倒杯咖啡。」

「謝謝。我不想給你添任何麻煩。」她沒有說他現在才擔心這件事已經太遲了。他的態度疏遠、恭敬而躊躇。至少在這一點上，他仍舊像她記憶中的那個哥哥。她知道自己一個嚴厲的表情就可能把他趕走，使她所有的禱告都白費，更別提她父親的——他從不曾停止禱告。如果他在父親睡覺時來了又走，她會告訴老人家嗎？她會告訴父親是她的怒氣趕走了他嗎？這個瘦削、疲倦、未經梳洗的男子，這個甚至不願踏進門裡的人？而他走到廚房的後門來，這是他們從小養成的習慣，因爲母親幾乎總是待在溫暖的廚房裡等著他們。他想必是按照舊日的習慣，不假思索地這麼做了。像個鬼魂，她想。

「不麻煩，我很高興你回來了。」

「謝謝，葛洛莉。很高興聽你這麼說。」

他說出她的名字時猶豫了一下，也許是因為他不太確定眼前是哪一個妹妹，也許是因為他不想顯得太親暱。或許親暱需要費點時間。她把水倒進過濾式咖啡壺裡，但他說：「不好意思……我可以先躺一會兒嗎？」他用手遮住了臉。這個手勢，她想。「這種情況不該發生的。我很長一段時間都沒事。」

「沒問題，你去休息吧。我去拿阿斯匹靈。這就好像以前，偷偷拿一瓶阿斯匹靈上樓去給你。」她是在開玩笑，但他投來受驚的眼神，讓她為自己說了這句話而感到抱歉。

接著他們聽見床的彈簧聲，聽見父親喊道：「我們有客人嗎？葛洛莉！我想是的！太好了！」然後是穿著拖鞋的腳步聲和枴杖的篤篤聲。

傑克站起來，撥順額前的亂髮，甩甩捲起的袖口，等待著。接著老人出現在門邊。「啊，你回來了！我就知道你會回來，太好了！」

她看得出父親的驚訝和遺憾。他的雙眼盈滿淚水。二十年是段很長的時間。傑克伸出手，說：「先生。」而他父親說：「喔，握手很好，可是我要放下這根枴杖……好啦。」他說，把枴杖鉤在桌緣。「來吧。」他擁抱了他的兒子。「你回來了！」他輕撫著傑克的衣襟。「我們好擔心，好擔心。你終於回來了。」

傑克小心地伸手摟住父親的肩膀，彷彿被老人的矮小和虛弱給嚇到了，也可能是感到難為情。

他父親後退了一步，再度看著他，擦擦眼睛。「眞是的！我有好幾天都打著領帶，醒著、睡著時都一樣，葛洛莉可以作證。而你卻撞見我穿著睡衣！而且是在什麼時間？將近中午！唉！」他的頭抵著傑克的胸口一會兒，然後說：「我知道葛洛莉會幫我。穿上鞋子，梳梳頭髮，要不了多久，你就能認出我來！可是一聽見你的聲音，我等不及要來看你一眼！太好了！」他拿起枴杖，走向門廳。「葛洛莉，如果你有空，稍微幫我一下。等你把咖啡煮上。」他動身前往他的房間。

傑克說：「在這麼多年以後，我猜我宿醉的時候他還是知道。」

「嗯，咖啡可以解解。現在他很激動，不過，午飯過後他會休息，那時候你就可以睡一會兒。」

傑克說：「午飯。」

二十年的時間足以把一個人變成陌生人，哪怕是比這個哥哥更熟悉的人。此刻他在她的廚房裡，面色蒼白而且侷促，完全沒打算接受爲他準備的好意，等待著他享受的好意，那番好意甚至凋零了，僵住了，成爲「午飯」這個字眼可能表示的最糟的意思。「午飯」反正是個難聽的字眼。

「我去幫忙爸爸刮鬍子，然後我會把刮鬍刀拿給你。杯子都放在老地方，湯匙也一樣。所以，等咖啡煮好，你就自己倒來喝吧。」

「謝謝。我會的。」他仍然站著，帽子依舊拿在手裡。他就是這樣。恭恭敬敬，規規矩矩，每當他知道自己大概是惹了麻煩。一副無辜相。她曾經聽過有人這樣說他，教會裡的某個女人。他清了清嗓子：「有給我的信寄到這兒來嗎？」

「沒有。」她去幫忙父親穿襪子，刮鬍子，替他扣好襯衫的鈕釦，而一如平常，她心想：至少我知道現在需要我做些什麼，而這是件值得感謝的事。她幫忙父親打上領帶，穿上外套，替他的頭髮分線，直直地梳向一邊，他自己向來是這樣梳的。欸，無所謂，反正剩下的頭髮也不多了。

等她忙完，父親說：「我先來看一會兒報紙。傑克應該也想梳洗一下。」

她聞得到咖啡有點煮過頭了，而她突然以爲他也許走了，但他還在，在廚房水槽旁用一塊洗衣肥皂洗手洗臉。這屋子裡一向都有薰衣草和鹼的香氣，她不知道他是否還記得。他把外套和領帶掛在椅背上，鬆開了衣領，正用一塊擦碗布用力擦洗臉和脖子，是他們的祖母在晚年爲之繡上星期一、二、三……的那些布。欸，無所謂。

他擰乾了那塊布，把自己擦乾，然後察覺她也在，轉過來看著她，由於在毫無防備的情況下被她看見而感到困窘，她想，因爲他把捲起的袖子放下來，扣上釦子，撥了撥額前的頭髮。

「這樣好一點了。」他接著把那塊布抖開，掛在水槽上方的橫槓。那塊布上繡著星期二。

「你該把咖啡喝了，如果你打算要喝的話。」

「喔，對，我把咖啡給忘了，對吧？」他再把外套穿上，領帶塞進口袋。

他們一起啜著煮壞的咖啡，父親坐在窗邊的安樂椅上，讀著有關世界局勢的新聞。他們兩個相差五歲，中間還有泰迪和葛莉絲，而他從不曾對她流露出太多關心，除了偶爾弄亂她的頭髮。一切發生之時她剛好在家，並不是她的錯。當她看著他，他似乎感到尷尬，這個愈來愈令她想起她哥哥的男子。她很難把目光從他身上移開，雖然明知道他會希望她不要看著他。即使雙手捧著杯子，杯子仍舊在晃，咖啡灑在袖子上，讓他氣惱地縮起身子。她想父親眞是體貼，給他一點時間來恢復精神。她說：「非常歡迎你回來，傑克。你不知道你回家來對他多麼意義重大。」

他說：「你眞好心，葛洛莉。」

「事實如此啊。」

看吧。她也許可以不要那麼擔心，擔心她的聲音裡是否摻著一絲尖銳，擔心她是否有片刻失去了耐心。

他說：「謝謝你的咖啡。我去刮鬍子。」

他把行李袋提上樓，再下來時，下巴刮乾淨了，頭髮梳過，聞起來有她父親帆船牌刮鬍水的氣味。他一邊還在扣上袖口的釦子。看見那塊布，他點點頭說：「今天是星期二嗎？」

「不是，這塊布有點超前了。今天還是星期一。」

他臉一紅，但是笑了。報紙摺起的聲音從另一個房間傳來，然後他們聽見枴杖聲，還有正式的皮鞋重重踩在地上的聲音，那雙鞋擦得很亮，將不會在這世上磨損。父親出現了，眼睛裡帶著淘氣——他精神抖擻的時候就有這種眼神。

「好了，孩子們，我想午餐時間到了。葛洛莉一直在忙著準備，她說你不喜歡奶油派，可是我記得你特別愛吃。因爲我的堅持，她就還是照做了。」

「那個派已經又乾又硬了。」她說。

「你看，她想要讓你對那個派產生偏見！你會以爲我們打了賭之類的！」

「我喜歡奶油派。」傑克說，瞥了她一眼。

「無論如何，那是打算晚餐的時候吃的。」她說，覺得他看起來鬆了一口氣。「傑克很可能太累了，還沒有食欲。他搭昨晚的巴士回來的。我們應該替他做個三明治，然後讓他去休息。」

「我沒事。」他說。

他父親看著他。「你臉色蒼白。是的，我看得出來。」

「我很好。我一向蒼白。」

「嗯，你反正得要坐下來。葛洛莉不會介意替我們服務一次。對吧，乖孩子。」

她說：「這一次我不介意。」

「在這裡她讓我忙得半死。我不知道要是沒有我，她該怎麼辦。」

傑克樂於配合地露出微笑，在父親坐下來禱告時，也跟著俯首。「要感謝的事情太多了，言語不足以表達……」老人陷入像是打盹的狀態，然後說「阿們」，振作起精神，又有了淘氣的眼神，拍拍傑克的手。「眞好，眞好。」

葛洛莉帶傑克上樓，到替他準備好的房間，他們仍舊稱之爲路克和泰迪的房間。當她告訴他，她沒有把他安排在他小時候住的那間房，他說：「你很好心。」這跟她父親沒有讓她去住小時候的房間是同等的善意。半小時後，她拿著幾條毛巾上樓，看到他的衣服都已掛起，五、六本書放在衣櫃上，夾在林肯雕像書擋之間，原先擺在書擋之間兩代之久的那十冊吉卜林則堆在衣櫥一角。他從他的老房間拿來一張裝了框的照片擺在衣櫃上，在他那些書旁邊，照片上是一條河和樹林。看來他像是住進來了，如果「住進來」是他做得到的事。

房間裡沒人，門開著，於是她走進房裡，只爲了把毛巾放在衣櫃上，但她的確停留了一會兒，注意到一些事。他眞的回來了。當她轉身，傑克正從走廊上看著她，向她微笑。假如他說出心中所想，那就會是「你在找什麼」。不，可能會是「在找什麼嗎」。以爲逮到她在窺探。

「我拿了些毛巾來給你。」

「多謝了。你眞好心。」

「我希望你覺得舒服。」

「我是的，謝謝你。」

他的聲音輕柔，向來如此。他從不會提高嗓門。在他們小時候，他會偸偸溜走，離開捉人的遊戲，離開屋子，而誰也沒注意到他不在，因爲他是那麼安靜。然後會有一個兄弟姊妹說出他的名字，頭一個注意到他不在的人，遊戲就會解散。喊他是沒有用的，他要回來的時候就會回來。但他們會去找他，彷彿這會兒玩的遊戲變成了去找到調皮的他。就連父親也會去找，從一條街走到另一條街，查看樹籬和籬笆後面，還有樹上。可是調皮的事已經做了，大家放棄找到人之前，他早已回到家裡。有一次，傍晚的一場槌球遊戲又因爲他不在而中斷，偏偏那一次她正要贏得比賽，讓她又氣又惱。等她知道他回家了，她咚咚咚地跑進他房間大喊：「你憑什麼這麼奇怪！」

他對她微笑，撥開額前的髮絲，什麼也沒說。但她知道她惹惱了他，甚至傷了他的感情。那時候她大概是九歲或十歲，仍然是他戲弄或忽視的小妹。她問的那句話在她聽來很成熟，也許在他聽來也一樣。那句話聽起來並非全無惡意，把他們兩個都嚇了一跳。從那時起，他提防的人也就包括了她——小小的改變，但無可避免。

而此刻她在這裡，由於被發現把毛巾放進久無人居的房間而感到羞慚。她費了不少工夫為他準備這個房間，但幾件襯衫、幾本書彷彿就讓他擁有了不可侵犯的所有權，而她跨越門檻就是一種侵權。生氣沒有用。他以為她在找什麼呢？酒，當然。把她想成這種人眞是種侮辱。可是話說回來，假如她的確是在搜查他的房間，對他來說又是多大的侮辱？她根本不會有過這種念頭，但他不會知道。如今她發覺自己幾乎假定有一瓶酒藏在某處，在床底下，或是在那疊吉卜林後面。她向自己保證再也不會踏進這個房間。

是她選擇要在這兒的嗎？在這棟屋子裡？在基列鎭？不，這肯定不是她的選擇。她父親需要有人照顧，而她得有個地方待，就跟地球上所有其他人類一樣。多麼難堪啊，有個地方待，因為你沒有別的地方可待。工作了那麼多年，卻拿不出成果。但你盡力而為，世人尊敬這一點。他人對你有所期許，是種福分。而這個不知從何處漂泊歸來的男子，何以能住進這棟屋子裡，在餐桌上占據一個位子，讓她覺得她是勉強獲准留在這兒？雖然，他的舉止中其實沒有傲慢，只有尊敬和勉為其難。很顯然，他也並未選擇要在這兒。這一點明顯得讓她覺得有點惱人。當然，一個成年男子想要有個屬於自己的房間，沒有什麼特別，尤其他在這棟屋子裡幾乎是個陌生人，而他也是這個家的一分子。她走出屋子到庭院去，陽光灑在她肩上，令她冷靜下來。南瓜長起來了，她要去看看種了大黃的菜圃。她彎下腰拔掉幾株野草，再拿起鋤頭，開始清理打算要種番茄的一小塊地。她一向喜歡植物在陽光下散發出的強烈氣味，喜歡那些細碎的小花。這座菜園讓她有很好的理由不必待在其他任何地方，不必做其他任何事。再說，它需要的時間總是比她所能付出的更多。

她走進屋裡，見到傑克在廚房水槽洗他的襯衫。他抬起頭來，瞥了她一眼，帶著提防的表情和些許尷尬，彷彿他們是兩個陌生人，同住在一間擁擠的屋子，在輪流使用設備的時間過了之後相遇。「我快洗好了，不會妨礙到你。」

「你沒有妨礙到我。不過，如果你想的話，可以把衣服放在待洗衣物那兒。對我來說沒有差別。或是我告訴你洗衣機要怎麼用。」

「謝謝。」他說，把襯衫沖洗過後擰乾，很小心，很熟練。然後他把襯衫拿到屋外，抖開之後夾在曬衣繩上，坐在後門門廊的臺階上抽菸。好吧，讓他抽他的菸，穿著汗衫坐在屋外，在陽光下瞇眼，遵守他那種宛如住在寄宿公寓裡的隱私權概念。等他進來，她拿了一塊蛋糕給他，他說：「謝謝，不用了。」對她端給他的咖啡說聲「謝謝」，拿起杯子和她給的報紙回房間去。

在她以前住的那個鎮上，有時在街上看見一個男子，她會想：不，這不是傑克。他哪裡讓我想起傑克？她想著：就只是他大步走路的樣子，就只是他偏著頭的樣子。某種彷彿認出他來的感覺揮之不去。有時她會穿過馬路，去端詳陌生人的臉，爲了發現相似之處的滿足感。而她會遇上一道冷淡的凝視，或是謹愼的一瞥，跟他的目光沒什麼不同，微微帶點好笑，就跟他的目光一樣。她始終記得最後一次見到他已過了多少年，也在記憶中修正他的模樣，因爲當年他還那麼年輕。彷彿她花了那許多年的時間，讓自己準備好在見到他時認出他來。如今他在這裡，緊張而防備，與其說讓她想起了他，不如說讓她想起了那些沒有名字的陌生人。

一切重新來過。她做了頓晚餐來歡迎他回家。餐廳的桌上擺了三套餐具，蕾絲桌巾，精緻瓷器，銀製燭臺。其實，這張桌子已經布置好許多天了。她放好花瓶，注意到盤子和玻璃杯上有灰塵，便用圍裙去擦。黃色的鬱金香和白色的丁香，這兩種花都剛剛過了盛開的季節，但是也還過得去。她請雜貨店送來一塊烤牛肉、兩磅新鮮馬鈴薯、一夸脫冰淇淋。她做了比司吉麵包和核果巧克力蛋糕。她到菜園裡摘下鮮嫩的菠菜，足夠裝滿濾鍋，「連搖帶按，上尖下流」[15]，她父親會這麼說。而傑克在睡，她父親也在睡。白日隨著四溢的香氣靜靜過去。

她從菜園走回屋內，屋子裡已經漸漸有了星期天的氣味，這讓她濕了眼睛。昔日那種有條不紊，遠離一切干擾。安息日，安息日，安息日。小孩子穿著上教堂的衣服，躁動不安，那些洋裝、外套和鞋子，從大孩子傳給小孩子，一個接一個，在輪到他或她的時候穿上再脫掉。起初太大，後來又太小，但從來都不舒適。他們八個，或是七個，擠在桌邊，三個坐在鋼琴凳上，一個坐在廚房凳子上，學習餐桌禮儀——手肘收回身側，腿不要晃來晃去，在那一個鐘頭裡停止他們之間沒完沒了的戲弄與爭吵。等待餐前的禱告，等待著先把飯菜端給客人——都是些高齡長者，帶著神職人員的莊嚴，格外需要禁止幼稚的行為。等到有人問你的時候再說話，等到吃完飯了再說話，這是對有關教義和宗教會議的談話表示尊敬。甚至要等到母親拿起叉子時才能開動，而她要等到孩子抑制住所有不耐煩的徵兆之後才會舉起叉子。而傑克是那麼安靜，如果他居然也在的話。

餐廳永遠不變，就跟這棟屋子的其餘部分一樣。然而，予人壓迫之處卻是很容易就能改變的。紗簾蓋住了百葉窗，紫紅色的窗簾又掛在紗簾上，假如能拆掉那些紫紅窗簾，她立刻就能拆掉。假如她能拿掉那張有著淡紫色滾邊的紫紅地毯，那滾邊的圖案說不上來是鰭狀、螺旋狀、還是蕨類。她很想清理掉餐具櫃上那堆小擺飾，那些都是禮物，擺放出來是出於對送禮者的禮貌，那些人大多已經離開人世。瓷貓、瓷狗和瓷鳥，裝水果的乳白玻璃高腳盤。然而，在這個度過莊嚴而恆久的夜晚的地方，家庭的每一樁樂事都在此慶祝，而他們也將在這裡慶祝傑克回家，如果他及時醒來。她父親起床並且穿好衣服半個鐘頭之後，他說：「也許你該去敲敲他的門。」接著他們就聽見他下樓的聲音。

他走過門口，在那裡停了一下，穿著外套，繫了領帶。他看起來有些遲疑，彷彿害怕過於冒昧，彷彿寧可在別的地方。他看起來就像從前的傑克。她父親一定也這麼想，因爲看見傑克顯然令他感動。過了一會兒，他說：「進來吧，兒子。坐下來，坐下來。」

葛洛莉說：「傑克，麻煩你把蠟燭點上。」她走進廚房去拿烤牛肉，回來時看到他倆默默坐在燭光裡，父親在沉思，傑克把玩著火柴。二十年前，他們曾在這個房間裡有過一番祕密的談話。她應該要想到的，應該讓大家在廚房裡用餐。

比司吉麵包上了桌，她就坐之後，老人從椅子上站起來，向主說話。「親愛的天父，天父的愛和力量不會改變，在祂眼中我們也不會改變，我們依舊是祢心愛的子民，就算我們的肉體汙穢、磨損……」

傑克微微笑了，摸摸眼睛下的疤痕。

「神聖的天父，我在心裡練習這番禱告上千次了，這番表達感激與喜悅的禱告，等待著像這樣的夜晚來臨。我一直都知道，這個時刻將會來臨。此刻，我卻找不到合適的話語。確實如此。因爲在我等待的時候，我變老了。如今我不再記得那些禱辭，但我還記得它們當時帶給我的喜悅，亦即我深信有朝一日會在這張桌子旁說出其中一番禱告，只要我還活著。我本來以為我的好妻子也會在這裡。我們真的想念她。嗯，我為了那份喜悅而感謝祢，那幫助我度過艱難的時光，有很大的幫助。」他停頓下來。

「可是，當我想到是什麼帶我們到天父面前，那也許是悲傷或疾病，某種煩惱，也許是疲憊。於是我們來了，而在這種時刻，知道我們有個天父真好，歡迎我們回家是祂的喜悅。的確是的。儘管如此，從人的角度來說，的確是有煩惱，有憂傷，而一個父親必須察覺這一點。他不得不察覺。或許難以理解，但即使是在極大的福分中，也有悲傷存在。」他似乎在思索。

「主啊，替我們揭去時間和憂傷的面紗，把我們交還給我們所愛的人，也把我們所愛的人交還給我們。我們的確渴望他們……」

傑克輕輕地說：「阿們。」他父親抬起頭來看著他，他聳聳肩膀，微微一笑，彷彿像在解釋似的說：「阿們。」

「噢，是，我說完了，真的。很抱歉我講久了。」

「不，先生。對不起……我並不是……」傑克伸手遮住臉，笑了。

他父親說：「沒必要道歉，傑克！你才回家來幾個鐘頭，我就讓你向我道歉！不！這可不行，我們開動吧！」他輕輕拍了傑克的肩膀。「我讓晚餐都涼掉了！你想切肉嗎？傑克？」

「也許葛洛莉願意來切？」

「沒問題。」她說，切開了烤牛肉，把第一塊給了父親，第二塊給她自己，第三塊給傑克。「那一塊還有點生。」

他說：「看起來很美味。謝謝。」

她父親勉力尋找話題，把談話維持在不至於傷感情的抽象概念的層次。「我認爲核武戰爭的威脅的確存在！在這一點上，艾姆斯和我意見不同！他從不曾適當地評估過十足的愚蠢對國際事務的影響！他假裝在仔細思考，但我知道他還是會再投給共和黨，因爲他祖父是共和黨員！對這一帶的人來說，歸根究柢就是這麼回事。誰的祖父不是共和黨員？可是在這件事上根本勸不了他。倒不是說我不願再試試。」

「我也支持史蒂文生。[16]」傑克說。

「太好了。」

父親禱告時她應該要閉上眼睛的，至少該垂下目光。可是傑克就隔著餐桌坐在她對面，端詳著自己的手，抬眼瞥向這個古怪的房間，蠻橫的窗簾，燈具上俗麗的玻璃水滴，彷彿老人的話語使他意識到這個地方。當他們四目相接，他微微一笑，看向別處，不太自在。爲什麼這種迴避在他身上也顯得優雅？如果他這許多年來不是家人心上的重負，不是那個大家避免提起的缺席者，猶如悲傷傳說中的主角，那麼他在她眼中會是什麼樣子？會像什麼樣子？她覺得他似乎應該是俊秀的，但他不是。他有鮑頓家人的瘦長臉孔，疲倦的眼睛，還有中年人的粗糙皮膚。他的手支在額前，彷彿要擋開她的關注，下一刻又歇在腿上，也許是因爲那隻手在顫抖。她很感謝他先說了「阿們」。當她父親對主說話，總是說得那麼認眞——發自內心深處，他有時候會這麼說。或出於深沉的悲傷，那悲傷包圍了他們全體。

晚飯過後，傑克幫她收拾餐桌，還在她協助父親就寢的時候洗了碗。她回到廚房，他幾乎快忙完了，廚房整整齊齊。「眞厲害，我得要花上一個鐘頭。」

「女士，我經驗豐富啊。我跟鮑頓家的人一樣，喜歡挑輕鬆的事情做。」她笑了，他也笑了，父親朝他們喊道：「上帝保佑你們，孩子！太好了！」

鮑頓家的人都長得很像，葛洛莉常常思考這件事。侯璞公認爲家中的美女，意思是鮑頓家遺傳的鼻子和額頭在她臉上不那麼明顯。母親則說其他幾個孩子，不分男女，都長得好看。他們全都從可愛的嬰兒長成不顯眼的兒童，再變成瘦高的青少年，最後成爲鮑頓家的成年人——母親總說他們的相貌「有個性」、「特別」，以示安慰或稱讚。侯璞是唯一的例外。所以，青春期就是看著不顯眼的五官隱約地改變，看著鼻子隆起一點，下巴稍微方一點。就這樣，葛洛莉的臉也在免不了要輪到的時候改變了。她還記得自己驚慌的心情。

然後是額頭。當年他們的祖父遇上了一個顱相學家，那人看見他宛如柱子的鼻子撐著沉重山形牆般的額頭，大加稱讚，乃至於之後幾個月裡，祖父涉獵研讀形而上學，甚至考慮競選公職。幸好最後留意到沒有人鼓勵他這麼做，從而得出了結論。但他的確請人拍了照，事實上，拍了三次：側面兩次，正面一次。這三張一組的深褐色照片掛在客廳裡，框著金色相框，四角飾有桂冠，像一張功勳的證書，也像教科書裡的插圖。在那張正面肖像裡，祖父那雙深褐色的眼睛炯炯有神，得意之色甚至顯而易見，流露出確信：不管後世不明箇中情由的旁觀者有何看法，但天性審慎的他遺傳給後代子孫的，不僅只那副沉重又不勻稱的面容，更可貴的是健全的心智。那是在他子嗣誕生的多年前——那個子嗣就是他們的父親，那樁婚姻的獨生子。據說，祖父母雙方家族對婚事極爲慎重，務求兩人匹配。總而言之，根據顱相學，這樣寬正的頭顱蘊藏了傑出超群的可能，即使在他自己與後人身上尚未得見：一個子孫精明，一個子孫受盡良心折磨，另一個則是文雅。若祖父有知，他或許會看到自己的冀盼隨著代代子孫變化的面容而漸漸不可能。偶爾有人說他的相貌跟貝多芬有點相似，而他的子孫都很感激自己或多或少得以倖免，即使在某些時候，想到他們身上留著的是才華的標記，令他們多少感到安慰。從顱相學或面相學來說，傑克就跟任何一個兄弟姊妹一樣，足以聲稱品格良善、與眾不同，他自己想必也知道。也許這就是爲什麼他看著她時微帶嘲諷，知道她懷著何種心思看著他。他彷彿在說：是的，這就是那張臉，那張好看的臉。我們全都拿來開過玩笑，爲之哀嘆，卻也知道天生如此。這張表情疏遠的臉令你不安嗎？這張臉上的傷痕和疲憊，令你驚訝嗎？

兩天之後，事態明朗了：傑克會待在房間裡，直到父親醒來才下樓，儀容整潔，恭恭敬敬，和藹可親，細心照料老人家。除了禮貌所需，他不對葛洛莉多說什麼。他想必是豎起耳朵傾聽父親的動靜，或是拖鞋和枴杖的聲音，因為他總是在幾分鐘內出現。想到他豎著耳朵，想到他在父親睡覺時留在樓上，只有她在樓下來來去去，掃地擦拭，聽收音機——音量當然很小，簡而言之，想到他刻意迴避，不禁令她惱怒：他讓我在自家屋子裡像個外人！不過，這不是我的屋子，他跟我同樣有權待在這裡。於是她決定等父親一看完報，就把報紙拿去給他。他對新聞的熱中令她微感驚訝。《時代週刊》、《生活雜誌》還有《郵報》全上了樓，在他床邊堆成一疊，傍晚時他會下樓來聽傳爾頓．路易斯的節目[17]。她會把報紙拿給他，再加上一杯咖啡，咖啡碟上放一塊餅乾。她想：我把這些東西拿給他之後就走，而他會把這視為一份單純的善意，那將會是個開始。有句話說：了解了就能原諒，但爸爸常說這句話說錯了。要想了解就必須先去原諒；在你原諒之前，你抗拒著去了解的可能。這句話她父親說過不止一次，在講道中，搭配適當的經文，但真正的主題是傑克，父親是在對自己說話，也對坐在前排的鮑頓家人說話，而傑克通常不在其中。當然也是對著教堂的會眾而說。他會說：如果你原諒，有可能你還是不了解，但你會願意去了解，這就是慈悲的態度。

每個人都對這些講道相當感興趣，至少是就主旨而言，雖然它們一再出現，且隨著時日而益發頻繁，雖然它們告訴大家不要指望父親會行使他的偉大控制權，世人總認爲這種控制權的行使在別人家裡要比在自己家裡來得可能，而且有效，尤其是在牧師公館。七個模範兒童——或多或少算得上，全都按照課程表來學習，全都勤學鋼琴，他們的不守規矩頂多只是沒有惡意的吵嚷，而他們的父親似乎很享受。還有傑克。他從什麼時候開始堅持要用這個名字？

他的房門開著，床鋪好了，窗戶往上拉開，窗簾在晨風裡飄動。他衣著整齊，穿著襪子，倚在枕頭上，在讀一本書。

「別起來，我不是要打擾你。我只是想，你也許想要看報。」

「謝謝。」他說。她不知道是什麼讓他站起來，當她或父親走進房間。那看起來像是敬意，但似乎也在說：你們永遠不會看見我安心自在，永遠不會看見我卸下防備。還有他那些「謝謝」。那句「謝謝」是那樣源源不絕，以至於顯得不帶感情，至少跟任何特別的善意無關，彷彿他訓練了自己隨時注意別人對他表現出的善意，不管有多輕微。他這樣做當然也沒有錯。以他的情形來說肯定沒有錯。

她說：「不客氣。」然後說：「爸爸會希望我們能談一談。」

「噢。」他說，彷彿她進來他房間這件事背後的動機頓時明白起來。他把頭髮向後攏。「他希望我們談些什麼呢？」

「什麼都好。談什麼不重要，他只是擔心我們不講話。他討厭屋子裡靜悄悄的。」

傑克點點頭。「是，我懂了。沒問題，我做得到。」

一分鐘過去。「那麼……」她說。

「我的確有件事想跟你談。」他走向衣櫃，拿起一張躺在那兒的鈔票，遞給她。十美元。

「你幹麼給我錢？」

「我不認爲牧師有很多錢過日子。我想或許能幫忙買點日用品。」

「是能幫上忙，沒錯。可是他過日子沒有問題，他從農場那兒得到一點收入。我回家後，布蘭克太太就退休了，所以他也不必再付錢請管家。再說，其他人也會照顧他。教會的人也是。」

「教會的人。他們知道我在這兒。」

「欸，昨天有人在門廊上放了兩個派，今天則有一鍋燉菜和六個蛋。」

「所以說，話已經傳開了。」

「是的。」

「但他們並不會進來。」

「除非我們邀請。」

「很好，這樣很好。」他看著她。「你不會邀請他們。」

「不會。」

「很好。謝謝。」接著，彷彿想要解釋，他說：「我需要一點時間來……試著適應這個地方。」

她不止一次想到，他的「謝謝」具有結束談話的作用。也許這並非他的本意。而此刻，當這番對話進行得相當順利，她決定不要這樣來看待他的「謝謝」。於是她說：「你在讀什麼？」

傑克朝他留在床上的那本破舊小書瞄了一眼。「一個朋友送我的書，相當有意思。」他微微一笑。

「很好。」她說，轉身下樓到廚房去。她並不在乎他讀什麼，她只是試著跟他交談。父親並未明言他注意到兄妹倆之間的沉默，也沒有說他擔心這件事，但她知道這想必是實情，也並不後悔向傑克提起，雖然她也有點驚訝自己會提起。爸爸大部分的時間都在睡覺，如果能有個人聊聊會很不錯。他那樣迴避她很無禮，就算他記憶中的她令他不悅。把「謝謝」和「你眞好」掛在嘴邊可算不上禮貌！這些念頭她但願永遠不會聽見自己大聲說出來。她又轉身上樓。

他仍舊拿著書站在那兒。「杜博斯[18]寫的，你聽說過他嗎？」

「喔，聽過。我以爲他是個共產黨員。」

他笑了。「每個人不都是嗎？如果你相信報上寫的。我猜你會以爲我在樓上讀政治刊物。」

「我不在乎你讀些什麼。我眞正在乎的是我們能否像文明人一樣同住在這棟屋子裡。」他們聽見床的彈簧吱吱嘎嘎響，接著聽見枴杖咚一聲落在地上。「爸爸，我這就來！」

傑克說：「這很難，葛洛莉。我知道你怎麼看我。」

「哦，那你知道的比我還多。」

「你這話是認眞的嗎？」

「完全認眞。」

他們聽見砰的一聲。她喊道「我來了！」就跑下樓到廚房去。她父親站在一張翻倒的椅子旁，穿著睡袍和一隻拖鞋，頭髮散亂。他看著兩人，面帶焦慮，那焦慮摻著不悅，手裡一副「大富翁」。「我在想，我們可以玩一下這個，玩個一、兩盤。現在我最好坐下來。」她扶著他坐下。「你們曉得如果從熟睡中驚醒會怎麼樣。我以爲發生了什麼糟糕的事……」他說著又陷入也許是禱告的瞌睡中。

傑克拿出「大富翁」的板子、錢和骰子。「我是禮帽。」他說。

父親說：「嗯，我是某樣東西。我不太確定我是什麼。」他閉上眼睛。「我想我還是回去再睡一會兒比較舒服。」傑克扶他回去安樂椅上，然後回到廚房。

葛洛莉說：「我是鞋子。」

「鞋子？」

「我知道。可是那能替我帶來好運。」

他笑了。「你常玩大富翁嗎？」

「比我自認爲會玩的次數大概多上一千次。」

玩了四輪之後，她買了兩家公用事業。

「嗯，看來很難贏過你。我明白你說鞋子會帶來好運是什麼意思了。」

「你準備認輸了嗎？」

「樂意之至。」

傑克把遊戲收好，把那些契據和錢結清，彷彿那很重要似的。

葛洛莉說：「你怎麼知道我不是共產黨員？」

他笑了。「你人太好了。也不是說人好就一定不是。我也不是共產黨員。」

「我想過要讀讀那方面的書。馬克思主義。」

「杜博斯不是個共產黨員。不算是。」

「我並沒有暗示他是。」她說。但她是在暗示。她想，如果讀了他的書，他們或許能有些話可聊。「我會去圖書館看看有沒有這方面的書，可是麥瑪努斯家的姊妹在那兒工作，而我提不起勇氣去跟她們任何一個說話。」

「至少你上教堂。」

「最晚一個進去，最早一個出來。我非去不可。這對爸爸很重要。」

他們兒時那座教堂已經不在了，白色的護牆板，有著陡峭的斜屋頂和縮短的尖頂。取而代之的是昂貴得多的建築，風格宏偉，雖然規模不大，角落有座有垛口的諾曼式鐘樓，沉重的入口上方有扇圓花窗。歷史概念不清的人或許會錯認這座宏偉建築是幾世紀的劫掠和荒廢的遺跡，以爲那座鐘樓也許在悠久的歲月中沉陷了十幾尺。由於經費用罄，這座建築曾經重新設計幾次，但基本的成果符合大家的期望，或多或少。「這根本是英國國教的風格！這是拱手投降！」她父親看到設計圖時大力反對，令教會長老大吃一驚，但並沒有特別引起他們的重視，只是悄悄議論他的心智狀態——沒有什麼比這種迴避更爲怵目，爲了不傷害對方感情，卻假定對方不那麼敏感。「把我當成個小孩子！」她父親不止一次這麼說，當他靈魂的騷動剛好在晚餐桌上爆發。

這是他的孩子從未料到的悲傷。他們也不曾想像過父親的身體會成爲他的負擔，令他困窘。他確信自身的衰老引起了各式各樣的輕視，而他對之有所警覺，急於表明什麼事都瞞不過他，常爲小事發怒。七個子女每天通電話，長達數月。但疼痛加劇，超過他能忍受的程度，親愛的老妻身體也愈來愈差。他再也不像平日的他。艾姆斯在他身旁坐了幾個小時又幾個小時，但就連艾姆斯也免不了被他懷疑。他們共同想方設法減輕退休勢必帶給他的打擊。假如是在別種情況下發生，退休本來會是一樁幸事。唉。他終於回復平日的自己，甘心接受失去和憂傷，服事主。

如今葛洛莉是他們一家人的特使。每逢假日，他們會以代表團的身分上教堂，以表示和解之意，那和解還不夠完全，尙不足以誘使她父親舉步維艱地踏上教堂的石階。已經不算新的牧師還年輕，胖嘟嘟的，面帶微笑。他對神學家尼布爾[19]的欽佩偶爾讓他的講道辭有剽竊之嫌，但他是出自好意。他對她一向特別熱絡，這令她氣惱。

對她來說，教堂是個通風的白色房間，有高高的窗戶，眺望著上帝的美好世界，上帝的美好陽光從窗戶灑進來，落在她父親所站的講壇上，她父親挺拔而強壯，剖析世人破碎的心，讚美基督愛人的心。那就是教堂。

她把傑克給的十美元鈔票放進抽屜，他們一向把家用的現金放在那裡。每個星期，銀行會派人帶個信封過來。她注意到信封裡的錢從五十美元增加到七十五美元。有人又打過一通電話。就連五十美元也從來用不完。一週過去，不論錢剩下多少，她就把剩下的放進鋼琴凳裡。她這樣做沒有什麼特別的理由，只因爲父親對金錢的安排不關她的事，而她若不把多餘的錢放到別處，裝現金的抽屜就會滿出來。她把傑克那十美元單獨放進信封。錢是他事先準備好的，想必他算過了自己能拿出多少，而他把這錢給了她。嗯，他的確一向表現得好像這屋子不完全屬於他，甚至連這個家也不是。他給她錢的舉動有種莊嚴，莊嚴之處在於他懷有這個意圖好幾個鐘頭、好幾天，而他想必也知道誰都不會在乎這些錢，除了他自己。儘管如此，他出於自尊心把錢交給了她。這整件事有種純眞。她覺得她得要留心，別把這張鈔票當成普通的錢花掉。

每天傑克都在等信。不管他如何消磨時間，郵件送來時他總是在信箱附近，率先把郵件看過一遍，雖然似乎從來沒有一封是給他的。只有一次例外，那是在他返家三天之後。那天是他生日，而她忘了。有六張卡片寄來給他，來自他的兄弟姊妹。他拆開一張，瞥了一眼，然後跟其他幾張沒拆開的卡片一起放在門廳的桌上。「是泰迪，他很高興我在這兒。他期待著耶誕節回來。」

「泰迪也很高興我在這兒，他們全都很高興。」

他笑了。然後他問：「待在這裡對你來說眞有那麼糟嗎？」

「這樣說吧，這不是我原本想要的。」

「欸，可憐的孩子。」

這像是做哥哥的會說的話，她想，在某種程度上令人欣喜，雖然這暗示了她自身的處境，而她一向寧可避免提及。對於她的情況，他知道多少呢？爸爸想必告訴了他些什麼。「可憐的孩子」聽起來有點高高在上，令她氣惱，可是哥哥對妹妹就是這樣，這是疼愛的表示。

第二天又有一張卡片寄來。地址是用印刷體寫的，字跡拙劣，說是出自孩童之手也不無可能。她先看見這張卡片，因爲郵差比傑克預計的時間提早到了。她上樓到他房間，把卡片遞給他。他朝卡片瞥了一眼，臉紅了，但沒有拆開，就塞進正在讀的書裡，什麼話也沒說，除了：

「謝謝你，葛洛莉。謝謝。」

幾天之後，她有時見到他坐在門廊上，讀一本雜誌。偶爾，她在廚房裡忙碌，他會把雜誌拿到廚房桌上來讀。她想，這是個流浪者在學習家居生活的條件，測試舒適度，權衡其代價。因此她圓滑而謹慎，不流露驚訝。有一次，當她在廚房桌上翻開食譜，他說：「如果我妨礙到你，請告訴我。」

「一點也不。我很感激有人作伴。」她一直等著要告訴他這句話。

「謝謝，我並不是眞的不想跟人來往。這只是一種習慣。」

事實上，屋子裡有另一個人在，是種慰藉。看著這個離家多年的人注意到一件件東西，彷彿被家裡的一成不變給嚇著，甚至有點被冒犯，也是有趣的事。她看著他搭著母親常坐的那張椅子的椅背，摸摸燈罩的流蘇，彷彿向自己證實，這些半被遺忘的物品仍舊不可思議地繼續留在老地方，並非大腦玩的花招。這棟屋子的物事從不改變，除了褪色、磨損、一切刮痕。祖父母那一代以節儉所創造的奇蹟，意謂著這棟屋子傳到年輕的父親手中時，「沒有抵押權擔保」這個字眼可以用在這棟屋子和屋內的一切東西上。這個字眼把古板和破舊變得聖潔。那些占空間的大家具，那種拘謹而奇特的品味，都是祖父母嚴謹自律和先見之明的見證，只要不考慮是否體面或實用——而他們萬萬不會如此想。父母常常告訴他們，他們的所有需要都能得到滿足，是多麼幸運。左鄰右舍大多用預付定金和分期付款的方式來購買生活所需的設備，而鮑頓家能夠直接買下木製大收音機、直立式鋼琴、電冰箱和電爐，因為他們的祖父母以非凡的遠見留下十英里外幾畝無債務的土地，他們把那塊地以雙方同意的價格租給一個農夫。所以說，就連他們購買的東西實際上也是先人的遺贈。由於欲望不多，他們能夠沒有債務負擔地享受一些樂趣和舒適——當然，不會早於他們的鄰居。節儉是他們的第二天性，由於小心翼翼地不要顯露出自己的富足而更為強化，也恰好符合他們對於既有物品的珍惜。一個牧師家庭何必去冒炫耀財富的風險？家裡有八個活蹦亂跳的孩子，何苦擁有任何可能弄壞的東西？母親坐的椅子墊得又軟又厚，當她讀書給他們聽，他們坐在椅子扶手上，懸在椅背上，去捏去扯椅子毛茸茸的皮。看到羽毛的尖端戳了出來，他們就拉出來玩，一小根乾燥的羽絨，完好無缺。邊聽故事，他們會去轉動畫著圖案的羊皮紙燈罩，到後來燈罩邊緣也摸髒了，燈罩四面那四束花的莖也幾乎磨掉了。地毯上出現磨痕沒有關係，餐具由於使用和擦拭而殘舊也沒有關係。

她坐在母親的椅子上吹著一根羽毛時，學會了「飄」這個字眼。傑克走進房間，空氣的振動讓羽毛飄出了她的手。在那段時間裡，幾個哥哥叫她葛洛莉．B，B這個音的聲調長短不一；有時也叫她葛洛莉．哈利路亞，或是小鬼，或辮子妹。有時候，他們不把小妹妹叫做葛莉絲和葛洛莉，而叫她們「稱義」（justification）和「成聖」（sanctification），幾乎惹惱了父親。不過，一般說來，幾個哥哥都忽視她，傑克則不太一樣。那天晚上他站在門口，看著那根羽毛在他帶進來的氣流裡打轉，朝著天花板飄過去，然後他伸出手輕輕抓住，還給了她。「它只是飄走了。」他說。她當時大概是七歲，所以他大概是十二歲。當時他已經是那個樣子，能夠獨自一人就獨自一人，情緒好的時候很和氣，不見人影時就讓大家擔心。然後是另外那些年，連葛莉絲也離家之後，只有她和父母親一起在這棟屋子裡度過的緊張歲月，他們不再時時提起傑克的名字。如今，由於傑克住屋裡，她更常想起那個長著雀斑的女孩，坐在廚房桌子旁，既害羞又無禮，不顧別人對她說的話，等不及要回家。那個女孩和她的寶寶。

傑克和泰迪離家去上大學之前一個月，葛莉絲搬去明尼阿波里斯跟侯璞同住，好跟從一位眞正的老師學習鋼琴。他們的鋼琴全都是跟史威特太太學的，她身材豐腴，總是一臉不耐，她有辦法靈巧地打學生的手卻不至於打斷他們正在彈的音階或練習曲。她會一起坐在鋼琴凳上，身上帶著鈴蘭的香味，把生氣的目光投向琴鍵。侯璞說她就跟蟾蜍一樣警敏，動作也跟蟾蜍一樣快。每當一個音符彈錯，就是一聲「啪！」，緊繃的臉帶著警覺的神色，然後又是另一聲「啪！」。六個孩子堅持練到中學畢業，足以上臺表演，但仍因為把這般乏味的成人儀式拋在腦後而鬆了一口氣。有時候傑克會跟泰迪一起去上課，為了在課後跟他一起嘲笑可怕的史威特太太。但葛莉絲眞的喜歡彈琴。她練得很勤，超過本分，也超出別人對她的期望。有一次她哭著對父母說，老師打她的手令她分心，於是母親去跟史威特太太談。史威特太太氣憤地問：「要不然她怎麼會進步？」可是從那時候起，她在葛莉絲彈琴時就勉強約束住自己，而把她的教學方式發洩在葛洛莉身上。

侯璞那時候剛結婚，有一次帶她小姑一起回基列鎮。那位女士聽見葛莉絲彈琴，十分欣賞，提到這樣一個有天分的孩子在明尼阿波里斯生活的好處。葛洛莉還記得那一天，記得那個時辰，當那個想法進入她家人心裡。他們全看著葛莉絲，彷彿有人發現了一枚戒指或是護身符，確認這個棄兒是皇室子女。那樣的話就太好了，侯璞說，而母親終於答應，行李迅速打包。葛洛莉坐在她房間裡，試著理解家裡沒有人會反對，懇求也沒有用。是傑克注意到她。他說：「可憐的辮子妹就孤單了。」看見他惹得她掉淚，他說「抱歉」，露出微笑，揉揉她的頭髮。

也許是那幾句話讓她在許多年裡都以為他們之間有種特殊的契合，以為她比其他的兄弟姊妹更了解他。他們是不突出的孩子，她想，不受看重，被輕忽了。這個念頭並非事實——傑克在各方面都很突出，當然也包括逃學和不良行爲，儘管如此，他得以靠著聰明來應付，老師總是說「假如他能好好善用他的聰明就好了」。至於她，她是那麼認眞，她那些A和A^+全都得歸功於她的勤學。她是個「乖孩子」，在這個字眼最完全、最狹隘的意義上，尤其用在女孩子身上。而她長大成爲一如童年所預言的那種成人。唉。

儘管如此，當她十三歲，傑克離家去上大學，縱使心裡難過，她也能任意想像，並在其中獲得慰藉和滿足，這是她從來無法眞正感到後悔的錯誤。當她把他想得比較好，勝過他應得的，她等於是在替他辯護，而她也無法爲此而感到後悔。許多年後，她聽見父親在深沉的悲痛中說：「有些事情是無法爲之辯護的。」彷彿他認爲一道深淵裂開了，而傑克在遠遠的另一端，無法拯救，難以安慰。她自覺無法容許此事成眞，尤其身處地獄之中的似乎是她父親。他用盡了最後一分原諒的能力，而傑克仍舊遠在他不能及之處。他站在絕望的邊緣，不管她母親如何費盡唇舌想帶他離開，不管艾姆斯念出多少禱告和經文。

母親有一次對她說：「我想那孩子生來是爲了讓他父親心碎。」又有一次，母親像對個大人說話似的對她說：「我從沒見過你爸爸這麼苦惱。這令我害怕。」那天晚上，雖然不清楚該請傑克做些什麼，葛洛莉給他寫了第一封信，請他打電話回家，或是回家來看看，爲了他們的父親。

那時她已經開車帶父親過河去過鄉下，由於肩負的責任而感到緊張，因爲她才剛學會開車。她也感到激動，想要保護父母，因爲他們似乎突然得要倚靠她。她把車停在籬笆外，和父親在車裡等，直到一個婦人出現在那間凌亂小屋的門口，把狗叫進去。她父親下了車，在車子旁邊等待，帽子拿在手裡。接著一個男子走到籬笆旁，雙手扠腰，站著打量那部車，那部傑克的活動頂蓬車。男子對她父親說：「你是誰？你到這裡來做什麼？」

她父親說：「我是羅勃．鮑頓，我知道我們家對你女兒和她的孩子有責任。我是來告訴你，我們明白我們的義務，也樂意承擔……」他拿出一個信封，帶著歉意，幾乎帶著膽怯，可是那個男子朝地上啐了一口，說：「這是什麼？錢嗎？哼，你可以留著你該死的錢。」那個婦人又出現在門口，這一次抱著嬰兒。等那個男子憤然走開，走向畜棚，她走到籬笆旁，說：「你可以放在那邊的信箱裡。」然後她把遮住嬰兒臉龐的毯子掀開。

過了一會兒，她父親說：「對了，我是羅勃．鮑頓，這是我女兒。」婦人點點頭，轉身走回屋裡。一個身穿藍色睡衣的女孩走到門廊上，把嬰兒接過去抱在懷裡。她用鼻子去碰嬰兒的臉頰，看著他們，直到他們開車離去。

傑克的確回家來跟父親談過。葛洛莉心想，或許是她的信發揮了作用，因爲當他們關上門輕聲談了半小時之後，他離開餐廳，看見她在客廳裡，坐在母親常坐的那張椅子上，他說：「你也打算對我說教嗎？」他的意思也許是父親剛剛向他說教，但也可能是他感覺到她那封信的沉重和嚴肅。那封信的確用盡了她十六年來被灌輸的道德眞誠所賦予她的能力，也用盡了年少的她所確信的事。她主要只說到父親的傷心，因爲其餘的一切都太過棘手而複雜。但她確定一切能夠解決，她懷著很大的希望。

於是她問他：「你會跟她結婚嗎？」

他的臉色十分蒼白，卻露出冷淡的微笑——帶著愧色——說道：「你見過她的。」

她說：「嗯，爸要怎麼做……」

「對我嗎？什麼也不做。我的意思是，他會原諒我。」他笑了。「我得去趕火車了。」

「你甚至不留下來吃晚飯嗎？」

他說：「可憐的辮子妹。」向她微微一笑，走出了家門。

二十年過去了，無法得知那一天發生了什麼具有決定性的事。她母親過於心煩意亂，留在房間裡，無疑等著傑克去她那兒尋求諒解，而她餘生將再也不會見到他。夜幕低垂，沒有一盞燈亮起，晚餐時間到了，晚餐時間過了，無人察覺。她父親從餐廳裡走出來，看見她在黑暗的客廳裡，說了聲「噢，你在這兒」，彷彿在提醒自己某件事，接著就上樓了。她烤了兩片麵包，什麼也沒塗，就這樣吃了，因爲她擔心在麵包上抹奶油也許會弄出聲音。然後她上樓回她房間。她從沒想過他們家能夠容納如此淒涼的寂靜。

如今她又回家了，傑克也又回家了。那些家具、以及舊日熱鬧的家庭生活造成的磨損都還在，那些舊書也還在。他們的祖父曾經寄了一張金額可觀的支票到愛丁堡，請一位表親收集講授未經腐化之眞實信仰所需的書籍。他收到一個大箱子，裝滿大部頭的書，用黑色皮革裝訂，他們全都假定眞實的信仰的確就在其中。有時候，他們思索著那些書名，一起感到納悶：《談預定論：回答一名再洗禮教派信徒》、《談苦惱》、《反對可怕之女性統治的第一聲號角》、《蘇格蘭教會之書》、《神召：論神之有效召喚》、《被釋放的母鹿》、《基督之死以及吸引罪人到祂身邊──在祂靈魂受煎熬的時刻檢視我們的救主，祂在死亡中的美好，及其效力》。他們懷著敬意，爲了家裡有這些書而感到自豪，彷彿約櫃託付給他們保管，而他們知道不該去碰。當然，只有傑克除外，他偶爾會取下一冊，讀上幾頁，或是看起來像在閱讀，也許只是爲了讓父親擔心。父親就跟他們一樣尊敬這些來自愛丁堡的書，也同樣無意去翻開，而且顯然害怕這些書損壞。「傑克，你在書裡發現了什麼有趣的東西嗎？」他會問，而傑克會回答「沒有，先生，還沒有」，狀似繼續閱讀，幾分鐘之後，再把書放回架上。他是否找到機會去損毀書頁，沒有人知道。那些書有成千上萬頁。父親也不會想要知道，因爲這也許會令他氣得難以容忍，更勝於她哥哥所造成的其他損害，那些無法解釋、無法彌補的損害。其他兄弟姊妹懷著沉默的敬畏去對待的每一件東西，傑克都能找到方法去破壞。可憐的老艾姆斯，許多年裡他肯定承受了許多卻不曾抱怨。他和傑克之間想必發生過許多事，但他從未提起，這是他對他們父親的仁慈，一份無言的遺憾，極其明顯，帶著容忍，類似他們父親自己的遺憾。如今回顧起來，那些日子是美好的，是他們父親快樂的日子。

下午她在園子裡工作。她種了豌豆、四季豆、番茄、南瓜和菠菜。野兔是個麻煩，還有土撥鼠。不過，這一切還不見得都是徒勞。她得請人架起類似圍籬的東西，這意謂著得跟某人談話，而她寧可不要。

幾分鐘後，傑克來了，站在陽光下，在菜園邊上抽菸。他說：「我想你也許可以讓我在這裡做點事。」

「的確。我是說，你可以讓自己在這裡做點事。要做的事有那麼多，嗯，你也看得出來。媽媽以前在那塊坡地上種了鳶尾花……」

「我知道，我也曾經住在這裡。」

「我的意思只是你也許可以從那裡開始，那兒長滿了雜草。你當然曾經住在這裡。」

「……雖然感覺上好像很奇怪……」他說，彷彿替她把她的話說完，或是跟她有同感。

路上傳來人聲，他臉上閃過一種表情，似是驚慌，又像惱怒。然後他看見那是個路過的年輕人和一個小孩，絲毫沒有注意他們。

她說：「那是唐尼．麥金泰的兒子和孫子。也許你還記得他，他跟路克同年。」

「聽說老艾姆斯牧師也有個孩子。」

「是的，他是有個孩子，還有個太太。婚姻生活似乎很適合他。」

「大家對這些事有什麼看法？」

「我猜是有些閒話，可是誰能嫉妒他呢。爸爸覺得有點被冷落了。以前他和艾姆斯在一起消磨了那麼多時間。」

傑克扔掉菸蒂，踩熄了。「我最好是做點有用的事。」他走過去站在那些鳶尾當中，穿著他那雙城市人的鞋子和一件體面的白襯衫，襯衫上還有摺痕。他又點了一根菸。他們的父親走出來坐在門廊的椅子上，這對他來說是件艱鉅的工程。如今，由於傑克在這兒，他盡可能不要別人協助，顫巍巍地、舉步維艱地上樓，用不穩的手刮鬍子。他們什麼也不能做，除了豎耳傾聽是否有緊急狀況，並且祈禱，同時忽視他後腦勺上的凌亂頭髮，他梳不到。從門廊的椅子上，他能夠望見園子。

傑克彎腰去拔一叢野草，扔到一旁，又拔了另一叢，再扔到一旁。然後他走到屋旁的工具棚裡去找把圓鍬。等他回來，他說：「車棚裡那輛 DeSoto[20] 不是你的吧。停在那兒太久了。」

「不是，忘了哪個哥哥留下來給爸爸用的，但他從來沒有眞正開過車。我猜他有過駕照，很多年前。」

「看起來是部不錯的車。」

「我試著發動過一次。」

「你把鑰匙留在車裡。」

她點點頭。「不會有哪裡比那兒更安全。」

「嗯，油箱裡有一點油的話，情況就不同了。散熱器裡加點水，輪胎充點氣。我把擋風玻璃擦了一下，讓那部車看起來不那麼——寒酸。也許可以推到日頭下幾個鐘頭，我打開車蓋好好看一看。如果這樣做沒問題的話。」

「我想不出有誰反對。」

他點點頭。「我只是想確定一下。」等他抽完菸，他開始鬆土。

他曾經住在這裡，而且他知道該怎麼做事。不知道爲什麼，她從沒想到他曾經注意過這個地方，或者說他的心思似乎都在迴避或藏匿，從不留意日常雜務，這些雜務構成人生的大部分，在當地人的看法中，也代表這人生的價値與驕傲。但他捲起了衣袖，用圓鍬在一排排鳶尾花之間鬆土，做得很認眞。

她聽見父親在喊：「傑克，吃晚飯了！」那是他自己的時間表——才四點十五分，她根本還沒動手準備晚餐。但傑克把圓鍬插在地上，看著手，停了片刻。他走到門廊上，又看著他的手，她聽見父親說：「讓我看看！哎呀，哎呀！葛洛莉會處理！葛洛莉？他手上有根小刺，被那把舊圓鍬的把手刺到的！我不知道那把圓鍬有多老了！我該提醒你們的！葛洛莉？」

傑克說：「如果能借根針，我想我自己就能處理。」

「不，不。傑克，刺得很深！」

父親一臉擔心。他抓住傑克的手腕，看看手心，接著幾乎是衝了出去。「要擦點碘酒！」

葛洛莉說：「你去洗手，我來把針消毒一下。」

「我去拿碘酒！」老人說，毅然決然地衝向樓梯。

傑克抬起頭來看著她。「只不過是根小刺。」

她說：「這裡難得發生什麼事。」他笑了。

她把他逗笑過兩次。對於那個手巾的笑話，她頗感得意，但是要讓他爲了這句短短的評論而笑，他想必得對她感到相當親切。他從來不是你希望他笑他就會笑的人，不是其他人笑的時候他就會笑的人。在那些舊日時光。那時他是個靜不下來、與人疏遠、難以相處的男孩，然後二十年過去，幾乎不曾有過他的消息，如今他在這裡，在她的廚房裡，伸出受傷的手，剛洗過，還濕濕的，聞起來有薰衣草和鹼的氣味。他們坐在桌旁，她抓著他的手好保持穩定。一隻修長的手，仍舊微微顫抖，出於上午的勞動長了幾個水泡，還有香菸留下的漬痕。

他注意到她在檢視他的手。「你會看手相嗎？」他問。

「不會。可是假如我會，我會說你的生命線上有根小刺。」

他笑了。「我想你也許找到了你的天職。」

她把針放下。「我怕做這件事。我可能會弄痛你，而且你的手在抖。」

「嗯，如果這隻手在抖，另一隻手也一樣。如果是我，我可能也會弄傷自己。」

「好吧。盡量坐著不要動。」她想：假如他眞是個陌生人，還不會這麼怪。她聽得見他的呼吸，看得見他手腕蒼白皮膚下青青的血管。「稍等一秒鐘……好了。」她輕鬆地挑出了那根刺。

「謝謝。」他說。

枴杖聲、嘎吱作響的欄杆、重重滑動的鞋子，他們的父親急忙走進廚房，拿著一瓶碘酒和一捲紗布。

「來！你要再把手洗一洗，然後再擦乾。」他說，拿著碘酒東擦西擦，終於擦到該擦的地方。

傑克說：「哎唷。」從聲音聽來，他喊這一聲是爲了舊日時光。

「是會痛，可是這很有效！」她父親由於焦慮而異常激動。他走到冰箱那兒，打開冰箱的門，站在那兒，意圖明確。「晚餐！我覺得那些派不見了！」

葛洛莉說：「那些派放太久了，所以我放在籬笆上給達貝格家的狗吃。」

「是嗎？照這樣看，也許我們該自己養條狗來餵！」

傑克笑了，他父親對他微笑，拍拍他的肩膀，說：「嗯，眞好！我就喜歡聽到你笑！」

前一天，有人把切片的火腿和一份通心粉沙拉留在門廊上，這屬於那種親切的提醒，提醒他們時時有人注意他們家裡的事。神的恩典是豐富的——「我們的心太滿了！」老人說，陷入對他來說成了白日夢的禱告。

晚餐時傑克焦躁不安，但有耐性，聽完父親想要交談的嘗試——「是啊，這個鎭以前很不一樣，那時候我們還臨著大街呢！有行人通過。你大概記不得那間老飯店了，我們認爲它很高尚，有大露臺和跳舞的大廳……」回想起當年的基列鎭，讓他在興奮中帶著惆悵，傑克看著他，帶著些許無動於衷。如今，在他返家的不自在大致退去之後，他就帶著這種表情。她替父親感到難過，雖然他是這麼開心。要跟傑克談天很難。他童年和少年時期的往事，提起來不至於讓人感到困窘的很少，另外二十年的沉默也該由他提起，如果他選擇要談的話。然而，聊起那段歲月若是可能引起更多的不自在，他們也樂意感謝他的緘默。此外還有那個疑問：「你爲什麼在這兒？」但這個問題他們永遠不會問。葛洛莉心想：我爲什麼在這兒？如果有人問我這個問題，會是多麼殘忍。

父親由於努力找話題而感到疲倦——「對，嗯……對。」傑克收拾了碗盤，然後喚了聲「先生」，攙起父親的手臂，扶他站起來，這是老人從來不讓葛洛莉做的事。傑克扶他回房間的椅子上去打盹，幫他脫掉外套，解開領口，鬆開領帶，再蹲下來替他脫掉鞋子。「那條舊毯子……」他父親說，傑克把毯子從床尾拿過來，蓋在他身上。這些事她每天都做，做了好幾個月，而傑克做這些事的態度比較像是出於禮貌，而非出於好意，彷彿那是對父親的年紀表現出的敬意，而非對他父親年紀的讓步。她看得出他的照料撫慰了父親，彷彿病痛正是爲了這樣一種安慰而存在。

她盡力而爲了。

家裡的男孩稱父親爲「先生」，但女孩從不這樣稱呼他。在他背後，男孩叫他牧師，或是老先生，可是女孩總是叫他爸爸。傑克，你能告訴我，你爲什麼做了那些事，爲什麼有那種行爲？不能，先生。傑克，你無法解釋嗎？不能，先生。那份禮貌是他的盾牌，他的隱藏，他的勇氣。他父親永遠不會對這份禮貌揚起手來，也很少抬高嗓門。你的確明白你做錯了事。是的，先生，我明白。傑克，你會祈禱，讓你具有更正確的善惡觀念、更好的判斷力嗎？不，先生，我想我不會。好吧，那我會替你祈禱。謝謝，先生。

傑克扶著父親從椅子上起來，也是出於同樣的禮貌，而她看得出來，父親的愉悅有一部分在於承認之驚訝，彷彿一個舊日的承諾被遵守了，一段舊的恩義被記起。她媽媽曾說：「那孩子把你整得服服貼貼的！」而她父親說：「我害怕我們會失去他。」那是在她父母親意識到她在聽他們談話，並且約略聽懂了之前。聽見父母之間這樣的對話促使她去向傑克質問「你憑什麼」，也讓她瞥見了傑克眼中的恐懼，她至今仍舊記得。他想必自認為知道她那句問話、那種語氣是從哪兒學來的。她記得自己雙腳穩穩站著、雙手扠腰說話的模樣。可憐又愚蠢的孩子。因為她是老么，他們忘了她已經長大了，該小心不讓她聽到。在那之後，每當傑克走了，她就知道他們也許失去了他。每當她試圖跟在他後面，他會說：「走開，葛洛莉，拜託請走開。」

葛洛莉站在走廊上看著傑克安頓父親去打盹。看著老人沒有因為不舒適而發出任何聲音，在傑克細心的照顧中得到撫慰，裹在被子裡，像個疲倦的孩子，那一幕很美。

黃昏時，傑克下樓來，穿著西裝，打著領帶。「我一會兒就回來。」他說。他在臺階上停了一下，戴上帽子，調整了一下，然後走上通往鎮上的路。父親聽見關門的聲音，坐起來喊道：「傑克出去了嗎？」

「他說他待會兒就回來。」一個鐘頭後，葛洛莉上樓到他房間去，只是去看看他是否收拾了隨身物品，用某種方法弄出了屋子，但東西仍在他先前放置的地方，襯衫在衣櫥裡，書在衣櫃上。當然，她沒有開燈，他可能從路上看見燈光。站在那兒時，她當然也聽見了前門打開的聲音。她躡手躡腳地沿著走廊走進浴室，打開水龍頭。他上了樓梯，在走廊上停下腳步。然後她聽見他打開房間裡的電燈。她記得房門原本微敞著。她是否讓那扇門開著？他是否在尋找有人進過他房間的跡象？小時候他會那樣做。有人！除了我還會有誰，她想。

那麼多年前，她父親說過：「我害怕我們會失去他。」而這會兒他又來了，離開屋子一個鐘頭之久，到最後，老人由於過度擔憂而無法靜坐，她則潛進他房間裡，侵犯他的隱私——如果說這世上有一件東西是她急於給他的，或是給任何人，那就是隱私！眞令人吃驚。在她這一生裡，這棟屋子若不是傑克可能不在的地方，就是他不在的地方。他爲什麼離開？又去了哪裡？這些疑問懸在他們心中長達二十年。在這二十年中，每個兄弟姊妹試圖不去理會，假裝全副心力都在自己的生活上，假裝不去想他鮮少來信，不去想耶誕節時又沒有接到電話，不去想那份隨著時間而益發沉重的掛念似乎把父親壓彎了腰。他們是那麼害怕會失去他，而後他們失去了他。這就是他們一家人的故事，不管他們這一家在外人眼中有多麼溫暖、健全、枝繁葉茂。

她是怎麼想的？以為他把皮箱扔出窗外，偷偷溜走，像個想躲開房東的人？他有什麼理由那麼做？可是他做任何事又有什麼理由——例如回家來？她聽見他又下了樓，聽見父親說：「噢，我們正想到你，傑克！葛洛莉應該在家……」於是她下樓到廚房去，而他就在那兒，察看手上的傷口。

「怎麼樣了？」她問。

「癒合得很好，謝謝。」他投來的那一瞥溫和而難以解讀。「我出去好好看看這個地方。這附近的人都做些什麼樣的工作？」

「嗯，這是個好問題。除了務農之外，還有一家雜貨店、一家乾貨行、一家理髮店、加油站和銀行。」

「老師永遠都缺！」老人從椅子上喊道。傑克說：「我想我最好扶他過來這裡，對吧。」他父親已經走到一半，但他讓傑克扶著，甚至把枴杖也遞給他，彷彿有了傑克可依靠，所有的小心翼翼和舉步維艱都結束了。「沒錯！我從沒聽說受過良好教育的人沒法在學校裡找到教師的工作！小孩子一天比一天更多！我到處都看到他們！」傑克扶他在桌旁的老位子坐下。「他們就在街上！」他說，彷彿擔心誇大其詞反而削弱了他的論點。

傑克倒了杯水給他。「我並不認為我是當老師的材料。」

「嗯，我希望你考慮一下！」

「好的，先生，我會的。這是今天的報紙嗎？」

他父親說：「我想這是昨天的，倒不是說有多大差別。塡字遊戲還沒做完，所以我把報紙擱著。」

「好的，讓我來讀讀我的星座運勢。我幾乎忘了自己昨天做了什麼。喔，在這兒，上面說有利於發展新事業。我想我錯過了機會。」

「寫的都是這些！我的大概也一樣！」

「沒錯，先生，的確是的。我們的星座相同。葛洛莉，這是你的運勢：『好奇心不見得有益。建議自我克制。』」他對她微笑，摺起了報紙，夾在臂下。

她感覺到自己臉紅了，熱燙燙的，而且她知道別人也看得見。但他很快就把目光從她身上移開，幾乎快到足以讓她相信他並非有意令她受窘。說不定那則星座運勢的確是眞的。她決定最好假定是眞的，她若是因此生氣就等於招認了，而且是在招認遠比她實際所爲更糟的事——倒不是說她做的事有什麼不對。假如那則星座運勢不是眞的，他是在奚落她，一切只會變得更加困難。那是她當下的決定，事後細想起來，她慶幸自己做了這個決定。每天咬住舌頭不下二十次，「自我克制」的確是她所做的事。當她走進他的房間，只是想確認是否得向可憐的老爸爸暗示傑克又走了。這份可笑的恐懼情有可原，不是她的錯。而此刻她也並非有意察覺稍早他應該不是出門去喝酒。

「我想出去散散步。」她說。時間已經晚到足以令她父親擔心，假如他注意到的話。但他在為了那個塡字遊戲跟傑克請教。

她擔心自己生氣，而這令她生氣。他憑什麼以這種方式接管這棟屋子？就算他跟她一樣有權住在這裡，唯一的差別在於他回來之前，她花了好幾個月來照顧這棟房子和父親。如今他似乎也有意協助老父，而且做得很好，彷彿傳達出某種訊息，使之更像是仁慈的儀式，而非出自本分或義務的舉止。父子間彷彿有了未曾明言的協定，由傑克協助父親沐浴、更衣，這是她照顧時最感困難的，而這樣的變化令人寬心，因為父親先前不情願接受他所需要的照料。事實是，這個想法令她感到慰藉，亦即她的責任很明白，而每個人心中都有一份責任感，諸如此類。而有傑克在屋裡，情況比較好。

「鑽營」是個醜陋的字眼，醜陋而陰險。如果能夠，她會想出更好的字眼來。傑克重新占據了在父親心中的地位，顯而易見。這二十年裡他或許寫過四封信——她返家不久後曾去翻閱那本大部頭《聖經》，懷著無可指責的用意，希冀用幾篇聖詩來撫慰她的心，而《聖經》裡夾著四封信，塞在《新約》和《舊約》之間。信封陳舊，足以讓她認為那些信對這個家或許具有重要性，看見寄件人地址後，她沒有打開來讀就把信放回去。不管他們父子之間發生了什麼事，父親不認為應該告訴其他任何一名子女，至少就她所知是如此。傑克幾乎不再被提起。現在他回來了，沒有一句解釋，把她排擠在那間空蕩蕩的大屋子之外，或者應該說是她偶爾這麼覺得。我應該離開，她對自己說過幾次，咀嚼著這個念頭，想到他們的驚訝，他們的懊悔。多麼幼稚。那樣一來，傑克毫無疑問就會離開，好讓她能夠回來，因爲她將不得不回來。父親將會陷入憂傷，而她將是導致那份憂傷的直接理由，而且那份憂傷在此生都不會終止。

她不像以前那麼愛禱告。在她小時候，當她父親還是個高大優雅的男子，當他站上講壇，低下頭，大家就一片肅靜。他在禱告開始之前祈禱。願上帝接受我們的心的默想。她覺得自己的禱告從來沒有認眞到那種程度。她的禱告有時是出於絕望，而那是件完全不同的事。她父親告訴子女要爲了耐心而禱告，爲了勇氣，爲了仁慈，爲了澄明，爲了信賴，爲了感謝。那些禱告會得到回應，他說。其他的也許不會。主知道你的需要。於是她祈禱：主啊，賜給我耐心。她知道這個禱告不夠誠實，因而不在這個禱告上多做逗留。正確的祈禱會是：主啊，我哥哥待我有如不友善的陌生人，父親似乎把我撇在一邊，我覺得在這裡沒有我的位置，在這個我原以爲能庇護我的地方，我心中感到痛苦難堪，舊日的恐懼在我心中浮現，讓我所做的每一件事都把一切變得更糟。但這令她流淚，想到她的處境或許果眞如此淒涼，於是她再次爲了耐心而禱告，爲了圓融，爲了諒解——爲了可能保護她免於衝突的每一種美德，衝突肯定會令她受傷，爲了至少能幫她維持住表面尊嚴的每一種美德，看在老天的分上。她的確想知道鄰居會怎麼想，如果有人看見她在這個時間走在路上。相當反常，毫無疑問。

思索著那篇她尚未絕望到要說出來的禱告，她意識到她愛傑克，渴望得到他的認可，雖然這份認知非她所願。這毫無疑問不可避免，因爲全家人都認定事實如此，不論是個別，還是全體，姊夫和嫂嫂除外，他們也許從未見過他，甚至不曾聽過他的名字，而他們若是透過某種方式得知，也只會對這份集體情感的力量略感驚奇。他是家中的恥辱，沒出息的人，在照片中不顯眼。家人極少提到他，而那些事無一暗示著失去他會是件澈底的遺憾。是血緣關係的悲哀特權讓他們去愛他，不論發生了什麼事。他離家上大學的時候，葛洛莉才十三歲，已經被他冷落了許多年。如今已屆中年的她感覺到他敏感的冷淡是對她的指責，至少她這麼覺得。雖然他的過失那麼嚴重，而她在那許多年前的插手卻並非嚴重的過失，或者說是她的過度干預，不管他怎麼稱呼她的行爲。她在心裡替自己所爲辯護過幾千次，若時機到來，也會當著他的面說，而但願上帝保佑不會有這樣的時機來臨。

「不論發生了什麼」是句危險的慣用語，而缺席之浪漫把人的注意力從更持久的喜悅上轉移。這個想法不止一次浮現在她腦海，甚至早在她自己進入世界之冒險那場漸進的災難結束之前。她童年的最後那幾年，當她感到自己被需要，深信只要付出足夠的努力就能讓情況好轉——那些歲月始終跟著她，彷彿那幾年就是她的全部人生。其他的兄姊甚至不知道那件事——費絲不知道，泰迪也不知道。她父親說該由傑克來決定要告訴他們還是保持沉默，因爲如果他們知道，他跟他們在一起的時候也許會感到更不自在，即使需要幫助也不會去找他們；甚至連耶誕節和感恩節，他或許也不會在兄弟姊妹在家時回來。父親含淚告訴她，只要他們三個盡力而爲，就能減輕傑克的過錯，也能減輕他的羞愧。於是她開始織毛線。那是個深深的祕密。他們致力於一場大拯救。父母親坦率地跟她說話，也坦率地讓她聽見一切，他們信賴她，而她從未吐露過一個字，除了對老艾姆斯，他總是守口如瓶。想起當時的她是多麼快樂，令她極不自在，那難堪、危急的三年，直到一切結束。她哥哥永遠不會知道她做過千百件事來讓他的生活好過一點。

哥哥們。當她還是個孩子，哪一個哥哥的注意對她來說都很美妙。那種注意很稀有，帶著挖苦，怪異，一點也不像父母親。姊姊們不一樣，就連比她大不到兩歲的葛莉絲有時也試圖像母親般照顧她，費絲和侯璞——這種名字！[21]——也惱人地成熟而有責任感。可是如果哪個哥哥注意到她，他會抓住她的手讓她飛起來轉圈，或是把她背在背上，還是用紙牌變個戲法給她看，或是拿個蟬殼給她看。家中的男孩陸續長大，身高相差不到一英寸，個個身形瘦長，臉孔有稜有角，頭髮凌亂。路克離家上大學時她四歲，丹尼爾離家時她七歲。傑克和泰迪在同一年離家，因爲泰迪的功課好到連跳了兩級，那時她十三歲。碰到暑假和假日，當幾個兄弟全都在家，他們刻意視之爲樂事，隨著兩個弟弟逐漸成年後更是如此。他們開著玩笑，吵吵鬧鬧，搭路克那輛舊福特一起出門，有時甚至開到第蒙市去，傑克和他們一起，如果勸得動他同去。他們炫耀自己的自由和男子氣概、他們的聰明和他們的長腿，但仍舊很有紳士風度，而這也在炫耀之列。母親稱他們爲教會的王子，而他們看起來的確出色，他們會一起緩步走進聖殿，穿著西裝，打著領帶，手裡拿著《聖經》。他們三個，偶爾第四個也在。他們會用拉丁文說「願」、「不願」和「人各有所好」，也會引用莎士比亞的十四行詩「莫讓我向眞摯心靈的結合，承認障礙」，而她敬畏他們。看著傑克讓她想起那些時光。如今她依照成年友誼的方式熟悉了其他幾個哥哥，儘管喜歡他們，要回想起他們在她眼中曾經令人讚嘆卻有點難。然而，傑克跟她的距離就跟以前一樣遙遠，而她發覺自己又在等待他的留意、他的認可，令她相當氣惱。

過了一會兒，她走回家，心想父親也許會等她。但傑克已經送他上床了，也已上樓回到房間。門廊上的燈還亮著，那是替她留的。

第二天早上她起得很早，早到她假定傑克還在睡。她下樓到廚房去，量好咖啡粉，調好做煎餅用的麵糊，等著聽見父親的動靜。他一向在拂曉之前醒來，卻習慣等上一、二個鐘頭，等到她下樓後才起床。她知道早晨對他來說最難受，醒著躺在床上的漫長乏味令他疲憊。從這個早上開始，她要更加好好照料他。他喜歡煎餅，她將會常做。

因此，聽見他有了動靜，她把咖啡煮上，備妥煎餅用的淺鍋，到他房裡協助他起床，在他穿上拖鞋時攙扶他的手臂，替他披上睡袍。她帶了一條毛巾來替他擦臉擦手，也替他梳了頭髮。

「差不多準備好迎接這一天了。」他說。

她說：「有煎餅。」

「喔，太好了。我聽見你在外面，還以為是夢。我不記得那個夢了，不過夢裡有腳步聲。」

她先前沒想到要去看時鐘。由於她醒來時感到目標明確，懷著已然成形的意圖，她假定清晨自然是一片漆黑。父親衣櫃上的時鐘顯示著三點十分。他看見她看著那個鐘。

「煎餅我隨時都欣然接受！」他說，打起精神來。

「爸，你再多睡一下。」

「沒關係！咖啡的香味讓我睡意全消！真的！」他蹣跚著走向廚房，坐在老位子上，目光警覺，但並未注視著什麼特定的東西。於是她給了他盤子和一副刀叉。

「我怕你們倆也許處不來。」他說。這句話是那麼貼切，那麼突然，讓淚水湧上她的眼眶。她轉身去做煎餅，等她覺得聲音夠穩定，她說：「這很難，你知道的，在這麼多年之後……他離家去上大學的時候我還小，而且我們從來就不親……」她放了張煎餅在他盤子裡。他舉起叉子。她把麵糊倒進鍋裡，再做另一張煎餅。「而且我真的認為他跟我在一起感到不自在。我就不如老實說了，我跟他在一起也感到不自在……」

她把第二張煎餅疊在第一張上面，聽見父親說「麻煩你讓我的腳靠暖爐邊一點」，還說了點別的，而她明白他睡著了。他睡著了，手裡還拿著叉子，臉上帶著慈祥的表情。她不忍心再把他叫醒，於是關掉了咖啡機和爐子，也關掉了天花板上的燈，自己也在桌旁坐下。當她發現自己的頭直往下垂，她趴著哭了一會兒，打了一會兒瞌睡。然後她聽見傑克下樓的聲音。

那時尚未破曉，他開了燈，又迅速把燈關掉。「怎麼回事？」

她說：「沒事，真的。」

「你在哭。」

「沒錯。」

「他還好嗎？」

「他睡熟了。你可以開燈。」

燈光亮起，傑克站在門口，設法弄清楚情況。「我的確聞到咖啡的香味。」他說。

他父親在椅子上動了一下，傑克把叉子從他手裡輕輕抽走。「浪費掉這些煎餅就太可惜了。」

「已經涼了。」

「但還是煎餅。你介意我吃掉嗎？」

「我不介意。那兒也有涼掉的咖啡。」

「太好了，謝謝。」他拿起父親的盤子和杯子，把咖啡倒進杯子裡，坐下來吃起煎餅。「這其實還滿令人愉快的，只是有點奇怪。我這樣說並沒有批評的意思。」然後他說：「你真的沒打算解釋，對吧。」

「對，這不重要。我不想解釋。」

「好。」他笑了。「我總是樂意遵守家裡的規矩。」然後他說：「等我們吃完早餐，可以再回床上睡覺嗎？」

「不行。」

「我想也是。」

「他很少睡得這麼熟，我不想吵醒他。但我不希望他醒來的時候感到困惑，所以我會留在這兒。你可以回床上去。」

傑克看著父親一會兒，然後站起來，一手伸到他膝蓋下，另一手環住他的肩膀，把他從椅子上抱了起來。老人咕噥著，而他說：「沒事，先生，我是傑克。」老人輕飄飄地舉起一隻手，去摸他的臉、臉頰和耳朵。傑克把他抱進房間，讓他躺在床上，爲他蓋好被子，然後回到廚房。

「你可以再去睡一會兒。」他說。

葛洛莉說：「謝謝，我會的。」她上樓去躺在床上，憎恨她的人生，直到早晨。

到了早上，她下樓到廚房去，煮了咖啡，做了煎餅，就像是第一次做。傑克的表情難以解讀。她父親打著瞌睡，也可能是在沉思。終於他說：「我心裡有件事。昨夜我看見新月懷老月。這是出自哪裡？我一直想要想出來。」

她說：「〈派屈克．史賓斯爵士之歌〉[22]。」

傑克說：「了不起，大學生。」

「不，她是個英文老師，在中學裡教書。優秀的英文老師，教了很多年。然後她結了婚，只好辭職。學校這樣要求。新月懷老月，這是首很悲傷的歌。我聽祖母唱過幾次，非常悲傷。『噢，在阿伯道爾四十里外，三百尺深，躺著派崔克．史賓斯爵士，那些蘇格蘭貴族在他腳邊。』她說在蘇格蘭的生活非常艱苦，但她總是思念著家鄉。她說她會因爲思念故鄉而死，也許是吧，但她並不著急，她死的時候九十八歲了。」他笑了。「『我們年輕輩不像他見得那麼多，活得那麼久。』[23]你就那樣把我一把抱起來走，對吧，傑克。嗯，沒關係。我知道我不是你記憶中的父親了。」

傑克伸手遮住眉頭。「你當然還是。我並沒有……我很抱歉……」

「沒關係，不必在意。我不該提起的。」

傑克的臉上失去血色。過了一會兒，他推開椅子，說道：「欸，還有事得做。」他走出去到園子裡，站在他沿著鳶尾花圃挖出的小徑上，點了一根菸。葛洛莉從門廊看著他，說：「也許我該去幫他。」

老人說：「是的，乖孩子，你這樣做的話很好。」於是她把父親安頓在安樂椅上，把報紙給他，然後走出去到園子裡。她碰碰傑克的手臂，他看著她。

「怎麼了？」他說。

「我只是想告訴你，你做的事沒有什麼不對。他討厭自己身體衰弱，而他必須忍受自己的衰弱已經很久了。」

他吸了一口菸。「謝謝。」

「不，是眞的。我覺得你那樣做很勇敢。是個優雅的姿態，展現出你傳說中的魅力。」

「眞遺憾。大家對我傳說中的魅力似乎已經厭煩了。」

「喔，我猜我並沒有太多機會去感到厭煩。」

他笑了。「你還有的是機會。當我說『大學生』，我沒有其他用意。我不知道哪裡冒犯了。」

「沒有。他只是希望你對我能有好的評價。他怕我們處不來。」

他看著她，仔細打量。「他這麼說？」

「是的，他提過。」

「昨天夜裡。」

「對……」

「那你是怎麼說的?」

「嗯,我說你和我向來對彼此就不太熟悉。」

「就這樣?」

「他太睏了,沒有說很多話。」

「所以說,他擔心這件事。」

「他什麼事都擔心。不要緊的,你一向知道如何取悅他。」

他搖搖頭。「不,我一向指望他眞能讓我取悅——偶爾吧,總之夠多次。我自己從來就不明白。」他聳聳肩膀,笑了。「管他的,我不認爲我眞明白過什麼。」他扔掉香菸,瞥了她一眼,表情帶著氣惱,彷彿她讓他說出了心裡的話,而他後悔了。「我不是在找藉口。」他說。

「我知道。我想去拿個繃帶來幫你包紮。我馬上就回來。」

老人走到了門廊上。她喊了他,經過的時候對他揮揮手。她拿來紗布和膠帶,在老人看得見的地方,替傑克護理傷口。「這樣應該就行了。」

「你眞好,謝謝。」他用那隻綁了繃帶的手揉揉她的頭髮,嚴肅而猶豫。

她讓他以爲父親夜裡擔心得沒睡。事情並非如此，但她不是故意的。她是想告訴他，那樣把父親抱起來是多麼美。當時她就這麼覺得，也難過地感覺到她無法像他這麼溫和，這麼足夠。去向傑克大聲承認她的欽佩，這種她並不想要有的欽佩，讓她感到自由，也給了她一種力量，這來自於自我克服，她父親一向保證自我克服能帶來自由和力量。她短暫地感覺到了。然後她看見他提防的表情，他小心翼翼，不確定威脅屬於何種性質，也毫無概念該如何躲避。他明白他沒能取悅父親，不知道該如何取悅。或許他寧可相信自己做錯了什麼，那麼他至少有所依循，可是她告訴了他一件可怕的事，亦即他雖然沒有做什麼冒犯父親的事，父親反正還是會挑剔他，只因爲父親老了，而且悲傷，不是他原本以爲回家來會遇見的父親。

他們靜靜地在陽光下工作，把鳶尾拉起來，把球莖加以分開。傑克做得很認眞，十分入神，一邊沉思。葛洛莉把那些長得最好的球莖再種下去，另外留了一些給萊拉。「你跟她是朋友嗎？」傑克問。

「我們相處愉快。她人很好。你還沒去艾姆斯家走走，對吧。」

「我太忙了。」他說，笑了。「我明天去。」

「她自己也照料一個大園子。她說過要幫忙我照顧這裡，但我不想占用她跟丈夫相處的時間。歲月不待人。」

「老艾姆斯怎麼樣?」

「爸爸擔心他,爸眞的是對什麼事都擔心,但他說:『艾姆斯不太對勁!』他說:『我認識他一輩子了,我看得出來有件事情不對勁!』」她朝著門廊望過去,輕聲說道:「據說他重聽,但他似乎總是能聽見我寧可他別聽見的話。我最好小心點。」

傑克說:「我本來以爲艾姆斯會來。也難怪老人家想念他。我記得他們不要兩天總會吵上一架或至少下一盤棋。」

「我想他是給爸爸時間來享受你回家來這件事。」

「是啊,有誰比艾姆斯牧師更了解我走到哪裡、帶到哪裡的那份特別的歡樂……」

「別這樣,我是說眞的。你不明白這件事對爸爸的意義。」

「直到我眞正出現。宿醉是個錯誤,這一點我確定。」他從襯衫口袋掏出香菸,點了一根。

「孩子們!」老人喊道,「我想一天裡做這麼多就夠了!」

她說:「艾姆斯圓熟了一些。至少他不像從前那樣發呆。我想他以前會那樣,大部分是由於孤單。如果你去看看他,爸爸會很高興。」

傑克看著她。「我知道。我當然會去,我有這個打算。」他們朝屋子走回去。他彈掉香菸,把頭髮從額上撥開,替她開了門。然後他就那樣站在門裡,像個陌生人,不確定自己是否受歡迎。

§

父親把棋盤擺在廚房桌上。他說：「傑克，我喜歡好好下一盤棋，可是葛洛莉總讓我贏。」

「我沒有。」

「她有。而且我知道她是好意。」

「我沒有讓你贏。」

「她並不眞的喜歡下棋，所以通常她走到第三步就差不多放棄了。眞令人沮喪，我沒法磨練我的棋藝！」

葛洛莉說：「我贏的次數就跟你一樣多。」

她父親說：「這就是我要說的！大半的時候她都讓我贏！」他頑皮地笑了，向傑克眨眼睛，傑克露出微笑。老人打開了棋盒。「我喜歡持黑棋。葛洛莉，你坐在這裡看。也許你會想要學到幾招。這傢伙也許學到了在基列鎭沒人聽說過的招數！」

「不，先生，在下棋方面沒有。」傑克走到桌旁，坐了下來，擺好紅色棋子。

葛洛莉說：「我來做爆米花。」

「好，就像從前一樣……」她父親走了一步。

她想：是的，有點像從前。中年的子女，高齡的父親。從前，就連圍在這張桌旁下一盤棋都會吵翻天，迫使父親逃到艾姆斯家的寂靜裡去分析希伯來文。假如當年他們能夠預見未來，假如他們能夠看進此刻廚房的門，看著他們三個在這兒，他們會相信眼前所見嗎？無所謂。她父親弓著身子俯在那半邊棋盤上，傑克向後靠，雙腿交叉，彷彿坐在直背椅上眞可能放鬆似的。玉米發出爆裂聲。

過了一會兒，她父親說：「下三盤決勝負吧！我知道自己被包圍了。」

「你確定嗎？」傑克問。

「確定？如果我走這一步，你就走那一步。而如果我走這一步，你就走那一步。」他在棋盤上比畫。「奇怪了，在這種情況下，居然是由我來指出來！」

「假如你沒說，我也許不會想到。」

「好吧，那我們這一局就算和棋。」

傑克笑了。「我沒意見。」

「被擊敗了！」他父親說，「撇開技術細節不談。我元氣大傷！葛洛莉，我替你暖過場了，讓我們看看你能怎麼對付這傢伙。」

於是她在哥哥對面坐下。他對她微笑。「這爆米花很好吃。」他說。

「多加了奶油。」

他點點頭。他們有禮貌地下了一局，父親顯然希望他們能享受下棋的樂趣，這份期盼令他們分心。傑克的表情裡看不出任何情緒，除了樂意奉陪。輪到他時，他立即出手，更加強調了他的樂意。她連吃三子，聽見他「噢」了一聲。

然後他父親說：「我想你在那裡有個機會，傑克。」父親探過身去，自己走了那步棋，連吃兩子。「你看，現在你有了一個國王。」

葛洛莉說：「不公平。」而傑克笑了。

「就像從前，是啊！這很好，可是這種興奮我應付不來。我要回我房間去。」傑克站起來，扶他從椅子上起來。他說：「不，你們兩個把這盤棋下完。要送我上床還有的是時間。我哪兒也不會去。」

於是他們繼續下棋。葛洛莉說：「我不記得我們一起下過棋，你和我。我一向跟年紀比較小的孩子玩。」

傑克開始走他那一步，但他的手在抖，於是他把手擱在膝上。

「怎麼了？」她說。

他清了清嗓子，對她微笑。「你從來不曾偷偷拿一瓶阿斯匹靈上樓去給我。那時候你還是個小女孩。」

「喔，我並不是說我自己那樣做了。我的意思只是，我知道這樣的事情發生過。」

「抱歉，我並不曉得。當時並不曉得。不曉得你注意到了。」他清清嗓子。

「我那樣說很蠢，傑克。我向你道歉，希望你能忘記這件事。」

他說：「這只是讓事情聽起來比實際上更糟。而事情已經夠糟了。」

「好的，我再也不會那樣說。」

他思索著。「說什麼呢？準確地說？」

「嗯，你說的對。我並沒有說是我自己偷偷拿上去給你，只是你聽成這樣。」

他說：「也許我們可以澈底拋開這個話題。那一切都是很久以前的事了。」

在這一瞬間她失去了冷靜。她想：我爲什麼要爲了我並沒有說的話向這個人道歉？還要爲了我的確說過但只不過是事實的話道歉？

「哦？」她希望她控制住了自己聲音裡生氣的顫抖。「那一刻可看不出一切都在很久以前結束了。」

他伸手遮住了臉。她想：噢，天哪，這太悲慘了，我讓他感到羞愧。現在我們要如何在同一棟屋子裡生活？他會離開，爸爸會由於傷心而死，而那將是我的錯。於是她說：「原諒我。」

「好的，當然。」

父親喊道：「你們哪一個可以來幫我一下？」

「我去。」傑克說。她把棋盤收好，然後站在走廊望著，傑克正蹲下來替老人解開鞋帶。父親用那般悲傷的溫柔凝視著他，讓她但願能用意志力使自己消失，包括她和她所說過的每一句話。

§

那是有人打了通電話來的那一天，一個女子要求跟傑克．鮑頓通話。葛洛莉說他在園子裡，說會去叫他，可是他不在那兒，於是她到車棚去，見到他正俯身檢查汽車的引擎。「有人打電話找你。」

「是誰？」

「她沒說。一個女的。」

「老天。」他說著從她身旁走過，跑下那條小徑，跑上臺階，跑進屋子裡。當她走進廚房，電話已經掛回去了。「她掛斷了。老天，我才離開屋子二十分鐘……」

「我很抱歉……」

他搖搖頭。「不是你的錯。她說了名字嗎？她說了什麼？」

「她說她從聖路易打來。線路很差，有很多雜音。我想她是從電話亭打來的。」

「從聖路易？她說的？」

「對。」

他在桌子前坐下。「聖路易！她有說她會再打來嗎？」

「嗯，沒有。我以爲我找得到你，以爲她會留在線上。我應該要問一下的。」

他深深吸了一口氣，揉揉眼睛。「這都不是你的錯。」他的手沾著油汙，於是他走到水槽去洗手，也洗了臉，然後拿了一塊抹布把電話擦乾淨。「我想這也都不是我的錯。只是這個想法完全安慰不了我。」說著他坐了下來。「希望我待在這裡不會妨礙你。直到未知的將來，我不能離開電話超過一隻手臂遠。傑克．鮑頓被鎖鍊拴住了，就只差沒有老鷹來啄食我的肝臟。」他說，笑了。「唉。至少有通電話找我。這還算幸運。」這個念頭似乎提振了他的精神。

「你不能打給她嗎？我的意思是，我知道她是從電話亭打來的，可是你難道不能打到她家，問問該怎麼聯絡上她嗎？」

他搖搖頭。「我被由衷地告誡不要這麼做。告誡我的不是別人，正是她父親。」

她把她接下來打算要讀的那本書拿給他，《光榮之路》[24]。

「你的回憶錄？」

「我們家的女孩子是按照神學的抽象概念來命名，男孩子取的則是人類的名字。就算我們沒有一輩子都因此被人取笑，這件事本身也夠糟了。」

「對不起，不由得就溜出口了。我不再開玩笑了。」

「『光榮之路指向墓園。』[25]你也用不著壓抑說這句話的衝動。」

「謝謝，眞令人寬心！」

於是他坐在廚房裡讀，手指敲著桌子。他翻到那本書的最後幾頁，讀了結尾，說了聲「可悲！」，就把書擱在一邊。她摘了一些豆子進來，他幫忙剝掉豆莢，接著踱起步來，然後走到後門門廊上，抽起菸來。

兩個鐘頭過去了，電話響起。

在睡覺的父親喊道：「葛洛莉，你可以去接嗎？」

「可能是找傑克的，爸爸。」

「不，費絲信裡說她會打電話給我。她好幾天沒打來了。」

「你昨天才跟她通過話。」

電話又響了。她輕聲對傑克說：「去接吧！」因爲他光是站著不動，看著她。她拿下電話筒遞給他，走到父親房間去。老人坐在床緣，看起來很睏，可是似乎準備要起來，於是她拿來他的睡袍。

她聽見傑克清了清嗓子。「哈囉？」

她父親說：「這是件好事。他應該跟他所有的兄弟姊妹說說話，每一個。他們渴望聽見他的消息。」

傑克說：「什麼？我聽不太清楚！是嗎？什麼時候？我已經放大聲量了！不，這不是你的錯，這我知道！是的，他們的確是會心煩！」

她父親說：「嗯，我想像不出有什麼理由得要這樣大喊大叫！」

葛洛莉說：「線路很差，對方從電話亭裡打來。」

「喔，希望是這樣，否則我得要打電話給費絲向她解釋，而我眞不知道該怎麼解釋他爲什麼要這樣大吼，我眞的不知道。她一向很喜歡他。」他的眼睛閉著，她梳了梳他的頭髮，協助他穿上拖鞋。

「他絕對不會對費絲大吼，爸爸。所以那一定是別人。」

「對，我想我應該要明白。」老人說。

葛洛莉試著把父親的注意力從那番對話上轉移開來，她自己也努力不要去聽，雖然傑克聽起來的確驚慌，也像是受了委屈，而她不免希望自己知道那是怎麼一回事。

「如果那些男孩可以繼續去找！」他大喊。「我會付他們錢！我會寄錢去！」他停頓了一下。「不，我沒有這個意思！我的意思是，我很確定你盡力了，強森太太！相信我！我眞的沒有怪你！」

她父親說：「是的，他提到了強森太太。他是在對某個我們甚至不認識的人大吼。」

「拜託，如果他出現的話，隨時打給我！打對方付費電話！是的，謝謝，謝謝！」

她跟著父親沿著走廊走到廚房。傑克坐在地板上，背靠著牆壁，膝蓋縮起來，揉著他的臉。他站起來，把頭髮向後攏，臉色蒼白，眼睛紅紅的。他說：「沒事。一條狗跑掉了。我答應過某人要照顧他的狗。」

「喔，是啊。」他父親說，搖搖頭。「那些大吼大叫全是爲了一條狗。」父親醒來時偶爾情緒不好，也許是感到困惑。有時候需要一小時左右才能回復原本的樣子。這一點傑克不會曉得。

「那的確是爲了一條狗。」他輕聲地說，同時對她微笑，因爲他們在一起消磨了那麼多時間，她能了解他驚訝中的難過。「就連一條狗都不能託付給我。」

她說：「有時候狗兒的確會再回來的。我想你最好坐下來。」

他點點頭，露出微笑，她從不曾見過他如此蒼白。「一會兒就好，我沒事。」他在她替他拉出的椅子上坐下。「謝謝。」她給了他一杯水。「也許我可以補償他。」他聳聳肩。

他父親注視著他，他抬起眼睛，然後移開目光，不太自在。老人說：「嗯，不管那是件什麼麻煩，我會幫忙，如果我幫得上忙。我想，這一點你想必知道。」

「是的，先生，我知道。」

「現在我能做的大概就只是替你禱告。當然，無論如何我都會替你禱告。如果你想到其他任何事，就告訴我。」

「是，我會的。」

他們還是孩子的時候，父親一向避免挑剔他們，至少在他說出的話裡。可是，他的聲音偶爾帶著指責的語氣，抵銷了他溫和的本意。她已經很多年沒聽他這樣說話了，而她看著傑克此時耐著性子接受，彷彿在聽一番眞實而必要的話，一番帶有懲戒之意的話，於是她說：「傑克，這些都不是你的錯，電話聲吵醒了爸爸，讓他脾氣不大好。就只是這樣而已。」

傑克彷彿覺得這件事實很有趣，溫和地說：「不管我是不是有錯，似乎從來就沒有太大的差別。」

「嗯，如果葛洛莉說我脾氣不好，那我想我是脾氣不好。我不是故意的，完全不是。我不記得我說了什麼。我想我是說我會幫助你，如果我幫得上忙的話。我覺得這樣說似乎沒有錯。我不知道。」他搖搖頭。

傑克輕聲地說：「那沒有錯。你對我很好。」

「是的，」老人說，「我是想對你好。我肯定是的。」

隨著日子過去，傑克更常找機會跟她談話，當談話漸漸變成沉默，有時他會對她微笑，彷彿在說：在所有的人當中，偏偏是你和我，在所有的地方當中，偏偏是在這裡，我們消磨時間，因爲沒有別的事可做。一個陌生人也許會這樣看著她，經歷了他們之處境的單調乏味，經歷了一起消磨時光而意外萌生的夥伴情誼，以一種禮貌而冷淡的方式讓她知道，他多麼高興她在這裡。

有時候，當他們在園子裡工作，或是在洗碗，她會注意到他站開來觀察她，打量她，彷彿突然拋開了對她的所有假定，彷彿她在他的一份意圖中扮演重要角色，而他意識到自己對她的所知都不可靠，或者說都不重要，他必須要重新謹慎考慮。她不記得以前他有這種用舌尖舔下唇的習慣，但她的確記得他疏遠的凝視，那種急切盤算的神情，那份敏銳留神的冷靜。那只可能是恐懼，而她想說：你可以信賴我。然而，他們向來這樣對他說，而他笑著，假裝相信他們，想要相信他們，卻從不曾相信，這一點她很確定。她父親總是說「他的那份孤單」，如今，當她在他身上看見那份孤單，她在這份感覺持續的那一刻也感到孤單，甚至感到被遺棄，直到他倆重拾愜意和熟悉的談笑。他會說「嘿，小伙伴」，來哄勸她撇開那些念頭。那些念頭的確令人傷懷，一如他的念頭想必也是，而他會露出微笑，帶著同病相憐之感，她困惑而始料未及的同伴。

關於如何在這棟屋子裡生活，他會詢問她的意見，而他通常也會接受。他問她，他是否可以修剪一下攀爬在門廊正面的藤蔓，而她說：「最好不要。那些藤蔓是爲了吸引蜂鳥。」

「他老人家連是誰走在路上都幾乎看不見。」

「欸，他似乎並不在意。他喜歡那些鳥，媽媽也一樣。這是他們生活的一部分。」

傑克說：「好吧。小時候，我們會認爲住在這種屋子裡的想必是瘋子。整棟屋子全被植物爬滿了。」

她笑了。「我記得史拉許家就是。泰迪以前會找你跟他一起去收報費，因爲那些老灌木把屋子都遮住了。」

「我正想到這件事。她在萬聖節晚上會站在門廊上，向路上的小孩子喊，說準備了餅乾和蘋果，而他們拔腿就跑。」

「不過，大家都認得爸爸和他的凌霄花。而且要我說麼，這棟屋子看起來本來就很奇怪。」

傑克說：「的確。」可是後來她看見他又站在路邊審視那些藤蔓，第二天他動手修剪凌亂的枝條，隔天又剪掉一些，再隔天又剪掉一些。她注意到剪下來的枝條堆在工具棚後面不讓人望見的地方。讓她驚訝的是，他不顧她的意見，悄悄做了一些事，來讓這棟屋子不那麼令人畏懼。他甚至在車棚裡找到一個花盆，把幾株矮牽牛鏟起來裝進裡頭，擺在臺階上。

發現她注意到了，他便說：「我想不會有誰在意。」

他漸漸放棄了再接到另一通電話的希望。他又待在車棚裡，在那輛 DeSoto 的引擎下忙著。在人人看得見的地方修一部車，就像把車架高展示般，在鮑頓家眼中顯得不太得體。傑克知道可能修不好，因此盡量避免遭人議論，或是提供協助和意見——那比淪爲街談巷議更糟。葛洛莉偶爾會想，他們一家人所奉行的刻板規矩，跟傑克迴避受辱的策略或多或少恰好相符。無論如何，他每天都花相當長的時間躲在潮濕的泥土地上，替僵硬的皮椅襯墊上油，讓它稍微恢復彈性，或是把充了氣的內胎浸入馬槽裡，來找出漏氣的破洞。

他們家養過一匹馬，一匹有斑點的白馬，臉和腿的下半截是灰色。他們叫牠「雪花」，因爲牠額頭上有個接近白色的斑點。她父親替孩子當中的老大、老二買下這匹馬，牠很溫馴，有長子路克和長女費絲還是幼兒時跨坐在馬上的照片，他們的父親牽著韁繩。溫馴的意思是牠已經老了，照片裡的牠，疲倦和困惑清楚可見。但事實上，牠的壽命長得嚇人，那些照片只捕捉到了牠長長壽命的開端，簡直是牠的青春時期。就連葛洛莉都還記得那匹老馬，站在馬廄裡或是牧草地上，張開四條腿，彷彿牠預期土地會突然傾斜，並且做好了防備。身爲一匹馬是牠的不幸，牠具有足夠像馬的特徵，例如馬鬃和馬尾巴，讓牠在孩子們的眼裡具有騎士的尊嚴和浪漫。因此，年復一年，沒有人能提起要結束牠這漫長一生的冗長和困惑。然後，有一天牠終於走了。家裡的男生開起可怕的玩笑，關於牠如何猛衝出去，衝過整個基列鎮，在牠前往自由高原的途中，撞倒了老太太和嬰兒車。他們開始把白膠水和所有類似的東西稱爲「雪花」，讓他們的父親氣惱，讓年幼的弟妹迷惑。儘管如此，如今作爲車棚的馬廄裡曾經有過一匹馬，牠的馬槽仍舊靠在牆邊，馬轡仍舊掛在上方的一根釘子上，這件事實仍舊賦予這個馬廄一種感傷的浪漫。幾根麥稈依舊在陽光下綻放光芒。有時候那就好像她父親有意保留這些回憶，保留這種一成不變所具有的巨大力量，好讓他們回家時，或是當傑克回家時，將什麼話也不必說。就這個地方而言，每件事物將永遠都是他們所熟悉的。

傑克仍舊每天都有一封信要寄。他拿著信去郵局寄，郵局在藥局後面。每次要到鎮上去，他都仔細穿戴整齊，穿上外套，繫上領帶，戴上帽子，體面卻帶點邪氣，她想，但他執意這麼做，尤其留意把鞋子擦得發亮。偶爾他會告訴她，他在路上遇見了誰——如果他認得出來，或者說得更準確一點，如果哪個人認出了他。他會轉述彼此簡短的對話，彷彿那些對話鼓舞了他，證明了某件事。有一次他說：「我想，我能夠想像自己住在這裡。傑克・鮑頓，老實的上班族，有個太太，有個小孩，小孩跟他的狗玩……這並非無法想像。」有時候他回來時拉長了臉，一言不發，彷彿有人迴避他或藐視他，大概是吧。他寄了那麼多信，但他隻字不提那些信是寄給誰，也從未收到回信。

有一天當她在客廳裡撢著壁爐架上那一堆禮物和紀念品上面的灰塵，他說：「嗯，葛洛莉，我照著你的話去做了。我到艾姆斯家去問候過他，也見過他太太。」他笑了。「這麼多年以後，他還是受不了看到我。」

她說：「他是個和藹的老人家。他大概只是累了，也許整夜沒睡。」

「你想必是對的。」然後他說：「大多數時候，我是個感覺遲鈍的傢伙。可是有一件事我看得出來，那就是厭惡。如果他允許自己有這種念頭的話。他坐在前廊上的時候心裡大概想著：傑克．鮑頓來了，那個混蛋。」

「也許是，也許不是。」

「抱歉。」

「爲了什麼？」

「那句髒話。」

「沒有關係。」

他搖搖頭。「回到這裡不是件容易的事。」他掀開鋼琴蓋，按了中央C那個鍵。「這琴調過音嗎？」

「我說要回家——回來住——的時候，爸爸請人來調過。那是他寫信告訴我的第一件事，在他表達了遺憾，也做過禱告之後。『這棟屋子裡能夠再有琴聲實在太好了。』但我還沒彈過，不怎麼有興致。」

傑克滑坐上鋼琴凳，說：「我得要斜睇著一隻眼睛才能彈。」他從一個想像中的酒杯裡啜了一口，又假裝把酒杯放下，然後唱起：「『當你的心著了火，你想必明白，煙霧迷濛了你的雙眼……』[26]」

「我討厭這首歌。」她說。

「『我將會看見你，在所有那些熟悉的老地方……』[27]」

「別唱了。」她說。

他笑了。「抱歉，我眞的很抱歉。」他聳聳肩膀。「我會彈的曲目有限。」

「你怎麼可能會有曲目？你從來沒練習過！」

「以前我以爲彈鋼琴跟身爲長老派教徒有關。沒人告訴過我，彈鋼琴能夠賺錢。」

他們父親的聲音從隔壁房間裡揚起，那聲音尖銳，音抓得很準。「『攜我衷曲，宛轉敷陳，主愛永恆，有求必應……』」

傑克說：「我猜這是個暗示。」他把那首聖歌從頭到尾彈了一遍，加了一點裝飾，但不失恭謹。「『……我便卸去肩頭重擔，靜候再逢禱告良辰。』」他記得歌詞，邊彈邊輕聲唱出來。

嗯，這是他們父親最喜歡的聖歌。

「太好了！我也很想聽聽〈我們將要聚集河邊〉，或是〈教會獨一的根基〉，如果你比較喜歡那一首。對我來說都一樣。」老人說，精力充沛地唱起來：「『我們必要聚集河邊，何等美麗又美麗的河邊……』」傑克跟著合唱。「傑克，眞令人振奮！啊、這些老歌。我想我有胃口了。才四點……嗯，我可以吃片餅乾……」

傑克說：「我去拿。你想喝點牛奶嗎？」

「如果你方便的話。」

傑克端來一碟餅乾和一杯牛奶。「在這兒，先生。」

他父親說：「你總是叫我『先生』，對吧？從來不叫我爸爸，或是爹。另外幾個現在叫我爹，你有幾個兄弟這樣叫我。」

「只是因爲習慣了。你介意嗎？」

「噢，不，傑克，我不介意！你想怎麼叫我都好！聽到你的聲音眞好。能在這棟屋子裡再聽見你的聲音，實在太好了。假如我能告訴你母親，她絕對不會相信。」他握住傑克的手，撫摸著。

傑克說：「謝謝，先生。回到這兒來很好。」

他父親說：「喔，是的。嗯，但願如此。這是件完全不同的事，對吧。是的，是這樣。」

他拍拍傑克的手，然後鬆開。「我能做的不多，事情就是這樣。我知道葛洛莉被人傷了心，一件很糟的事，很糟。」他搖搖頭。

傑克看著她，彷彿剛剛才得知關於她的事，一件不是全然明顯的事。也可能他是想看看她的反應，來確認他所感覺到的事。她該有什麼反應呢？她父親所了解的遠非他的快樂所能承受，而且他很老了。

「我去準備晚餐。」她說。

第二天早上，傑克一大早就到園子裡去，除草外加鬆土。稍微一鬆懈，土地就回復成舊日的草原。雜草一下子長得有一人高，蔓長著一束束植物，長滿大片小花、薰衣草，嗡嗡叫的蜜蜂。還有黑眼花、蕁麻、馬利筋、水金鳳、黑莓，再加上很能長的藤蔓，曬得乾萎，一碰就斷，在手裡留下帶著棘刺的細絲，頑固的根系卻埋得又長又深，想要全數拔掉還眞累人。傑克在戶外的晨光下把雜草從土地裡拽起來，彷彿有某件事取決於此。葛洛莉煮了一壺咖啡，端了一杯出去給他。

「工作讓我餓了，今天我要好好吃上一頓，睡個好覺。」他把圓鍬插進土裡，啜著咖啡。「好喝，謝謝。」他們看見艾姆斯家的小男孩跟朋友托比亞斯走在路上，從笑聲聽來，兩人大概是在講故事或笑話。羅比看見他們，喊道：「嘿，鮑頓先生！」

傑克說：「我猜他是在叫我。」他把杯子遞給她，走到園子尾端，問道：「小朋友，你們拿著什麼？棒球嗎？」

「不是！」男孩說，把球舉高。「只是個球而已。」

傑克說：「夠像棒球了。去過來。」

男孩把球扔進園子裡幾尺。傑克單膝著地，把球拾起來，作勢要用力扔回去，然後輕輕地低手擲回路上。兩個男孩笑了。托比亞斯說：「換我！這一次讓我來扔。」又一次，球落進了園子裡。傑克撿起球，側身一站，像個鬥牛士一樣正經，雙手把球舉到胸前，肩頭對準了托比亞斯。兩個男孩咯咯地笑。傑克抬起了一隻腳——「揮臂準備，投球！」——卻再一次低手把球擲回路上。男孩笑了，跺腳喊道：「再一次！」又把球扔給了他，但他把球拋了回去，說：「抱歉，兩位，改天吧。我還得幹活。」

托比亞斯問：「他是你表哥嗎？」羅比說：「我已經告訴過你他不是！」然後兩個男孩道了再見，順著那條路往前走，一邊說說笑笑。

傑克目送著。「他們看起來是好孩子，很可愛。」他撣掉褲管上的泥土。「我實在不該那麼做的。」

葛洛莉心想：拾起滾地球、側身投球，男人的身體似乎永遠不會忘記那獨特的優雅。幾個哥哥都還在家的時候，就連傑克也會打棒球，也許就因爲這樣，他們才會花了那麼多時間和精神在那上頭。就連傑克也會加入關於球賽成績和統計數據的爭論，跟著其他幾個兄弟一起圍坐在收音機旁聽球賽轉播。和大家一起打球的時候，偶爾他會漂亮地接到一個球，或是擊出完美的短打，在當時的情況下恰到好處，是他在其他方面永遠做不到的，而大家都會很高興，包括他自己在內，至少會高興一會兒。她都已經忘了這些事了。

她說：「你把這塊地清乾淨了，眞好。我幾乎要讓它回歸大自然了。」他甚至把籬笆旁邊的雜草也清了，那兒的葫蘆每年都長。

「喔，至少小鳥更容易找到草莓了。」以前，在他應該感到悲傷的時候，他總會流露出一種興奮的活潑，此刻，他眼中又出現昔日那種奇特的閃光，態度中又流露出以前那種粗率。是什麼令他感到悲傷？他拍掉膝蓋上的泥土，說：「亞當掘地、夏娃紡紗之日，誰是紳士？[28]」

「不過，你的確需要幾件工作服。」

「喔，是呀，吊帶工裝褲，我一向很欣賞這種打扮。」

「你知道我的意思。我是指可以扔進洗衣機去洗的衣服，你要自己洗也可以。」

他點點頭，掏出一根菸來點。他說：「我是異鄉裡的陌生人，也許不妨就維持陌生人的模樣，你不覺得嗎？」

「我無所謂。那是你的長褲。」

「沒錯，的確是的。謝謝你指出這一點。」他扔掉香菸，再回去掘地。那有一點無禮，她想。她走進廚房去削馬鈴薯，準備做沙拉。

一會兒之後，他走上門廊，走進廚房，站在門邊。

「對不起。」他說。

「爲了什麼？」

「我們剛才說話的時候。我想我也許顯得……無禮。」

「喔，一點也不會。」

「那就好，我不是故意的。這種事我永遠沒把握。」然後他又出去了。

等她到園子裡去採香蔥和荷蘭芹，她看見艾姆斯牧師在路上緩步走來。傑克說：「我猜他明白了試圖迴避我沒有意義，既然我會在這兒待上一陣子。」

葛洛莉說：「爸爸對杜勒斯[29]累積了那麼多的不滿，如果沒有艾姆斯讓他發發牢騷的話，我懷疑他能否再活過一天。」

「那麼，他不會期望我們去加入談話。這樣很好。我髒兮兮的。」

葛洛莉到閣樓去，那兒擱著目前用不到、但嚴格說來又不能算是無用的東西。舉例來說，萬一人類文明瓦解了，就大有理由爲了這一堆舊鞋子和折彎的雨傘而感到慶幸，不管在比較之下顯得有多差，總比什麼都沒有好。其他虔誠的家庭把用不著的東西送掉，鮑頓家則把東西擺在閣樓上，彷彿想在做出某種無法挽回的慷慨行動之前，先試看看少了它們的生活。隨著時間流逝，堆積的舊衣物沾上樟腦丸的刺鼻氣味，再加上，不管那些衣物曾經多麼時髦，都無可避免地逐漸過時，直到再也不可能捐出去。每過一段時間，他們的母親就會空著手從閣樓上下來，撢掉身上的灰塵，然後簽一張支票給孤兒院。

因此葛洛莉心想，父親在體重減輕、身高變矮之前所穿的襯衫想必也在閣樓上。她在一個香柏木箱子裡找到那些襯衫，彷彿為了某個正式場合而洗燙過，也許是為了要收藏起來。襯衫的顏色沒有那麼潔白了，聞起來陳舊且久未使用，混著漿衣服、薰衣草和香柏木的氣味，一絲帆船牌刮鬍水的氣味令她掉下淚來。她拿了六件，從袖口和領口的剪裁看來，這幾件是比較新的。她把襯衫拿下樓到廚房裡，打算在傑克看見之前先洗乾淨，可是他正在廚房裡，在抽屜裡翻找。他關上抽屜，說：「我只是在找捲尺。我想可以在園子裡架上細鐵絲網和圍籬。」他似乎總覺得必須向她解釋自己的行為，這令她感到不自在。

「我在閣樓裡找到爸爸的幾件襯衫。我想你應該穿得上，如果你想的話，可以在家裡穿。布料很好。」

他向後退，露出微笑。「這是什麼味道？香柏木？漿？百合花？燭蠟？不是有句話說『神聖的香氣』嗎？我不敢妄自猜測。」

她說：「我很確定這神聖的香味是洗得掉的。」他笑了。「我會試試洗衣粉和陽光的效果，然後再來問你。」

「我替你添了很多麻煩。」

「不麻煩。」

他點點頭。「你的確對我很好。」他說，幾乎是客觀地，彷彿他終於覺得可以這樣認定。

「謝謝。」她說。

她決定走路到雜貨店去，趁著那幾件襯衫還在洗衣機裡，而她父親心滿意足地讀著最新一期的《基督教世紀》[30]。她應該別再迴避鎮上的人了。如果傑克敢於去面對，那麼她肯定也能做到。那是個美好的下午，明亮，溫暖，樹葉還帶著新葉的亮澤。在這之前，在照料父親和她那些小說之間，她幾乎忘了天氣的變化，再加上她堅持要在屋裡除了餐廳以外最暗的房間裡讀書，在那架煩人的收音機旁，這份固執無法解釋。店裡幾乎沒有人，收銀員很和氣。她在燦爛的陽光下踏上歸途，抱著一個棕色紙袋，嗅著紙袋本身還有她買的甘藍菜和切達乳酪的氣味，她心想，單是出門走走就對她有好處。她決定把《安德森維爾》擱置個幾天。

傑克站在人行道上，雙手扠腰，望著五金行的櫥窗。櫥窗裡總是擺著兩部電視機，一部可攜帶式的，一部落地式的。這兩部電視整天都在播放，調整收視的幾何圖形一再出現，許多年來都是如此，從電視還是件新奇玩意兒時開始。一個女子在他身旁停下腳步，看了一分鐘，對他說了些什麼，而他點點頭，也說了些什麼，然後她就又走開了。葛洛莉朝他走過去，站在他身旁。他碰了碰帽緣算是打招呼，目光始終沒有離開電視螢幕。

她說：「在播蒙哥馬利[31]的事嗎？」

他點點頭。「是的。」然後螢幕上出現一管牙膏。

葛洛莉說：「萊拉跟我說他們的教會打算要買一部電視，讓艾姆斯可以看棒球賽。我想爸爸也會想要一部。」

他看著她。「這主意不錯。」他接過購物袋，一起走路回家。他說：「一部可攜帶式的要幾百美元。不過，你可以問問他。」

「我可以請他們送一部到家裡來。如果他不喜歡，他們可以再收回去。」

他清了清嗓子。「你現在就可以這麼做。」

「我是可以。你想幫忙挑一部嗎？」

「並不怎麼想。我在這裡等。」他笑了。「我已經在那裡看了一個多鐘頭了，看來功能都正常。」

於是她走回那家店裡，挑了一部十八英寸的飛歌牌電視，天線的形狀像兔子耳朵。店員問起她父親和兄姊，也問起了傑克。「他是回家來看看，還是也許會留下來？」

爲了簡短作答，葛洛莉說：「他只是回來看看，待上一陣子。」假如她說她不知道他爲何回到基列鎮，他的奇怪處境就會引起店員的好奇，也會引起商店老闆的探問，他正擦著手指上的機油，從後面房間裡走出來。會使他們分外好奇。她想像傑克站在那一桶桶釘子、工具帶和一排排鐵棍中間，除了禮貌寒暄之外不與人交談，盯著閃動的電視螢幕，似乎沒察覺別人對他的注意，在那個充滿皮革、木材和上過油的金屬氣味的洞穴裡，在所有那些具有力量和用途的工具當中無所事事，像個城市人，在那些鋼製鞋尖的靴子和工作服之間。那是個奇怪的逗留之處，對一個如此容易感到不自在的人來說，一個敏於察覺指責的人。而他走出店門後，還站在人行道上看著櫥窗，看著那些無聲喝叱的政府當局和黑人群衆。

店員告訴她，這部飛歌牌電視今天下午就會送過去，如果牧師決定把電視留下，只要他一句話，他們就會在屋頂上安裝天線。店鋪老闆向她重申了一次。大家一向熱中於給她父親方便，讓這麼普通的交易看起來也像是出於特別的交情，因此她不得不回答每一個問題，接受每一項保證至少兩次。他們告訴她，許多老人家都覺得電視帶來很大的安慰。他們同意棒球季節漸入佳境。而她也不得不聽一點閒話。

等她終於走出那家店，傑克已經抱著那袋雜貨等了很久。「所以說，事情辦成了。很好，謝謝你。」他讓她從袋子裡拿出一瓶牛奶，讓袋子好拿一點，他們便走路回家。

傑克把電視擺在客廳放檯燈的桌子上，插上電源，打開開關，把天線轉來轉去，直到出現還算清楚的畫面。他們的父親走進來，在扶手椅上坐下，傑克先前把那張椅子轉了個方向，推到了電視機前面。

「所以，這就是電視。現在我們非常現代化了。」老人看著一個穿高跟鞋的女人用一隻茶匙盛著蛋，在舞臺上跑來跑去，同時一個巨大的時鐘在滴滴答答地走。

葛洛莉說：「爸爸，馬上就會播報新聞了。」

「喔，好，我正想說這沒什麼好看的。不過，你聽得見大家在笑。我希望她做這件事有錢可拿。讓一個成年女子做這種事。」

電話響了，她去接的時候，傑克走進廚房。但打電話來的人是路克，於是他又回去看新聞。他站在客廳中央，雙手扠腰。螢幕上，白人警察拿著警棍，把黑人示威者推開拖走。現場還有警犬。

他父親說：「你不必爲了這種騷動而煩心。六個月以後，就不會再有人記得這件事。」

傑克說：「有些人也許會記得。」

「不。沒有多久之前，每個人都在談麥卡錫參議員，看著那些人爭吵。是電視讓事情顯得重要起來，不管事情究竟重不重要。如今你再也聽不到有誰說起麥卡錫參議員了。」

傑克說：「嗯，那件事情的確重要，不是嗎？」

「我不得不同意。我不知道。我一向不欣賞他。」

警察用警犬把黑人群眾喝阻回去，用消防水龍對他們噴水。傑克說：「耶穌基督！[32]」

他父親在椅子上動了一下。「這棟屋子裡從來就不許說這種話。」

「我……」傑克彷彿還有話要說，但他制止了自己。「對不起。」

螢幕上一個官員宣告他將依法執法。傑克低聲說了句什麼，然後瞥向他父親。

老人說：「我的確認爲執行法律有其必要。使徒保羅說：凡事都要規規矩矩的按著次序行。[33]你不能讓人群在馬路上這樣跑來跑去。」

傑克關掉了電視。他說：「對不起。我只是……」

「沒有必要道歉，傑克。年輕人想要改變世界，而老人家想要世界維持不變。誰又能在你我中間判斷是非？我們只能彼此諒解。」過了一會兒又說：「但我希望我們不必爭論。我不喜歡有人大喊大叫，也不喜歡有人咒罵。尤其不喜歡咒罵。我知道那些字眼對你來說意義不大，但對我來說意義重大。希望你加以尊重。」

「是的，先生。」傑克走開了，伸手在襯衫口袋裡摸他的菸盒。他的手在顫抖。他在門口停下腳步，回頭看著他父親。老人彎身坐在椅子上，頭向前，皺摺深深的頸背在稀疏凌亂的頭髮下露出來。他也許是在禱告，但不熟悉他的人可能以爲他只是悲傷而且虛弱。傑克瞥向葛洛莉。「是我讓他變成這樣的嗎？」他眼睛下面的疤痕泛白。

「他累了。」

他說：「我不該說那些話的。可是事情愈來愈糟……」

「等他睡一會兒就沒事了。」

「不，不，我是指那些警犬。那些消防水龍。竟然用消防水龍！現場有小孩……」他向她投來那種疏遠、評估的目光，彷彿想看看信賴她到這個程度的結果。

「你打算要回聖路易去嗎？如果你留在這裡，那些對你來說都不會是問題。」

他笑了。「噢，葛洛莉，那是個問題。相信我，那是個問題。」

他上樓去，又下來拿一本書，半小時後又帶著那本書下來，把書擱在收音機旁。他站在門廊上抽菸，然後說「我待會兒就回來」就走了。她替他把晚餐溫著。她父親一口也沒吃，任憑她怎麼勸說都沒有用。「我從來沒聽過他那樣說話。不，在這件事情上，他一向懂得尊重。在我的屋子裡。也許我太在意了。不，我不覺得我應該容忍這種事。」

當傑克進來，他父親還坐在餐桌旁，對著那盤冷掉的湯沉思。傑克表示要扶他起來，他說：「不必麻煩。葛洛莉在這兒，她會照顧我。」

等她回到廚房，傑克站在門廊上。他說：「在外面這兒很舒服。黑漆漆的。」

她走到他旁邊。

他清了清嗓子。「我可以問你一件事嗎？」

「也許可以。」

「不是私人的事。」

「好吧。」

「假定你做了某件糟糕的事。事情已經做了，你無法改變。那麼你該怎麼度過餘生？你對這件事有什麼看法？」

「我會知道我們在談的是哪件糟糕的事嗎？」

他點點頭。「是的，你的確知道。不久前，有一天我轉錯了一個彎，結果去到了墓園。我忘了她在那兒。」

「她是這個家庭的一分子。」

他點點頭。

「我只能告訴你爸爸會怎麼說。他會說：只能靠悔悟，在那之後……你或多或少可以把事情擺在一邊，然後繼續活下去。你聽他說這話的次數大概跟我一樣多。」

「比你更多。」然後他說：「也許懊悔不算數。」

「我並沒有宣稱我懂得這些事。我覺得懊悔似乎應該算數。不管那是什麼意思。」

「可是，不管我是否懊悔，是否悔悟，如果你剛剛發現了這件事——你對我有什麼看法？」

「我能說什麼呢？你是我哥哥。假如我是其他人，而我認識你，知道你是個好人，那麼，知道你是個好人會比在那麼多年以前發生的事更為重要。」

「就算我從來沒有把這件事告訴過你，而我應該要告訴你。」

「我想是的。」

他點點頭。「你不是在故意讓我安心。」

「我眞的不知道。」

「嗯，我也許有個機會。事情有可能成功。充其量情況會很糟。必須抱著這樣的希望眞是悲慘。怎麼看都是痛苦。唉，小妹，難怪我睡不著覺。」

那部電視就留在那張放檯燈的桌上。傑克打開電視收看晨間、午間和晚間新聞，如果沒有關於蒙哥馬利的報導，他就再把電視關掉。他父親完全不予理會。

在葛洛莉偶爾假日返家聊表孝道、以及這次回來之前，許多年裡，總是由萊拉照料鮑頓家和艾姆斯家的墓地。葛洛莉注意到萊拉對艾姆斯第一任妻子和孩子的墓特別留心，那對母女在很久很久以前一起離開了人世。萊拉對另外那個小女孩的墓也特別溫柔，以她那種溫和而圓融的方式，她似乎並不知道那個小女孩的事，也似乎並不納悶。墓上有雪花蓮、番紅花、黃水仙。傑克也許還看見了遲開的鬱金香或是芝櫻。或許是件好事，葛洛莉心想。他若是問起，她會告訴他那些花是萊拉種的，免得他以爲那些花意謂著無盡的哀悼，彷彿想藉此來彌補一個孩子沒能度過的七十個春天，或是爲她永遠的童年提供歡愉。她不知道萊拉是否會告訴她那些花都意謂著什麼：善意、對生命的愛、已逝的和仍在的——而她選擇成爲其中的一分子，彷彿終於回到了家。萊拉或許會微笑著說：那兒的土壤比較好，或是說：那塊土地陽光比較多。但她很高興傑克想必是覺得那塊地方眞漂亮，然後才去看是誰受到這麼深情的照料。對他而言那想必是種安慰，雖然她知道任何安慰都永遠不夠。

也許極大的悲傷或罪疚都只能被無條件地接受，一如天啟。我的罪／刑罰太重，過於我所能當的。[34]她父親說，在希伯來文裡，那個字有兩個意思，而我們選擇了其中之一，這可能讓我們更難以了解上帝何以饒恕了該隱，並且保護他，讓他繼續活下去，娶妻生子，建造一座城市。他的罪行就是他的懲罰，這意謂著他畢竟不是那樣一個壞人。她也許會向傑克提起這件事，如果談天的時機到了，讓她敢於把他和該隱相提並論，小心婉轉地。她笑她自己。這眞是個怪念頭。

葛洛莉保留了虔誠的少年時期大多數的習慣。每天早晚她會帶著《聖經》到門廊上，讀個

二、三章。兄姊回來過節的時候，他們會圍坐在餐廳桌旁，其中一個大聲朗誦〈詩篇〉或〈福音書〉。一如他們大部分的義務和許多樂趣，這主要是一種表演，意在取悅父親，向他保證他們喜愛昔日的生活，保證他們得到了他希望他們能有的一切良善。取悅他的這個動機太過強大，以至於取代了她本身的動機，而她的動機無疑也包含虔誠在內。在她獨自生活的那些年裡，她每天早晚都讀《聖經》，心裡想著父親若是知道必感欣慰。她讀《聖經》也是為了記住她是誰，記住她所生長的家庭——直到離家後，才依稀想起那個家曾給予而她卻未曾意識到的安慰。如今，回到父親的屋子裡，讀著《聖經》，她憶起同樣那份安慰，也憶起離家在外以及獨處的幸運，另一種生活的快樂。

多麼奇怪的一本老書。塵世事物之間的神聖是多麼奇特，萬物在自身意義的沉重負擔之下飽受摧折。「我要開口說比喻，我要說出古時的謎語，是我們所聽見、所知道的，也是我們的祖宗告訴我們的。」[35]是的，就是這個，天賜食糧的寓言。她父親以前常說：所有的麵包都是天賜的，這表達出上帝想讓我們維持住血肉之軀，維持住生命。就算我們疲憊、痛苦或是困惑，上帝是可靠的。祂讓我們迷路，好讓我們明白回家的意義。

回家意謂著什麼呢？葛洛莉一直以為家不會像這間屋子這麼凌亂、難看，在一個比基列鎮更大的城鎮，或是城市，在那兒，有個人是她的摯友、是她孩子的父親，而她的子女不會超過三個。那麼她就會逐漸明白自己的喜好，當然，是在夫妻倆收入許可的範圍內。她不會要她父親房子裡的任何一件家具，因爲沒有一件適合那個陽光充足的簡單房間。胡桃木的俗麗裝飾、雕刻的衣紋和壁柱、鑲嵌的壁甕和花朵。是誰想到要讓椅子和餐具櫃有眞正的腳爪？

她夢想過一個眞正的家，給她自己和她的寶寶，還有她的未婚夫。那會是個很不一樣的家，不同於這座供奉著鮑頓家的正直與善意的神龕，這個良善有福、浮誇而令人壓抑的神龕。很多年前她就已經知道，她將永遠不會打開夢裡那個家的門，永遠不會跨過那個家的門檻，也永遠不會彎身抱起一個漂亮的小孩，放在懷裡，感覺到孩子依偎在胸前，從她懷裡看著這個世界，洋溢著絕對信賴的滿足。唉。

有一次，傑克走到門廊上，看見她坐在那裡讀《聖經》，似乎感到尷尬，又帶點驚喜，請她原諒他打斷了她。而她說如果他願意，她很歡迎他留下，於是他拿了椅子在她旁邊坐下，打開了報紙，又傾身看她在讀哪一部分。「〈詩篇〉，很棒的選擇。」

「是的。」她說。

「抱歉。」

「我快讀完了。」她感覺得到他的注意，煩躁不安，足以令她分心，於是她把絲帶夾在她所讀的那一頁，把書闔上。他又腳踝交疊，沙沙地翻著報紙。於是她問：「怎麼回事？」

「喔，對不起。我只是感到有趣。想到你一直都還會做這種事，你以前會做的事。倒不是說我沒料到，我不是這個意思。事實上，我總是對我所料到的事情感到驚訝，當那些事情發生的時候。如果你懂得我的意思。」

「我想我懂。」

「唔，你還祈禱嗎？」他指著地板。「跪下來祈禱？」

她笑了。「這不關你的事。」

「我記得你小的時候會跪在床邊，閉上眼睛，對著你的手小聲禱告，說出你知道的祕密。好比侯璞的貓吐在地毯上，或是強尼說了一句壞話。我們會坐在那兒聽著，試著嚴肅看待。」

他笑了。

「你們偷聽我禱告？」

「侯璞，還有丹尼爾。我聽見他們在笑，所以也加入了幾次。」

「我只能道歉。」

「沒必要道歉，傷害已經造成了。當最後審判日來臨，上帝會以祂認爲恰當的方式來運用這些資訊。」

她說：「我很驚訝你記得這麼多事情。」

他聳聳肩膀。「我也會住在這裡。」

「我的意思是，大家回來過節的時候，我們會重溫那些往日舊事。要不是每年互相提醒個三、四次，可能連那些故事的一半都記不住。」

「我想起過這個地方。有時候我甚至會談起這裡的事。」

兩人沉默了一會兒。然後他說：「所以，小妹，你想嘗試拯救我的靈魂嗎？」

「嗄？拯救你的靈魂？爲什麼我要這麼做？」

「爲什麼不呢？對一個虔誠的女士來說，這似乎是份高尚的工作。我以爲你或許想爲我做這樣的好事。既然你有空。」

她看著他。他在微笑。以她對他的了解，她知道當他自認也許冒犯了對方的時候，不管是有意或無意，他就會微笑。看起來像是在嘲笑他自己，或是嘲笑她。

她說：「我很樂意，可是我毫無概念該怎麼著手。」

「嗯，我願意承認我有某種心靈上的飢渴。我想這通常是第一步。所以，這一點不是問題。」

「然後呢？」

「然後我想，思索偉大的眞理是件很平常的事。這是我的經驗。」

「例如？」

「例如上帝的父性。這個概念是：人類及萬物的壯麗證實了在這一切的背後有一份仁慈的意圖，亦即萬物與人類證實了神的慈悲與愛。這份慈悲與愛維持著世界，並且存在於那些靈魂得救之人的經驗中，或是那些靈魂將會得救之人。」過了一會兒，他說：「的確有可能知道偉大的眞理，卻感覺不到它們的眞實。這就是問題所在，以我的情況來說。」他看著她。

「我糊塗了。我得想一想。」

「好。嗯，我知道這是一下子告訴了你很多事。我一向疑心那些信仰虔誠的人在暗中計畫要拯救我。有時候，事實也是如此。說眞的，並不是經常發生。可是你是我妹妹，所以似乎值得一問。只是爲了節省時間。」他露出微笑。

她說：「我想我喜歡你靈魂原本的樣子。」

他看著她，笑了，臉紅了。「謝謝你，葛洛莉。這毫無幫助，但我的確感激你這麼說。眞的。」

葛洛莉做了一個麵團。她父親喜歡黑麵包，她想這可以提振一家人的情緒。雜貨店老闆送了一隻烤雞來。她打開窗戶，讓廚房裡涼爽一些，也讓餐廳透透氣。溫和的微風吹進來，帶著泥土味和青草味，還帶著陽光的感覺。

傑克從車棚走進來，帶來一股混合了舊麥稈、汗水和曲軸箱機油的氣味。他深深吸了一口氣。「啊，麵包！」她掀起毛巾，讓他看一看那布滿斑點的麵團，圓鼓鼓的正在發酵。他把一雙又油又髒的手舉在她面前，說：「別碰那些馬鈴薯！」他上樓去。一陣匆忙和洗手的聲音傳來。之後他下樓來，襯衫的釦子只扣了一半，頭髮濕濕的。他找到一把刀，說：「這把刀鈍得像支撥火鉗。」但他認眞削起馬鈴薯的皮。「是藝術阻止了惡魔接近！」這是爲了讓她了解完整削下來長長一圈馬鈴薯皮有多重要。

「了不起。」她說。

他說：「熟能生巧。」

「你剛才那句話是引用的嗎？」

他點點頭。「《傑克．鮑頓的雋語》，作者是玫瑰鮑頓[36]，受詛咒的詩人！儘管如此，仍舊是詩人。浪子兼廚房二手。爲了某種原因，他們在大學裡教法文不是爲了這個。」他拎起又一圈馬鈴薯皮，說道：「眞可惜，很多東西用法文說起來好聽得多：pomme de terre（馬鈴薯）、fait-neant（無所事事）、voleur（小偷）……」他微微一笑。「我那聰慧的女友想要維持她的法文程度，所以我把我會的那一點法文全用上了。我們讀《情感教育》[37]。我對於那件功課的熱忱可不是裝出來的。」

「你的朋友比我的朋友有趣。」

「你得知道該去哪兒找朋友，ma petite（小姑娘）。」

「是在哪兒呢？」

「如果你很乖、很乖的話，有一天我也許會告訴你。可是你得要非常、非常乖。」

她笑了。「天知道我在努力。」

他說：「我想這是個開始，雖然並不適用於每一種情況。」

她掀開蓋著麵團的布，用力去揉，一股酵母味散發出來。過了一會兒，他說：「我又去那個抽屜裡拿了錢。買了幾個火星塞和一個打氣筒，舊的那一個漏氣漏得太厲害，幾乎不能用了。另外還買了水箱散熱風扇的皮帶。」

「你沒必要告訴我這些。」

「還買了一個棒球手套。」

「那些錢也不是我的，傑克，爸爸並不在乎那些錢。」

他點點頭，仔細挖出一顆馬鈴薯上的芽眼，向她微笑。「這陣子我勤快找了一輪工作，卻四處碰壁，可能得去基列鎮以外的地方找了。我會需要一輛車。如果有朝一日我想成為一個受人尊敬、有家室的男人。」

「你是說，你那個女友也許會來這兒？」

他搖搖頭。「除非我努力找到辦法再出門去，再一次在鎮上到處兜售我可悲的抱負。或是繼續笨手笨腳地修理那輛該死的車。反正她大概也不會喜歡這個地方。」

「你從來沒把她的名字告訴過我。」

「她叫黛拉。」

「我很想認識她。」

他說：「你會親切地對待她嗎？」

「這還用問！」

「你能向上帝發誓？」

「當然！我會像她的姊妹一樣！」

他笑了。「有一天我會要求你說話算話，如果我最不切實際的夢想居然成眞的話。但它們不會成眞。」

「哦？」

過了一會兒，她說：「傑克，有件事讓我納悶。」

「你開心的時候會有什麼舉動？」

他笑了。「我忘了。」

「我是說眞的。剛才你那樣走進來，我以爲一定是發生了什麼好事。」

「喔，該怎麼說明那高昂的情緒。汽油的煙味？我替那具引擎更換了一大半零件，應該就快修好了，如果運氣好的話。我剛才轉了鑰匙，它──輕聲笑了。這讓我幻想起駕著父親的DeSoto，前去騷動的孟斐斯，拯救我心愛的女人。」

「我以爲她在聖路易。」

他聳聳肩膀。「我對聖路易有點厭倦了。我寧可從孟斐斯拯救她。」

「我懂了。」

「進一步想，她父親住在孟斐斯。他很保護她，而且他有一輛確實能跑的車子。他認爲我該死地幾近一無是處——我說『該死地幾近』，因爲他的職業讓他有義務採取寬容的觀點。她有三個兄弟在孟斐斯。所以，或許還是從聖路易拯救她比較好。」他削起另一顆馬鈴薯。「不開玩笑了。也許她會到基列鎮來住一陣子，來試試看。這是可能的。」

他們早早吃了晚餐。她本來打算端上冷雞肉，最後決定趁著麵包還熱的時候一起上菜，再說，先上後上反正也沒什麼差別。她父親喜歡熱騰騰的麵包，也喜歡那雞肉，還有淋上奶油醬的豌豆配馬鈴薯。他變得健談，說起自己在基列鎮度過的童年，說到他就連從水井裡汲水都沒法令他祖母滿意，更別提劈開引火用的細柴了，所以他不像其他的孩子得做那麼多家事。「她也從來不信賴我去拾雞蛋，那是她溺愛我的方式。那時候我常去艾姆斯家，幫忙他做點家事，然後我們就有一整天的時間可以玩。夏天的時候，我們一整天都待在河邊，我不記得我們是怎麼消磨時間的。那段時光很美好。有時候他爺爺在那兒，邊釣魚邊跟主耶穌說話，那時候我們就會很安靜，或是涉水走一點路到上游去。他是個奇怪的老人，但他是生活的一部分，你們曉得的，就像小鳥歌唱一樣。」

傑克說：「我在那條河邊消磨過一些時光。我喜歡那樣做。」

他父親點點頭。「我一向認為，對小孩子來說，這裡是個很棒的地方。倒不是說我能夠拿其他地方來比較。」

「這是個好地方。」

「嗯，傑克，我很高興你這樣想。的確，有些事情也許還可以更好，這我知道。可是能享受的事情一向很多，至少這是我的感覺。而且如今也還是很多。我看著那些小孩子，在我看來，他們很快樂。我想他們應該要快樂。」

晚餐過後，傑克拿著那個新買的捕手手套下樓來，戴著伸展了幾下，說：「我想看看艾姆斯的小孩想不想玩接球。這是個好主意嗎？他年紀夠大了，似乎也有興趣。」

她說：「我想這是個好主意。」

他走出去到門廊上，在那兒站了一會兒，又再走進廚房，聳聳肩膀說：「還是算了。我的名聲不好。有時候我都忘了，但這是權威人士的見解。」他微微一笑。「那個好牧師不會同意。我想店家會願意退款的。」他把手套遞給她，說：「那種高昂的情緒總讓我惹上麻煩。」

她說：「我一點也不明白，你太多慮了。我會把手套留著，直到你需要的時候。」

「你得幫忙我把事情想清楚，葛洛莉。」

「難道這意謂著提醒你，你名聲不好？」

「恐怕如此。」

「我認爲都是你的想像。」

「這是我人生的主要事實。事實上，是三件事實之一。你得要幫忙我記住的其中一件。」

「欸，眞的，傑克，我該怎麼做？」

他笑了。「別對我這麼好。」他說。

她想著傑克先前請她做的那件事：拯救他的靈魂。天哪，這個念頭何以縈繞在她心頭，帶著一絲責任感，雖然她並不知道那究竟是什麼意思。她想：有些話你聽了一輩子，卻在某一天突然思索起來。她不會再提起這件事，但他若是提起，她得要有辦法回答。她一點也不確定他是不是認眞的，還是在戲弄她？她原本甚至可能會生氣，如果那樣做有任何意義可言。「一件高尚工作，對一個有空的虔誠女士來說」，多麼高高在上啊。然而，他在感到脆弱的時候就會這樣——找到某種方式去刺傷對方，讓對方明白脆弱的人不只是他。可憐的人。他是如此善於背誦他也善於拒絕的事。他本來也許是想引她提出某種論點，再加以否定，好讓她知道他可以這麼做。他覺得不自在，是再自然不過的事。事實上，他令她爲了她愉快的老習慣而感到難爲情。如今她只好在自己房間裡讀《聖經》，以免自覺像個僞君子，像個在街角禱告的人。隔天，傑克帶著報紙走到門廊上，見到她在讀《做娃娃的人》[38]，向她投來惆悵的詢問眼神，但他什麼也沒說。

她不知道信仰虔誠的人是什麼意思。她從來不曾不虔誠過。你趁著年幼，當記念造你的主。[39]她這麼做了。她幾乎不可能不這麼做。父親每天都在提醒他們，一切的良善都來自主，一切的愛，一切的美；失敗和缺陷則讓人明白上帝的旨意——它們正是違反了上帝旨意的後果，慈悲和寬恕是爲了補償，校正錯誤，而這就是上帝在創造世界之後最偉大的善，就我們這些凡人所能知。她父親對此信念的癡迷讓這個信念變得無可置疑，是他天性的一部分，而他們喜愛也欣賞他的天性，即使偶爾不免取笑。「對！」他會這樣喊，因爲找到情有可原的理由而神采飛揚地走出書房，雙眼發亮，剛剛解開了謎題，準備好像個英雄一樣去寬恕，多做那麼一點。的確，他覺得情有可原的怠慢和缺點也許微不足道，在某些情況下甚至難以確定，證明了他自己的易怒。但他對這些怠慢和缺點的英勇回應卻還是很寬厚。

至於她，她的確仍會跪下來祈禱，也會在每餐飯前做感恩禱告，不管是自己念誦，聽人念誦，還是在心裡默念，即使是在快餐店的長檯前，或是跟那個未婚夫在一起。教養孩童，使他走當行的道，就是到老他也不偏離。[40]這句箴言用在她身上很貼切。回到家裡只是更增強了幼時灌輸給她的每一個習慣。對她來說，信仰是習慣和對家庭的忠誠，對《聖經》的崇敬，那份崇敬也是文學上的，還有對父母親的欽佩。再加上那份動人的寧靜，她從來不覺得有必要提起。她父親總是說：上帝不需要我們的崇拜。我們崇拜祂是爲了擴展我們對神聖的感覺，讓我們能感覺到、知道主的存在，祂永遠與我們同在。他說：愛是這一切的總和，一種更崇高的愛，是從一個散發愛的存在中得到的喜樂。她是個虔誠的人，這一點毫無疑問，雖然她不會選擇用這個字眼來形容自己。

也許她之所以把《聖經》收起來是因爲害怕，怕傑克若是又那樣跟她說話，她就只好告訴他，對於靈魂是什麼，她沒有明確的概念。她猜想那不是心智，也不是自我。不管心智或自我是什麼。她猜想靈魂是主在我們身上看見的東西，當祂的注意力落在我們當中任何人身上。可是對此我們又能知道什麼？她父親會說：假如我們去愛，去原諒，並且欣賞另一個生命之美，不管那份美有多麼難以捉摸，那麼，我們大概就對我們所遇見的靈魂有點概念。

也許以前她從不曾認識有誰感覺到自己的靈魂狀態有問題，或是承認有這樣的感覺。不管父親在書房裡是什麼模樣，只要站到信衆面前，他看來總是平靜且充滿信心。她父親確實多次提及靈命自滿帶來許多危機，就跟經文裡描述法利賽人的次數一樣多，不過，基列鎮長老教會總是宣揚知足的重要，因此這樣的自滿在任何情況下也是情有可原。畢竟，基督教裡的慈愛也教人不貪求。在基列鎮，原則上不是所有教派都肯認人人皆能蒙愛，但實際上，人們通常奉行知足的美德，因而也包容了自滿。就連她父親也在佈道中把獲得拯救視爲衆生必須感謝的，彷彿這個問題在古羅馬皇帝哈德良的時代，在督伊德僧侶和古羅馬軍團的百夫長之間就已經解決了，至少是就他們的目的而言。他的確提到「罪」，然而在他對罪的了解中，罪已經被稀釋了，「罪」指的是常見的小錯或疏忽，以至於沒有人是完全無罪的，也不會出於這些罪過，諸如不厚道的念頭、疏忽了的禮貌，而特別意識到罪的存在。一方面，這使他免於提及生活中那些似乎背離了安息日與光明磊落的面向；另一方面也強調，即使是最正派的人，包括那些品行高尚的，也沒有立場來評斷他人：不管是狡猾的人，或是無可救藥的人；不管是那些擾亂了自己家庭平靜的人，還是那些名字剛好出現在報紙上的人。「全然敗壞」的教義對他是適用的。畢竟，誰有資格扔出第一塊石頭？他沒有辦法，他是最沒有辦法的。然而，要看清這樣的事實很困難，尤其是她父親堅決主張，受人尊敬的他正是這一點的縮影。

她的確記得，多年前的某日，艾姆斯來家裡吃飯，向她父親提起地方上某個遭逐出教會的人，那人由於脾氣粗暴以及對兒童特別不友善而惡名昭彰，包括對他自己的孩子。那個人在午夜時分來到牧師公館，希望爲靈魂求得救贖。艾姆斯當時說：「那就像牙痛，在別人都在睡覺的時候發作，而那不是你想要自己處理的毛病。」然後他們一起輕聲笑了。誰能夠知道他們所知道的事、何種焦躁的心曾經向他們敞開，多少個午夜曾把那些失眠的人帶到他們門前。她應該去問傑克什麼是靈魂，既然他似乎感覺到靈魂的存在。長了瘡，也許，但就因爲這樣才讓他意識到它的存在。那兩個常常禱告的老人，艾姆斯和她父親，或許也能夠告訴她。但是，要向他們提出這種問題已經太遲了。傑克固然會笑她，戲弄她，但這還是遠遠勝過兩個老人冷靜、和善的驚訝。

她父親想早點上床睡覺，可是又睡不安穩，要再起來。她扶他坐到椅子上。「傑克在哪裡？」他說。

「我想他在修那輛車。」

過了一會兒，他說：「也許你可以讀些什麼給我聽。我想聽你念〈路加福音〉。」

她把《聖經》拿來，翻開，朗讀起對提阿非羅大人的問候。

「嗯，很好。他花那麼多精神在那輛車上。我希望他能彈彈琴，那麼我至少知道他人在哪裡。」

葛洛莉說：「爸，我去找他。他會很樂意替你彈琴的。」

「好。我是發狂的掃羅王。我希望這裡能有點音樂。」

她走出屋子到車棚去，傑克在那兒，坐在 DeSoto 的駕駛座上。在那個有泥土氣息、永遠昏暗的地方，就著手電筒的光在讀一本書。她躊躇著，但他從側視鏡裡看見了她，把書和手電筒收進車上的小置物箱，再把箱子關上。她看見他拿起先前打開來擺在儀表板上的小皮夾，塞進胸前的口袋。

「對不起，我不是有意打擾你。爸爸很不安寧，他覺得如果你能替他彈彈琴的話會有幫助。」

「我一向樂於效勞。」他說，從車裡起來，關上車門，向她微笑。當她得知了某件祕密，而他不打算解釋，他就會這樣對她微笑。他說：「這是我家外的家。」

「很好。我本來不會來打擾你，可是今天晚上他似乎特別不舒服。他要我朗讀給他聽，而我才念了兩分鐘……本來我也可以彈琴，但是他想要你來彈。」

他說：「葛洛莉，我從來不覺得你打擾我，雖然這實在很不尋常，對我而言簡直是前所未有的感覺。」

「我眞高興。」

他瞥了她一眼，看出她是眞心的，他微笑了。

「牧師好，葛洛莉說您想聽幾首聖歌。有特別想聽的曲子嗎？」

「有的。〈有福的確據〉，還有〈微聲盼望〉。不過，我想我躺在床上會更舒服一點，如果你不介意的話。」

「當然。」傑克扶他起來，帶他回房間，替他蓋好被子。

「先彈〈有福的確據〉，如果你會的話。」

「我想我會。」傑克在鋼琴前面坐下來，在琴鍵上摸索了一會兒，找到了正確的曲調，把那首歌彈了一遍。他父親沒有跟著唱。

「現在彈〈微聲盼望〉。」

「好的，先生。」

歌曲彈畢，他父親說：「『使我心靈痛苦中得安寧』。的確可能。我有過這樣的經驗。希望是可貴的，因為在此生，令人欣喜的事並不總是很多。」

傑克走過去站在父親的房門口，免得父親得費力提高聲量。老人說：「過來，傑克，把那張椅子拿過來。有件事我得要對你說。也許你得要原諒我。」

「我會盡力而為。」

「嗯，我知道我能夠指望你。再說，你現在是個成年人了。」

傑克笑了。「的確。」

「那麼，我想問你一個問題。好嗎？」

「你問吧。」

「我覺得有些事我虧欠了你。對你來說，我不是個好父親。」

「嗄？眞的嗎？」

「是的，我一直都有這種感覺，幾乎從你還在襁褓的時候開始。彷彿你需要我做些什麼，而我始終沒能理解那是什麼。」

傑克清了清嗓子。「我眞的不知道該說些什麼。我一向認爲你是個很好的父親，比我所應得的要好得多。」

「不，你想想，你老是跑走，跑到某個地方，總是躲在哪裡。也許你甚至不記得你當年爲什麼做那些事，可是我想也許你能讓我有個概念。」

「我沒辦法解釋，我不知道該怎麼說。我是個壞孩子。我對這一切感到抱歉。」

老人搖搖頭。「我完全不是這個意思。你知道的，我覺得你好像沒有好好度過人生。」

傑克笑了。「噢！嗯，對此我也感到抱歉。」

「你誤解了我的意思。我的意思是，你似乎從來沒有過眞正的歡樂。我擔心你從來沒有過多少快樂。」

「喔，我懂了。嗯，有時候我是快樂的。只是目前遇上了困難……」

「是的，否則你也不會在這裡。沒有關係。我只是從沒見過哪個孩子沒能在他出生的屋子裡擁有歸屬感。其他的孩子，你知道的，他們會回來過節，每次團聚都像是盛大的派對，他們會玩許多遊戲，嘰嘰喳喳吵吵鬧鬧，而你母親爲了那些沒完沒了的胡鬧和蠢話而笑。可你只要能找到方法離開，你就會離開。」

「我沒法解釋。我很抱歉……」

「然後你眞的離開了，不是嗎？一走就是二十年！」

傑克深深吸了一口氣，沒有說話。

「我爲什麼跟你談這件事呢？因爲這對我來說一直是個謎。別人老是對我說：嚴格一點！嚴格要求！爲了他好！可是我一直覺得我面對的是悲傷，是沉重的心情。在一個小孩子身上！而我怎麼能夠爲此而生氣？我應該要知道該如何幫助你才對。」

「你的確幫助了我。我是說，世上有比我的生活更糟的生活，而我的生活也可能更糟。」

他笑了，雙手遮住了臉。

「喔，是的。我很確定，傑克，我看得出你現在多麼寬容，很有禮貌。我注意到了。」

「過去這幾年我過得不錯，將近十年。」

「嗯，太好了。那麼，你原諒我這樣跟你說話嗎？」

「是的，先生，當然。我會的，如果你給我一點時間。」

「你慢慢來。但現在我希望你把手給我。」老人握住傑克的手，輕輕拉向自己，好細看傑克原本用手遮住的臉。「是的，你在這兒。」他把傑克的手擱在自己胸膛上。「你感覺到裡面這顆心嗎？我的生命變成了你的生命，就像用一支蠟燭點燃了另一支蠟燭。這件事不是很神祕嗎？我想過很多次。然而，你總是做出與我所希望的正好相反的事。所以我試著根本不要去希望任何事，只除了一件，就是希望我們不會失去你。而我們當然也就失去了你。那個希望我實在拋不掉。」

傑克抽回手，又遮住了臉。「這很難，我能做些什麼……我的意思是，有什麼是我現在能做的嗎？」

「確實很難，因為你什麼也不能做。很抱歉我提起這件事。我認為這件事讓我睡不好，我想是的。我為什麼認為這件事很重要？我也不知道。過去的所有悲傷又回到我心上。但現在我累了，好像我總覺得累。」他躺回枕頭上，翻身轉向右側，背對著傑克，面向牆壁。

葛洛莉走到廚房裡等待，幾分鐘後，傑克也出來了。「葛洛莉，你介意跟我一起在這兒待個幾分鐘嗎？等我花點時間來檢查斷掉的骨頭。」他笑了，雙手在臉上揉了揉。「啊，我感覺到想做些不智之舉的衝動。你不必坐在這裡等到酒館打烊，除非你願意。」

她說：「我樂於坐在這裡，你想要我坐多久都行。」

「這個鎮上的酒館幾點打烊？在工作日晚上？以前是十點。」
「恐怕你問錯人了。」
「現在還不到八點。還要兩小時，甚至三個鐘頭。很長的時間。」
「相信我，我晚上沒什麼計畫。」
他笑了。「很好。」
「你想喝咖啡嗎？」
「咖啡？好啊。你介意我抽菸嗎？」
「一點也不介意。」
他說：「我居然不知道酒館幾點打烊，你應該對這件事感到欽佩。這表示我甚至不曾走近一家酒館，近到能讀出門上的營業時間。」
她笑了。「我很欽佩。既然你這樣明示。」
「是的，我想我應該要列張表，列出我的成就。那會是第一條。接下來是：我不在牢裡。還有：我幾乎念完了大學……」
「我以為你念完了。我們本來打算全都去參加你的畢業典禮。」
「然後牧師接到一通從聖路易打來的電話。」
「他說他應該料想得到你不會想要參加那場典禮。」

「喔，當時也還有一些別的考量，應該說是有一些問題。主要是疏忽。這讓你驚訝嗎？」

「一點也不。」她說。

他搖搖頭。「說到前後一致，我可是無人能及，小妹。雖然我漸漸明白那份一致大多跟喝酒有關，但我跟以前不同了，大多數的時候。例如，我剛剛告訴了你某件事情的眞相，這全得歸功於一個好女人的影響。」

她笑了。

他說：「嗄，這有那麼難相信嗎？」

「喔，不。只不過是我以前常常聽見這種話。要我告訴你某件事情的眞相嗎？」

「好啊。但你不必勉強。沒必要像在交換人質。」

「但我還是給你一個。我把這個祕密告訴你，你得帶著它進墳墓。」

「我會的。就像人們說的，我以名譽保證。如果你眞想要告訴我的話。」

「我想是的，我的確想要告訴你。」

「爲什麼？」

「爲什麼？因爲你是我哥哥吧。因爲我想知道，如果我把這件事大聲說出來，聽起來會怎麼樣。」

「在我聽起來會怎麼樣，還是在你聽起來？這可能有點差別。」

「我想是的。這有關係嗎？」

「嗯，你知道的，如果你需要建議，那麼我不是個理想的對象，尤其如果牽涉到複雜的道德問題，這從來就不是我擅長的。你也許會在我身上發現某些令人難堪的缺陷，又一個缺陷……」他笑了。「光是現在這樣，我的麻煩就已經夠多了。」

「好吧，不說祕密，不說知心話。」然後，過了片刻，她聽見自己說：「我從來沒結過婚。」

「哦？」他笑起來，帶著疲倦，無法控制。「這就是你所謂的祕密嗎？眞抱歉，這是因爲我累了。」他說，擦掉了臉上的眼淚。

「這是我的錯，你警告過我了。」

「我的確警告過你，不是嗎？」笑聲持續著，又像嗚咽，又像咳嗽。「我眞的很抱歉。不過，你知道嗎，我也沒有結婚。」

「可是從來沒有人以爲你結婚了。我是說，你沒有讓別人誤會你結婚了。」

他摀著嘴笑，忍得很痛苦。「這倒是眞的。我從來沒有。」然後他說：「葛洛莉，別生我的氣。我不知道你爲什麼不該生氣，但請別生氣。」他在努力喘過氣來。

「噢，見鬼了！我去替你煮點咖啡。」

「見鬼了，對！把咖啡端上來吧！」他又笑了。

「有時候如果眞的生氣了，我會說『該死』。但我沒有生氣，我只是有點困惑。」

他說：「這就是我做的事，我讓別人困惑。事實上，這差不多是我能夠指望的最好情況。」

「喔，這我已經相當習慣了。其實還滿有趣的，在某種程度上。」

「謝謝你，眞的。我知道我錯了，我不該那樣笑。」他懊悔地搖搖頭，又笑了。「你是個好人，葛洛莉。」

「我是的。」她說。

「我知道你遇上了很糟的事。我是個白癡才這樣笑你。」

「是很糟。有一天，我在半夜裡出門，把四百五十二封信全倒進了排水溝。」

他笑了。「四百五十二封！」

「那段訂婚期間很長呀。警察看到我，還走過來問我在做什麼。我告訴他我在扔掉四百五十二封情書和一枚廉價的戒指。他說：『欸，我眞心祝福你會有好結果。』」他們笑了。

「我沒事，那一切糟透了，到了可笑的地步。反正事情已經過去了。」

「是啊，我們總是可以期待事情會過去。」然後他聳聳肩膀，說：「這足以讓我希望，在死亡和打入地獄之間還有幾分鐘的空檔。」

「噢，少來了，傑克。我實在不認爲你相信打入地獄這回事，除非你也相信其餘的一切。」

「你不認爲嗎？可是我一向理解打入地獄這件事。我是說，這件事一向顯得很有道理，根據我的經驗。而且我認爲現在不是勸我不要這樣想的好時機。我累了，也沒喝酒……」他笑了，她瞥了手表一眼。「讓我猜看看，八點二十八。」

「八點十七。」

「如果你厭倦了跟我作伴，我能理解。」

「不，一點也不會。我替你弄點晚餐好嗎？」

「我才剛吃過。」

「不，你沒有。我有看著。你只吃了六口馬鈴薯。」

「我好像沒什麼胃口。」

「喔，我有消息要告訴你，卡萊葛倫。[41] 你的長褲開始鬆垮了。」

「唉，你精通說服的藝術。那麼，來份炒蛋？」

「配上吐司。」

「配上吐司。」

傑克坐在桌旁，抖著腳，清了清嗓子。

「怎麼了？」

「沒事，沒什麼。」過了一會兒，他說：「如果我說錯了請糾正我，但我想我剛剛得知我不是這個家裡唯一的罪人。」然後他笑了，又用手遮住了臉。「噢，我說錯話了。我眞是個傻瓜。」

葛洛莉說：「嗯，這樣說吧，你不是這個家裡唯一的傻瓜。」她打了個蛋到煎鍋裡。「可是你沒有告訴牧師先生這件事，就我的理解。」

「這還要問嗎？」

他點點頭。「我也這麼想。」

「愚蠢不是罪，就我所知。可是它應當是一種罪，感覺起來像是一種罪。其餘的我都可以原諒自己。」

「你可以原諒自己。」

「是的，我可以。」

「有意思。」

她瞥向手表。

他說：「我們換個話題。」

然後他說，彷彿想努力把對話維持下去。「我提到的那個在聖路易的女人……她在教會的唱詩班唱歌。有時候，如果替他們伴奏的女士沒法參加練習，我會代替她。反正我本來就會去，就只是去聽他們唱。那位老太太彈得眞的很好，而且她很親切，我能學多少，她都盡量教我。我替他們教會的禮拜儀式彈過幾次。我習慣在工作日晚上去使用教會的鋼琴，只要我彈的不是太世俗的曲子，他們也不介意。其實我可以靠著在酒吧彈琴來謀生，而且可以過得不錯，可是那些地方是……欸，是酒吧。所以我老在她的教會晃蕩。那很不錯。我的意思是說，那時候我是快樂的。」他看著她，對她微笑。「你爲什麼笑？你不相信我。」

「我當然相信你。我本來還在納悶，你是在哪兒學會把那些聖歌彈得那麼好。」

「就是囉。這證明了我的誠實，可是你還是要笑。」

「那是因爲……你知道嗎，我也是在唱詩班練唱的時候遇見我沒有嫁的那個人。他說他從路上經過，聽見了那音樂，把他帶回了他童年最甜蜜的時光。他希望我們不介意讓他安靜地站在那兒聽一會兒。」

「哇，好個無賴。『他童年最甜蜜的時光』，要是我就會警告你。光是這一句話就讓他洩了底。」

「是啊，毫無疑問。可是那時候我連你是生是死都不知道，所以你的智慧幫不上我的忙。」

「的確。」傑克清了清嗓子，又清了一次。「我不希望你認爲我流連在唱詩班找脆弱的女人的下手。我遇見我的……我提到的那個女人，是有一天在她住的公寓附近。當時下著雨，她從學校裡回來——她也是個英文老師。她掉了些紙張，而我幫她拾起來，如此這般。幾天之前我才在公園長凳上撿到雨傘，而那時恰好有位女士需要搭救。我們成了朋友，我完全沒有什麼算計。一切都很得體，的確是的。」

她說：「『找脆弱的女人下手』。」

「噢，我並不完全是那個意思。」

「但那的確是他所做的事，你說的一點也沒錯。只是我從來沒有這麼明白地告訴自己。」

「對不起。」他露出微笑，伸手去摸自己的臉。她心想：他的臉色為什麼變得蒼白？然後他說：「你知道，當我說『脆弱』，我想我真正的意思是……有虔誠的宗教信仰。虔誠的女孩心地溫柔，相信悲傷的故事。據說是這樣。這對她們當然是種稱讚。而且她們通常過著受到保護的生活，對於世界缺少真正的認識。她們被養育長大的方式讓她們認為會有人為了她們的美德而愛她們，也願意相信任何人跟她們談起他那天使般的母親，說他母親的虔誠如何像座燈塔照亮了人生最黑暗的風暴。據說是這樣。而往往，在寒冷的夜裡，教會裡會有蛋糕和咖啡，完全免費。這會讓一個人變成偽君子，如果他的外套單薄，或是鞋子破了洞。就我所知是這樣。」然後他說：「假如我有女兒，我絕對不會讓她接近唱詩班排練的地方。」

她沒有說話。

傑克站起來。「嗯，趁著還有一點點天光，我最好是做點有用的事，對吧？就像人們說的：『用額上的汗水來掙得麵包。』」他在門口停下腳步，站在那兒，看著她。過了好一會兒，他說：「我知道我該離開這裡。但我還辦不到。」

「坐下來，傑克。沒有人想要你離開。爸爸不想，我也不想。」

他說：「喔，你很好心。你眞好。」

「不盡然。我很高興有你作伴。」她笑了。「我這一輩子都想要贏得你的注意，想要跟你談話。我想這是身爲小妹的詛咒。我原本就知道這不會容易，向來就很淸楚。」

他聳聳肩膀。「我很高興我符合你的期望。」

她說：「當然，爸爸說的對。如果我們不是碰上某種……困境，我們兩個誰也不會在這兒，所以也沒有必要假裝不是這樣，至少在他睡著的時候沒必要。本來我很害怕聽到『脆弱』那個字眼，可是聽到你說出來，也沒有讓我太難過。現在我知道了。」

「不客氣。」他說。

然後她說：「你提起的那個女人，就是你寫信給她的那一個？」

他微笑了。「喔，是的。我寫信給她。今天早上才又寫了一封，在我署名的地方滴了一滴眼淚。其實那是自來水，不過重要的是心意。那是第兩百零八封。」

「好吧，很抱歉我問起這件事。」

他說，十分溫柔地：「恐怕，有一天你會眞的感到抱歉。如果你對我的認識夠多，也許你不會希望我在你身邊，甚至會要求我離開。」他露出微笑。「到那時候我該怎麼辦？誰來阻止我惹上麻煩？」

「噢，傑克，我想我不必告訴你這句話我在哪裡聽過。」

「這一句也聽過！」他聳聳肩膀。「就我的情形來說，至少你知道這句話有幾分眞實。以他的情形來說，或許也有。」

她想：他看起來多麼疲憊。於是她說：「你還記得嗎？有一次你付我一毛錢，要我別再哭了。那時我因爲腮腺炎而待在家裡，無聊得難過。我以爲其他人都去上學了，可是你從房間裡走出來，從口袋裡掏出一毛錢，說如果我不哭，你就會把那一毛錢給我。所以我就不再哭了。沒多久，你又回來，給了我五分錢，要我別再打嗝。然後你又給了我五分錢，要我答應不告訴別人那些錢是從哪兒來的。」

「嗯，我眞是好人。你是這個意思嗎？」

「是啊，我當時很高興。事實上，我本來想留著那些硬幣，但我好像拿去買口香糖了。我很確定我的確留了一、兩個星期。」

「哦，聽起來像是我替自己買到了一點時間，也許買到了一點耐心。」

「一點忠誠。」

「太好了，眞是樁好買賣。」他笑了。「如果你又想起任何能替我增光的事，記得告訴我。」

「你還教會了我『飄』這個字。」

「噢，不要一次把所有的事情都告訴我。我不想一下子用掉我所有的資本。」

「那你就坐下。」她說，把炒蛋和吐司端給他，再斟滿他的咖啡杯，隔著桌子在他對面坐下。他乖乖吃著。她問他是否還想再吃一點，他說：謝謝，不用了。有一會兒他們沒有說話。

「快九點了。」她說。

傑克把用過的盤子和杯子洗好收起來，又坐下來。

葛洛莉說：「你怎麼會以為你是這個家裡唯一有罪的人？我們可是長老教會信徒呀！」

「對，『世人都犯了罪，虧缺了上帝的榮耀』。[42]」他笑了。「說起來容易。」然後他說：「我的意思是，你必須承認，舉例來說，在蒙羞的我和泰迪・鮑頓醫生之間是有差別的。」

她說：「泰迪是好人。他是好意。」

「撇開他的美德和成就不談。」

「是的。就某種程度而言，的確是這樣。」

他們笑了。

傑克說：「也許在這世上終究沒有公平這回事。這個想法眞是太棒了。」

她聳聳肩膀。「這要視情況而定。」

傑克用手遮住了臉。「喔，是啊，視情況而定。視犯罪現場而定，視犯罪事實而定。」

她瞥了瞥手表。

片刻後，傑克說：「我想我該去看看牧師先生。我惦記他老人家。兩週前，這個時候他可還坐在這裡下棋，下完才再回床上去哩。」

她點點頭。「我眞的認爲他不會留在我們身邊太久了。」

「嗯，到時候你有什麼打算呢？」

「去教書。在某個地方，但願不是在這兒。我喜歡教書。你離家之後曾經見過泰迪嗎？」

「喔，見過一次。他到聖路易來，逮到了我。他帶著幾張照片，在那些小街上到處走，直到他找到有個人認出了我。那花了他好幾天的時間。很久以前的事了，那時他剛從醫學院畢業，而我……情況不太好。事實上，那也許是我人生最低潮的時候。我們坐在長凳上一起吃三明治，他要我跟他一起回家，但我拒絕了。他要給我一點錢，我收下了。那是個悲慘的回憶，對我們兩個來說都是。他從來沒提起過嗎？」

「就我所知沒有。」

「我要他答應不會提起，也要他答應不會再來。他也沒有再來，至少沒有找到我。」他笑了。「過了一段時間以後，那些照片就派不上什麼用場了。」

「他是個說話算話的人。」

傑克點點頭。「有很多事我的確感到懊悔，如果這樣說有任何意義的話。」

「耶誕節他會回來，感恩節也會，如果他走得開的話。跟柯琳一起，她總是說個不停。他們的孩子很可愛。」

傑克打了個哆嗦。「這麼多陌生人。我連他們的名字都不知道。」

「六個配偶，二十二個孩子——其中六個結婚了，所以又再有六個配偶，五個孫兒。」

「全都在這棟屋子裡？」

「一大部分。」

「哇！」他思索著。「所以你這些年來都會回家？」

「大多數時候。」

「跟……嗯……跟你的未婚夫一起？」

她看了看手表。

他笑了，把椅子往後推。「對了，我說要去看看老先生的，不是嗎？」

他站起來，往走廊而去，幾分鐘後，她聽見前門開了，然後又悄悄關上。噢！她想：當然，我早該知道。現在我得坐在這裡等他回來了。不，我只坐在這裡等二十分鐘。爲什麼呢？因爲到時候他也許就回來了。如果我上樓去，他就會知道我在想什麼，那樣就不太好。可是，他爲什麼要這樣偷偷溜出去？不過，等個二十分鐘又有什麼壞處？等半小時？我不會去找他。

那樣太可笑了。尤其是他若是爲了別的原因出去。夜裡這種時間還會有其他原因？我會給他半小時。

二十分鐘後，她聽見門開了又關上。他走進來，坐下，微微一笑，聳聳肩膀。「我出去抽根菸。」他說。

「我不介意你在屋子裡抽菸。爸爸也不會介意。」

他說：「我出去走一走。」

「好吧。」

他說：「我出去喝點酒。但我其實從沒離開過門廊。」

「你眞行。」

「是的，我眞行。」他微笑了。

「老先生怎麼樣？」

他搖搖頭。「嗯，你知道，他老了。不知道爲什麼，我很難習慣。我們小時候，他比艾姆斯還高，對吧？他令人印象深刻。以前我覺得他好像比每個人都高大，而且他總是笑得那麼開朗。我以他爲榮，眞的。」

「我們全都以他爲榮。」

「當然。」

「我們也以你為榮。」

他看著她。「為什麼我覺得這很難相信。」

「不，是真的。並不總是這樣，而隨著時間過去，也漸漸難了。」他笑了。「可是我們覺得你……我不知道該怎麼說……老是異想天開，像個海盜，又精明……」

他說：「我是討厭鬼，是個頑童，是個無賴。」

「嗯，實情如何，你比我明白。我只是告訴你，當年你在我們其他幾個兄弟姊妹的眼中是什麼樣子。」

他露出微笑。「好個驚喜。艾姆斯從前總是能把我看穿。而當他現在看著我，他還是看見一個無賴。不久前那一天，我有種不妙的感覺，覺得他也許並沒有看錯。所以我開始施展魅力，你知道的，有一點油嘴滑舌。」他笑了。「我喊他爸爸，其實這也是應該的。他甚至不曾向他太太提起過，說父親替一個孩子取了和他相同的名字來向他致敬。你想得到嗎？」

「你的確引發了他易怒的那一面。」

「可憐的老傢伙。」傑克搖搖頭。「我考驗著他的耐心，就像戲弄一隻貓，或是去撥弄一座蟻丘。有一次我炸掉了他的信箱。那時他剛結束讀經會，正要走回家。而他就只是把書擱在門廊臺階上，走去拿院子裡的水管。我不認為他曾經對任何人提起。」他笑了。「那真的很壯觀。天已經黑了，我必須從窗戶爬出去，才能在那麼晚的時間出門。」

「你知道吧，他們讓你搬進那個窗戶下面就是門廊屋頂的房間，就是爲了讓你偷溜出門的時候不至於送命。你還記得棚架垮了的那一次嗎？媽媽以爲你死了，因爲你摔得停止了呼吸。」

「我以爲他們只是把我搬到遠離那個棚架的房間。」

「這當然也是個原因。他們想過要告訴你：如果你眞想離開的話，可以從門出去。可是又怕這樣一說，聽起來像是在鼓勵你。」

他看著她。「我憑什麼這麼奇怪？這是個好問題。我的手表掉了，現在想必十點了。」

「是的，十點五分。我說那句話的時候還是個孩子。我本來希望你已經忘記了。那句話沒有什麼意義。」

他笑了。「幼兒會說眞話。現在該說晚安了。」

她上樓回到房間，坐在梳妝檯前把頭髮梳開。她聽見前門開了，又悄悄關上。

第二天早上，傑克很晚才下樓來，問可不可以借一個信封。

「你需要郵票嗎？」

「是的，謝謝。」他從外套口袋裡拿出一張摺起來的信，塞進信封裡封好，貼上郵票，再走進餐廳去寫地址。等他回到廚房，他舉起咖啡壺。「全空了。」

「等你回來，我再替你煮一壺。」

「謝謝，葛洛莉。」然後他說：「我很抱歉，如果昨天夜裡讓你睡不好。我覺得很煩躁，得出去走一走。」

「喔，沒有，我馬上就睡著了。」她說，這並非實話。

「我試著不要弄出聲音。」

「我什麼也沒聽到。」這也不是實話。她聽見他在三點多的時候進門。散步了五個鐘頭。嗯，他一向是個謎。

這天早上，她父親表情凝重，她猜想是聽見了門偷偷打開又關上，後來又再聽見門打開、關上，小心翼翼上樓的腳步聲。「我想傑克今天不會一起吃早餐了。事情沒有改變，我猜。人不會改變。看來是如此。」他拿起報紙，才看了一會兒，又放下。「我想我要回房間去，葛洛莉，如果你不介意扶我起來。」

「爸爸，你的玉米片碰都沒碰。」

「這是事實。我實在不想吃，如果你不介意的話。」於是她扶他回到房間，協助他再躺回床上。等到適當的時機，她會跟傑克談，等她想出婉轉的方式來提起。她無從得知老人家聽到了什麼，或是他知道什麼，但顯然是焦慮讓他無由地察覺這些事。即使沒有在半夜裡離開屋子，傑克也讓他睡不安穩。五個鐘頭！她想像父親在黑暗中醒著。她坐下來玩塡字遊戲，還沒塡完，傑克就帶著信下樓來，然後出門到郵局去了。

§

她看見他從路上走回來，看起來情緒有點低落，但等他進門，他露出微笑，把帽子擱在冰箱上，一罐咖啡放在桌上。「我想咖啡大概快喝完了。牧師先生還沒起來嗎？」

「我猜他沒睡好。他一點也不想吃早餐。我扶他回床上了。」

「噢，很抱歉。那也許是我的錯。」

「誰也不曉得。他一向不容易睡好。」

傑克說：「是的。」然後點點頭，彷彿在接受指責。

他替自己倒了杯咖啡，在桌邊坐下，打開了報紙，又立刻把報紙擱在一邊。「他看報了嗎？」

「嗄？」她看著標題：竊盜案接連發生。「我不知道，大概看了吧。爲什麼？」

他用掌跟揉著眼睛。「沒爲什麼……今天早上我一走進藥房，大家就不再講話了。你曉得那種感覺，如果你是大家不再談話的原因。」他笑了。「於是我走進雜貨店，想看看會不會一樣。

果然。我試著對自己說那不代表什麼。」

「噢，傑克，我不覺得那有什麼。爲什麼會有誰以爲那些案件跟你有任何關係？爸爸不會這麼想。」

他搗著嘴笑了。「對不起，這很丟臉。」

「我不懂。」

「我做過一次。我就是做過。我在夜裡出門，試著轉別人家的門把。有些門沒有上鎖，我就拿了一點錢和一些啤酒。泰迪在我房間裡看見了，說如果我不去告訴牧師先生，他就會去。他給了我一小時，我用那段時間把啤酒喝了。然後老先生上樓來，收拾了那些錢，帶著我去還錢，儘管我喝醉了，忍不住笑個不停……唉！」

「欸，傑克，那都是多少年前的事了？三十年前？」

「嗯，大概是二十八年前。」

「你怎麼認爲還有人記得？」

「你不認爲他記得嗎？」

「他大概記得，但那不表示還有其他人記得，也不表示他以爲現在這些事是你做的，看在老天的分上。」

他看著她。「你願意爲了我案發時人在哪裡而擔保嗎？」

「願意，我當然願意。可是我什麼也不知道。你人在哪裡，一向是你保守得最好的祕密。」

他點點頭。「這一點會改變的。但你明白了我的意思。」

「不，我不明白。再說，這些事一定是前天夜裡發生的，才會登在今天一早的報紙上。」

「我前天夜裡離開過屋子嗎？」

「我不知道。」

他聳聳肩膀。「那就是了。」

「你離開過嗎？」

他點點頭。「我睡不著。我不能在屋子裡走來走去，他聽得見我的腳步聲。我不能待在那個房間裡。嗯，現在我會乖乖待著了。」他看著她。「我還沒打算離開。」

「離開？可是傑克，說不定什麼事也沒發生。也許爸爸只是想起了另外那一次，可是他會再忘記的……」

「我該對他說什麼呢？『順帶一提，老爹，我肯定沒有去廉價商店偷錢？』」他笑了。

「你什麼也不必說。這種事情本來就會發生，跟你沒有關係。」

「好，我得記住這一點。我會牢記在心。」

「那麼，你早餐想吃什麼？」

「再來一點咖啡。」

「不行，你得要吃點東西。如果你想看起來像拉斯柯尼可夫[43]也就罷了，否則的話，你最好開始吃東西。也許能幫助你入睡。我來做點煎餅。」

他笑了。「噢，拜託不要，不要煎餅。你得讓我慢慢進展到這一步。」

「法國吐司。燕麥片。吐司夾蛋。」

「現在我成了拉斯柯尼可夫，昨天我還是卡萊葛倫。」

「這就是你不吃不睡的結果。我來做法國吐司。」

「好吧，我想我得要維持體力。我得要努力看起來適合工作。」

她說：「所以說，你眞的想留在這裡？」

他聳聳肩膀。「這個念頭肯定曾在我腦中閃過。」

「哦，我很驚訝。」

「而你想要離開。」

「是的，我是想離開。我討厭這個鎭。」

「爲什麼？」

「因爲它讓我想起我快樂的時光。」

「喔，那麼我想，能讓你重新考慮的機會不大。」

「大概是吧。我應該重新考慮嗎？」

他笑了。「我想目前你也許是我在這世上唯一的朋友，葛洛莉，沒有其他人會費這個工夫強迫我吃早餐。所以我的動機是自私的，向來如此。」

她攪拌著牛奶和雞蛋，把煎鍋加熱。「我知道你可能是故意說好話，如果你眞的照我說的去做，我才相信。先吃東西，還有，別再爲了所有的事情擔心。」

「我會竭盡我棉薄之力。我眞的會。」

「那麼到頭來，我也許會重新考慮。」

「你這樣說很好心，葛洛莉。如果你不在這兒，事情會更加困難。事實上，我根本應付不來。這並不表示你得要承擔某種義務……」

他們的父親從隔壁房間裡喊道：「什麼東西聞起來很香！對了，晚吃的早餐。好極了。」

「我來了，爸爸。」葛洛莉協助老人起床，扶他到廚房裡。傑克已擺好餐具，站著等他們。那份尊重，那份謹慎。舉目所及不見那份報紙。

「嗯，傑克，今天很早就起床走動了。很好。」

「是的，先生。我有封信想拿去寄。」

「喔，這很好。傑克，你可以替我們做謝飯禱告嗎？我想我還沒有完全清醒，還不能勝任。」

「也許葛洛莉……」

「不，不，傑克，我想要聽你做謝飯禱告。你就遷就一下老人家吧。」

「好吧。」他清了清嗓子。「爲了我們將得到的一切，請幫助我們眞誠地心存感謝。阿們。」

他父親看著他。「這就夠了，我想。這個謝飯禱告我聽過很多次。『請賜福給祢贈與我們的食物，也賜福給服事祢的我們。』——這是另外一個。好得很。何況主是寬容的。現在我們可以吃早餐了。」

傑克說：「對不起。」

「喔，沒有關係。你知道的，禱告就是敞開你的思緒，讓你能夠清楚看見，沒有必要隱藏任何事。主要求我們做的任何事都有極大的好處，尤其是在禱告中。從前我應該要多做點什麼，來鼓勵你養成這個習慣。」

傑克說：「就我記憶所及，你做了很多。」

「恐怕不夠多。」

傑克露出微笑。「看來是的。」他瞥向葛洛莉。

她說：「爸，你的吐司想淋點糖漿嗎？我們也有蜂蜜和黑莓果醬。」

「糖漿很好。這會兒我在試圖解決四十年前就該注意的事。嗯，就把這當成是父親的教誨吧，傑克。禱告是訓練一個人講眞話，訓練一個人誠實。」

傑克說：「是的，先生。我會繫在手上為記號，戴在額上為經文。[44]」

他父親看著他。「這也許是在挖苦，但至少你熟悉《聖經》。」

「我無意挖苦，眞的。」

「很好。不過，現在有另一件事我想要處理，是我在今天早上禱告的時候想到的。銀行裡有個帳戶，裡面有你們母親娘家留下的一點錢。我本來打算把這筆錢留給你們大家去分，等我死後。但我會告訴銀行，讓你們兩個可以動用這筆錢。你們沒有理由缺錢。沒必要有這種麻煩。」

傑克的臉暗暗地紅了。他伸手遮住了臉。

他父親繼續說：「我們姓鮑頓，是因為我父親的祖父是英國人，可是除了他以外，我們的家族都是蘇格蘭人。這些你們都知道。而我之所以提起，是因為我祖母和我父親總是告訴我，對金錢再小心也不為過。但我想是有可能太過小心。也許我以前對金錢也太過小心。你們知道的，我父親是個教士，是個很好的人，可是我認為他那種精明不總是適合他。我想要大方，尤其是對我的孩子——由於我可憐的老爸爸留給我那座農場，還有這棟屋子和家具，我可以大方。但我想，也許我比自己所意識到的更像他。我把錢就這樣放在銀行裡，年復一年。」

傑克說：「你一向很慷慨。」

「但我其實可以更慷慨。所以，現在我想要改變這件事。」

「我不認爲眞有需要。」

「傑克，別去思考需不需要，如果這麼做能夠稍微減輕你的負擔，就是足夠的理由了。想到你也許會惹上什麼麻煩，只因爲你父親是個吝嗇的蘇格蘭老人，可讓我受不了！」

「你儘管放心，先生。」

「很好，這樣很好。不過，蘇格蘭人還有另外一種惡習，你知道的。喝酒。」

傑克露出微笑。「就我所知。」

「我祖母說，這像是一種流行病，他們對之毫無抵抗力。她說她見過許多好人被酒給毀了。」

「很不尋常。」

「的確是的。等你跟我一樣老的時候，你就會明白。這是很嚴肅的事情，有著嚴重的後果。」

「對不起。我並沒有不敬的意思。眞的沒有。」

他父親看著他。「我知道，傑克。我看出這是我的錯。我把你當成一個很年輕的人來跟你說話，而你一點也不年輕了。」

傑克微微一笑。

「這些話是我很多年前就該對你說的。」

「你的確說過，先生。」

老人點點頭。「我想我大概說過。」

葛洛莉說：「你們兩個一口也沒吃。我看著你們愈來愈瘦，而這附近的狗兒胖得都快走不動了。太可笑了。」

「喔，葛洛莉……我累了。」

「爸，很抱歉，可是早餐沒吃完之前，誰也不准下桌。」

傑克露出微笑，伸展身體，看著她，彷彿在說她一點也不明白她所要求的事有多麼困難，但他隨即吃了幾口。「很好吃，葛洛莉。謝謝你。」他把椅子往後推。

「你還沒吃完。」

「也是。」他說，撐著頭，吃掉她先前放進他盤子裡的東西，假裝聽話。「好啦，現在我可以下桌了嗎？」

「不行，等爸爸吃完。你的禮貌到哪兒去了？」

「一個羽翼豐滿的家庭暴君。你看見了我都得忍受些什麼。」他父親說。

「別再發牢騷了，快吃吧。」

她父親說：「葛洛莉，可以麻煩你替我切成小塊嗎？這件事你可以幫我。」

「對不起，我應該要先想到的。」

「因爲你忙著發號施令！」他說，笑了。

傑克坐著休息，雙臂盤在胸前，看著老人吃力地抓住叉子。他眼睛下方的疤痕變得更白了，如今她知道，他疲倦時就會這樣。

等她把老人安頓好去睡覺，她走出去到園子裡。傑克已經在幹活了，忙著砍掉雜草。他停下來看著郵差從馬路對面走過，點燃了一根菸。

她說：「留心費輔爵士。[45]」

「身爲蘇格蘭人可不是什麼稱心如意的事。蘇格蘭人！」他笑了。「我不認爲我見過任何一個。」

「我猜想蘇格蘭人是宿命的另一個名字。這或多或少解釋了一切。」

「可憐的老傢伙。抱歉。換作我在他這個年紀，不會想要有我這個麻煩的兒子。倒不是說我不會有。」然後他說：「如果再有非法闖入的案件發生，警察也許會過來。」

「警察？這裡是基列鎮。」

「我是說眞的，葛洛莉。那樣的話，就糟了，對老先生而言，對我也是。他認爲那是我幹的。」

「傑克，你太小題大作了。假如他認爲你是個賊，他還會把家庭金庫的鑰匙交給你嗎？」

「是的，他會，這正是他會做的事。他以爲我大概是需要錢，所以他會給我錢，免得我再去偷。這就是他那番話的意思。」

「也許。」

他點點頭。「你知道我說的沒錯。葛洛莉，別來安慰我，我希望你幫助我。這件事有可能毀了一切。我應付不來，怎麼練習也應付不來。」

「我當然會幫你。可是你得告訴我該怎麼做。」

他說：「只要跟我一起把事情澈底想清楚。幫我想想，萬一出了差錯該怎麼做。這麼害怕也許顯得很蠢，可是我的確害怕。」他笑了。「我遇過……我這一生遇過很多艱苦的事，可是如果再來一次……假如我得再被關上三十天，那就差不多會毀了我。小妹，恐怕我現在腦袋不夠清楚。我不知道該怎麼應付。你得讓我保持清醒，不要喝酒。這是第一件事。」

「我會盡力而爲，傑克，我向上帝發誓。可是，如果你希望我幫你，你得要給我一點時間。而且你得答應我，你會努力不要跟爸爸計較。他不該用那種方式跟你說話。這不像平常的他，他一向愛你勝過我們任何一個。」

「我的確在努力……」

「假如他是平常的他，他就會感激你不計較他說的那些話。」

他用掌跟抹抹臉。「謝謝你，葛洛莉。你眞好心。」

他們看見郵差停下來，把郵件塞進信箱，於是他們一起從園子裡走過去。

他笑了。「眞令人吃驚。我陷入這樣悲慘的處境，就爲了那區區三十八塊錢。」

她看著他。

「噢，噢。是報上寫的，葛洛莉。在那則新聞裡。」他臉色灰白，停下腳步來揉了揉眼睛。「我可以拿給你看。報紙在我房間裡。」然後他向她微笑，那種疲憊、苦澀的微笑，彷彿對她太過了解，卻又對她一無所知。

她說：「原諒我，傑克。」

他說：「當然，我原諒你。我有什麼選擇呢？」他把郵件從信箱裡拿出來，一張帳單還有一封路克寫給父親的信。他瞥了一眼，交給了她。「你還有他的消息嗎？你的，唔，未婚夫？」

「嗄？沒有。」

「你想要有他的消息嗎？」

「不想。」

「你有寫信給他嗎？」

「沒有。」

他說：「五年，那大約是一千八百天。所以說，你大約平均每四天收到一封信，差不多吧。」

「他常旅行。」

傑克笑了。「他當然常旅行。儘管如此，他是個很能寫信的混蛋。」

「有時候他就只是從雜誌上剪下幾首詩，然後簽上他的名字。」

「他的名字是？」

「這有何重要？」

「喔，我不知道。我是你哥哥。有朝一日我或許會想找到他的下落，揍他一頓。挽回僅存的家族名譽。」

「哦，那你最好開始多吃點東西。」

「他是個大塊頭嗎？」

「不是。」

「我懂了。你又在嘲笑我的體格。」

「沒錯，你活該。你明知道我不喜歡談這些事。」

他似乎在思索。「這是一個罪人跟另一個罪人之間的體己話，我也從來不覺得坦白招認能帶來慰藉，那只會導致所有的不良後果——假如不說出來，也許還能夠避免。至少這是我的經驗。」

她說：「那麼我猜，我得等著不良後果發生。」

他聳聳肩膀。

她說：「我答應會幫你，而且我會幫你。不過，你大概不會想要惹我生氣。我生氣的時候沒法好好思考。」

他露出微笑。「有道理。我會忘了曾經聽說過這個不知道叫什麼名字的人。」

「很好。」

「欸，也許我不會忘記剪下幾首詩這件事，說不定什麼時候派得上用場。另外，四百五十二封信這個數字似乎已經刻在我腦子裡了。」他看著她。「還有，想到你的靈魂有一個小小的汙點，給了我很大的安慰，我恐怕忘不掉，但我答應我會努力。」然後他說：「怎麼了？噢，眼淚！在這世上我就只有一個朋友，而我居然把她弄哭了。」

她說：「我沒有哭。你想要我幫忙嗎？」

他笑了。「我需要你幫忙。我想要你的幫忙——毫無自尊地。」

「我告訴過你了，也答應過你了。」

「你在哭。」

「那又怎麼樣？把爸爸照顧好。我要回房間去。等我稍微休息一下，我們可以再談。」

他替她打開門，跟著她進了屋子。他說：「葛洛莉。」

「什麼事？」

「我知道我要求太多，我眞的知道。可是我希望你現在不要留下我一個人。」他遮住臉，笑了。「剛剛你是怎麼說的？啊，對了。『我向上帝發誓。』」

她走近他，以便輕聲說話。「你可曾想過，你不是這屋子裡唯一處境悲慘的人？這應該夠明顯了。我們至少可以避免把事情弄得更糟。」

他露出微笑。「你認爲我是個小賊。」

「我怎麼會知道我該怎麼認爲？」

「孩子們！」父親在喊：「我需要有人來幫幫忙！」

「我來了，爸。」

老人用一隻手臂撐起身體，裹在一團被子裡。「今天早上我作了這樣的夢！我用了足夠用一整天的精力，就只是在床單上扭來扭去！傑克還在這兒嗎？是的，他在這兒。你在這兒。」他倒回枕頭上。

傑克站在門口，露出微笑。「還在這兒。你還沒有擺脫我。」

「喔，是啊，擺脫你！過來這裡，兒子，讓我能看著你。這就是我夢裡的情境，在夢裡我老是沒法把你看清楚。你還記得嗎?你大概十三歲的時候,在復活節的時候得到一套新西裝?其他幾個孩子嘀咕了一陣子,他們說你根本不會上教堂。可是那一天你去了。那套西裝穿在你身上有點太大,可是穿上西裝的你看起來那麼俊秀。你的領帶掛在脖子上,而你走到我面前,我替你把領帶繫好。你還記得嗎?」

「記得,先生。我想那天我遲到了。」

「不,你差點遲到。這是個重要的差別。你繞過教堂的側面跑過來,差不多是越過圍籬跳過來,落在臺階上,非常敏捷優雅,然後你看著我。如今我想,你那時候希望我感到高興,而我當然感到高興,非常高興,你母親也一樣。是啊。把那張椅子拿過來,坐下來一會兒。讓我看著你一會兒。」

傑克笑了。「也許我該先刮刮鬍子,梳梳頭髮。」

「你只要照我說的過來這裡坐下。」

「是的,先生。」

「你就聽話一次吧。」

傑克把椅子擺在父親床邊,坐了下來。

父親拍拍他的膝蓋。「你看,這有多容易。我對你從來沒有太多要求,對吧?」

「對,先生,你沒有。」

「我只要求你照顧好自己，不要傷害你自己。不要忽略上帝爲了安慰你而賜給你的東西。你的家人，你的兄弟姊妹。你其他幾個兄弟姊妹告訴我，說沒有收到你的隻字片語。」

「抱歉。我會記得這件事。」

「路克昨天打電話來，問你願不願意跟他說話，而我只能說我不知道。他要我向你轉達他的愛，他們每個人的愛。」

傑克笑了。「謝謝。」

「反正那時候你到郵局去了。不過，我不明白。有三個好兄弟的人沒必要獨自面對這個世界，像隻孤狼。他們全都樂意幫忙，我也一樣，如果我還能做點什麼。」

「我沒事。」

「噢，這實在不是眞話，傑克。我頭上還長著眼睛。你疲倦透了，任誰都看得出來。」

傑克站起來。「如同我說過的，目前的情況很困難。我盡力而爲，而葛洛莉在幫我，對不對，葛洛莉？」

「這很好。」他父親說。然後，彷彿要解釋自己的行爲：「我剛從最悲哀的夢裡醒來！我祖母總是說早上作的夢像是預兆。我希望她是錯的。」

「這樣聽起來，似乎我也最好這樣希望。」

「嗯，你還在這裡。你還活著。」他閉上了眼睛。

傑克煩躁不安，於是她給了他一張購物清單。他願意再勇敢地到基列鎮上去，令她驚訝，而他離開的時間長到足以讓她擔心，可是隨後他帶著一袋雜貨回來了。她從園子裡看見他，跟在他後面進了廚房。他把帽子擱在冰箱上，鬆開了領帶。「一塊烤豬肉，一磅奶油，一條麵包，兩顆黃洋蔥。」他把一條香菸放在桌上。「買菸的錢我先欠著。還有……一件給葛洛莉的小禮物。」他從紙袋裡拿出一本舊書。「《英國工人階級狀況》[46]，恩格斯寫的。這是我能找到最好的了。那兒沒有馬克思的書，也沒有杜博斯的書。皮爾牧師[47]的書倒是很多，但我想你大概讀過了。」他露出微笑。

她拿起那本書，打開來。「這本書從一九二五年後就沒人借了。」

「我想就因爲這樣，這本書才會還在那裡。它靜靜地待在書架上過了四分之一個世紀，等著來吸引我妹妹對馬克思主義剛剛萌發的興趣。」他解開包著豬肉的紙。「雜貨店老闆說這是店裡最好的一塊肉。相當不錯，你不覺得嗎？」

「喔，是很不錯。」

他再把肉包好，放進冰箱。「看來你並不覺得高興。」

「嗯，借書卡還在書裡，而上面的最後一個日期仍舊是一九二五年。」

「喔，你是在暗示我也許偷了這本書嗎？」

「不是。只不過，在你拿走這本書之前，也許忘了遵守圖書館的規定。」

「我肯定打算要歸還。如果你眞的希望我歸還的話。」

「當然。」

「這只是小小的違規。」

「毫無疑問。可是他們會讓你借這本書的，也許只會要求你簽個名。」

「我承認我考慮過要那樣做。可是我又想，傑克．鮑頓，衆人皆知的浪子和無賴，在基列鎭公立圖書館裡，被人看見借出一本不滿現狀的人都奉爲聖經的書。如今我正在努力恢復我的名譽，照世人的說法，想在這鎭上做個還算受到尊敬的人，所以我似乎不可能那樣做。我也可以說實話，說這本書是替你借的，因爲你向我提起過你有興趣研究共產主義，可是那樣一來，我就會讓你遭受到我自己不想面對的所有後果。而我心想，何必那樣做呢？既然這個購物袋裡還有足夠的空間來放這本書？把這本書塞進袋子裡，跟奶油和洋蔥放在一起，如果這像是偷竊，葛洛莉對我的評價也不會更糟，因爲這本來就是她預期我會做的事。」

「噢。」她說。

「怎麼了？」

「你還在懲罰我。」

「不，我只是想開個小玩笑。」他看著她。「看來你不覺得這有什麼好笑。」他笑了。「你說的對，是我老毛病又犯了。我真是有點瘋，對吧？在目前的情況下。在這個節骨眼上，最好不要顯得像個慣竊。你一點也沒錯。」然後他說：「我一走進店裡，又出現了上次我跟你提過的那種沉默。就算鎮上的人已經忘記了我年少輕狂做過的事，如今他們又被提醒了。彷彿這世上就只有傑克·鮑頓這一個賊。願上帝保佑，這附近可別失火。」他看著她。「今天夜裡我會把恩格斯先生拿去還。那兒的門上有個還書孔。」

「不，夜裡你哪兒也不要去，記得嗎？在酒館打烊之前不要出門。打烊之後也是。」

「喔，對，我忘了。」他微微一笑。「我被禁足了。但我並不想離開這裡，還不想。可是就事情的發展看來，我想也許我不如離開。」

「你得記住，就你而言，什麼事也沒發生。」

「對，這是真的。傑克·鮑頓為了根本沒發生的事落入地獄。而我會說，這是那個壞蛋活該。」

「明天我會把書拿去還，我可以把書直接塞回書架上。倒不是說這會惹出什麼麻煩來，但我們可以少一件要操心的事。」

「明天，好吧。我本來想問能不能借一下這本書。我還沒讀過，或許能用來消磨幾個夜晚。」

「好吧，我後天再拿去還。下星期吧，反正也沒有什麼差別。我或許也會讀。」

他笑了。「好女孩。說不定我們還能琢磨出不一致的意見，我不時在報上讀到的那種意識形態上的分歧。雙方揮舞著手臂大喊大叫。在那種激動的情緒中，我也許能培養出幾個信念。」

「聽起來很棒，不過，爲了爸爸，我們最好不要大喊大叫。但我們還是可以揮舞手臂。」

他搖搖頭。「那樣就太……太像長老教會信徒了，從某種角度來看。」

「還有比這更糟的事。」

「喔，是的，我很清楚的確有比這更糟的事。」然後他說：「我沒有權利回來。我在這裡讓他擔心得要命，他連睡覺的時候也在擔心。」

「在你寫信給他之前，在他知道你要回來之前，他就常常夢到你。這麼多年裡，他心裡始終惦記著你。並不是因爲你在這兒才讓他擔心。」

「那麼，是什麼讓他擔心呢？是我的存在吧。我不幸的、不名譽的生命。而按照他的觀點，我甚至不能結束我的生命。生命結束不了，我將永遠在某個永恆的地方腐爛，或是痛苦得翻滾。可憐的老傢伙覺得他對我的靈魂有責任。」

「他這一輩子從來沒說過這些話！」

「的確。他一向說的是『下地獄』，對吧。我終於去字典裡查了意思：『失去靈魂，或是在未來失去最終的幸福——分號——未來的悲慘，或是永恆的死亡。』這一切的確顯得有點殘忍，你不覺得嗎？他是個聖人，而我認爲由於我的關係，他害怕死亡，擔憂把我留在這世上，而我沒能得到再生——我知道他心裡想著這些，從他看我的方式看得出來。」

「你告訴過他事情已經不同了。」

他笑了。「葛洛莉，他認爲我是個賊，認爲我將再度讓全家人蒙羞。而這件事也可能再度發生。我的意思是，別人可能會指控我……這有可能。」他說著遮住了臉。

「不會的，不會爲了這麼一件小事。不會有人爲了小店裡的竊盜案來打擾爸爸。你知道我說的沒錯，傑克，我們過於擔心了。」

「是的，換個角度來看。謝謝你，葛洛莉，我都忘了大家多在乎我父親是誰、他現在又是個什麼狀況。」

她說：「如果你覺得他這麼擔憂你，你考慮過嗎？就只是爲了讓他放心？」

他看著她。「對老人家撒謊嗎？關於我靈魂的狀態？」他笑了，揉揉眼睛。「唉，葛洛莉，那我會成了什麼呢？」

「原諒我，只是一時想到。」

一會兒後，他說：「你記得我說過的那個女士嗎，對我的品格有正面影響的那一位。她品德很好，很虔誠——現在仍舊很虔誠，毫無疑問。我其實請求過她父親把她嫁給我。他很驚駭，眞的嚇壞了。一部分原因在於宗教，在於我沒有任何信仰。你知道嗎？當時我眞的很希望我是個僞君子，但我實在做不到。這是我在道德上的唯一顧忌，而那讓我付出了很大的代價。」他思索著。「不，如果我夠誠實，我得說他看不起我還有其他理由。當然，宗教是首要原因。他是個牧師。」他笑了。「我對自己的評價降低了一點。我不知道我該預期他會有什麼反應，我想是比較沒那麼斬釘截鐵的反應吧。我不知道爲什麼要告訴你，也許是想讓你知道，我的確有一些道德上的堅持。我不確定我是否該認定僞善和單純的不誠實之間有所差別，畢竟，小偷會被釘上十字架，而僞君子似乎並不會。而我不時扛起了我的十字架……」他笑了。「近來沒有，你了解的。」他看著她。「抱歉，我無意不敬。我不是個僞君子。這就是我要說的。」

「我知道你不是。我不該提議……」

「撒謊，大概吧。我得承認你說的沒錯。」他微微一笑。

「我並沒有爲了任何事指責你。假如我是你，我也許會這麼做，但你是對的。很抱歉我這麼提議。」

他點點頭。「假如我認爲能僥倖成功的話，或許我也會想這麼做。但我一直在評估情況。這些白髮，憔悴的面容，磨損的袖口。葛洛莉，我必須承認我不擅長說謊。我這一生幾乎沒有誠實的時候，而我能示人之處不多。我若對他撒謊，不會是好意，因爲我知道他不會相信我。如果他對我還有一絲尊重……嗯，你明白我的意思。我不希望他失去這一絲尊重。」

「傑克，你說的這些關於你自己的事情，我覺得很難相信。」

他笑了。「克里特島的人都是騙子。[48] 如果你不想相信我，也隨便你，這反而讓我暫時得到解脫。但這就是我的問題所在，我從來無法說服任何人相信任何事。」

「我相信你，並不只是某件特定的事，我想。你對待自己實在很苛刻。」

他點點頭。「的確如此。儘管對我沒有好處。」他們沉默了一會兒。

「嗯，我想我不會在乎你是不是個小偷。」

他露出微笑。「你用了明顯的假設語氣。」

「好吧。我不在乎你是不是個小偷。」

他說：「謝謝你，葛洛莉。你很好心。」

他沒有拿報上那則新聞給她看，提及三十八美元的那一則，而她也沒有要求要看。

葛洛莉到五金行去告訴店家，他們會留下那部電視機，並且請對方來安裝天線。等她回到家，她在屋子裡尋找傑克，後來在車棚裡找到他，他在替一把長柄鐮刀的刀刃上油，在那許多無用而被遺忘的東西當中。她說：「我去五金行請他們來裝天線。他們跟我閒聊了一個鐘頭。不過，他們的確告訴了我是誰從那家小店偷了錢。是幾個中學生。他們說那是些好孩子，所以報上才隻字未提。我猜那只是惡作劇，後來其中一個孩子良心不安，才招認了。」

傑克笑了。「他們眞是好心，還告訴你這件事！我在想，他們何以知道你會感興趣。」

「噢，至少我們少了一件需要擔心的事。」

「的確，在某種意義上的確是的。就目前而言。」

隔天早上，傑克提議朗讀給他父親聽，老人很高興。「好！正好消磨時間！」於是他們想，也許可以把這變成例行的事，每天早晨在他洗過澡、刮過鬍子以後，扶他到門廊上來，那個時辰的氣溫是他能忍受的，而微風令人舒暢。

「你想聽些什麼呢？」傑克問。「我們有那本《英國工人階級狀況》。」

老人搖搖頭。「我在神學院的時候讀過了。那本書很有意思，不過就我記憶所及，書中的論點很清楚，我不覺得需要再讀。我們居然還有那本書？我以爲我把我那一本送給圖書館了。」

傑克笑了，瞥了她一眼，說道：「這裡有一本路克寄來的書。《有價值之物》，講的是非洲。」

他父親點點頭。「我對非洲相當感興趣。以前很感興趣。」

葛洛莉說：「路克寫過一封信給我，提到這本書，他說書評人很稱讚。」

傑克說：「我自己對非洲也有點興趣。」

「是啊，莫三比克、喀麥隆、馬達加斯加、獅子山，美麗的名字。我小時候想過有一天要到那裡去。我們可以讀這一本。」

「這本書講的是肯亞。」

「喔，這也很好。」

傑克低下頭，湊近那本書，朗讀起來，幾乎像在禱告似的。讀到他喜歡的段落，他露出微笑：「在某個看不見的地方，一隻斑馬在咆哮，溪流的岸邊，一隻狒狒在咒罵。」泰迪以前常說傑克才是聰明的那一個，至於他自己，只不過是認眞。事實上，只要是傑克放下嘲諷、全神貫注去做的任何事，都帶著一種優雅。這一向出人意料，因爲這屬於他特意忽視的特質，他能夠隱藏就會隱藏。但他的聲音柔和溫暖，殷勤地對待正在讀的那一頁。父親看著她，揚起了眉毛——這是個舊信號，意謂著：只要他願意，他是個多麼棒的孩子。多麼優秀。

書中那個廚師對〈耶穌要我做太陽光〉的異教徒唱法讓老人笑了。他感興趣地聆聽麥肯錫一家人屋裡的布置，對殺害大象的事感到驚奇，然後他打起了瞌睡。傑克繼續朗誦給自己聽。他說：「我想我看得出來這故事會怎麼結束。」他翻到最後幾頁。「沒錯。」他讀道：「彼得聳起肩膀，掐住他的脖子，哽咽地深深吸了一口氣，用力壓下去。基馬尼的舌頭吐了出來，露在牙齒外面，眼睛由於微血管破裂而充滿血絲。輕輕的一扭，接著是刺耳的喀嚓一聲，彷彿有人踩在一根乾燥的樹枝上，基馬尼的身體癱了下來。[49]」

父親醒過來。「基馬尼是故事開頭跟他一起玩耍的那個小孩，不是嗎？那兩個孩子在一起玩。」

傑克點點頭。

「我想他殺了他。」

傑克把書闔上。「我想是的。」

「真遺憾。不過，事情似乎就是這樣。這麼多的仇恨，我想我們最好是不要往來。」

傑克笑了。「這種觀點我肯定聽過。相信我，我知道有很多人同意你這個看法。」

「是的。也許我們應該試試另一本書，傑克，你不認爲嗎？看來這本書裡沒有什麼能令我們驚訝。」

「完全沒有。」

他點點頭。「不過，這人寫得很好。關於大象的那一段十分有趣。」

那一天似乎按照他們已經習慣的方式過去：葛洛莉料理家務，父親在睡覺，而傑克在屋子周圍幹活，在荒廢和凌亂當中耐心地做出小小的進展。或者說，她以為是這樣。然後她意識到好一會兒沒看見他了。通常他會不時找些理由來聊個幾句，開開玩笑，彷彿再一次讓自己放心，確認她對他是一片好意。她望向園子，然後走到工具棚，又探頭到車棚裡去。到處都找不到傑克。她想：這太可笑了，我不能這麼擔心。一小時過去了，兩小時。她瀏覽了郵件和最新一期的《生活》雜誌，回覆了丹尼爾和葛莉絲的來信。然後紗門開了又關，傑克出現了，穿過門廊，看起來衣衫不整，卻有一點得意。他只穿著汗衫，因為他拿襯衫包了東西。他擱在桌上，打開來。「看這些菇！羊肚蕈！就在老地方！」沙子、腐葉，還有一股麝香氣味。

「它們長在哪裡？」

「在一個遙遠的地方，親愛的。遠離人類的棲息地。」

「眞是的！我是你妹妹！是你在這世上唯一的朋友！」

「抱歉，想都別想。看看它們有多漂亮。今天晚上我們吃菇！」

「什麼事？」父親喊道：「你們在談些什麼？」

葛洛莉說：「拿去給爸爸看。他喜歡羊肚蕈。」

「我想我最好先梳洗一下。」

「不需要，只要拿去給他看就好。」

於是傑克捧著那一包東西到他父親房裡，打開來攤在老人膝上。「啊，啊，眞好。你出去採菇了。」他深深吸了一口氣，笑了。「『我兒的香氣如同耶和華賜福之田地的香氣一樣。』[50]羊肚蕈啊，丹尼爾和泰迪以前常去摘來給我，還有黑莓和核桃。他們還會帶回來鼓眼魚和鯰魚，還有野雞。他們總是在原野上，在那條河邊，而女孩兒總是摘花回來。好久好久以前的事了。」

傑克後退幾步，看著老人仔細打量那些蕈菇，去聞，在光線中轉著看。他揉揉自己赤裸的手臂，彷彿意識到自己看起來是什麼模樣，瘦巴巴的，無所遮掩。他輕輕地說：「求你也爲我祝福。[51]」

他父親說：「不對，那是以掃說的話，你把以掃和雅各弄混了。」

傑克笑了。「是的，我是那個身上光滑的人。我怎麼會忘了？我是那個必須竊取祝福的人。」

他父親搖搖頭。「你這一輩子從來就不需要竊取任何東西，從來不必，我怎麼回想都是如此。」

葛洛莉說：「爸，前兩天我去五金行的時候……」

可是傑克說：「不，不要。不必。」同時對她微笑。而她知道，她差點就羞辱了他。他沒有去偷那家小店。對這個疲憊的人來說，需要證明自己沒有犯壞孩子的惡作劇，是多麼痛苦的事。之後他對她說：「在家眞好，就像那首老歌唱的，沒有哪個地方比得上家。」

「你想要點什麼嗎？咖啡？」

「好啊。咖啡，爲什麼不呢？你是個好人，葛洛莉，那個沒有娶你的傢伙實在很愚蠢。」

她聳聳肩膀。「不盡然。他是個已婚的男人。」

「噢。」

「他這麼說的。」

「噢。」

「當然我當時並不知道。不明確知道。」

他笑了。「不明確知道。」

「你明白我的意思。假如我想要知道的話，我是可以弄清楚的。」

他點點頭。「唉，這很難受。我很抱歉。」過了一會兒，他說：「你們沒有孩子，對吧。」

她搖搖頭。「沒有。」

「所以說，至少你不必承受這個。」

她深深吸了一口氣。

他說：「對不起！我爲什麼這麼說？我爲什麼就不能閉上嘴巴？你爲什麼不叫我別再說了？」

「嗯，傑克，你沒照顧過她。所以，我想，關於她，你會這樣想並不令人驚訝。把她想成一個我們也許希望不必承受的東西。」

「是的，那個小女孩。」

「你的小女兒。」

「我的小女兒。」他站起來。「我不怎麼擅長……那段時間我都不在……那是我能做的最好的事……」

「我不是這個意思。我的意思是，我們很高興有了她，她的誕生讓我們欣悅。我想她也享受著她的生命。我知道是這樣。」

他又遮住臉。「謝謝你。知道這件事很好，我想。也許我說錯話了……我從來就不知道該如何應付這些事，應付羞恥。你會以爲我應該習慣了。」

「我想告訴你的是，這件事的意義遠遠不只有羞恥，或是做錯事，還是什麼。任何人都會以她爲榮。這就是我在寄給你的那些信裡想要說的。」

「噢，那麼我應該要讀那些信的。」他笑了。

「天哪，天哪，我放棄了。我舉雙手投降。」

「拜託你別這麼說，葛洛莉。我在這兒很孤單……」

「喔，你知道我不是認眞的。」

過了一會兒他說：「爲什麼你不是認眞的？」

「欸，首先，我是你妹妹。其次……」他笑了。

「……我是你妹妹。這個理由就足夠了。」

他點點頭。「謝謝你，你眞好心。」

傑克在園子裡又多種了些東西：向日葵、金魚草、銀幣草，好幾株哈密瓜、一畦南瓜、三排玉米。他從一團雜草中拯救了那叢荷包牡丹，至於那些葫蘆，他相信不去理會，它們就自然長得好。鮑頓家的人都這麼相信。她的哥哥姊姊還是孩子的時候，他們用乾掉的葫蘆來做撥浪鼓、水壺和杯子，扮演印第安人。他們雕刻南瓜，烤南瓜子。他們假裝銀幣草的銀色圓盤是錢幣。他們去捏金魚草的下頜，讓它們說話，或是捏緊它們的唇，讓它們爆裂。他們吃向日葵的種子，待種子成熟乾燥。他們打開荷包牡丹的花朵，露出那個在浴缸裡的小姑娘。他們全都愛吃玉米，雖然他們討厭剝玉米葉，而他們也都愛吃甜瓜。傑克格外細心地照顧這些植物。當他焦躁不安，有時候他會走出屋子到園子裡，站在那兒，雙手扠腰，彷彿看著長得還算茂盛的植物令他感到安慰。有一次，看見她注視著園中的一切，他問：「我還漏了什麼嗎？」

「不，我想沒有。」

「我比不上眞正的農夫。」他說，顯然很高興他的作物還是長得挺不錯。

他父親日復一日從門廊上看著，問他都種了些什麼，又問玉米長高了沒有，向日葵如何，也問甜瓜是否結實了。傑克拿了一枝荷包牡丹還有一朵南瓜花的花蕾給他。

「是啊，那些好時光。」老人說，每當回憶被喚起時他就會這麼說。

一天傍晚，傑克在暮色中進屋裡來，葛洛莉正在協助父親就寢。他們聽見他在廚房裡，替自己倒杯水。空氣變得涼爽，昆蟲在紗窗上大量聚集，體型小而種類繁多，受她父親床頭檯燈傾斜的燈泡光亮所吸引。蟋蟀大聲鳴叫，晚風吹動樹木。曉得傑克進屋裡來過夜，總是令她心安。她知道他會靠著流理檯，在黑暗中喝口涼涼的好水，手裡還有泥土的感覺和氣味。可是她父親睡不安穩，他心裡有事，想要照他的意願來行事，即使那會擾亂這份甜蜜的寧靜。他說：「葛洛莉，我想跟他說句話。如果你不介意的話。」

於是她喊他。她聽見他站直了身體，把杯子放進水槽，稍微延遲了一會兒，那意謂著他在克服自己的不情願。等他走進房間，他對她微笑。「嗯，我來了。」

他父親說：「把那張椅子搬過來。坐下。」

「是的，先生。」

「有件事我想要跟你說。」父親從被子底下伸出手，拍拍傑克的膝頭，清了清嗓子。「傑克，這件事我想過很多次，我覺得我知道是什麼事令你煩惱。我想我一直都知道，只是無法誠實地去面對。我想跟你談這件事。」

傑克露出微笑，在椅子上動了動。「好的，我在聽。」

「是你的那個孩子，傑克。」

「嗄？」

「是的，而我想要你知道，我明白我錯得多麼厲害。」

「嗄？」傑克清了清嗓子。「對不起，先生。我不懂。」

「我應該要替她施洗的。我後悔過許多次，我至少應該替她做這件事。」

「喔，我懂了。是的。」傑克說。

他父親看著他。「也許你並不知道，她沒有領受聖禮就死了，也許我不應該提起這件事，因為這或許只會讓你更悲傷。我本來並不想提起，可是我想要確定你明白那全是我的錯。」他用手遮住了臉。「噢，傑克！身為服事主的牧師，我把那個嬰兒抱在懷裡不知道多少次。為什麼我沒有去做那件顯而易見的事！只要幾滴水就夠了！而屋子旁邊就有一個雨水桶——誰會阻止我呢！這件事我想過許多次。」

葛洛莉說：「爸，我們是長老教會信徒，我們不認為洗禮是必要的。你一向這麼說。」

「是的，艾姆斯也這麼說。他會從書架上拿下加爾文的《基督教要義》[52]，把那個章節指給你看。加爾文在很多事情上都是對的。他的論點是主不會要那個孩子負責——這一點想必是正確的。至於我自己，嗯，上帝啊，憂傷痛悔的心，你必不輕看。[53]我也得要記得相信這句話。」

他們沉默下來。終於，傑克說：「所有的事都是我的錯，全是我的錯。我實在不敢相信你竟然能找到任何方式來自責。我……我很吃驚。」

「噢，但那時候你還年輕，而且你從沒見過她。葛洛莉一再嘗試照張好相片寄給你，幫她打扮，在她頭髮上繫上蝴蝶結。可是，從那些照片上看不出什麼來。她是個聰明的小東西，那麼活潑，那麼好奇。她等不及要站起來學走路。葛洛莉，你還記得嗎？她才那麼一丁點兒大，就會跟在她母親後面，她們會在一起玩……說到這個，我常想我應該也要替她母親施洗。」然後他說：「對一個孩子那麼熟悉，卻沒有盡力去做我能替她做的事……這不能原諒。主有權對我有更高的期望，你也有權。這我明白。」

傑克把椅子往後推，站了起來。「我……我得要……」他笑了。「呃，呼吸點新鮮空氣。」他向葛洛莉微笑。「如果你們能允許我告退，我……」他離開了房間。

葛洛莉親吻父親的前額，把枕頭放好撫平，說道：「現在你睡一下吧。」她走進廚房找傑克。他坐在桌邊，頭埋在手裡。「我很抱歉。」她說。

他說：「你介意我把燈關掉嗎？」於是她關了燈。過了許久，他說：「假如我是個誠實的人，我就會告訴他，我從來沒有想過那些事。一次也沒想過，從來沒有。」

「嗯。」

「我是說，關於她是否受洗這件事。其他的事我想過，偶爾。」他笑了。「從來不是因爲我選擇要想起。」

她說：「都是那麼久以前的事了。你當時還年輕。」

「不，當時我不年輕了。我不認爲我會經年輕過。」然後他說：「葛洛莉，藉口令我害怕，它們讓我覺得我好像失去了支撐點。這我沒辦法解釋，但請別替我找藉口。說不定哪天我會相信這些藉口，我見識過這種人。」

她猶豫了一下。「你那時知道她死了？」

「那個信封鑲著黑邊，我以爲那也許是……」

「是什麼？某個重要的人？」

「我沒這麼說，我沒有這個意思。只是我從來沒料到一個孩子會死……那時候我從來沒想過。現在我會想到這種事了，時時刻刻在想。」他笑了，用手遮住了臉。「這或許就是正義。去想這件事跟正義有任何關係，太可怕了。」

她能說些什麼來安慰他呢？「要談這些事很難。我說了我不該說的話。對不起。」過了一會兒，她又說：「我不認爲正義會是可怕的。」

「真的嗎？報復不就是可怕的正義嗎？你爸爸會怎麼說？」

「嗯，我不確定。但對他來說，神的恩典似乎足以回答每一個問題。」

傑克看著她。「那麼他就不該替他墮落的兒子擔心，對吧。我希望你能向他指出這一點。我的意思是，這的確顯得有點矛盾，不是嗎？」

她說：「是的。但我想，現在已經不適合再針對他的宗教理論提出什麼質疑了。假如我指出他思想中的矛盾，可能會令他心煩。在這種事情上他變得很敏感。嗯，他這個樣子已經很多年了。無論如何，我不認爲他比你更擔心這些事。」

他聳聳肩膀。「有其父必有其子。」

老人的坦白似乎令他自己驚慌。他突然渴望跟傑克在一起，與他和睦相處，像個同伴，像個父親。他對電視生起一股友善的興趣，尤其是棒球，他和傑克聊起球隊和賽季的狀況，不帶熱情，就跟任何重大的事能不帶熱情地談起一樣，彷彿不過是夏日的天氣、乾旱或閃電。每當電視上播出動亂的新聞，他似乎總是打起瞌睡。

傑克想必以爲父親眞的睡著了，因爲當新聞報導到南方的騷動，他輕輕地說了聲：「耶穌基督。」

老人醒過來。「現在又怎麼了？」

「噢，對不起。」傑克說。「是塔斯卡盧薩的事。有個黑人女性想去阿拉巴馬大學就讀。[54]」

「看來他們不想讓她去。」

傑克笑了。「看起來的確是這樣。」

他父親看了一會兒，然後說：「我對黑人沒有成見。但我的確認爲，如果他們想被接納，就得有所精進。我認爲這是唯一的解決之道。」他的表情和語氣像個政治人物，他在努力表現出善意與和解，即使傑克濫用了主耶穌的名字。於是，傑克就只是看著他，摀著嘴，像是要阻止自己說話。

最後他說：「我自己也不怎麼上進。我認識的很多黑人要比我更值得尊敬。」

他父親看著他。「我不知道你怎麼會對自己有這種可怕的評價，傑克。」

「喔，我想我們倆都應該爲此稱幸。」

他父親說：「我是認真的。只要你投入心力，你能做很多事。」

傑克笑了。「這倒是眞的。可以住旅館，可以在餐廳吃飯，可以叫計程車。或許也可以行使選舉權，就算我不配。」

「你是個大學畢業生。」他父親堅定地說。

傑克露出微笑，瞥了葛洛莉一眼。她搖搖頭，於是他說：「是的。」然後又說：「不過，大多數的人並不具備這個優勢。我指的是白人。」

「所以你更有理由感到自豪。」

「噢，我懂了。是的，先生，我會記住。」

過了一會兒，他父親說：「我知道我剛才說的話有點離題。但我一直想告訴你，你應該對自己有更高的評價。」

「謝謝，先生。我會試試看。」

「那些黑人，這些……騷動，在我看來，他們是在替自己製造麻煩和阻礙。沒有理由鬧出這些麻煩，是他們自己惹來的。」

傑克看著他，深深吸了一口氣，又一口。他輕聲問：「你聽說過艾米特．提爾的事嗎？[55]」

「艾米特．提爾，他不是那個……攻擊了白人女性的黑人嗎？」

傑克說：「他還是個孩子，才十四歲。有人說他對著一個白人女子吹口哨。」

他父親說：「我想一定不止如此，傑克，就我記憶所及，經過審判後，他被處決了。」

傑克說：「沒有審判，他是被謀殺的。他還是個孩子，而他們謀殺了他。」他清清嗓子，克制聲調。

「是的，這令人不安。我對這件事有不同的記憶。」

傑克說：「我們讀的是不同的報紙。」

「這也許是差別所在。儘管如此，父母親要負責任。」

「嗄？」

「他們把孩子帶到這個危險的世界上，他們應該要盡其所能來保護孩子平安。」

傑克清了清嗓子。「可是他們沒辦法永遠……也許他們眞的想這麼做。這件事很困難，很複雜……」他笑了。

「所以說，你認識一些黑人，在聖路易那邊。」

「是的，他們對我很好。」

他父親凝視著他。「你母親和我從小培養你們學習如何自在地跟人相處，任何值得尊敬的同伴，好讓你們結交往來的都是益友，因爲別人會從你所交往的人來評斷你。我知道這話聽起來刺耳，但這是事實。」

傑克露出微笑。「是的，先生，相信我，我知道被人從我所交往的人來評斷是怎麼回事。」

「你可以藉由認識階級較佳的朋友來補救。」

「我在這方面做過可觀的努力，但我所來往的對象讓這件事變得很困難。」

「好吧。」他父親小心翼翼地看待他的讓步，他的話聽起來像是嘲諷。過了一分鐘，他父親說：「我覺得你似乎總以爲我在談你那個孩子。你後悔沒有當她的父親，這我知道。假如你能夠重新來過，你會想要照顧她，這我也知道。主也知道。」

傑克用雙手遮住了臉，笑了。「主，非常……有趣。」

「我知道你沒有不敬的意思。」他父親說。

「我眞的不知道我是什麼意思，眞的不知道。」

「嗯，我但願在這件事情上能夠幫助你。」然後他堅決地把臉轉向電視螢幕。傑克在他旁邊坐下，跟他一起看。在昏暗的光線中，傑克看起來悲傷、疲憊而且異樣年輕，他的父親仍舊是他父親，難以相處，而且虛弱。老人拍拍他的膝蓋。螢幕上是牛仔和槍戰。葛洛莉準備了晚餐，他們安靜吃著，小心地維持禮貌。「我想今天是星期四，對嗎？」

「是的，先生。」

「星期天晚餐我想吃烤牛肉，我想要整間屋子裡飄著烤牛肉的香味。我會繫上領帶，我們要點上蠟燭。也許可以邀請艾姆斯和他的家人來跟我們共餐，我們可以有一段好時光。你會在嗎？傑克？」

「當然。」

「你可以替我們彈彈鋼琴。」

「我可以。」

「讓我看看你的手，看看你被木刺扎到的地方。」

「已經好了。」

「讓我看看。」

傑克伸出右手，老人雙手捧著，撫摸那隻手，仔細端詳。「這兒會留下疤痕。」然後他說：

「二十年哪，二十年。」

傑克扶他父親就寢，擦乾了碗盤，回他房間去。

隔天早晨，葛洛莉下樓來的時候，傑克站在爐邊，準備煎培根。他說：「我想我也許經歷了一次皈依的經驗。」他側過身看著她。

「有意思。再多說一點。」

「也沒那麼戲劇化，不過就是刷牙的時候突然有了個領悟。重點在於，傑克．鮑頓有可能成爲公理會教友。你知道的，至少試個幾星期。」

「這有點戲劇化。我的意思是，如果你眞的想要上教堂。」

「我正是打算這麼做，小妹，除非我改變了主意。這個禮拜天，如果不至於造成你的不便——我們不能把老先生一個人留在這裡，所以我想先問問你。」

「好讓你能上教堂去？我也許得把他拴在床柱上，免得他高興得飛出窗外。除此之外，我不認爲有任何問題。」

「喔，這其實也是我擔心的，他也許會把這件事看得太重。這只是一個念頭，說不定我根本不會付諸實行。」

「我會陪著他。沒問題的。」

「我在想，也許我能跟艾姆斯聊聊，如果我跟他的關係好一點的話。這就是我眞正的目的。對他表示一點尊敬。」他看著她。「如果你認爲這是個壞主意，你會告訴我吧。」

「我眞的不曉得這樣做有什麼不恰當。」

他點點頭。「艾姆斯肯定會向他提起，所以沒必要偷偷摸摸。我在想，你是否可以……」

「我就把咖啡端去給他，然後他會問我爲什麼沒有換上去教堂的衣服，我就說，今天早上傑克想要去教堂。」

「然後……」兩人都笑了。「啊，幫我想個清楚。也許你應該只說『今天早上傑克去教堂了』。如果你說我想要去，他會想得太多。也許說……『傑克決定要去』。不，這幾乎跟『想要』一樣糟。」

「好吧。『今天早上傑克去教堂了』。」

「然後呢？」

「誰曉得。我會隨機應變。這是個未知的領域。」

「的確是的。」他看著她。「你不認爲這似乎太玩世不恭了嗎？會不會呢？太虛僞？太諂媚？太精於算計？」

她聳聳肩膀。「人們是會上教堂。」

「其他人會。我的意思是，我很難不引人注目，而老艾姆斯對我的評價不高。」過了一會兒，他說：「嗯，這也是沒辦法的事，對吧？所以我才想到要去教堂。我想不出別的法子，我試過了。我會去坐下來聽他講道，也許他對我的態度會稍微軟化一些。我會專心聆聽。」他露出微笑，說：「這值得一試。之後他和他太太會來吃晚飯，我會彈幾首他們喜歡的老歌。事情有可能成功。」

「這一切都很好，傑克，但我不太確信有這個必要。」

他點點頭。「我折磨著他的摯友差不多四十三年之久，他厭惡我。雖然他並不想，但他的確厭惡我。換作是我也會。但我想跟他談談。」

她說：「這是個好主意。很好，我想。」

「好吧。如果你這麼說，我也許會去做。」

傑克繫上領帶，戴上帽子，從葛洛莉放在餐具櫃抽屜裡的家用金拿了兩張十美元的鈔票，去店裡爲星期天的晚餐採買。她本來可以打電話去雜貨店訂購，平常她一向這麼做，但傑克說他需要出去一會兒。於是她走路到艾姆斯家。萊拉在園子裡拿著盆子採萵苣，羅比在玩鞦韆，趴在鞦韆的板子上，推著，轉著，指尖掠過草地。萊拉看見葛洛莉在籬笆旁邊，便站起來，向葛洛莉微笑，把小男孩叫過來打招呼，於是他過來說聲哈囉，然後就跑去找他的朋友托比亞斯，托比亞斯被叫回家吃午飯了。

葛洛莉道了聲早安，萊拉回道：「是啊，這是個美好的早晨。」她用手把頭髮向後梳。「你用得上一些生菜嗎？它們長得比我能吃的更快，而我們家的男人不太喜歡吃蔬菜，父子兩個都一樣。」她把那個盆子遞給葛洛莉。「我把它們摘下來只是因爲它們長得眞漂亮。如果你用得上，我會很高興。」

萊拉有著寬肩豐臀，一雙大手，不太有自信，但是能幹。在某時某地，她似乎曾經覺得把眉毛修得又細又彎很好，因而維持著這樣的眉形，暗示出從前的世故，和她流露出強烈母性的身材不一致。陽光似乎打擾了她，就像一份友好的關注有時也許令她感到厭煩，雖然此刻她只是微笑著把陽光抖落，舉起手來遮著眉頭。葛洛莉說：「爸爸要我來邀請你們明天來家裡吃飯。」

她點點頭。「幾分鐘前傑克來過。我告訴他，我會跟牧師提起這件事。講道讓他疲倦，雖然他不願意承認。」

「我們可以一起吃晚餐。這樣他就能有時間休息。」

§

那天下午，她在園子裡替草莓拔除雜草，摘下幾顆成熟的草莓，她聽見那輛 DeSoto 的發動器使了兩次力，又再一次，然後汽車引擎隆隆響起，有一會兒聲音很大，接著漸漸減弱。隨後發動器和引擎聲又先後響起，過了幾分鐘，那輛 DeSoto 倒退著緩緩駛出車棚，把碎石子壓得吱吱嘎嘎響。那部車發出莊重的暗紅光澤，像顆成熟的李子。車身的鉻合金擦亮了，車輪轂蓋、金屬網罩，還有輪胎側面的內壁擦得雪亮。在那些光亮中有一種怪誕之美，讓她笑了起來。傑克從車窗裡伸出手來，揮動帽子，像個來訪的顯要人士。他把車子倒到馬路上，滑開了，讓這艘發光的飛船溫馴地穿過榆樹的拱形樹蔭。車子莊嚴駛過，光線篩過樹葉落在車身上，就像五彩碎紙一樣。幾分鐘後，她聽見一聲汽車喇叭，傑克和他的 DeSoto 從屋旁經過。又過了幾分鐘，從另一個方向回來，轉進車道，停在那裡，沒有熄火。傑克探身越過乘客座把車門打開。她穿過草地，走到車旁，坐了進去。

「太棒了！」

他點點頭。「到目前爲止，我們的表現還不錯。我聞到草莓的味道。」

她伸出手。「還沒洗。」

他拿了一顆，打量了一下，又放回去。「繞著這個街區兜兜風如何？」

「爸爸會想要一起去。」

「喔，對，我正爲此努力。我想先讓這部車跑個幾里路，讓我知道它可以信賴。我們可不希望他老人家得走路回家。」

於是她關上車門，他們駛上馬路。

他說：「你應該有駕照吧。你以前開車的。」

「我有，放在某個地方。你呢？」

他看著她。「你爲什麼問？」

「沒事，我只是在找話說。」他們沉穩地繞了一圈，駛進車道時，看見父親站在紗門後。

他喊道：「眞令人興奮！如果不麻煩，或許我也能跟著去。」他甚至試圖走下前門臺階。

「等一下！」傑克跑過草地，扶起他的手臂，協助他走到人行道上。

「謝謝你，乖孩子。非常體貼。」他倚著枴杖，打量著車子。「是啊，這車眞漂亮。我就知道留著是有道理的。」他咯咯輕笑，幾乎藏不住心中的喜悅，彷彿覺得自己做了或沒做的某件事有了極佳的結果。「你知道嗎，有好幾個人出價向我買呢。」他凝視著那部發亮的DeSoto，臉上的表情比身爲物主的自豪更爲溫暖。「而現在，看看你把這部車修得多好！傑克，這眞是太好了。」

傑克雙手扠腰，看著這一切，臉上流露出莊重的淡淡喜悅，彷彿這一刻來自於想像，他終究不能允許自己沉溺其中。「車子跑得不錯，我想我們可以出去兜兜風。」他扶父親坐進前座。「我要進屋裡去拿幾塊錢加油，以防萬一。」他朝屋子走去，旋即又走回來，朝葛洛莉雙手一抔，好讓她把草莓放上去。「給我兩分鐘。」他說。他帶著吃麥片的碗回來，裡頭盛著洗過的草莓，水珠還閃閃發亮。他把碗遞給葛洛莉，坐上駕駛座，轉動鑰匙，又再轉了一次，引擎發動了，於是他們三個倒車出去，駛上馬路。一個鄰居對他們揮手，老人只微微搖手回應，彷彿這一切早在預定計畫之中，完美地得到證實，毫無引人注目之處。傑克笑了。

葛洛莉說：「吃顆草莓。」

傑克拿了一顆，遞給父親，然後自己也拿了一顆。他把草莓扔進嘴裡，把葉梗吐出車窗外。

「欸呀，這才是人生！」他父親說，他們經過基列鎮的邊郊，進入鄉野。

天空蔚藍，闢成梯田的山丘上剛長出來的玉米閃爍發亮，母牛和小牛站在牧草地上，有些躺在橡樹泥濘的樹蔭底下。「啊，我幾乎忘了這一切了。偶爾離開屋子到外面走走很好，艾姆斯會喜歡的。」老人說，談了一會兒昔日的基列鎮。是那股氣味令他回想起來。從前在每一棟屋子後面幾乎都有雞舍和兔籠，大家會飼養乳牛，鎮上有足夠的空曠土地讓馬或騾子來犁田，種植玉米。你認識鎮上的動物，就像認識那些小孩子一樣，如果哪隻母山羊在花園裡吃草，嗯，你認得牠，牠也認得你，你可以牽牠回家。可是那些鵝有時候很壞，而且很吵，牠們會一路跟著你，咬你的腳跟。早晨公雞的啼叫聲吵得你沒法睡覺，可是在夜裡，你可以聽見那些動物安靜下來，那令人安心。傑克慎重地駕駛，那些跟在車子後面的狗跑了好一陣子才放棄追逐，落在後頭。

他們轉上另一條路，葛洛莉和她父親沉默著，眼看那景色令人不安地愈來愈熟悉。然後傑克說：「噢，我……」隨即駛上路肩來掉頭，車子太靠近淺溝，後輪滑進了沙裡。在他們前方一百碼處，是跨越西尼什納博特納河[56]的那座橋，橋後方再過去一點就是那棟白色小屋。傑克猛踩油門，車子踉踉蹌蹌地衝上馬路，熄火了。「抱歉，我能處理。給我一分鐘。」他雙手掩面深呼吸了一口氣，上檔，轉動鑰匙，摸了摸引擎的空氣調節裝置。車子發動了，他十分小心地操縱著車子，倒退了兩次，才駛上道路右側。「我想該是回家的時候了。」他說。

在這段時間裡，他父親保持著平靜而高尚的表情，每當他感覺到情況緊急時向來如此。「喔，對了。我一直在留意埃及那兒的事。[57]就這件事而言，艾森豪的作法在當時的情況下是恰當的。不過，只有時間才能證明。」

傑克說：「的確。」

「肯亞就是另一回事了。[58]」

「這也沒錯。」

又走了大約一英里，他把車開上路肩，停下來。「葛洛莉，剩下的路由你來開，好嗎？沒多遠了。我忘了買汽油，我不確定油表的運作是否正常，要擔心這件事令我分心。而我會分心這件事又令我擔心。」他笑了。「我二十年沒開車了。」

於是她跟他換位子。他把車門打開等她，彬彬有禮，向她微笑，帶著嘲諷和疲憊。「非常感謝。」他說。

她看看踏板的位置，還有離合器，然後她換了檔，車子搖晃了一下，熄火了，她又再試一次，這一次車子發動了。傑克說：「這部車還有點問題，點火裝置聽起來不太對勁。我真笨，我早知道我不該開出鎮外的。」他點燃一根菸，搖下了車窗。

葛洛莉說：「不會有事的。」並沒有什麼特別的理由讓她這般確信，除了隨著駛近鎮上，屋舍不那麼零星了。萬一真的出了狀況，鄉下的人不見得有電話，但家裡肯定有汽油，也知道怎麼修理故障的機器。這就是傑克最擔心的，她想，擔心得去敲哪戶人家的門。在鎮外的鄉下也許有人認識他，卻並不認識他受人尊敬的父親，而認識他父親也許能夠緩和情況。嗯，她會想辦法避免這種狀況。車子跑得相當正常，父親似乎在打瞌睡，雖然仍舊保持著一副政治家的表情，這表示你可以指望他不會替目前的情況增添麻煩，甚至不會顯現出他意識到目前的情況。

那輛 DeSoto 將他們帶回家。傑克從後座出來，伸展了一下四肢，接著打開父親那側車門。老人醒過來。「我要打電話給艾姆斯。等我休息一下之後。」他把枴杖遞給傑克。「如果你不介意的話，乖孩子。我身體有點僵硬。」傑克拉著他的手臂扶他起來，接著似乎亂了手腳，因爲他父親喊了一聲痛，短促而刺耳，然後笑了。「哎喲！」他說。傑克看著葛洛莉，神情疲倦。

她說：「讓我來幫忙。」她抬起父親另一條手臂，兩人扶著他走進屋裡，緩慢而小心。她的協助絲毫沒有減輕父親的疼痛，但的確讓傑克免於成爲令他疼痛的唯一直接原因。她拿掉老人的領帶，脫掉他的鞋子，把他裹在毯子裡，讓他在椅子上坐下。她走進廚房去替他拿阿斯匹靈和一杯水，聽見車子發動的聲音，便走出去到門廊上，看著那輛漂亮的紫紅色舊車消失在車棚裡，聽見車棚的門關上。等傑克走進來，他把鑰匙伸出來遞給她。

「這車是你的。」她說。

「我把它當成禮物送給你。」他把那串鑰匙搖得叮叮噹噹響。「拿去吧，我不想要這個討厭的東西。」

「一個星期之後再跟我說這句話，那我也許會相信你。」

他鬆手讓那串鑰匙落在鋼琴上，對她微笑。「隨便你怎麼說，辮子妹。」

她說：「傑克，你不能走。」

「嗯，我也不太能夠留下來，對吧。」他揉揉眼睛，笑了。「這沒有意義。我以爲能載著心愛的女人遊覽我年輕時所住的地方。倒不是說她對我有多少幻想，可是至少對我意義重大。」

「也許是吧，誰曉得呢。我們得考慮到爸爸，我們不想讓他因傷心而死。」

「不，我們不想。假如我走了，我就會永遠疏遠了我的小妹，我意外地愈來愈依賴的小妹。」

「是的，是會這樣。而且我是說眞的，傑克。我這一輩子從沒這麼認眞過。」

「這麼凶。」他說，笑了，揉揉眼睛。「謝謝你，一個俐落的威脅足以點醒我。怎麼了？你哭了！」

她說：「沒事。」

「請原諒我。」

「當然。」

他說：「你還有其他哥哥姊姊，葛洛莉。他老人家會喜歡他們陪在身邊，而且比起我來，他們更幫得上忙。你知道，這對我來說也許太難了。我算不上是有力的支柱。而萬一我出了差錯，那我最好是在別的地方，這樣對爸爸比較好。我的確考慮到這一點。」

「對，這二十年來你就是這麼想的，對吧。」

他笑了。「的確是的。而我也許沒有錯，葛洛莉，不全是錯的。」

「這件事你比我更清楚。可是你說過，有十年的時間你過得不錯。」

「這是眞的。將近十年。」

「那你至少可以回來爲媽媽送葬。」她的聲音顫抖。「這件事對他來說很重要。對不起，我不該提起的。我不知道我爲什麼提起。」

他露出微笑。「我是個無賴，葛洛莉，就讓我們接受這個事實吧。抱歉，我得去躺一會兒。請原諒我失陪了。」

「等一下。」她朝他走過去，他站在那兒，手擱在樓梯扶手上，面容十分疲憊，她親吻了他的臉頰。他笑了。

「謝了，你眞好。說不定甚至能幫助我入睡。」

他睡了一會兒，然後下來幫忙擺放晚餐的餐具。「我可以留下來一陣子，如果這仍舊不成問題的話。」

「沒問題。」她說。

她洗碗的時候，他和父親看了電視上的一場棒球賽。

§

星期天早晨，傑克下樓來，服裝整齊，刮了鬍子，穿著襪子，鞋子提在手上，免得吵醒父親。他看著她，聳聳肩膀，像是在說：我有什麼好損失的呢？她遞了杯咖啡給他。他啜飲著，倚著冰箱，然後走到放錢的抽屜，拿了兩塊錢。「要奉獻用的。」他輕聲地說：「我先欠著。」他輕觸帽緣，問道：「你介意把手表借給我嗎？那我就能在禮拜開始之前去散散步。」她把表給他，他朝表上瞥了一眼，塞進外套口袋。「嗯，走囉。」他在門廊上停步，把鞋子穿上，調整了一下帽子，就走了。

半小時後，她聽見父親有了動靜，她把餐盤端過去，上面有咖啡、蘋果醬、塗了奶油的吐司、阿斯匹靈藥片和一杯水。她仍舊穿著睡袍和拖鞋，頭上戴著髮網。他說：「乖孩子，你不舒服嗎？今天不上教堂嗎？也許我該打個電話給艾姆斯，告訴他改天再一起吃飯……」

「不，爸爸，我很好。今天我留在家裡，讓傑克可以去教會。」

「去教會？傑克？」

「嗯。」

「傑克上教堂去了？」

「去艾姆斯的教會。算是表示尊敬，他說。」

「喔，這很好。約翰能做一番出色的講道。我們教會裡那個新牧師，我不太確定他講得好不好。假如我要上教堂的話，我自己說不定也會改去公理會教堂。嗯……」他笑了。「這是件大事。今天是個大日子。」

他靜靜地坐了一會兒，對著前方微笑，思索。「正當你想要澈底放棄的時候！主是奇妙的！」

「爸，也許你不該過度解讀這件事。」

「過度？這是件事實！去上教堂，這就行了！我本來以爲一定是我讓他對這一切反感，我眞的這麼想。我聽說過在牧師家庭裡會有這種事，聽多了。」

「喔，他在聖路易似乎跟教會有些接觸。他說他幫忙彈鋼琴。」

「是嗎！這件事我不知道。他沒有跟我說很多話，從來沒有。」他笑了。「你母親以前常問我：我們何苦繼續付錢讓那孩子去上鋼琴課？你明知道他不會練習，如果你勉強他，他就會出走。可是我說：我想哪天也許會有些成果，他可以和泰迪一起去上鋼琴課。是的，我對她說：我認爲我們應該對所有的孩子一視同仁，對傑克也一樣。」他坐在那兒，面露微笑，由於事實證明他是對的而神采飛揚。「這太好了。你做了某種決定，就只是一個小小的選擇，你甚至無法解釋，而多年之後……嗯，我知道他很聰明，這一點當年就很清楚。他付出的注意力向來比他願意顯露出來的更多，但我當時就知道。」他笑了，想到自己判斷正確。「太好了。」

葛洛莉說：「他在那邊的教會裡似乎有些朋友。」

「朋友！嗯，我想他有。這就是在教會裡會遇上的事，不是嗎？不過，他小時候並不眞的有朋友，他看起來從來就不想要朋友。他這一輩子我都在祈禱，希望他能有一、兩個朋友。你知道，我常常想起，想起他的孤單。而我的確沒有想到……眞的沒有想到……在聖路易的某個地方，我的禱告得到了回應！這不是很了不起嗎？」他搖搖頭。「我可以告訴你，這能夠卸下我心上的一塊石頭。只要稍微有點信賴，我就能免於那許多年的悲傷。這件事給了我一個教訓。但我的確感到納悶，我的意思是，目前他並不像個自覺有朋友的人。不過，也可能是我想錯了。」

「他也沒有告訴我很多事。」

「欸，今天是個不尋常的日子，我卻在這兒擔心！我得要振作起來。葛洛莉，你可以替我理個髮嗎？我覺得頭髮有點蓬亂。這也許只是我的想像，通常是這樣。」他笑了。「頭髮剩得不多，我知道。儘管如此。」

於是她帶父親到廚房去，讓他坐下，圍了一條毛巾在他肩上，在他脖子周圍塞緊。她拿來梳子和剪刀，剪起髮來。他的頭髮稀疏了，或者說正要變得稀疏，不是由於一般的脫髮，而是漸漸稀薄。那頭髮很細、很白、很輕，旋成柔軟的鬈髮。飄著，她想。她不想剪掉，因爲看來沒有什麼機會能再長回原來的樣子，那就好像剪掉一個幼兒的頭髮。但她父親聲稱他不喜歡像女人的髮型。像是老了的「小公子」[59]，他說。

於是她修修剪剪，表現得比實際上忙碌，好令他滿意，讓他覺得確實有了些改變。她蘸了水把頭髮往下梳，讓他覺得頭髮光滑整齊。他的後頸，還有耳朵後面，由於幾十年來費力地撐起人類偉大的頭顱，留下了清晰可見的痕跡。某個古人曾說：人和野獸之間的差別，就在於人類的眼睛不是向下望著地面，大多數的時候不是。這是古羅馬詩人奧維德說的。如此費力，到最後脖子顯得虛弱，但仍舊把頭抬起，而雙耳依舊在那兒，仍舊準備傾聽，雖然那般柔軟。她很想留下這些可愛的頭髮，看起來就像是淡淡的迷惘，一如那抬高的頭和耳朵看起來像在等待老去，像老去的信賴。

「是的，不論何時我想到他，他總是一個人，像他從前那樣。而我會去想如果根本沒有人在乎他過得如何、他需要什麼，他的人生會變得怎樣。現在我明白了，過去我老是自以為他會孑然一身。」他笑了。「是的，這個念頭帶給我許多悲傷，而我從沒想過要質疑。我想，比起任何其他事情，我為此而禱告的次數更多。」

紗門開了，傑克走上門廊，然後走進廚房，看著她，聳聳肩膀。「我的勇氣不足。我原本想你若是已經穿著整齊，晚一點你也許可以去。抱歉。」

過了一會兒，她父親伸出了雙手，說：「過來，兒子。」傑克把帽子擱在桌上，走向老人，讓他握住自己的手。「這件事並不令人驚訝，一點也不。」他的聲音有點顫抖，於是他清了清嗓子。「許多人要是有一陣子沒上教堂，也會覺得要再去是很難的。這種事我看多了。而我會對他們說：這是因爲這件事對你具有意義，這個決定對你來說是重要的。它也應該是重要的！所以，你看，沒有理由感到失望。我以前常說：安息日很忠誠，一個星期之後，它就又來了。」他笑了，帶著悲傷，拍拍傑克的手。

傑克俯視著他，和善而疏遠。「等下週。」他說。

葛洛莉把父親的頭髮梳過一遍，然後親吻了他頭頂頭髮最白、最稀疏的部位。「剪好了。」她說，拿掉圍在他身上的毛巾。

傑克說：「我想，你大概沒有時間替另一個顧客服務吧。」

「喔，當然有。」她很驚訝。他們一向小心翼翼地對待他，幾乎害怕去碰他。他身上有種冷漠，比謙遜或沉默寡言更澈底。那種冷漠像野生動物，而且脆弱，迫使他們全都對他保持距離，就連他們的母親也一樣。當年他們總在某個時刻意識到這件事——擁抱或打鬧從來不包括他在內。就連他父親要拍他肩膀都會猶豫，羞怯而小心。一個孩子爲什麼以這種方式來捍衛他的孤單？但父親說：隨他去吧，否則他會跑掉。他會隔著那個距離對他們微笑，那個微笑悲傷而且冷硬，意謂著疏遠，即使他跟他們在一起。

她父親也很驚訝。他說：「噢，我不待在這兒妨礙你們。」葛洛莉扶他從椅子上起來。「如果艾姆斯要來的話，我得好好看一下報紙。如果他談論起政治，我得知道最新的消息。」她把他安頓在窗邊，等她回來，傑克仍然站在那兒等待。

「也許你有事要忙。」他說。

「沒什麼特別的事。但我得提醒你，我從沒宣稱自己是個理髮師。我其實只是假裝剪了爸爸的頭髮。」

傑克說：「如果你能稍微替我修剪一下。昨天我該去理髮店的，那樣我也許會覺得比較沒有那麼……不體面。」

「今天早上嗎？你看起來很好。」

「不。」他脫下外套，她把毛巾圍在他脖子和肩膀上。「我感覺得到。那就像是我皮膚底下在發癢。就像是……覺得卑劣。我以爲也許是因爲我的衣服。我的意思是，它們讓事情變得明顯，變得更明顯。」

他避開她的碰觸。「你得要靜靜坐著。是因爲艾姆斯嗎？」

「他也是個原因，但我不能說這種狀況我不熟悉。我不時會有這種感覺，很少持續超過幾個月。」他笑了。「我不該請你做這件事。你不必做。」

「坐好別動。」

「你無法感同身受。你從來沒做過有損名譽的事。」

「你怎麼知道？」

「我說對了嗎？」

「我想是吧。」

「我說的沒錯。如果你感到詫異，卑劣的品行似乎是會傳染的，你得要當心。我應該要戴著痲瘋病患的鈴鐺。我想我的確戴著。」

「你想多了。」

「不，我只是誇大了一點。」

「你其實沒有走進教堂。」

「我甚至沒有過馬路。」

她扶高他的下巴，好抬起他的頭。她會碰過他的臉嗎？「我看不清楚。你得要坐直。」

「我想老艾姆斯一定看見了我在那裡閒晃，鬼鬼祟祟，打量他的會衆。」他笑了。「我眞是個傻瓜。」

「坐著別動。」

「遵命。」

「我要修一下耳朵邊的頭髮。得要剪齊。」

他腳踝交疊，雙手合攏，乖乖地坐著。她剪了一邊，又剪了另一邊。她再次輕輕抬起他的臉，看看成果如何。他臉頰上有淚水。她拿起毛巾的一角，替他把眼淚輕輕拍掉。他對她微笑。

「眞氣人。我實在厭倦了我自己。」

他請她把頭頂上的頭髮剪短一點，免得一直落在前額。他說：「我看起來像個該死的小白臉。」

「不，你不像。」

他打量著她。「你怎麼知道？」

「我想我不會知道。」

他點點頭。「我當過一陣子舞蹈老師，那些老太太很喜歡我。可是那時候我喝酒，所以總是跳不好森巴舞。」

她笑了。「眞是個悲傷的故事。」

「的確是的。我認爲我做得不錯，可是我的老闆不贊成我做即興表演。我跳了一些很有趣的舞步，不過，你得要能夠重複跳得出來才行，至少一次。這是他對我最主要的批評。」

「啊，傑克。」

「我是這樣沒錯。那年冬天我都待在圖書館裡。那個冬天實在悲慘，所以我也乘機加強心智。那兒的老太太也都喜歡我，認爲我是個一時潦倒的紳士。我靠著她們給我的麥麩鬆餅和白蛋糕過日子。那是另外一群老太太，沒搽那麼多胭脂，也沒有染髮。」

「我注意到你眞讀了不少書。」

他點點頭。「那些年裡，我常去圖書館，因爲那是最不會有人去找的地方，尤其是特地要找我的那種人。比電影院好得多。於是我想，倒不如來讀讀我在大學裡該讀的書，記得什麼就讀什麼。多半是些極其乏味的作品。要不是泰迪替我讀書，我絕不可能在大學裡撐過一星期。」

「哦。」

「他從來沒提起過？」

「一句話也沒提過，就我所知。」

「由於他的早熟？那來自於長年替我寫功課，他得要深深感謝我。當然，我絕對不會提起這件事，除了對你。」

「你很好心。」

他點點頭。「畢竟我們是兄弟。」

「可是你得坐著別動。」

「我盡量。」

「也許稍微冷靜下來。」

「這個提議很有趣。好主意。」

「除非你坐好別動，我不會再去動你頭上一根頭髮。」

「有道理。把剪刀給我，我自己來。」

「想都別想，小子。」

他笑了。

「我沒有你這種心情。」

他點點頭。「你有理由擔心。我只是想弄掉前額上這撮該死的頭髮。人們是怎麼說的？抓住命運的額髮？」

「我想是『時間』。有額髮的是時間。[60]」

「嗯，某樣東西從我的額髮抓住了我。不是像命運那麼莊嚴的東西，這我很確定。若是你的頭髮叫你跌倒，就剪掉它。[61]抱歉。」

「那你就坐好別動。」

「你可曾想過那是什麼意思？『若是你的右眼叫你跌倒』？彷彿那不是你的一部分？但那是眞的。我令我自己不舒服……雙眼、雙手、過去、前景……」

「你吃過早餐了嗎？」

他笑了。

「你沒吃。我來替你做個三明治。你是在擔心今天晚餐會見到艾姆斯。」
「喔，是啊，看樣子我竭盡所能地來讓這個場面令人困窘。」
「胡說。我是說眞的。如果他的確看見你在馬路上，那又怎麼樣？」
「說得好，葛洛莉，這是觀點問題。只看我們需要什麼樣的觀點。隔著那段距離，他會注意到我的不自在嗎？嗯，那又怎麼樣？一個守法的公民絕對有權在公共人行道上感到不舒服，在安息日的早晨。甚至於還停下來，而且還是在一座教堂附近。這當中勉強稱得上有詩意。」
「你並不確定他看見了你。」
「你說的對。」
「夾肉餅還是鮪魚沙拉？」
「肉餅，加一點番茄醬。」
她拿起他放在桌上的外套，而他站起來，從她手裡接過，帶著微笑。那是他的另一種敏感，就像維護樓上那個房間的隱私，那個空蕩蕩、井井有條的房間。好吧，她很抱歉她忘了。他伸手去摸外套左胸口袋裡一個沉甸甸的東西，她不允許自己去猜那是什麼。他穿上外套。
「我去把毛巾抖一抖，然後我會把地掃一掃。」

傑克把父親的安樂椅搬進廚房，讓他能夠在一旁看著他們削蘋果皮，擀麵團。老人說：「我一向喜歡聽切蘋果的聲音。」他要求看一下那個派，在上層派皮加上去之前。「比花朵還香！」等到壓出派皮的波浪，劃出透氣孔，他又要求再看一眼。他說：「我祖母以前常常出去撿被風吹落的蘋果。我們家的果樹種得不夠久，產量不多，但是她只要看見落在地上的蘋果，就會撿起來帶回家，堆在那個工具棚前面。那些蘋果就留在那兒直到發酵，然後做成蘋果酒。她說那具有療效，是治療她骨頭痠痛的補品。有時候她會讓我嘗一嘗，難喝極了。不過，在寒冷的早晨，水氣會從那些蘋果裡蒸發出來，就像煙霧。一堆冒煙的蘋果。雞群會在上面棲息，因爲那兒比較溫暖。」他笑了。「貓咪也會在上面睡覺。我祖母總是在忙著她自己的一些小事。她會吃腰子，如果她找得到的話，還有舌頭和羊肉。春天的時候，她會到原野上去，沿著圍籬，在太陽剛升起的時候摘採蒲公英的葉子。她會進屋裡來，圍裙上兜滿馬齒莧。我母親覺得那令人難爲情，她會說：『別人會以爲我們沒給她吃的！』可是我祖母一向想做什麼就做什麼。」老人繼續說著，像一個文火慢燉的鍋子開開闔闔。傑克修著採回來的蕈菇、洗了又洗，直到確定沒有留下一點沙子。他把洋蔥切丁，廚房裡瀰漫著烤派的香味。

「眞好。這麼多事情在進行，而我就在這當中。我想我也妨礙了你們。傑克，你很好心，把我像這樣安頓在這裡。你對我很好。」

傑克笑了。「這是你應得的。」

他父親說：「是啊，家庭生活的樂趣是很眞實的。」

「據我所知是的。」

「嗯，你自己也會記得這些樂趣，傑克。你母親總是在準備吃的。我們一家十口人，那時候又總是有人順道來拜訪。她覺得家裡得有些好吃的東西來招待。女孩子們會在廚房裡幫她忙，做蛋糕和餅乾，有說有笑，偶爾也會打打鬧鬧。是啊，可是你總是在別的地方。」

「並不總是。」

「對，並不總是。只是在我感覺上，你總是在別的地方。」

「抱歉。」

「喔，我們惦記著你，如此而已。」

而此刻他在這兒，葛洛莉心想，形容憔悴，像在見習，年輕時的模樣沒有留下幾分，除了那種帶著嘲諷的難以接近，不流露出情感，這的確像是長在他身上的東西。他倚著流理檯，雙臂交抱，看著父親回想當年他的模樣，知道父親看見了什麼，因而露出那種冷硬、惆悵的微笑，彷彿在說：「在那麼多年裡，我讓你免於知道我不值得你傷心。」

可是老人說：「過來這兒，兒子。」他握住傑克的雙手，撫摩著，抓起來碰碰自己的臉頰。他說：「家爲我們帶來力量。」

傑克笑了。「是的，先生。的確是的。這我知道。」

「嗯，至少你回家了。」

等到派烤好，烤肉在爐子裡，比司吉麵包也做好了擺在一邊，老人在溫暖的廚房裡打起瞌睡，傑克上樓去，葛洛莉坐下來看書。餐具已經擺好，廚房也算得上整齊，萊拉會帶沙拉來。她聽見傑克在洗臉洗手，毫無疑問又在刮鬍子，這是他用來鼓起勇氣的方式，藉由刮鬍子和擦亮皮鞋。他自己熨燙襯衫，十分細心，雖然如果讓她來做會燙得更好。只要能夠避免，他從來不給她添麻煩，每次接受她的幫助，他也總是立刻回報。那一次，她洗了父親那幾件襯衫給他，他便拖了廚房的地板，還打了蠟。他做這些事很澈底，帶著一種熟練，他總是相當合理地歸之於工作經驗。她嘗試過向他保證，並沒有必要這樣小心翼翼地維持互惠，但小心翼翼的他只是揚起了眉毛，彷彿在說，就這一點而言，他知道的也許比她更多。她明白那不僅是自尊，也是謹慎，由於習慣和經驗，他傾向於懷疑自己受人接納。知道自己有點用處，能讓他稍微平靜一點。

他的自給自足同時也是種防衛，彷彿別人會藉由他寥寥幾樣個人財產而嘲弄他，控訴他，那些東西陳舊卻彷彿洩露了他不欲人知的生活細節，足以揭開舊時的傷口，或是舊時的快樂，而這兩者或多或少像是一體兩面。有一次，他剛回家來大約一個星期左右，她出去曬衣服，見到曬衣繩上有兩件他的襯衫，已經乾了。反正要燙衣服，她便把襯衫收了進來。領子、肩部、袖子——她母親曾說這是燙衣服最恰當的順序，而她仍舊按照這個順序做。燙著第一隻衣袖，她注意到上面飾有星星和花朵，精細的白色刺繡，繡在白襯衫上，從袖口到手肘，最後一朵花繡在靠近肩膀處。

傑克走上門廊，看見她正在做的事，猛然停下腳步，向她微笑。

「抱歉，我猜我又侵犯了你的隱私。」

他說：「小心點，這是我最好的襯衫。」

「我一向很小心。這上面的刺繡眞的很美。」

「一個朋友說要替我補襯衫，結果她用刺繡來代替縫補。那算是個玩笑。」

「但還是很漂亮。」

他點點頭。

她說：「你來把這件襯衫燙完吧。你令我緊張。」

他聳聳肩膀。「我知道我很敏感。」

「不，這刺繡很美。你是該擔心。」

他說：「我本來幾乎從不穿它，可是我的另一個皮箱搞丟了。」他走近了一點，只近到能斜斜地一瞥那些花朵和星星，熨得平平整整，像錦緞一樣柔和的光澤。「我從來沒想過她會這麼做。這是她許多年前繡的，許多年前。」這是她頭一次聽他提起黛拉。

傑克下樓來，不發一語地幫忙父親為晚餐做好準備，老人仍舊在安息日的氣息中熟睡。他擦亮老人的皮鞋，把外套刷順，在領帶堆裡翻找。他找出了兩條，一條深藍條紋，另一條是褐紅配深紅。葛洛莉碰碰顏色鮮豔的那條，傑克點點頭，披在那件外套上。然後他又去翻找，找到了那個形狀像把短劍的領帶夾，劍柄上有象徵蘇格蘭的藍底白色十字架，還有相配的袖釦。她聳聳肩膀。任何帶著蘇格蘭象徵的東西，會在他們父親心中激起惆悵的憤慨，也讓他樂意以那悲哀的事件為例，辯稱歷史應該會有不同的發展。艾姆斯不是蘇格蘭人，對於羅馬遭到劫掠以後、美國獨立之前的歷史不甚感興趣，但總是耐著性子聽他說完，那份耐性令他們的父親著惱。等艾姆斯離開以後，父親會對著空氣問：「那麼到底什麼才重要呢？」於是傑克把這套領夾和袖釦放回衣櫃抽屜，再回來時帶著共濟會的那一組，這固然也數蘇格蘭儀式，卻提醒了大家，力量和繁榮終歸贏得了勝利。艾姆斯不是共濟會成員，因此，會員保守祕密的誓約讓父親無法在談話中觸及這個可能變得冗長的話題。她點點頭。

她拿出父親最好的新襯衫。傑克摸了摸衣袖，輕聲說：「質料非常好！」父親一向說，買質料差的衣服是種錯誤的節儉，因為他是個講究衣著的人，以他那種身為牧師的得體方式。在他們小時候，每過一段時間就有紙箱從芝加哥寄來。裡面裝著西裝、襯衫和領帶，式樣平凡，不至於引人注意，但它們讓父親瘦長的身材流露出沉著和優雅。從芝加哥也會寄來一件新洋裝或是新西裝，那是給孩子的獎品，看誰從上一個復活節以來就其身高比例而言長高得最多。這件事一開始是母親為了讓他們多吃蔬菜而用的手段。至於用身高比例來計算，是泰迪考慮到公平而增加的辦法。是他想到：如果純粹以高度來計算，女孩子長得肯定比男孩子少。傑克從不會出現在量身高的儀式中，那是樁熱鬧的事，有蛋糕、熱可可，還有爭論不休的計算。即使如此，有一年那套新西裝還是給了他，而他的確去參加了復活節的禮拜。模樣很俊秀，他父親提起這件事的時候這麼說。

就這樣，她和傑克一件件地替打盹的父親拼湊出他要穿的衣物。葛洛莉去換衣服時，傑克在他旁邊玩單人紙牌；乘著傑克上樓，葛洛莉則把蔬菜和肉汁料理完畢。在艾姆斯一家人預計抵達的半小時前，葛洛莉叫醒父親，協助他換上衣服，替他洗了臉，梳了頭髮，那一頭蓬鬆的白髮跟他鮮豔的領帶很相稱，看起來很英俊；跟他易怒的表情也很相稱，他擺出這副表情來隱藏愉悅，對於她這樣關注他的外表。

「傑克在這兒。」他說，彷彿想要排除別種可能。

「他幾分鐘前上樓去了。」

「他會及時下樓來吃晚餐。」

「會的。」

接著艾姆斯、萊拉和羅比到了，三個人都穿著上教堂的衣服，她帶父親和他們到客廳去，待客用的客廳，他們坐在唧唧嘎嘎、從來沒人坐過的椅子上。大家幾乎忘了這些椅子放在那裡不僅是淒涼的裝飾，一如那個牧羊女的燈座。她父親決心讓這頓晚餐顯得正式，對此艾姆斯顯然感到困惑。這個房間裡擺滿了東西，這些東西之所以存在，似乎只是爲了要禁止小孩子碰觸：陶瓷風車、涼亭，還有瓷狗。羅比受到這些東西吸引，眼神發亮，但他按捺住了。他倚著母親的膝蓋，偶爾抬起臉來小聲跟她說話，伸手摺著、扭著她洋裝的下襬。他們談起天氣。她父親說：「埃及這件事會有後果。」由於傑克尚未出現，葛洛莉走進廚房，去煎羊肚蕈。

正當傑克的不在場顯得尷尬而引人注意、她準備到客廳去告訴他們傑克再過一會兒就會下來，他們聽見他下樓的聲音。他出現了，站在門口，穿著他父親的深色舊西裝，料子很好。大家由於驚訝而沉默。他拍了拍肩膀，說：「這衣服有點褪色，看起來像灰塵。」沒有人說話，直到他父親說：「我以前算是個高個子。」

傑克穿著她從閣樓箱子裡拿下來的其中一件舊襯衫，繫著那條藍色條紋領帶，頭髮在頭頂分線，直直地梳向兩邊。他看起來很像父親盛年的時候，除了明顯的疲憊臉色，還有那溫和而不無辜的表情。察覺到那份沉默，他露出微笑，摸了摸眼睛下方的疤痕。然而，假如他不是傑克，假如他們沒有去想「這是什麼意思？他接下來會做什麼？」，那麼他看起來其實優雅得體，即使衣裝過時。西裝在他身上幾乎合身，或者說，要不是他這麼瘦的話。這件事實有動人之處。從他身上可以看出他父親身體的衰敗，或許也預示著他自己身體的衰敗。

艾姆斯說：「嗯。」看著他一會兒，才想到要站起來。

葛洛莉會注意到，男人對彼此的關係不確定時，會向前踏出一步，傾身至兩人之間的一個空間，彷彿他們對彼此之間的距離已經達成協議，只能在握手時暫時越過那道界線。「你好，傑克。」他說。

傑克說：「牧師先生。艾姆斯先生。」然後他笑了，撫平西裝的翻領，瞥向葛洛莉，像是在說「又是個壞主意」！他戴著那個像短劍的領帶夾，明亮的臉色意謂著焦慮。他焦慮的時候分外坦率，舉止合情合理，行禮如儀地回應別人的期望，彷彿他的體內有一副循規蹈矩的骨幹，肌肉與肌腱的伸展收縮全顯露無遺。而他也意識到了，爲了消弭不自在的感覺，往往將此轉爲嘲諷，從而令熟人和陌生人感到惱怒——就她猜想，恐怕還有雇主和警察。

如同賓客表現出的生疏，她也假裝客套地向他們說：「請各位到餐廳來。傑克會幫我上菜。」

「喔，好的。我正有點手足無措。」傑克說完，又對萊拉說：「對於寒暄和交際，我一點天分也沒有。」

萊拉微微一笑。「我也沒有。」她的聲音輕柔、徐緩、聽著很舒服，顯示出她出身自別的地區；彬彬有禮的舉止，也顯示出她對這個世界的認知遠比她所透露出來的更多。傑克看著她，帶著愉快的興味，懷著一份希望，葛洛莉心想。艾姆斯顯然也注意到了。可憐的傑克。別人注視著他，而他也知道。那份注視有一部分是出於不信任，但卻不僅止於此，他這個人既難以解讀又明明白白。他們當然會注視他。

他跟著她進了廚房。他說：「也許我該去換套衣服。」

「不，不。你這個樣子很好。你看起來很好。」她把餐盤放進他手裡。「調味料我來拿。你再回來拿烤肉。」

他把那個半陶瓷的、有缺口的大盤子端進去，在這個家裡，烤肉、火腿和火雞肉一向擺在這個盤子上。他猶豫片刻，然後遵循著從前的家庭慣例，把盤子放在父親面前。可是老人還處在困惑中，神情陰沉，由於看見了年輕的自己的幽靈。他說：「我不知道該怎麼處理這盤菜。這簡直就跟一頭牛差不多。端給艾姆斯吧。」

傑克說：「是的，先生。」等到萊拉重新調整了餐盤的位置，他把烤肉放在艾姆斯面前。艾姆斯說：「我盡力。」

傑克在他父親旁邊坐下，羅比離開母親身邊，繞過桌子，靠在傑克旁邊那張椅子上。

「我可以坐在這裡嗎？」他害羞地說。

「當然可以。請坐。」傑克說，幫他把椅子拉出來一點。艾姆斯把目光從烤肉上抬起來。

萊拉說：「他喜歡你。通常他不會表現得這麼親人。」

「我很榮幸。」傑克說，彷彿確實如此。然後他站起來。「失陪一下，只要一分鐘。我疏忽了一件事。」說完就離開了餐廳。他們聽見他走下門廊。

他父親搖搖頭。「我想他在打著什麼主意。我想不出來那會是什麼事。」

他們坐著等他，幾分鐘後，他回來了，帶著插在玻璃杯裡的一把香豌豆。他把玻璃杯放在萊拉面前。「我們不能邀請艾姆斯太太來作客，餐桌上卻沒有擺花！這算不上花束，但我希望聊勝於無。」

萊拉露出微笑。「很漂亮。」

艾姆斯清了清嗓子。「嗯，鮑頓，既然我切了肉，也許可以請你來做謝飯禱告。」

鮑頓說：「我也才在想，也許由你來做吧。」

大家沉默了一會兒。

傑克從口袋裡掏出一張紙片。「為了臨時狀況……我的意思是，如果謝飯禱告這件事要落在我身上，我先寫下來了。」

他父親看著他，帶著一點威嚇。「很好，傑克。不過也許沒有這個必要。」

傑克看著艾姆斯，艾姆斯聳聳肩膀，於是他開始念。「親愛的天父……」他停頓下來，湊近燭光，仔細看著那張紙。「我的字跡很草。我劃掉了幾句話。祢的耐心與慈悲遠遠超過我們所應得。」他清了清嗓子。「祢讓我們期待祢的原諒，當我們找不到方法來原諒自己。祢祝福我們的生命，就算我們表現得不知感激、完全配不上祢的祝福。願祢使我們更堅強，使我們更新，讓我們不至於配不上祢的賜福，透過祢所賜的食糧、友誼與家庭。」然後：「奉主耶穌基督的名，阿們。」

又是一陣沉默。他看著艾姆斯，艾姆斯點點頭，說：「謝謝你。」

「傑克，那很不錯。」他父親說。

傑克聳聳肩膀。「我是想我可以試試。我應該要注意到把『配不上』這個詞寫了兩次。不過，我想『食糧』這個詞用得不錯。」他笑了。

過了一會兒，鮑頓向艾姆斯說：「前幾天我們談起過家庭，我想，傑克把那番談話歸結出了一個重點。我們最常在家庭裡感覺到上帝的恩典和祂的忠實，是的。」

傑克點點頭。他喃喃地說：「阿們。」

他父親受到了鼓舞，開始述說他對杜勒斯的圍堵政策的看法。「那是挑釁！就這麼簡單！」艾姆斯認爲長期來看，時間也許會證明杜勒斯是對的，而鮑頓說「長期來看」只是一個用來窒息辯論的羽毛枕頭。

艾姆斯笑了。「但願我早點知道。」

鮑頓說：「你向來就跟任何人一樣愛爭論，牧師。」

傑克問他父親是否認爲長期看來蒙哥馬利的暴力事件會有重要的影響，而他父親說：「我不認爲有什麼値得一提的。這種事情來來去去。順帶一提，這肉汁很可口。」傑克心不在焉地把那張紙片揉成細長條。意識到艾姆斯注意到他的動作，他露出微笑，把紙片攤平，塞進口袋裡。艾姆斯替羅比把烤牛肉切成小塊，傑克掰開比司吉麵包，塗上奶油，放在那男孩的盤子上。

不管她父親對這個晚上有什麼期望，至少，能夠由香氣、燭光以及鮑頓家傳統節慶食物來滿足的那一部分做到了。烤牛肉很嫩，澆了糖汁的甜菜根味道很濃，四季豆來自罐頭，在季節未到時向來如此，但她加上了培根一起燉，來減輕豆子的罐頭味。她等待有人誇獎那些麵包，可是博得大家讚賞的是肉汁，而她對此也一樣自豪。

然而，這一切都帶著點勉強，彷彿時間是另一種負擔，就像濕熱的空氣，又彷彿時間是一種更濃稠的介質，無法被家常化滲透，而對於這樣的夜晚，他們所能期待或指望的就只是家常化，既然謝飯禱告已經說完了。她父親不時凝視著傑克，思索著，而傑克也意識到了。他伸手去拿水杯時，手在顫抖。平常，老人會慈祥地移開目光，但這一次他卻伸手去碰傑克的肩膀和衣袖。艾姆斯的表情帶著深思的理解，看著他朋友估量著自己昔日的青春。

傑克說：「這就像是與拉撒路的晚餐。」

他父親縮回手。「抱歉，傑克。我沒聽清楚。」

「沒什麼，我只是剛好想到。『拉撒路也在那同耶穌坐席的人中。』[62]我一向覺得，對拉撒路來說想必很怪。他想必覺得有點……『不夠體面』不是合適的詞。當然他會有時間洗洗身體，梳梳頭髮。儘管如此……」他笑了。「抱歉。」

鮑頓說：「這很有趣，但我還是不怎麼明白你這話的重點。」

艾姆斯深深地看了傑克一眼，他幾乎是他父親年輕時的化身。那一眼帶著責備，彷彿他覺得他的確明白了那句話的重點，而他覺得該要轉移話題。傑克搖搖頭。「我只是……我不知道我在想什麼。」他瞥向葛洛莉，露出了微笑。

有一會兒的時間，談話可預期地漸漸從世界局勢移到棒球，再移到舊日時光，然後大家沉默下來。傑克把目光移到羅比身上，那男孩安靜地坐在他旁邊，用湯匙把馬鈴薯泥做成一座碉堡還是路堤。

「羅比是羅勃的暱稱。」傑克說。

他點點頭。

「羅勃．B。」

他點點頭，笑了。

「B是鮑頓。」

他點點頭。

傑克說：「我認爲這是全世界最棒的名字。」

艾姆斯說：「你父親總是用別人的名字來替兒子命名，卻沒有一個孩子跟他一樣叫羅勃。」

「是沒有，葛洛莉本來會被取名叫羅勃，但她不是個男孩。」鮑頓說。

傑克看著她。

他父親擔心自己這樣說有點失禮，便說：「結果很好——四男四女。」

傑克聳聳肩膀。「費絲，侯璞，葛莉絲，羅貝妲……」

「不，我最先想到的名字是崔若蒂（Charity），可是你母親堅決不肯。她覺得那個名字聽起來像個孤兒。那個字其實是古希臘文的agape（神對人的愛），拉丁文是Caritas。不適合替孩子取名字。」他父親說。

葛洛莉說：「我想我們該換個話題。」

「你母親想叫她葛洛莉雅（Gloria），按照一般人的拼法。可是我不明白，既然其他幾個孩子的名字都是英文。」

傑克說：「Fides、Spes、Gratia、Gloria。[63]」

「噢，又是這個老笑話。」葛洛莉說。

「是的，這笑話是泰迪想出來的。有一段時間，他用中學裡學到的拉丁文來稱呼所有的東西，不是嗎？」老人說完，看著傑克。「順帶一提，泰迪昨天打電話來。」

傑克點點頭。「抱歉我錯過了。」

「嗯，我想他已經習慣了。我猜他最好要習慣。」

傑克對他父親微笑。「喔，對了，我還忘了一件事。如果你們能原諒我失陪一下……」他放下叉子，站起來，離開了餐桌，離開了餐廳。

鮑頓搖搖頭。「他先是去採花，現在他又中途離席。我想是因爲我提起了泰迪。我不懂，他們以前很親近，在他們小時候。至少，他偶爾會跟泰迪談話。我相信是如此，那是我的印象。」

葛洛莉說：「爸，你可以把聲音放低一點。」

「嗯，有時候我實在不明白他的舉止。」他刻意地輕聲說。「我本來以爲，經過這麼長的時間以後，他也許……」

葛洛莉碰碰父親的手腕，傑克走進竊竊私語中斷之後的沉默中，或者說他想必是這麼認爲，他又是那樣的微笑，坦率，揚著眉毛。「抱歉，如果不方便，我可以在門廳稍等，等你們把話說完。」

「不，你最好坐下來。你的晚餐已經涼掉了。」他父親說。

傑克露出微笑。「是的，先生。」他手裡拿著一顆棒球。等他坐下來，他把球舉起來給羅比看。「這是什麼球？」他問。

羅比說：「唔，快球！」

傑克看著手，驚訝地笑了。「說對了！」他把球在手指間轉了轉。「這又是什麼球？」

「慢速變化球！」

「這個呢？」

「唔，變速球。」

他又變化了動作。

「欸，這個我忘了。讓我想一下。滑球（slipper）！」

「喔，我小的時候，我們叫它曲球（slider）。不過，概念是一樣的。」

羅比用手遮住了臉，笑了。「我說錯了，slipper 是一種鞋子！」

傑克點點頭。「如果你在場上扔拖鞋的話，可能會惹惱裁判。」他興味盎然地看著那孩子，等他笑完。「那麼，我猜你想成爲投手。」

羅比點點頭。「我爸以前是投手。」

「而且是個厲害的投手。現在的人不像以前那麼常打棒球了，他們都在家裡看電視上的棒球賽。」鮑頓說。「那些投球手勢都是我爸教我的，用一顆橘子！」羅比說著笑了。

艾姆斯說：「不久前有一天，我們在午餐時談起棒球。我就想示範幾種給他看。」

「他學得很快。」傑克說。

艾姆斯點點頭。「我有點驚訝他居然全記住了。」

羅比說：「我們家有一顆眞正的棒球，可是放在閣樓上的某個地方。我爸不喜歡上閣樓。」

「噢，是我疏忽了。」艾姆斯說。

傑克把那顆棒球放在羅比的盤子旁邊。「這個球是給你的，是件禮物。我本來就知道你自己大概也有一顆，因爲你爸爸以前是個投手。不過，多一顆球說不定什麼時候用得著。」

羅比看著母親。她點點頭。

「謝謝。」他拿起那球，帶點靦腆，帶點猶豫。

「這球是全新的，所以你得要先處理過。你知道該怎麼做嗎？」

「不知道。可是我爸會教我。」

傑克說：「很簡單，你只要在球上塗滿泥巴，弄髒一點。」

「在上面塗泥巴……」男孩面露懷疑。「我想我還是會去問我爸。」

傑克笑了。「這永遠是個好主意。」他瞥向自己的父親。「我爸跟我以前也會打打球。」

老人點點頭。「沒錯。我們也有過一些好時光，不是嗎？」他看著自己的手。「真是難以相信，現在我連自己綁鞋帶都沒辦法！回想起那些時光，當我只是個普通人，甚至不是個年輕人，那就像是回想起我曾經是陽光和風似的！可以一步跨兩個臺階……！」

艾姆斯笑了。

「嗯，那一切似乎是那麼自然，彷彿永遠不會結束。你母親會在廚房裡哼著歌煮晚餐。她會端杯咖啡給我，我們會稍微聊一聊。而我能夠只憑著聲音辨別出哪幾個孩子在家。當然，除了傑克以外。他是那麼安靜。」

艾姆斯說：「陽光和風！」

「喔，是啊，你儘管笑吧。像你這樣壯得像牛的人根本不會懂得我在說什麼。我覺得我似乎老了我們兩個人的份。」

「請容許我持不同意見，牧師先生。說到變老，我覺得我也有份。」

羅比說：「他跟我說他太老了，不能玩接球。」

艾姆斯點點頭。「我的確是太老了。這是件悲哀的事實。」

葛洛莉看見她哥哥瞥向她，彷彿有了什麼打算，然後他又移開目光，自顧自地微笑。

他們吃著派。「是我監督的。傑克削蘋果，葛洛莉做派皮，我負責確認一切都符合我的標準。」她父親笑了。「傑克把我的椅子搬到廚房去，讓我看著他們做事。那很愉快。我們度過了一些好時光，我們三個。我告訴你，他幾乎讓那輛老 DeSoto 又能跑了。是啊，好時光。而且他還彈鋼琴！我得說這令人驚訝。」

「對，現在我可以去彈一下，如果你們想聽的話。」他們聽見琴聲從隔壁房間傳來，試了一首聖歌，又試了另一首。「獨步徘徊在花園，玫瑰花尚有晶瑩朝露。」然後是「禱告良辰！禱告良辰！召我離開世事操心。」葛洛莉端了一杯咖啡給他。「謝謝。『若我今日言語不合體統，若我今日不關懷人需要。』」他笑了。「要是我能知道該怎麼辦到就好了！」然後是：「『神聖主愛，超乎萬愛』——這些歌全都是華爾滋的節奏！你注意到了嗎？」萊拉和羅比走過來聽，接著是艾姆斯，稍微落後幾步，好照顧到鮑頓，若是他承認需要別人協助。

萊拉說：「我喜歡華爾滋。」於是傑克演奏起一首明顯是維也納風格的短曲〈園中祈禱〉。

艾姆斯面無表情地旁觀。她父親的表情像個政治家。

然後傑克彈起：「『我想要星期天那樣的愛情，能夠延續到週六以後的那種愛情。』我忘記歌詞了。『我在一條寂寞的路上，不知通往何方。我想要星期天那樣的愛情。』[64]」

萊拉說，幾乎是用唱的：「『我作著星期天的夢，做著星期天的所有計畫，每個小時，每一分鐘，每一天。我希望能遇上某種愛人，能爲我指路。』」

傑克說：「啊，謝謝你，艾姆斯太太！」而她露出微笑。

他父親說：「我想我們會喜歡聽一些比較適合安息日的曲子。」

萊拉說：「但那是首好歌。」

「如果你不介意的話，傑克。」

他點點頭，彈起〈千古保障〉和〈先賢之信〉，帶著一種充滿活力的莊重，而他們一起唱。然後艾姆斯說這一天很長，他累了，羅比上床睡覺的時間也過了。那男孩爬上了鋼琴凳，坐在傑克旁邊，羞怯地碰著琴鍵。傑克去送客人到門口，但羅比落在後面，猶豫地敲著琴鍵。等到他母親叫他，他從鋼琴凳上爬下來，注意到那張凳子可以掀開，於是把它打開。他說：「這裡面有錢！」

艾姆斯本能地攙住鮑頓的手臂。葛洛莉說：「喔，是我放在那兒的。」可是她父親緩緩走向那張凳子，往裡面看，彷彿那是個裂開的深谷。葛洛莉說：「這只是家用金裡剩下的錢。我把這些錢從另一個抽屜裡拿出來，這樣我就能知道我花掉了多少。」可是她父親仍舊盯著那些錢，艾姆斯抓著他的手臂。傑克也望進凳子裡，看著那些錢，然後笑了起來。「這個說法不錯，葛洛莉。很可信！如果那裡面是三十八塊錢，我就得要相信……某件事。」他用雙手遮住臉，笑了。

他父親感到困惑，幾近惱怒地說：「這句話我實在不懂！」

羅比說：「喔，這裡面有這麼多鈔票有點好笑！」

艾姆斯摸摸男孩的頭髮。「是有點好笑，你說的沒錯。現在你跟你母親先回家，我一會兒就回去。」

等萊拉和男孩出了門，葛洛莉用力蓋上鋼琴蓋，力道之大，連琴弦都振動了。「每個人都對我的話聽而不聞！」她說，她的怒氣把他們全嚇了一跳。「等一下。」她走進客廳，拿了那本大《聖經》回來，闔上鋼琴凳的椅面，把《聖經》擱在上面。「現在看著，每個人都看著。」她跪下來，右手按在《聖經》上。「我鄭重地發誓，上帝作證，是我本人把那些錢放在鋼琴凳裡。看起來好像我把錢藏在那兒，但那就只是一種偷懶的記帳方式，如此而已。而且這件事是我做的，不是別人。如果我說謊，就讓上帝把我擊斃。」

她父親說：「沒有必要說這種話，乖孩子。」但他顯然受到感動，同時也放下心來。「你對你哥哥很好。」他說，而傑克笑了。「我的意思只是……」老人看來十分疲憊，於是艾姆斯扶著他到房間去，協助他躺下。離開之前，艾姆斯牧師向他們兩個說再見，又再握了傑克的手。他的誠摯似乎摻雜了深深的惋惜，帶著隱隱的惱怒。儘管如此，傑克顯然很感激。

等他走了，傑克說：「你用《聖經》來發誓那件事很棒。我一定要記住。」他笑了，然後說：「要不是你出來挽救，整件事就會是一場災難，不過，就這情況來看，我想，嗯，總的說來，我不認爲那是一場災難。」他看著她，彷彿需要她的肯定。

眞令人吃驚，她想，但她說：「對，情況夠好了。」

他點點頭。「我認爲如此。我的期望很低，以目前的情況來說相當合理。儘管如此，他的孩子似乎喜歡我，他太太也一樣。那一部分算是相當順利。」他上樓去，再下來時換上了他自己的襯衫，幫忙她清理桌面。

她說：「傑克，我可以問你一件事嗎？不，我要告訴你一件事。我漸漸覺得你的黛拉不值得你這麼痛苦。」

「哦？她值得的。假如我還得更加痛苦，她也還是值得。你得要相信我的話。」

「她沒有寫信給你……」

他向她微笑，被刺痛了。

「對不起，我不知道問題在哪裡。」

他說：「這是眞的。你的確不知道。」

「可是現在我對你多了一些認識，而你實在不是那麼難以原諒的人。」

「哇，謝謝你。可是你不知道她要原諒的事有多少，你甚至無法想像。而且每過該死的一天，她要原諒的事就更多。」他看著她，說道：「關於黛拉，我想談到這裡就夠了。」

§

第二天，葛洛莉到五金行去，買了兩條褐色棉質長褲、三件藍色丹寧布襯衫——本地人在不耕作、不釣魚，也不爲出席喪禮時，就穿這種衣服。嶄新的衣服襯著硬紙板，摺得平整，顯得僵硬，但她會用洗衣機洗兩遍，稍微熨平之後就會很不錯。她猜想著傑克的尺寸，凡是夠長的就太過寬鬆，但他只好將就一下。

她把這幾件衣服晾上曬衣繩，他從園子裡走過來，雙手扠腰，站在那兒看，問道：「這些是要給我的嗎？」

「如果你覺得用得上。」

他笑了。「我很確定我用得上。謝謝，葛洛莉。」他伸出手來，欣賞地摸摸一條衣袖。這個手勢沒有帶著嘲諷。「這得算是我欠你的。」

「你什麼也不欠我，這錢是我從鋼琴凳裡拿的。我跟你一樣一文不名。」

「我的另外一個旅行箱搞丟了。」

「我知道。」

他沉默了片刻。「你原本有份很好的工作。」

「沒錯。」

「那個壞傢伙拿了你的錢。」

她聳聳肩膀。「是我給他的。這不重要，我對那些錢也沒有什麼打算。」

他點點頭。「他老人家以爲你是因爲結婚了才不得不辭去教職。」

「而你知道事情不是這樣。」

「是的。這不關我的事。」他從襯衫口袋裡拿出一根菸，輕輕敲著拇指。

「你想說什麼？」

「我常想……我的意思是，這是我的經驗——女人往往過於好心，好心到對她們自己沒好處。」

她笑了。「我也這麼想過，偶爾。」

「你很好心。」

「很好的例子。」

他打量她的臉，菸霧讓他皺起眉頭。然後他說：「你能原諒他嗎？」說完瞥向別處。「抱歉，這不關我的事。昨天晚上是你提起來的，我只是納悶。」

她向他微笑。

「好吧，你不喜歡談這件事。」

她的哥哥，整個鮑頓家族裡眞正世故的那一個，似乎正在請教她的意見或是看法，這件事實當中有某種東西吸引著她。他站在陽光下，風靜靜吹著，吹過紫丁香，他們童年時就有的紫丁香。衣服在曬衣繩上飄動，那裡從前曬著他們的制服。在陽光下他看起來比較老，暴露出他身上一種倔強的脆弱。不過，隔著一點距離看他，即使他的目光彷彿漫無目標，但他流露出的那股帶著猶豫的隱隱固執，在她看來顯得認眞。

他點點頭。

於是她說：「我能原諒他嗎？我不確定我明白這個問題，但答案是不能。」

「我並不希望他受到什麼傷害，但也很高興再也不必見到他。我不喜歡提起任何跟他有關的事。」

「對不起。我本來不打算說的，不過的確是你先談起這個話題。你說我並不是難以原諒的人，這類的話。」

「你對她好嗎？」

「我盡力而爲。」他聳聳肩膀。

「那麼，如果她是個寬容的女人，她大概會原諒你。當然，我不知道你做了什麼，不知道她該原諒你什麼。」

他笑了，扔掉香菸。「我自己也不確定。她容忍過的事那麼多——包括得要容忍我這個人，容忍我這副德行，容忍我所沒能成就的。她厭倦了那些麻煩。我應該要想辦法多保護她一點。我試過。有一次，我可以說是捍衛了她的名譽，即使在當時的情況下不算很明智。」然後他說：「她是不是原諒我，也許無關緊要。但我想，她也許會寫信來。一旦你習慣了別人對你的寬容，不久你就會依賴起這份寬容。當寬容不再，你就會想念了。」

她說：「這種事我懂一點。」他點點頭。風吹得紫丁香沙沙作響，陽光照耀，他們之間一片寂靜，那種由於心念相通而來的平靜。於是她不得不說：「你不該失去希望。」

他笑了。「有時候我眞希望我能夠做到。」

她說：「這我也懂。」

爲什麼她沒有在幾個星期前就替他買衣服？因爲那時候他是個陌生人，她怕這樣的關心會冒犯他：因爲替他買衣服暗示著他的貧窮；因爲看見她買衣服的人也許會拿來當閒聊的話頭，而這會令他難堪；因爲他虛榮而講究，而且他是傑克，便宜耐用的工作服不是他認爲自己該穿的衣服。但事實上，她看見他好幾次去仔細檢視曬衣繩上那幾件襯衫，其中一件乾得差不多了，他收進屋裡熨好之後穿上。長褲比較厚重，需要較長的時間才能晾乾。她看見他也去仔細檢視過長褲，然後走到果園旁邊，從地上拾起一顆掉落的蘋果，把它扔上車棚的屋頂，等著它滾下來，接住，又再往上扔。她的幾個哥哥小時候全都這麼做過。傑克的動作有點生硬，彷彿他在多年以後嘗試這個孤單的遊戲是在做個實驗。儘管猶豫，那也許意謂著快樂。

那天晚上，艾姆斯在晚飯後散步過來。來下一盤棋，他說，但他和他們的父親坐在門廊上，隔著棋盤輕聲交談。他們徵詢彼此的建議時，就會這樣說話。葛洛莉拿了冰水給他們，之後就留下兩人獨處。艾姆斯來請教有關牧師工作的睿智意見，這是他對朋友的尊重，雖然在這麼多年之後，他自己想必也提得出。由於艾姆斯在性格上是兩人當中更為親切的一個，因此很少特別需要睿智的意見，不管是他自己的，還是鮑頓的。儘管如此，他會提起某些教友的事向她父親請益，然後一起思量該如何安撫、如何安慰、如何指點，如同他們往日所做。鮑頓在十年前辭去了講道的工作，當時促使他辭職的事由使得艾姆斯格外小心地尊重他的看法。主日學校的孩子長大結婚了，已婚的夫妻適應了辛苦的日常生活，而那些教過主日學校的嚴肅老先生、老太太也一個接一個地去世，他們教過孩子諸多天使的故事和飛行的馬車。於是他協助艾姆斯思考在公理會教友之間可能出現的任何問題，透過這些輕聲細語的諮詢，如今他對這批教友要比他自己從前的會眾更為熟悉。「對，跟這個人打交道需要非常圓滑。」她父親說，而艾姆斯會說：「肯定是這樣。」在這些對話進行時，她父親的臉上流露出昔日的精明練達，老練的靈魂牧者那種溫和的精明。「但我會非常坦率地告訴他，目前的情況是如何。」他的雙眼會隨著堅定和坦率的意念、往日那些樂事的回憶，而燃起光芒。艾姆斯總是帶著迷惑而惆悵的敬意看著他，彷彿如今他自己是比較年輕的那一個，而他的朋友老得比他快，老得成爲他也許永遠無法企及的德高望重。他會說：「是的，我肯定會很坦率。」

傑克在門廊上撞見交談的兩老。她聽見他們跟他打招呼，說了一、兩句話，然後他走進廚房，帶著從園子裡採來的黃瓜。他的襯衫寬鬆，長褲得用皮帶稍微收緊，但總的說來，她很滿意他的模樣，而且看得出來他也滿意。他設法讓自己看起來算得上帥氣，這是他的自尊心所需要的。她知道這對他是種慰藉。他清洗那些黃瓜。「黃瓜聞起來就像傍晚，就像涼意。你需要我幫忙嗎？」她說不需要，他走到鋼琴前，坐下來，彈奏〈歸家〉，他父親最喜歡的聖歌。他彈得很輕柔，她想，而且，十分溫柔。她走到門廳去聆聽，他抬起眼睛，斜斜地朝她一瞥，彷彿他們之間有一份默契，但他沉思著繼續彈，沒有一絲冷漠和算計。「歸家，歸家，憂傷困倦者歸家。」兩個老人安靜下來。「耶穌溫柔慈聲懇切呼喚你，歸家，歸家，快歸家。」她父親唱著，艾姆斯應和。接著是〈永久磐石〉，然後是〈古舊十架〉，等到這首歌結束，已經入夜了。雷聲響起，大雨落下，是那種天黑後來臨的暴風雨，天氣陡變。兩個老人坐在那兒，沉默良久。她拿了把傘給艾姆斯，過了一會兒，她聽見他離去。她擔心那濕氣令父親不舒服，但他十分和藹地請她讓他單獨留在那兒一會兒。他說：「跟傑克說他彈得很好。我爲他感到驕傲。」

她在傑克房間裡找到他，門敞著，他躺在床上讀一本書。她站在門口說：「傑克，爸要我告訴你，你替他們彈琴這件事眞好。他說他爲你感到驕傲。」

他思索著。「他說這話的時候，艾姆斯還在這兒嗎？」

「他跟我說的時候，艾姆斯已經走了。艾姆斯反正是知道的。」

傑克點點頭。「我想他是知道。很好。謝謝，葛洛莉。」

雨結結實實地下了一整夜，令人滿意。傳言會有乾旱，一場好雨尙無法終止衆人的擔憂，但雨後的早晨的確很美，和風帶有香氣，閃亮的樹木上滿是啁啾的鳥兒。傑克早早就出了屋子，太陽還沒出來之前，葛洛莉就聽見紗門的嘎吱聲。他的焦躁難安成了一種美德，在黑暗中就把他從床上叫醒，讓他去園子裡消耗掉無法成眠的鬱悶精力。她下樓到廚房去，煮起咖啡，坐在門廊上等著壺裡飄出他們一家人向來偏好的香味。然後她替傑克倒了一杯。她在曬衣繩那兒找到他，他正把曬衣繩往下拉，再鬆開手，雨滴飛起來，在晨光裡閃爍。接著他又拉下第二條、再鬆開，然後是第三條。

「謝謝。」他說，從她手裡接過杯子。她看見他把汽油罐從車棚裡拿了出來。他說：「我馬上回來。」隨即走進屋子，再出來時拿著掛在衣架上的西裝，肩膀上披著一條擦碗布。「我要來做一下乾洗。」他把汽油倒進空的咖啡罐，把那塊布浸在裡面，然後用濕布去擦拭西裝外套的衣袖，浸透肘部凸起的布料，還有內部的摺痕，再把衣袖拉直。他瞥向她。「這有點用，氣味過一會兒就會散掉。把這個拿去。」他把香菸和火柴遞給她。「以防我心不在焉。」

她說：「我聽過有人這麼做，但我從來沒看過。」

他說：「你過的是受保護的生活。」

一整個早上他都在弄那件西裝。她看見他終於向後退，仔細看著衣服在風中搖擺，顯然認定弄得夠好了。他把咖啡罐裡剩下的汽油倒進土裡，把汽油罐拿回車棚。她走過去看一看，在她看來，那西裝似乎少了一些磨損的痕跡，看起來比較不屬於某個特定的人，不像配合著某種特定的生活。在微風中，那西裝帶點勇敢，甚至有點活潑。難怪他感到滿意。

他走進屋裡，洗了臉和手，做了個花生醬三明治。「想吃點嗎？我可以分你一半。全都給你也行。我洗過手了。法文的『三明治』怎麼說？」

「我相當確定法文的『三明治』還是三明治。」

他點點頭。「我就怕是這樣。所以，我不知道該怎麼讓這個帶點汽油味的東西能夠更吸引你，或者說更吸引我。」

「果醬？」

「我討厭那玩意兒。包在甜甜圈裡還不錯。」他把最上面一片麵包掀起來看。「花生醬是種醜陋的食物。如果我擦根火柴，也許我能送上一份火焰三明治給你，madame（法文的『女士』），就像他們在高級餐廳裡所做的，mademoiselle（法文的『小姐』）。」

「不了，謝謝。我喝湯，你想要喝點嗎？」

他搖搖頭。「我眞的是餓了，但就是這些小東西讓我沒有胃口。」

「那你倒不如把三明治吃了。」

「沒錯。那個棒球手套還在家裡嗎？」

「還在呀，我放在衣櫥裡。我擔心你會想辦法拿去換一件苦修者的剛毛襯衫。」

他點點頭。「你考慮得很周到。我在想，如果手套還在你那兒的話，我或許可以借回來。」

她說：「沒問題。只等你吃完你的三明治。」

「我之所以吃它，只是因爲我相信你是爲了我好。」他用了八口把三明治給吃了，喝了一杯水把它嚥下去。「嗯，我餵飽這隻野獸了，它應該可以蹣跚地走動直到晚餐。我的肉體是一隻異常有耐性的野獸，我叫它『雪花』，特別因爲它倔強的蒼白。某種徘徊不去的情感依附在它身上，讓我想起我的年輕歲月。」

她把棒球手套拿來給他。他說：「他這個年紀的孩子總是搞丟東西，所以我又買了一個棒球。我的意思是，我在他那個年紀的時候老是搞丟東西。」

「這很好。」

他戴上棒球手套，手腕輕輕一彈，把球丟進手套裡。這個古老的手勢。「我想艾姆斯也許會謝謝我，孩子就該學學怎麼玩接球。我以前棒球打得不錯，我想他或許還記得。」

「這是個好主意，傑克。我不認爲你需要這麼擔心艾姆斯對你的看法。」

「我知道他對我的看法，也不可能更糟了，所以我並不擔心。」

「那你在擔心什麼？」

「你說得對。我由於懷著希望而精神錯亂。我猜我是想，他或許會從他的書房窗戶向下看著我，對自己說：『他是個卑鄙的傢伙，是個無賴，可是我感謝他對我兒子的關心。』」他笑了。「這種事不會發生，沒必要擔心。眞是個愚蠢的主意。」

葛洛莉說：「我一直想請你把新的一期《生活》和《國家》拿去艾姆斯家。他們沒有訂這兩本雜誌。你可以問問萊拉，看羅比想不想玩球。如果她說好，牧師他不會反對。」

他點點頭。「好吧。我去。不入虎穴……」

半小時後，她走出家門，只稍微走一段路，直到能看見傑克和羅比在艾姆斯家前面的路上。那個又大又硬的手套戴在羅比手上很不靈活，傑克把球扔出去，羅比困難地把球接住，再把球半扔回來，方向算是正確。「就是這樣！」傑克喊。那小孩擺好姿勢，用拳頭敲了一下棒球手套，準備好迎接任何挑戰。下一球在他鞋子前面彈起來。傑克笑了，十分和氣的笑聲，就算是她，也有幾十年沒聽到了。他跑向前去接住羅比投出的球，轉身時看見了她。他揮了揮手，喊道：「我待會兒就回家。」

她喊回去：「不急。」遺憾她令他分心。他看起來既有活力又滿足，這份滿足使得普通的動作也變得優雅。在陽光下，他看起來很自在。她希望老艾姆斯的確從樓上俯視著他，或許至少這麼一次，也能用他父親看待傑克的方式來看他。

又過了半小時，傑克穿過門廊走進屋裡。看見她，他露出微笑。「剛才很不錯。眞是個有趣的孩子。他是個好孩子，不過，我不認爲我能訓練他進入大聯盟。他想替紅襪隊打球。我並不是說他完全沒有機會。你得要是個黑人，才會一點機會也沒有。」

「大聯盟裡有傑基．羅賓森。」

「喔，對。道奇隊的知名球員傑基．羅賓森。還有賴瑞．杜比、威利．梅斯、法蘭克．羅賓森、羅伊．坎帕內拉、厄尼．班克斯、薩奇．佩吉。[65]如果你說得出哪一個是替波士頓紅襪隊打球，我就給你五分錢。[66]」

「我承認，最近沒怎麼留意棒球的消息。」

「顯然如此。在聖路易，有些人很少注意別的事。就這個話題，我跟人認眞地討論過不少次。」

她看著他。「跟黛拉嗎？」

「有一、兩次是跟黛拉。她知道在這個世界上什麼事情重要。」

葛洛莉笑了。「喔，我相當肯定我不知道。我在這兒浪費時間擔心輻射落塵，擔心鍶九十。」

他說：「相信我，這些事她也擔心。」

過了一天，傑克才又在下午時拿起棒球和手套，再到艾姆斯家去。他回來時，顯得很高興。「那孩子表現得愈來愈好了。事實上，有一球他在第一次彈起來的時候就接住了。剛才很不錯，他們甚至邀請我一起吃晚餐。是萊拉邀請的。但我不認爲牧師有反對之意，看起來不像。」

「你爲什麼沒有留下呢？」

他聳聳肩膀，微微一笑。「他們是出於禮貌。」

「他們當然是出於禮貌，但並不表示他們不是眞心邀請你。」

過了一會兒，他說：「在我冗長乏味的人生中，我學到了不要把客氣話當眞比較好。我上鉤的次數太多了，多到足以讓我知道陷阱關上是什麼感覺。你知道的，最好還是放棄享用燉肉和馬鈴薯泥。」

她說：「你想要改善你跟艾姆斯之間的關係，但如果你不讓他……嗯……像對待朋友一樣對待你，怎麼可能呢。例如邀請你吃晚餐？這是再普通不過的事。」

他點點頭。「情況就是這樣。我一輩子都是普通世界的化外之民。我得要學習這些習俗，並且設法說服自己這些習俗適合我。」他看著她。「事情就這樣變得棘手。」

「不，你只需要放輕鬆一點，提醒你自己，你是在跟一個十分和善的老人打交道。」

他說：「事情實在要比這更複雜一點，葛洛莉。前兩天，我把我的棒球手套給那孩子用，於是他跑上樓去，把艾姆斯放在書桌上的舊手套拿下來給我。我猜那手套是多年前去世的艾德華伯伯的。我覺得戴上那手套似乎沒有什麼關係。我的意思是，我並沒有打算用那個手套去接球。可是，你知道嗎，我偷過那個手套一次，偷走了一陣子。我不知道我爲什麼要偷。而艾姆斯知道是我偷的，因爲除了我，還有誰會做這種事？當時我就是鎮上出名的小賊。所以，當他今天從教堂走回來，在路上看見我戴著那手套，我什麼事也沒做，只是站在那裡。他看著那手套，又看看我，什麼話也沒說，我也一樣，但我看得出來他想起了那一切，我闖禍連連的少年時代。那令人難堪，對他來說也一樣。」

「我想你忘了，那都是多久以前的事了。」

「是啊，如今的約翰．艾姆斯．鮑頓成了一個可靠的公民。奇蹟般的轉變。」他笑了，沉思了一會兒，然後說：「假如一切能夠重來，我是指青少年時犯的錯，我會設法限制自己只去做那些能夠解釋的事，至少在別人眼裡顯得事出有因。我是說眞的。無法解釋的事情令人們生氣。老先生以前常問我：『你爲什麼做那件事，傑克？』而我甚至無法告訴他，我之所以那麼做是因爲我想那麼做。就連那樣說，也不是眞話。我要一個舊棒球手套做什麼？什麼也不能。可是，在這個鎮上實在沒什麼東西可偷。很難找到任何我想要的東西，任何也許能夠使我看起來像是有行竊動機的東西。因此，我的所有罪行都被歸咎於性格缺陷。對此，我並無怨言，但現在，這對我來說就成了一個問題。」

葛洛莉說：「如果艾姆斯一家人又邀請你吃晚餐，你就說『好』，並且留下。答應我。」

他笑了。「我會的，我以人格擔保。這些事你懂。」

就在隔天，他從黎明起就在菜畦和花圃間埋頭苦幹，直到中午。他也把那三張戶外木條躺椅的接合處轉緊，它們一向無精打采地擺在廚房窗下，彷彿在院子裡，在椅子和車棚之間，若有某件可能吸引觀衆的事情發生，它們就能慵懶地派上用場。他還重新拴緊曬衣繩，然後走進屋裡，燙了件襯衫，把皮鞋擦亮。「我覺得自己很有用，做了很多事。這有益於士氣，就跟曬黑的皮膚一樣。」他把衣袖拉起來讓她看。「這裡曬出了一條明顯的界線。」

「的確有。」她已經學到要爲這種下定決心的忙碌感到擔心，也知道想試圖加以抑制毫無意義。

他說：「我想今天是星期四。所以明天是星期五，到時候艾姆斯大概要準備他的講道，他不會希望受到打擾。星期天我大概會去教堂。我做得到。我的西裝聞起來不再像是易燃物，只稍微有點汽車味。我可不想讓任何人驚慌。」他笑了。

所以說，這一切都是為了在艾姆斯家吃晚餐而做的準備，而他根本還沒有受邀。但他在接近傍晚時離開屋子，在門口停了一下，看著她，聳聳肩膀，彷彿在說：祝我好運。他沒有回家來吃晚餐，她告訴父親，可能是艾姆斯和萊拉留他吃飯。

「是啊，我希望約翰能多關心他一點，這是我多年來的盼望。如果你用一個人的名字來替自己的孩子命名，你的確會期望這人能提供某些協助。當然，艾姆斯幫了我許多，可是對傑克來說就不是如此。我這樣說並不是在批評艾姆斯，我猜我對傑克也沒幫上什麼，就這件事而言。」她父親說。

老人想在門廊上等他，於是他們一起坐在那兒，在溫和的夜裡。「隔著這些紗門，看不見螢火蟲，也看不見星星。可是至少吹得到微風，聽得見蟋蟀。」

過了一會兒，他說：「艾姆斯會需要休息了，老年人沒辦法太晚睡。我希望他了解。」接著他們聽見腳步聲，傑克從小徑走過來，走上了臺階。

「很舒服的夜晚。」他說，聲音輕柔而平靜。葛洛莉曉得她父親也注意到了。

「是啊，的確是的。一個很好的夜晚。」

傑克說：「他們很和氣。那男孩喜歡我，而艾姆斯太太似乎認爲我這個人還不錯。」

「我料想你們談了一點政治？」

「是的，先生。他說：『史蒂文生是個很不錯的人，這點毫無疑問。』」

他父親笑了。「他是沒辦法說服的。他會同意你所說的任何事，可是等到要投票的時候，他就會選艾森豪。沒錯，一提到政治，我知道多難跟他講道理。最近他不常來這兒，也許是我太努力想跟他講道理了。」

傑克說：「他稍微談起他的祖父。」

「喔，是的，他喜歡講那些老故事。那段時間有一大半，鮑頓家的人還不住在這裡。我們在一八七〇年秋天離開蘇格蘭，所以沒碰上內戰和戰後時期。早年在這一帶有很多稱得上宗教狂熱的事，就連在長老會教徒當中也一樣。據我所知，那個老人家就是這樣。後來，他老了，瘋到不行，成天在街上走。我絕對不會以那個約翰．艾姆斯替你命名。當然，我們習慣了他，替他感到難過。可是我認識他的時候他就是個瘋子，而且我想，在那之前他就已經瘋了。」

傑克沉默了一會兒，然後說：「艾姆斯似乎很尊敬他。」

他父親說：「早期的殖民者，你知道的，那些老家族，他們常說些他們認爲很奇妙的故事，但我想，後來他們漸漸明白這個世界已經改變了，有一些事他們也許應該要重新思考。那花了他們一點時間。那個老人家還活著的時候，艾姆斯挺爲他感到難爲情。他老是跟耶穌說話。我猜艾姆斯沒有告訴你。」

「他告訴我了。他說了那個故事，說他祖父離開緬因州到堪薩斯州去，是因爲他夢見耶穌以奴隸的樣子來到他面前，讓他看那些鐵鍊是如何磨痛了他的肉。當然，這個故事我以前就聽過。我一直覺得這故事令人羨慕。我的意思是，能夠那麼篤定，眞好。對我來說，這實在難以想像。」

「篤定有時候是危險的。」老人說。

「是的，先生，我知道。可是如果耶穌……看起來像是祂也許把身上的鎖鍊展示給某個人看了。我的意思是，在那個情況下。」

「你也許是對的，傑克。我很確定艾姆斯會同意。可是你看看現在的人，仍舊試圖用暴力來解決這些事，我不知道。凡動刀的，必死在刀下。[67]」

傑克清了清嗓子。「在蒙哥馬利的抗議行動是非暴力的。」

老人說：「可是他們挑起了暴力。那全是挑釁。」

一陣長長的沉默。然後傑克說：「這個星期我要去教堂，我肯定會去。」

「太好了，傑克。好的。」

他扶父親上床，然後走進廚房。「你說的沒錯，情況很好。我念了謝飯禱告，這一次我事先練習過。我想我算是有禮貌，而且我說的不多，不至於惹出麻煩。我不認爲我惹出了麻煩。我並不是說有任何事情改變了，但那至少不是一場災難。晚餐是乳酪通心粉，我洗了我的盤子。」他笑了。

之後傑克帶了些早熟的蘋果給艾姆斯一家，還有一些李子，他說可以放在窗臺上等它們成熟，他還跟那個男孩玩了一會兒接球，甚至還幫忙萊拉把牧師的書桌和一些書搬到客廳，這樣一來，艾姆斯就不必再爬樓梯。「像個好鄰居，像個朋友。」

對於這一切，葛洛莉沒有理由擔憂，除了傑克是刻意這麼做。他似乎投注了許多算計在裡頭，近乎期盼，因爲牧師和他的家人有點喜歡上他。她想：天哪，他們是世界上最和善的人，我何必擔心？她說服了他去信賴他們，這件事在任何情況下都合理。但他的保留態度來自於他的經驗，而他的經驗來自於他是傑克，永遠是傑克，儘管不時有些強烈的意願，想要努力擺脫，做個不一樣的人。天哪，沒有人能像他知道得那麼清楚，他知道他永遠得要謹言慎行。

星期天到了。傑克早早起床，在廚房裡晃來晃去，喝咖啡，拒絕吃早餐，刷過他的西裝和帽子。他在十點差一刻時下樓來，看起來比任何時候更體面。他輕輕碰了碰帽子表示道別，然後出了門。她協助父親起床，帶他到廚房裡，在那兒他慢吞吞地吃著雞蛋和吐司，接著讀報紙，再去看一期他幾個星期前讀過的《基督教世紀》，然後去讀《聖經》。最後他陷入睡眠或是禱告之中，那是他在情緒強烈時的避難所。到了兩點，傑克還沒回家，於是她告訴小憩中的父親，說要出去四處看看，而他生硬地點點頭，彷彿在說早該去了。她沒辦法到處去找她哥哥，彷彿當他是個走失的小孩，或是某個沒有行爲能力的人。他最怕的莫過於以他能夠預見並避免的任何方式感到難堪，因此這也是她最怕的事。他身上有種不安的灼熱，這就已經夠了，每當他走出門外，或是當他父親召喚他去做那些令人痛苦的對話，或是當他等待著郵件、看著新聞。

她走到車棚去，而他在那兒，在那輛 DeSoto 的駕駛座上，頭向後仰，帽子蓋住了眼睛。她輕輕敲敲車窗，他醒過來，向她微笑，有點吃力。然後他探過身，打開了乘客座的車門。「上來吧，我只是在集中精神思考。我還沒有辦法去面對爸爸。」然後他說：「唉，小妹，這些老人家做事好狠。他們看起來這麼無辜，而一轉眼，你就又在數自己斷了幾根骨頭。」

「怎麼回事？」

「他講道。經文是夏中和以實瑪利，應用則是孩子遭到可恥的父親拋棄。而實例就是區區在下我，坐在他兒子旁邊，基列鎮民的目光全落在我身上。我想我嚇壞了。他的用意毫無疑問是要令我惶恐，讓我臉色變得蒼白，更蒼白，我確定他辦到了。」

「噢……我不敢相信。實在不太可能。」

「是啊，這麼和善的老人。我想我暫時不會再請教你的意見，辮子妹。」他笑了。「我是穿過聖壇離開的，至少還想得到把外套拉起來蓋住頭。」然後他說：「唉，我累了，而這會兒你在哭。別這樣，拜託。」

「那只是眼淚，無關緊要。我會讓你清靜一會兒，如果你希望的話。」

「不，也別那麼做。也許你可以幫忙我把這件事想清楚。」

他們沉默了一會兒。

「嗯，首先，我知道他不會指名道姓地提到你。他絕對不會這麼做。」

「對，他的確沒有說：『傑克．鮑頓，坐在最前排那個惡名昭彰的罪人。那個聞起來有汽油味的傢伙。』」

「而且他的講道辭想來是在幾天前就準備好的。我很確定他沒料到今天早上你會在那兒。」

「這個論點很不錯。事實上，我自己也想過。可是葛洛莉，在最要命的那一部分他甚至不是在讀稿，老傢伙他是在即席演講。而且，聲音宏亮，以他這個年紀的人來說。總之，他在準備講道辭的時候，心裡想到的是我，所有那些就在他窗下進行的討好舉止。」他笑了。然後他說：「別哭。」他從胸前口袋裡拿出手帕，就是裝著那個小皮夾的口袋，手帕是她父親那許多漂亮手帕當中的一條。

她說：「我永遠不會原諒他。」

他看著她。「謝謝你這份心意。」

「我是說眞的。也許他是老來糊塗了，但我還是不會原諒他。他對我一向像個父親。」

「這很悲哀。」

「這很可怕。」

傑克深深吸了一口氣。「想想我們的處境，葛洛莉。兩個身體健康的中年人，神智正常而且有教養，一般來說對世人懷有好感——也許我在說的只是我自己，坐在一輛空置的 DeSoto 上，在一個空蕩蕩的車棚裡，想著馬兒『雪花』，思索著又一次早能預見而且根本沒有意義的挫敗。你不覺得古怪嗎？」

她笑了。「是可笑。」

「我離開基列鎭的時候沒有任何計畫，頂多只是打算活下去，在我能夠容忍的條件下。我沒有預料到失敗。偶爾我在陰溝裡醒來——當然，這只是比喻，我心想：只要稍微努力一下，我就能大大改善我的處境。我是有那份樂觀，那也許是因爲年輕。」

「有十年的時間你過得不錯。」

「將近十年。七年半，如果我們談的是不喝酒。九年半，如果衡量的標準是偶爾愉快地投入生活。」

「因爲黛拉。」

「因爲黛拉。」

他們沉默了一會兒。

他說：「我以前常想，我們可以在黑夜的掩護下溜進基列鎮，朝艾姆斯的窗戶扔顆小石頭，說了『我願意』，得到他的祝福。至少是得到他的簽名……」

「你想請艾姆斯替你們證婚？」

他聳聳肩膀。「他總是在奇怪的時間醒著。」

「我猜，你會在離開鎮上的途中對著我們家的老宅碰碰帽子道別。」

「很可能。我從來沒有眞正把這些細節想淸楚，我很確定我會碰碰帽子。」

「很高興知道這一點。」

然後他說：「我回來的時候，心裡打算著：也許我們能夠在這裡生活，她和我。我爲什麼那麼想呢？我回來是因爲一切都垮了，而她跑回她家人那兒。」他看著她。「並非我個人有什麼特別的過失，你別想錯了。但我回來基列鎮是抱著最後一絲希望，這一點毫無疑問。關於救命的稻草這東西，我可不陌生。」

他斜著眼瞥向她。困惑，世故，悲傷，疲憊。

「你從來沒跟爸爸談起這件事。」

他笑了。「有些事是神聖的，葛洛莉。你也從來沒跟他談過那些舊情書。」然後他說：「我們的父親不是個世故的人，應該可以這樣說吧，但他無疑會假定對方跟我這個素行不良的人在一起九年，這段關係也許涉及了某種程度的——同居。我希望沒有冒犯到你。」他瞥向她。「他也許會加以責難，絕非有意，只是藉由暗指。我不知道我該如何應付那個情況。我在努力維持清醒。」

她說：「你怎麼知道我沒有做那件事？同居。」

他很溫柔地說：「隨便瞎猜吧。」

高高在上，她想。但他是一番好意，像個哥哥。

他說：「我不建議這麼做。法律有規定，到最後警察可能會找上門來。」他微微一笑。

「抱歉。」可憐的傑克。

事實是，她但願她那段無盡漫長的「訂婚」更加名副其實。但願她未婚夫沒有那樣嚴守道德規範地尊重她，使她如今回想起來，仍不免對整樁騙局感到怨憤。儘管如此，她但願沒丟掉那些信，還有那個戒指。以「神聖」來形容這件事，很奇怪，她想。她一次又一次地讀那五、六封令她感動的信，就算內容有時顯得那麼平凡，平凡到令她害怕，彷彿一件珍貴的事物遺失了，不管再怎麼找也找不到。然後她會注意到其中一句話，關於寂寞或是疲憊，抑或從火車車窗看出去的景色，尋常的親密，卻使她的心激動起來。她會特別在這些句子的紙邊打勾，好記住這些信還值得珍惜，好免於那種空虛的暈眩感。而之後再次讀信，卻並非總能看出自己先前何以選擇了那些段落，這又令她害怕。他是她生活的中心，而他到底是誰呢？爲什麼信賴他令她感到安慰？那些信對她而言是那麼珍貴，而它們算是什麼呢？它們平淡而乏味，讀四次有三次是這種感覺。然而，當那些信打動了她，她心中充滿喜悅，沒有別的字眼可以形容。她知道，假如她還留著那些信，她仍然會看著它們，看看其中是否有任何東西能解釋它們曾經具有的甜蜜力量，而如果她沒有找到，她就會再讀一遍。想起這些信，她把所有的憤恨、愚蠢和破滅的幻想都擱在一旁，這是其他人永遠做不到的，任何一個懷著憐憫聽她訴說的人。同情會破壞某種美妙的東西，由保密和一種羞恥感替她守護住的東西。

她說：「我曾經想過，如果我在別的地方，日子也許會容易一點。在一個至少能有屬於我自己生活的地方。」

「我也這麼想。而且我在別的地方努力嘗試過。現在我又回到愛荷華州，激進主義的閃亮明星。是疲憊的蛾對光亮的渴望把我帶回了家鄉，小妹。」

她說：「嗯，愛荷華州相當大啊。」

他笑了。「是啊，我爲什麼在這裡，我大可以去安克尼？或奧塔姆瓦？」

「我覺得這個問題很合理。」

「也許因爲我沒有妹妹在那兒。」

「我會去看你。」

他點點頭。「你很好心。」然後他說：「我知道我需要幫忙。我本來想，老先生也許會幫我，可是我沒有意識到，嗯，他已經這麼老了。我沒辦法靠自己找到工作，於是我把希望寄託在慈祥的艾姆斯牧師身上。這就把我們帶到了眼前這一刻。而且我的確想回家，就算沒辦法久留。我想看看這個地方，想看看父親。我想我那時候，呃，感到困惑。」他笑了。「我害怕回家。我能做到的就只是搭上巴士，並且待在車上。總的說來，我大致辦到了。眞遺憾，對他老人家來說。我也訝異自己居然還能夠令他失望，即使我本來就知道。」他摸摸眼睛下方的疤痕。

「嗯，他是在擔心。我把他留在廚房了，他可能不是很舒適。我該進屋裡去了。」

「你要怎麼跟他說呢？」

「我該怎麼跟他說呢？」

「噢，讓我想一想。告訴他，我的人生是無盡的痛苦和困境，其原因對於在路上與我擦肩而過的任何人無疑都顯而易見，但我卻難以理解。再告訴他，我感到困惑，坐在這輛 DeSoto 裡，但大概會進去吃晚餐。」

「如果你現在就跟我一起進屋裡去，事情會簡單得多。」

他嘆了口氣。「是呀，你說的對。而且我的確知道我的人生爲什麼會是這個樣子，葛洛莉。我剛才是開玩笑的，我不希望你認爲我不明白。我才剛剛聽了一番針對這個主題的講道。」

葛洛莉說：「我永遠不會原諒他。」

傑克說：「謝謝你，我很感動。」然後他說：「我會原諒他。也許我已經原諒他了。」她看著他，他聳聳肩膀，說：「他或許會把這看作是品格的表現，寬宏大量或是謙卑之類的。無論如何，我們兩個誰也不能因爲對艾姆斯懷有嫌隙而冒著讓父親煩惱的風險。我的意思是，他或艾姆斯可能會察覺到我們的心情。我很謹慎地仔細想過。一個選擇是，我的男性自尊堅持要我去跟他對峙，而即使是我，也不會降低身分去做這種事。另一個選擇是，我必須以某種怒氣沖沖的方式離開鎮上，免得讓人覺得我像隻挨了鞭子的雜種狗一樣落荒而逃，就連我也害怕給人這種印象。再不然，就是抓住我僅剩的選擇，唯一不至於造成損害的選擇。我想，那看起來說不定也像是一種美德。」

「那麼我想，我也得要原諒他。」

「我會很感激。這會讓事情比較容易。」

他們一起走回屋子。父親還在桌旁，由於枯坐良久而有點生氣，而這更加深了他的焦慮。

「啊，你們回來了！」見到他們走進門裡，他說。「我以爲……」然後他看見了傑克的表情。

傑克露出微笑，說道：「一篇強而有力的講道，讓我去思索許多事。」

「喔，這沒有關係。我想這沒有壞處。我確定他是一片好意。雖然這不在我預料之中。他似乎白白浪費了一個絕佳的機會。」隨著他漸漸領悟，他的聲音變得更柔和，目光更加堅定。傑克說：「請別爲了這件事擔心。眞的沒有關係。」說完就上樓回他房間。

好幾天過去了，艾姆斯沒有捎來隻字片語。他們的父親閱讀、禱告、擔憂，每次電話響起，他就說：「如果是艾姆斯，告訴他我死了。」

她父親經受了深重的打擊。大多數情況下，他向來把艾姆斯視爲另一個自己。他常常在艾姆斯家的廚房裡不斷地爲了兒子心靈的寧靜與平安而祈禱，他有十足的把握他的朋友聽得見且支持他的禱告。他的兒子在艾姆斯面前顯現出自己的脆弱，卻被傷害了，被羞辱了。傑克是他父親心裡的一個傷口，一碰就痛，這一點艾姆斯十分清楚，幾乎就像上帝一樣清楚。而看在上帝的分上，這孩子穿上西裝，繫上領帶——他借用了父親的一條領帶——去上教堂，儘管他不情願，看得出他甚至懷有畏懼。那個星期天早晨，一起吃早餐的時候，葛洛莉能讀出父親的心思——那種證明自己想得沒錯的表情，那種有把握的表情，相信事情會奇蹟般好轉。他曾經年復一年站在自己的教堂前面，希望能夠再一次向他冷漠而無盡孤單的兒子宣揚上帝的恩典和基督愛人的心。當他自顧自地微笑，肯定是在想像自己站在講壇上，大感驚奇，並且充滿感激。

有誰比傑克的第二個父親，比他父親的第二個自我，更適合來替他說出接納及安慰的話語？他萬萬想不到，艾姆斯沒有像發自他自己內心一樣地對那個孩子說話。

然後是這番無法理解的失望。老人嘀咕著，凝視著，雙眼閃爍，想起這麼多年來他對艾姆斯的友好，想起自己對他的信賴。他皺起眉頭，他在預演牢騷和指責時就會皺眉頭。自從他經歷退休那場最黑暗的風暴以來，她從不曾看見他如此悶悶不樂。

幾十年間，艾姆斯和她父親之間也因爲深奧的討論而有過相互咆哮的激辯，乃至於無人膽敢試著調解。有一次，她母親試圖以「聖徒相通」的角度來打圓場，她父親情緒憤慨地斥道：「說什麼蠢話！」氣得母親去打包了行李，把他們全嚇壞了。有時候，幾個較年長的孩子嘗試去勸慰，去調解，但事實上，他們不會傷及友誼，反而藉由彼此的深刻理解，更爲牢固。他們能夠僵持一番旁人無法理解的爭論幾天之久，等他們厭倦了以後將之拋開，然後又再重拾爭論。沒有人能夠預言他們爭論的熱情何時點燃，又如何加劇成爲對彼此的惱怒，雖然疲倦和壞天氣也是個因素。

可是在那許多年裡，他們兩個從不曾傷害過彼此。這一次特別的傷害實在難以想像，完全出乎意料，何況是加諸於老人最鍾愛的孩子——這份愛毫無疑問代價最高，因此對他來說也最珍貴。她父親哀悼著受傷的友誼，而艾姆斯遲遲沒有來，無疑也是在等待一個信號，讓他明白自己所爲不會讓鮑頓一家人永遠疏遠了他。他應該也正在哀悼。

該得做點什麼才行。艾姆斯已經有了他們家訂的《生活》和《國家》雜誌，而他自己也訂了《基督教世紀》和《郵報》。就葛洛莉所知，家裡並沒有艾姆斯借給父親的書，也沒有他說過想要借閱的書。他們家裡種的每一種蔬菜和花卉，萊拉也都種了，而且種得更多。葛洛莉決定烤些餅乾。但傑克下樓來，拿著一期褪色的《女性家庭雜誌》。他輕輕拍拍封面上寫的「拿給艾姆斯看」的紙條。「我到閣樓去了幾次，那上面什麼東西都有。我在這裡翻到了一篇討論美國人宗教的文章，相當有意思。」

「一九四八年。這麼久以前的文章，他很可能看過了。」

他點點頭。「這麼久以前的文章，他很可能已經忘了。」

「欸，我想我還是做點餅乾好了。」

「你怎麼說都好。」傑克把那本雜誌放在桌上，雙手扠腰站在那兒看著，彷彿割捨了某件重要的東西。「不過，這篇文章挺有意思。」

「好吧，給我一分鐘梳頭髮。」

「沒問題。」然後他說：「我的想法是，在你拿去給艾姆斯之前，先拿給老先生看一下，那麼他們就會有點話題可以爭論。我的意思是，在目前的情況下，交談也許會很勉強，所以我認爲這也許有用。」他聳聳肩膀。

她把攪拌碗和量勺收起來。「還有其他指示嗎？」

「目前沒有。嗯，他現在醒著，也穿好衣服了。我想，也許你可以在早餐的時候讀給他聽。我吃過了，我要……」他做了個手勢指著門，意思是他打算去做某件事。例如去把鋤頭磨利。他已經替馬軛上過油了。

「好吧，我該告訴他這是你的主意嗎？」

「是的，告訴他吧。說我擔心我也許得罪了艾姆斯，而我想要彌補。」

「你何不自己告訴他呢？我想他會想知道細節。」

「聰明的女孩，謝了，葛洛莉。」說完他就走了。

她父親立刻喜歡上和解這個主意。光是聽見這個字眼就讓他明顯放鬆下來。傑克說不定哪裡有錯，這個想法並非不可能，雖然他在容許自己這樣想過幾次之後，對於傑克怎麼可能有錯，他仍然沒有具體的概念。也許是他露出了懷疑的表情，可是那本在預料之中。然而，傑克就是傑克，接受傑克也許在某種程度上有錯，並沒有不信任孩子的意思，因爲他已經習慣於原諒他了，甚至更超乎習慣，因爲這其實是忠誠的極致和忠誠的本質。是的，老人總是把事情令人愉快的轉折加以詮釋，彷彿他打開了一則經文，澈底享受所有令人安慰的暗示和所有好的結果。「傑克願意承認他也有錯，想要加以彌補，他這樣做很寬厚，像個基督徒。我想他這麼做或許也是想讓他的老爸爸高興，讓我有點事可以思考，否則事情對我來說大概不會那麼清楚。」他笑了。「那篇講道對我有好處。是啊，主是奇妙的。老艾姆斯說他記得我穿著裙子、戴著蕾絲帽子的樣子，而那有可能是事實。我祖母掌控了我的嬰幼兒時期，而她想盡辦法讓我的嬰幼兒時期持續得久一點。更久一點，我猜。她是好意，畢竟我母親的身體在我出生後就變差了。無論如何，那是母親的看法。但你實在不能放棄一段這麼久遠的友誼！」他喜歡思考一件事實，亦即上帝的恩典永遠不會只有單一的效果，如同現在，藉由原諒他的朋友，來取悅他兒子。「這就是爲什麼它被稱爲『靈』，這個字在希伯來文裡也有『風』的意思。上帝的靈運行在水面上。[68] 那是一種包裹住的氣氛。」她父親總是被自己的領悟深深打動，乃至於他分不清專屬於當下的，或是早已宣揚過無數次的，這使得他未能意識到自我重複。唉。

於是她把那篇文章讀給父親聽。聽到艾姆斯肯定會惱怒的段落，他輕聲笑了，由於他和艾姆斯心意一致的喜悅而兩眼發亮，爲了傑克的意圖。「他很周到，替我們找到這篇文章。」他說。

等他們把那篇文章讀完，葛洛莉拿著雜誌到艾姆斯家去，交給了萊拉，因爲牧師出門拜訪了。一天過去了，傑克從園子裡進來問她把雜誌送過去了沒有，又問是否有任何回應。最後，她厭倦了焦慮，又去了一次，沒有帶禮物，也沒有找藉口。艾姆斯開了門，看見她，他的雙眼盈滿了懊悔和解脫的淚水。「進來吧，好孩子，很高興看到你。這幾天你父親怎麼樣？」

「就跟預料中一樣。傑克幫忙我照顧他，或者應該說是我幫忙傑克。我們想念你。」

艾姆斯伸手到鏡片後揉揉眼睛。「是的，我知道他又回家來這件事讓羅勃很高興。」他看起來疲倦而受感動，彷彿需要靜下心來，於是她說父親要她過來看看，但她實在不能久留。

「我沒有睡好，所以現在做不了什麼，但我明天會去拜訪，或是後天。替我問候傑克。」

在她父親身旁，艾姆斯顯得那麼強健，讓人很容易忘記他也已經老了。

隔天，艾姆斯散步過來，羅比跟在他後面，一會兒又跑到他前頭，去抓蚱蜢。「像隻小狗，對什麼都感興趣。」她父親說。葛洛莉進屋裡去做檸檬水，讓兩位老先生有時間重修舊好。傑克下樓到廚房裡來，雙臂盤起，倚著流理檯。他們一起聆聽兩個老人的說話聲，隨著談話的進展，聲音愈來愈穩。有笑聲傳來，還有椅子嘎吱作響，也有沉默不語的時刻，但這種時刻一向就有。等葛洛莉不再擔心會打斷任何修補友誼的微妙工作，她把檸檬水端去給他們，跟他們一起坐了一會兒。羅比到園子裡去，拿回一架玩具曳引機，是他有一次來玩時帶來的，後來忘了帶回家。他在門廊地板上把那架曳引機駛過來駛過去，在他父親椅子下，繞著他的腳邊轉。

談話轉到傑克找到的那篇文章上：〈上帝和美國人民〉。那篇文章鄙視在美國的整個宗教事業，但推論笨拙，所以這兩名神職人員可以享受駁斥它的樂趣。他們努力傳播眞實的信仰，從來不認爲眞實的信仰具有國家的特徵或國界。他們也許不得不承認當地人對信仰的實踐有一些古怪的行爲和缺陷，但他們並不覺得直接涉及自己。

傑克走出來到門廊上，帶了杯檸檬水，拿了張椅子。有一會兒，大家都沉默無語。「牧師先生。」他招呼道。

艾姆斯說：「傑克，很高興看到你。」然後他移開目光，看著鮑頓，看著手裡的玻璃杯。

傑克看著他一會兒，然後說：「我聽見你們爲了那本雜誌而笑。總的說來，那篇文章相當愚蠢。我可以看一下嗎？謝謝。不過，我認爲某個段落提出了有趣的論點：作者說，我們對待黑人的態度，顯示出我們對宗教不夠認眞，我覺得這點滿有道理的。」

鮑頓說：「傑克一直在看電視。」

「是的，我看了。而且我曾經住在有黑人的地方。他們當中有許多人都是很好的基督徒。」

鮑頓說：「那麼，我們對待他們的方式不可能太糟，不是嗎？這是最基本的事。」

傑克看著他，笑了。「我會說我們做得挺糟，尤其是以基督教的標準來說，以我對這些標準的理解。」傑克向後靠坐在椅子上，彷彿他是全世界最滿不在乎的人，問道：「艾姆斯牧師，你認爲呢？」

艾姆斯看著他。「我必須同意你的看法。這件事我其實並不熟悉，我不像從前那樣密切注意新聞，但我同意。」

「那其實不算是新聞……」傑克微微一笑，搖搖頭。「抱歉，牧師先生。」羅比把那架曳引機拿來給他看，讓他轉動方向盤，讓曳引機在他的手臂和椅背上跑。

鮑頓說：「只因爲一個人有某些缺點，有一些個盲點，就去懷疑他的宗教信仰，我不認爲這有什麼好處。要談論這些事有更好的方式。」

艾姆斯說：「不過，傑克的確有他的論點。」

「我也有我的論點。我的論點是：評斷別人很容易。」

老人說這句話是想結束這番討論，可是傑克打量著杯子裡的冰塊，接著又說：「的確。就這個例子而言出奇地容易，我這麼覺得。」

「所以我們更有理由抗拒這種衝動！」

傑克笑了。艾姆斯看著他，並不像帶著責備。傑克垂下目光。

鮑頓說：「如果這個信仰明白地教導了我們什麼，那就是：我們全都是罪人，而且我們有義務寬恕彼此，對彼此仁慈。使徒說：務要尊敬衆人。[69]」

「是的，先生，我曉得這段經文。讓我困惑的是這段經文的應用。」

艾姆斯說：「我想你父親向我們證明了許多次，他是怎麼應用這段經文的。」

傑克向後靠，舉起雙手，做出投降的手勢。「是的，先生。他的確證明給我們看過。對於這一點，我尤其應該感激。」

艾姆斯點點頭。「我也一樣，傑克。我也一樣。」

大家沉默了一會兒。她父親別開了臉，一臉證實了自己有理的表情，還有刻意的謙遜。

萊拉從小路上走過來。傑克最先看見她，他露出微笑，站了起來。艾姆斯轉過頭去，看見了她，便也站了起來。等她穿過紗門走進來，鮑頓指了指他朋友和他兒子，說道：「親愛的，假如我辦得到，我也會站起來的。」

「謝謝你，牧師。我不能久留。我只是來告訴約翰，我替他準備了晚餐，是冷盤和沙拉，所以不必急。」

鮑頓說：「跟我們一起坐一會兒吧。傑克會替你拿張椅子。」

傑克說：「請坐我這一張，艾姆斯太太。我再去廚房裡拿張椅子來。」他請萊拉在他父親身旁坐下，帶著他對女性的那種殷勤，只稍微超出一般的禮貌，讓人納悶那代表什麼意義。

葛洛莉以爲傑克可能是想找個藉口來跟她說幾句話，聽聽看她認爲事情進行得如何，於是跟在後面進了廚房。她打算要告訴他也許該是談談天氣、棒球，甚至政治的時候了，可是他顯然故意迴避她的目光，又走出去到門廊上。

艾姆斯對妻子說：「我們剛剛討論到，人們如何理解他們的信仰，是偶然的，一般說來跟出身有關。看他們出生在哪裡。」

傑克說：「或是看他們生下來是什麼膚色。我的意思是，這是文章的其中一個論點。我這麼覺得。」

萊拉從來不會認眞加入這類談話裡，雖然艾姆斯試過許多次。比起他們所談的，更讓她感興趣的似乎是大家居然會談這類事情，她觀察著他們之間的情緒變化，在他們專注時，她很警醒，當他們笑時，她感到有趣。

鮑頓說：「是的，這很有意思。」然後他提起他去明尼阿波里斯的事，這是他最接近出國旅行的經驗。「母親和我偶爾會到雙子城去，我們走到哪裡都看見路德教派的教堂，到處都是。有幾間德國改革宗教會，可是路德教派的數目恐怕有二十倍。明尼阿波里斯是個大城，也許在我們沒去過的城區裡有長老教會。」

傑克相當唐突地說：「艾姆斯牧師，我想聽聽你對預定論的看法。我的意思是，你剛才提到了出生的偶然。」

艾姆斯說：「這是個困難的問題，很複雜。我自己也研究了許久。」

「讓我這樣說吧。你認爲有些人是注定要下地獄嗎？是有意的安排，而且無法挽回？」

「這一點恐怕是這個問題最困難的一面。」

傑克笑了。「大家想必經常問你這件事。」

「是的，他們是常問。」

「那麼，我想你一定有法子回答。」

「我告訴他們，信仰將全知、全能、公正、恩慈這些特質歸屬於上帝，而人類的力量與知識是如此渺小，對公正的認知是如此狹隘，愛人的能力也不足，這些偉大的特質如何一起運作，是我們無法冀望能夠看透的奧祕。」

「你眞這麼說的？」

「是的，差不多就是這麼說的。這個問題令人憂心，我得小心回答。我不喜歡『預定論』這個字眼，這是胡亂誤用了。」

傑克淸了淸嗓子。「我希望你能幫我釋疑，牧師先生。」

艾姆斯向後靠坐在椅子上，看著他。「好吧。我盡力而爲。」

「假設有個人出生在某個時候、某個地方。他可能受到和善或不善的對待，他從身邊的人那兒學到成爲基督徒，或是非基督徒。這難道不會影響他的宗教生活嗎？」

「嗯，一般說來，似乎的確會有影響。但肯定也有例外。」

「不會影響他靈魂的命運？」

「別忘了恩典。」他父親說。「上帝的恩典找得到任何靈魂，在任何地方。而且你混淆了：宗教是人類行爲，恩典是上帝的愛，這是截然不同的。」

「那麼，上帝的恩典不就跟預定論一樣嗎？只不過，是預定論比較令人愉快的一面？即使某些人的出身看起來也許適合……嗯……成為基督徒，恩典仍然可能不會降臨到他們身上。無論是哪一種情況，這都像是命運。」

傑克已經放下了杯子，彎著身子坐著，雙臂交抱，語氣帶著那種特有的堅持，表示他提出這個問題是有某種意圖。

他父親說：「我從來就不認為『命運』是個有用的字眼。」

「那麼，命運與預定論不同。」

「就跟黑夜與白天一樣不同。」他父親宣告般地說，然後閉上了眼睛。

葛洛莉深怕情況變得麻煩。艾姆斯和她父親為了這一點不知道爭吵過多少次，她父親近乎凶惡地斷言上帝的恩典完全足夠，艾姆斯則帶著令他朋友惱怒的溫和，堅持不能否認罪惡的嚴重性。難道傑克忘了嗎？她站起來說：「對不起。我討厭這種爭辯。我已經聽過千百遍了，從來就沒有結果。」

她父親說：「我也很討厭這個話題，也從沒見過有什麼結論。不過，葛洛莉，我不會稱之為爭辯。」

她說：「等個五分鐘再說吧。」她故意看著她哥哥，他微微一笑。她走進屋裡，接著聽見他說：「牧師先生，我在想你上個星期天做的講道，講得很好。而我覺得，有另一段經文與你講道的主題十分相關，就是大衛和拔示巴的故事。[70]」

葛洛莉心想：我的老人。

一陣沉默，兩個老人思索著。然後艾姆斯說：「羅比，你最好去別的地方玩。去找托比亞斯吧。拿著你的曳引機，這就去吧。」

又是一陣沉默。傑克清了清嗓子。「照我對那個故事的讀法，那孩子死亡是因爲他父親犯了罪。」葛洛莉聽出他的聲音帶點尖刻。

艾姆斯說：「他犯了許多嚴重的罪。倒不是說這使得孩子的死顯得較爲公平。」

「是的，先生，他是犯了許多嚴重的罪。儘管如此，我並不是在問這件事是否公平。我問的是：你是否相信人也許會透過他孩子的受苦而遭到懲罰。一個孩子是否會因爲神要懲罰他父親而受苦，爲了他父親的罪，或是因爲他父親不信上帝。我想問你是否認爲這符合事實。我覺得這和我們先前討論的問題有關，關於預定論，關於出生的偶然。」傑克的語氣很輕柔，很小心，雙手指尖互碰，擺出明理得近乎漠然的態度。葛洛莉心想：若非他忘了艾姆斯也曾在多年前失去過一個孩子，就是在暗示艾姆斯之所以失去孩子是遭到懲罰，暗示他也是個罪人。她很熟悉傑克在自覺受到傷害時那種想要報復的衝動，而那總是造成對他不利的反作用。她作勢咳了幾聲，可是他沒有抬起目光。

過了一會兒，艾姆斯說：「大衛的孩子回到主那兒去了。」

傑克說：「是的，先生，這我明白。但你的確希望一個孩子能有自己的人生，這就是大衛所祈禱的事。而且我想，你也希望孩子會平安，希望他經歷的不僅只是──痛苦。你希望人們會善待他。」他聳聳肩膀。

艾姆斯說：「這是眞的。在大多數的情況下。」他的話似乎意有所指。

一陣沉默。

「噢！」她父親嘆道，雙手遮住了臉。「噢！我是個罪孽深重的人！」

萊拉發出同情的低喊。「哎呀，哎呀。」

傑克說：「怎麼了？不，我……」他抬起頭來看著葛洛莉，彷彿她能幫助他理解惱人的意外何以無可避免，何以肯定會發生。

他父親說：「你出生的那一夜眞可怕！我祈禱再祈禱，就像大衛一樣。艾姆斯也在祈禱。而我們以爲我們幫助你過了難關，救了你的命，對吧？可是事情遠遠不僅止於此。」

傑克露出微笑，帶著懊悔的驚愕。

艾姆斯靠過去，拍拍鮑頓的膝蓋。「撇開神學不談，羅勃，如果連你也稱得上罪孽深重，那些字眼就根本沒有意義。」

鮑頓從遮住臉的雙手後面說：「你並不眞的了解我！」

這把艾姆斯逗笑了。他仔細想了一下，然後又笑了。「我想我相當了解你。我還記得你祖母用嬰兒車推著你走在路上。當然，你的手臂和腿大概垂在嬰兒車外面。那時候你大概是十歲，還是十二歲，那頂蕾絲帽子就戴在你頭上。我母親常說，如果那位老太太坐在嬰兒車裡，由你來推，那還比較合理。」

「喔，這個嘛，事情也沒那麼糟。我想我大約六歲的時候從那玩意兒裡爬了出來。只要看見祖母推著它過來，我常常跑掉。不過，她是一番好意。願上帝保佑她。」

兩個老人坐著怔怔地出神，當回憶浮現，他們就是這副模樣。傑克看著他們，長年友誼的殊榮籠罩了他們，像一種感覺得到的氛圍。「我們幫忙他度過了難關，羅勃，而他現在就在你身邊。他回家來了。」

鮑頓說：「是啊。要感謝的事情很多。」

過了一會兒，傑克說：「〈以西結書〉寫道：『看哪，世人都是屬我的，爲父的怎樣屬我，爲子的也照樣屬我。犯罪的，他必死亡。』[71]可是摩西說：『主萬不以有罪的爲無罪，必追討他的罪，自父及子，直到三四代。』[72]我在想，不知道你們能否解釋給我聽。這兩段經文似乎有所矛盾。」

一陣沉默。然後鮑頓說：「他把《聖經》讀得很熟。」

「的確是的。」

鮑頓清了清嗓子。「如果你看看《漢摩拉比法典》，我想那是戴維斯的譯本……」

艾姆斯點點頭。「是戴維斯沒錯。」

「……你會看到，如果一個人殺了另一個人的兒子，那麼他自己的兒子也會被殺。這就是當時的刑罰。〈以西結書〉是在巴比倫寫的，爲了流亡在該地的人民。所以我想，他可能是談到在那個國家裡，那些巴比倫人是怎麼做的。」

艾姆斯說：「〈以西結書〉的確提到以色列人的那句諺語：父親吃了酸葡萄，兒子的牙酸倒了。[73]」

「可是那句諺語本身並沒有暗示任何人應該要求懲罰做兒子的。我想，在寫〈以西結書〉的時候，那句諺語想必是以替巴比倫常規辯護的方式來詮釋。」鮑頓精神來了，當他提出像這樣的論證，使用早年生活的語言。而討論若是進行得很久，他就會疲倦而鬧起脾氣。

艾姆斯說：「是的，牧師，當時的情形很可能就是這樣。」

傑克說：「謝謝。所以說，法律不會爲了孩子父親的罪而懲罰孩子，但是主會。」

他父親說：「在〈約翰福音〉裡有一段，在第九章，談到一個天生盲眼的人。耶穌自己說：也不是這人犯了罪，也不是他父母犯了罪。」

「是的，先生。可是我們怎麼知道祂說這話不是專門針對這個例子？或者說，祂的意思是，從不幸當中，不見得總是能推論出罪來？祂並沒有說，如果父母犯了罪，他們不會透過孩子而遭到懲罰。這段經文在我讀來是這樣。」

又是一陣沉默。然後艾姆斯顯然帶著惱怒地說：「如果做父親的不是好人，小孩子就會受苦，這是事實。這是常識，任何人都看得出來。我認爲，把孩子的受苦解釋成上帝的作爲，而非他們的父親本身行爲的後果，這是種嚴重的錯誤。」

鮑頓說：「我們努力過公平對待她。但我們應該要做得更多的，這我知道。」

傑克露出微笑，十分輕柔地說：「我的確是個罪孽深重的人，照你們的說法。」他聳聳肩膀。「照我的說法。」

鮑頓把手一揮，要傑克別再多說。一陣長長的沉默之後，他說：「胡說。這跟那一點關係也沒有。」

「而且我不知道我爲什麼是這樣的人。這毫無樂趣可言，至少是對我來說。無論如何，沒有太多樂趣。」

鮑頓再度用雙手遮住了臉。

艾姆斯說：「我想你父親累了。」

可是傑克十分輕柔地繼續往下說：「我是個外行人。假如我跟你們一樣長期討論過這個問題，肯定也會厭煩。嗯，我的確反覆思索過。有時我會想，我會不會是預定論的一個例子，一種證明。我會不會在自己身上經歷到預定論。那會很有趣，假如後果不是那麼痛苦的話——沒有讓其他人那麼痛苦，假如事情看起來不像是我散播了某種傳染病，某種會傳染的不幸。這可能嗎？」

艾姆斯說：「不，這不可能。一點也不可能。」

「不，這實在不可能。」他父親說。

傑克笑了。「眞令人寬慰。因爲罪惡報應的事似乎描述了某種現象。它也會以另一種方式進行，把兒子的罪惡報應在父親身上。」

一陣沉默之後，艾姆斯說：「〈約翰一書〉寫道，『我們的心若責備我們，上帝比我們的心大』。74」

傑克點點頭。「他是寫給那些『蒙愛的人』，寫給教會。我並沒有那份榮幸身爲其中一分子。」

「我不明白你爲什麼這麼堅持。」他父親說。「爲什麼要把自己像這樣區別出來。你受過洗，也受過堅信禮，就跟其他人一樣。你如何能夠理解《聖經》裡的一切，如果你就只是拒絕接受？」

艾姆斯說：「他並不算是拒絕接受，羅勃。他顯然好好思考過。」

「儘管如此，我覺得這簡直傲慢。」

傑克說：「我很抱歉，我並無意不敬。我的疑問是，有沒有人單純就是天生邪惡，過著邪惡的生活，然後下地獄？」

艾姆斯摘下了眼鏡，揉揉眼睛。「就這點而言，《聖經》講得不太明確。一般說來，一個人的行爲與他的天性一致，意思是說，他的行爲通常是一致的。當我說到一個人的天性，我指的即是這種一致性。」

鮑頓輕聲笑了。「我是否在你的話裡聽到了一點循環論證呢？艾森豪牧師？」

傑克說：「這樣說來，人不會改變囉？」

「他們會改變，如果涉及某種其他因素，例如酗酒。他們的行爲會改變，但我不知道這是否意謂著他們的天性改變了。」

傑克露出微笑。「就一個神職人員來說，你講話相當謹慎。」

鮑頓說：「你該看看他三十年前的樣子。」

「我看過。」

「嗯，當時你應該要留意。」

「我是留意了。」

艾姆斯顯然漸漸惱怒起來。他說：「的確有我不了解的事，我不會爲了這件事實而道歉。假如我認爲沒有我不了解的事，那我就是個傻瓜。我無意強編出一套理論來解釋奧理而讓奧理顯得可笑。其他人一提到奧理通常滿口理論。向來如此。然後他們就認爲那個奧理本身是荒謬的。依我之見，這種討論不只是無用，甚至更糟。」

葛洛莉說：「五分鐘還沒到呢。」

傑克抬起目光，無動於衷地看著她，不算在微笑，雙手指尖輕碰，彷彿沒聽到她的暗示。於是她走進客廳，打開收音機，拿起一本書，試著去讀，也試著不要想去理解那些她努力不要去聽的字眼：長老教會、救贖、卡爾．巴特。她把一頁讀了三遍，卻不夠專注，記不住任何內容。收音機播著〈威廉泰爾序曲〉，於是她把書擱下，走過去站在門口。

萊拉說：「那麼，被拯救呢？」她輕柔地說，臉很紅，看著自己交疊在膝蓋上的雙手，但她繼續往下說：「如果人不能改變，那似乎就沒有多大意義。我不完全是這個意思……」

傑克微微一笑。「我會以旁觀者的身分參加過戶外佈道大會。不過，我可沒想過三更半夜在哪個泥濘的河岸得到拯救。那兒的人有一半在扒竊彼此的東西，或是賣熱狗……」

萊拉說：「……還有焦糖玉米花……」

傑克笑了。「……或是棉花糖。而且每個人唱歌都走調……」他們兩個都笑了。

「……還有舊手風琴伴奏……」她說，始終沒有抬起目光。

「而他們全都到能耶穌那兒去。當然，除了我以外。」然後他說：「如果由我來說，眞令人意外，這一切居然從不會讓這個世界變得更好。」

「艾姆斯太太提出的論點很好。」鮑頓說，語氣像個政治家。他感覺到艾姆斯的惆悵，每當他被提醒他妻子尚未遇見他時曾度過的不可知的生活，還有未來在沒有他的情況下將會度過的餘生。「是的，有很長一段時間，我擔心著預定論的奧祕如何能夠跟救贖的奧祕和諧一致。」

「沒有結論？」

「我不記得有什麼結論。感覺上，結論似乎從來不像提問那麼有趣。我的意思是，不記得有什麼結論了。」他閉上了眼睛。

傑克總算抬起目光來看著葛洛莉，忖度她的表情，顯然在其中看出焦慮或惱怒，因爲他說：「對不起，我想我談這個話題談得太久了。我不再多說了。」

萊拉的目光始終沒有從手上抬起來，她說：「我有興趣。」

傑克向她微笑。「艾姆斯太太，你這樣說很好心。但我認爲葛洛莉想讓我去幹活。我父親總是說，要讓我別惹上麻煩，最好的辦法就是讓我自己有點用處。」

「只要再待一會兒。」她說，於是傑克坐回椅子上，看著她。他們全都看著她，因爲她似乎在鼓起勇氣。然後她抬起目光來看著他，說：「人是能夠改變的。一切都能夠改變。」

艾姆斯摘下眼鏡，揉揉眼睛。他對他這個妻子感到驚嘆，她有許多方面是他不知道的，透過他從前不曾有過的一瞥，瞥見她年輕時的歲月、她孤單的歲月，或是她靈魂的思緒，他會突然受到感動。

傑克非常溫和地說：「啊，謝謝你，艾姆斯太太。這就是我想要知道的。」

第二天早上郵件提早送達，所以她先看到。傑克在樓上。之前他會在某處等待、徘徊，甚至早在郵件通常送達的一小時以前，可是原本強烈的希望似乎消滅了一些。送來的郵件包括幾個姊姊寫給她的短箋，還有傑克寫的四封信，收件人是孟斐斯的黛拉．麥爾斯。那些信沒有拆開過，每一封上都寫著「退回寄件人」這幾個字，是粗大的印刷體，還加了底線。她把這幾個信封放在門廳桌上，正面朝下，走進廚房去讓自己鎮定下來。

葛洛莉鄙視起這個黛拉。這個女人只要對傑克有一點了解，想必很清楚她所造成的痛苦。就算她沒有義務要與他相愛，只因為他愛上了她；就算他的鍥而不捨顯得煩人，看來不受歡迎——如今她肯定把這一點表示得夠清楚了。可是看在老天的分上，她曾經和他一起讀過法文小說，還在他的衣袖上繡了花。他說過：抽菸的時候不要笑，如果你正提著一個生日蛋糕。他讓自己身上沾滿了灰。然後是那些心血來潮的細心刺繡，不是修補，而是紀念。是什麼曾經讓他們一同歡笑？不管黛拉是什麼人，她對他太了解了，怎麼能這樣對待他。如果她想，大可對他的信置之不理，可是這樣把信退回來太過殘忍。

既然葛洛莉看到了這些信，就得告訴他信被退了回來。她考慮著把信放回信箱，讓他自己看到。可是那樣做有什麼意義？他或許會以為能夠守住這個祕密，不讓她知道，因為這向來是他的第一個念頭。若是這樣，她就無法跟他談起這些信，而她認為應該要談，至少給他一些安慰，如果她想得出任何安慰的話。四封信！如果再有更多的信退回來，她就會把信燒掉。反正對方已經達到了目的。她想她可以拿走這四封信當中的三封，或是兩封，藏起來，等到有機會的時候再燒掉，因為對於這個黛拉的意圖來說，兩封就足夠了。兩封就能把意思表達得很明確，但不至於如此傷人。

她可以安慰說：你怎麼知道把信退回來的人是黛拉？有可能是她父親。就算寫字的人是故意強調，那個筆跡還是太粗獷了。在她的印象中，黛拉是個溫柔的人，纖細敏感而不自覺。可是她對黛拉又知道些什麼呢？除了傑克追求過她，彷彿她是古書裡品行高尚的仕女。他毫無疑問獻上過詩歌和鮮花，獻上時他都剛刮過鬍子，擦過皮鞋，帶著那種微微嘲諷的神態。每當他的眞誠令他難為情，他就會露出這副神態。

傑克走下樓梯，出門走向信箱，又再回來。她走進門廳。他見到那些信擺在她先前所放的地方。他背對著她，但她從細微的變化看出了他如何經受那份震驚：他整個人的重量彷彿全由腳後跟承擔，膝蓋沉落，然後是縮起來的肩膀。他把那幾封信翻過來。他知道她在看，於是他說：「還有更多退回來的信嗎？」

「沒有。」

「如果還有，你不會不讓我看見。」

「不，我不會那樣做。雖然我但願我能那樣做。」

他點點頭。

她說：「我是想稍微思考一下，再把這些信拿給你。」

他點點頭。「有任何想法嗎？」

「欸，關於這一切，你跟我說的不多，但是從你告訴我的事來看，我認爲，把信退回來的人也許不是黛拉。我認爲也許是她父親，或是她家裡的人。你說過她跟家人住在一起。這不太像她會做的，至少不像她給我的印象。」

他搖搖頭。「也不像我對她的印象。」他又把信扔在桌上，轉過身來，向她微笑。「能做的不多，對吧。」

葛洛莉說：「我在想，你們是否有個共同的朋友，能讓你寫信過去。也許這個朋友可以替你把信轉寄過去，那她就能讀到。我的意思是，如果她父親還是哪個人不讓她讀到你的信，這也許是個能聯絡上她的辦法。或許值得一試。」

他點點頭。「我會考慮一下。但我並不怪她，也不怪她父親，如果是他做的。我能夠了解。他們是好人，我應該要……尊重她的判斷，或是他的。如今我已經很習慣這個念頭了。我還寄去了好幾封信，我猜也會被退回來。如果你把它們燒了，我會很感激。」

「我該把這幾封信燒掉嗎？」

他點點頭，摸摸那張桌子，彷彿那令他想起某件曾經重要的東西，然後他聳聳肩膀。「我不太知道該怎麼辦。你有什麼建議嗎？」

接下來那幾天裡，又有三封信退回來。她小心地在壁爐裡燃起小火，顧著那火，直到每一封信都燒成灰燼。傑克看見她跪在那兒，他又穿上西裝，但外套敞開，領帶繫得鬆鬆的，因爲夏末的炎熱。他站在門邊看著，露出微笑，向她點點頭，然後在她試圖開口時走開。他的禮貌還在，回復到他所認爲的禮貌的本質，害怕自己不受歡迎，深信自己不受歡迎，是個麻煩，格格不入。他又求助於疏遠，他的老習慣。彷彿他知道自己的不安讓他顯得冷漠，他一早就離開屋子，直到晚上才回來，要吃晚飯已經太遲，但及時免除他父親最深沉的擔憂。她留些比司吉麵包在流理檯上，心想他也許會塞幾個到口袋裡，而他也這麼做了。她把燕麥餅乾和水煮蛋擺出來，把咖啡裝在熱水瓶裡留給他，旁邊放個杯子。他把杯子洗了，收起來。他不在的時候，她小心翼翼地去料理他可能會幫忙她做的所有事情，讓他不必在占她便宜的愧疚和與她相處那種勉強的熟悉之間做選擇。同時她爲了他祈禱再祈禱，她和她父親，在悠長無聲的謝飯禱告中，那是感謝的禱告，預知他們聽見他進門那刻心中的寬慰。

第三天的晚餐時刻，她父親說：「我不知道這是怎麼回事，葛洛莉。我不知道發生了什麼事。」

她說：「他愛上了一個在聖路易認識的女人。」

「嗯，這一部分我明白。他寫了那麼多信。」

「是的。上週她把信退回來了。」

「噢。」他摘下眼鏡，用餐巾擦擦臉。過了一會兒，他沙啞地說：「我想過這事可能發生，類似的事。他沒有工作，我不認爲他大學讀畢業了，他不再年輕，不太可能改變他的生活，而我不認爲他過著很好的生活。我能了解女人何以會……」他清了清嗓子。「嗯，我不能說我感到意外。」

「他們認識很多年了。他提到過那十年的好時光，他說她幫助了他。」

她父親看著她。「而他們從來沒有結婚？」

「我不清楚。」她說。她父親神情嚴峻。一個不成功的謊言意謂著他的懷疑是正確的，而她很可能從不曾成功地對他撒過謊。事實上，在這個家庭裡，撒謊幾乎等同於說謊的人會感激對方保守祕密。所以，謊言的一目了然十分切要。就爲了這個原因，她曾經藉由一聽就是假話的解釋，封鎖住家人的探詢，瞞住她的難堪，從來沒有人加以檢驗，也不曾重提。他們把彼此的矇騙當成實情來對待，將此視爲對彼此的尊重，那跟欺騙或是受騙是不同的事。事實上，這是他們的互相理解當中很重要的一部分，這份理解讓他們一家人親密。

她在這件事情上說出了一些實情，全是由於傑克的緣故。她受不了父親的暗示，暗示他只不過是極力討好一個女人而遭到了拒絕，彷彿他並未悔恨地意識到自己完全不具備資格。想必是這個黛拉保住了他的平安，不管發生過多少他們所擔憂的事；說不定是她讓他活了下來。而且，不管怎麼說，在一段時間裡，她讓這個世界於他成為一個可以忍受的地方，這是他們一家從來沒能做到的。傑克說過，他擔心父親會責難黛拉和他的關係，告訴過她，他曾經試圖捍衛她的名譽。葛洛莉知道她不該提起那十年，甚至一說出口就知道了。儘管如此，她不想讓傑克看起來像個傻瓜。而看在老天的分上，就他的前途而言，黛拉沒有看出他的價值，不管她是誰。關於她這個人，至少得說出這一點。

她知道她犯了個嚴重的錯誤，讓她父親的焦慮有了一些事實根據。她說：「那個女人是個牧師的女兒。」

她父親點點頭。「而傑克是牧師的兒子。」然後他說：「沒有牽涉到孩子。」這是句陳述，表示他不希望他的期望遭到反駁。

「沒有。」她說。有時候她對這件事也感到納悶。

他一臉嚴肅。每當自覺需要做出某種道德干預，他就會擺出這副表情。那是個悲傷甚至憤恨的表情，因為只有別無他法，或是其他作法失敗了的時候，他才會介入，而他知道這從來不會產生任何完全正面的結果。也許傑克正肩負著他無法善盡的義務。如果是這樣，那麼他的家人就必須爲了對方而採取行動，尤其當對方毫無疑問地也算得上一家人的時候。老人必須知道自己要處理的是什麼事，就算這肯定會得罪傑克。他提出的問題聽起來無可避免地會像是指責。而經歷這番痛苦，只是爲了得知他並不想知道的事。

假如當年傑克娶了那個長雀斑的女孩，假如他們至少能夠把她和她的寶寶帶到家裡來，那麼他就可以回去念大學，那個女孩也可以把中學讀完，自己也去上大學，如果她想的話。「她看起來夠聰明。」葛洛莉的母親曾說。那是她母親針對那女孩對於鮑頓一家人那份敵意的詮釋，那份敵意早熟、難以對付，他們努力表現出的任何好意都無法加以改變或動搖。她是個強硬、驕傲、沒有笑容的女孩，而她很可能憎恨他們全家，爲了他們的好意；他們的好意的確帶有優越感，反映出她的處境可以有所改善，反映出接受如何正確照顧嬰兒的指點對她可能有好處，雖然這將涉及否定女孩母親照顧嬰兒的方式。

有一次，葛洛莉說服了那個長雀斑的女孩到家裡來，來摘蘋果，她說，再烤個派。她的名字是安妮，安妮．威勒。她抱著寶寶從籬笆門走出來，穿著丹寧吊帶褲和寬大的襯衫，打扮得像是週六的女學生。她們開車兜風，到基列鎮上去，那女孩一點也不覺得在晴朗的午後把車篷放下來有何樂趣，也不承認停車買捲筒冰淇淋在車上吃的樂趣。那嬰兒用牙床啃著冰淇淋，把手戳進去，她母親說：「看看你！」然後從寶寶的下巴和手心舔掉了沾上的冰淇淋。

那是葛洛莉的主意。她爸媽那天到塔波鎮去參加婚禮，而她沒有提起她的計畫。她非常小心地駕駛。

她們到果園裡去，那女孩抱著寶寶靜靜站著，看著葛洛莉摘蘋果。當她說已經摘夠了做派要用的蘋果，但是要再摘一些讓那女孩帶回家，女孩說：「蘋果我們家有。」喔，他們家當然有蘋果。蘋果樹到處都是，凡是曾有人想到要種下的地方都有，就像丁香花叢、醋栗、連翹和大黃。她和那女孩進屋裡去，把寶寶放在照進廚房地板的陽光裡。女孩的母親給了她一個玩具，她從口袋裡掏出來，是一串用細繩串起的釦子，她說：「在家裡她有一個牛奶瓶。」於是葛洛莉把一品脫的乳脂倒進玻璃杯，把瓶子沖洗過，放到地板上、寶寶的膝蓋旁。那女孩跪在寶寶旁邊，把那些釦子放進瓶子裡，再拉出來，寶寶笑了，笨拙而堅決地用她的玩具玩了一會兒。葛洛莉揉著麵團，大聲說話，彷彿提醒自己做麵團的細節，小心量出用料。那女孩坐在桌旁，小口啜著一瓶沙士。

然後寶寶的背由於頭部的重量向前傾，她歪向一邊，又踢又叫。「噢，可憐的小傢伙！」葛洛莉把她抱起來，搖一搖，親吻她淚濕的臉頰。那個嬰兒掙扎著，哭泣著，想要擺脫她，把手臂伸向母親，那股重量和力道令葛洛莉吃驚。那女孩接過嬰兒，抱在懷裡，寶寶把頭倚在她肩膀上，吮著手，放鬆下來喘著吸氣。「這只不過因爲你不是她媽媽。沒必要難過。」她一向表示出葛洛莉努力跟她做朋友只是件煩人的事，直到那天早上。她打電話給葛洛莉，說：「我希望你到我家來。我的寶寶有點不對勁。」她走了三英里路去借用電話。

那是種感染，只要一點盤尼西林就能治好，可是那時候還沒有盤尼西林，在那之後好幾年都還沒有。那實在不是誰的錯。就算那兩個孩子到基列鎮上來生活，這種事還是可能發生。每個家庭都有這樣的故事，假如當時有盤尼西林，結局就會不同。荒誕的悲傷——時而內疚，時而埋怨，時而想著事情本來可以有所不同。

可是，傑克當初究竟怎麼會跟那女孩有了關係？那就是他的過失所在，沒有合理的解釋，到最後甚至無法原諒。她父親曾說，那是「違反了任何榮譽觀念的罪行」，而在這麼多年以後，她似乎仍舊這麼覺得，他也是。她隨著父親的思緒回到昔日的痛苦，而痛苦在他半閉的雙眼中醞釀，當他思索著避免不了的失望。

他們聽見傑克走進門廊的時候已經很晚了。他可能以為父親會在客廳，坐在安樂椅上閱讀。前幾個晚上，他在經過時跟葛洛莉說了話，向父親道了晚安，就上樓回他房間。可是這一次，父親不願意下桌。「我要等他，我要坐在這裡等。」

傑克進門時，見到父親還在廚房裡，他躊躇了片刻，揣度這個局面，如他一向所做，意識到自己落入了由某種意圖結成的脆弱之網。他看著葛洛莉，然後他就只是站在那兒，帽子拿在手裡，等待著。疏遠、尊敬而猶豫。

「傑克。」他父親說。

「先生。」

「我想我們需要談一談。」

「談一談。」

「是的。我想你最好是把你的情況告訴我。」

傑克聳聳肩膀。「我累了，我想去睡覺。」

老人說：「你很清楚我說這話是什麼意思。我希望你告訴我，你是否有些……義務，需要家人來幫忙解決。也許是發生在聖路易的事，而你還沒有告訴我。令你煩心的事。」

傑克看著葛洛莉。來了，他所害怕的責難，不管父親的用意再怎麼溫和體貼。他用手遮住了臉，十分輕柔地說：「改天吧。」

「坐下來，兒子。」

他露出微笑。「不。」然後說：「我的義務是我自己的問題，很抱歉。」是悲傷讓他這般難以理解地有耐性。

父親說：「如果你能承擔的話，你的義務就只是你的問題。如果你不能承擔，就變成了我的問題。事情得要處理，這是做人的基本道理。」

忠於家人——實際的家人和想像中的家人，以及對家人的保護，不論可能與否，是他們父親引以爲傲的事，是他最強烈的本能，也是他滿足、沮喪和憂慮的主要來源。他挺起了胸膛，讓他的話語具有與意圖相符的力量和尊嚴，但他閉著雙眼，嘴角下垂，而他的挺直姿勢彰顯出他變窄的肩膀和下垂的頸部。傑克凝視著他，彷彿父親是他所造成的一切悲痛與疲憊所化成的鬼魂，在虛弱之中依舊勇敢，準備好再次被傷心，準備好再次擔起重負。

「不。不，先生。改天吧。」

「你知道不會有改天了。如今你正打算要離開。」

「我也許不會再待多久了。我想辦法做出決定。」

父親的頭垂向一邊，說：「我非常希望你會決定留下來。留下來一陣子。」

傑克說：「你這樣說很好心。」

「不，這只是我的一個希望。如果你能夠稍微考慮一下，我會很感激。葛洛莉，扶我上床吧。」

隔天早上，老人用叉子在麥片碗裡戳了一會兒，然後說：「我想跟艾姆斯講講話。你可以用那輛 DeSoto 載我過去。」

那部車跑得不錯，跑跑短程沒有問題。葛洛莉會載著艾姆斯一家人到河邊去，舉行生日野餐會。她父親那一天覺得不太舒服，沒辦法一起去，而當她向傑克提起這件事，他嘲笑這個主意——「我也在世外桃源」[75]，但至少駕駛那部車相當順利，鼓勵了她去多加使用。她父親常常想到那輛 DeSoto。在他心裡，那預示著行動自如，預示著力量，對他的好友也很有用。因此，當他想到這部車，他的念頭是慷慨的、愉悅的、令人振奮。不過，自從傑克載他們去到鄉間的那天後，他就不曾同意坐上車。

「艾姆斯太太和小孩子會在家。」他說。

「我會帶他們去看日場電影。」

「很好。」

葛洛莉按照父親的計畫安排了這一天的活動，午餐過後，她扶他走下臺階，坐進車裡。由於傑克總是不知待在何處，屋子裡有種聽得見的寂寞，而她覺得能帶父親離開這屋子一會兒很好。她載著他經過教堂，經過陣亡將士紀念碑，讓他欣賞那些花園和樹木，然後到艾姆斯家去，再扶他下車，走上小路，走上臺階。艾姆斯出來開門，見到他似乎吃了一驚。

「喔，女人家去看電影的時候，你跟我可以互相照顧。我搭這輛 DeSoto 過來的。」

艾姆斯從桌旁拉了一張椅子出來。「還是你寧可坐在別的地方？」

鮑頓說：「不，這一向是我的椅子，不是嗎？我的教堂座椅。」他坐下來，把枴杖掛在桌緣，閉上了眼睛。萊拉和羅比下樓來，羅比的頭髮整齊地分了線，臉頰由於擦洗而紅撲撲的。葛洛莉帶他們去那家散發霉味的小戲院，看著善良靠著幾把左輪手槍和一個民兵團戰勝邪惡。壞人把一個無辜市民逼到峽谷峭壁，對他說：「你做臨終禱告吧！」當他如此寬大地賜予俘虜這一刻，馬匹從他身後疾馳而來，他被迫扔掉手裡的槍。劇情的轉折讓羅比大為吃驚，也很高興，一如葛洛莉的期望。再加上預告片和新聞短片、一段卡通，還有另一部劇情短片，劇中的好人再度獲勝，等到他們走出戲院，眨著眼睛走進午後的陽光，已經過了兩個多鐘頭。

兩個老人仍舊坐在桌旁，而傑克也跟他們在一起。他看著葛洛莉，露出微笑。「家裡沒人，我想一定發生了什麼事，所以我到這兒來……」她有三天沒有好好看過他了，除了他出門前從她身旁經過，一言不發，在離開時碰碰帽子表示道別，或是回家後走往房間時經過廚房，就只道聲晚安。她從來沒想過他會來找他們。假如他們先前也在這兒，一段較好的時光也許會隨之展開。單是這個念頭就讓她心裡一陣刺痛，覺得喜悅被糟蹋了。她想看著他，看看他好不好，但他的微笑冷淡。也許他在生氣，他一定以為她背叛了他。嗯，她的確背叛了他。天哪，她不是故意的，而那也已經無關緊要，既然她父親在這兒向艾姆斯吐露心事，在長久友誼的保證之下，告訴艾姆斯他所懷疑、所擔心的事，就跟他在數不清的痛苦往日所做的一樣。昨天晚上他跟傑克說話的方式已經夠糟了，現在又發生了這種事。假如她哥哥還有一絲殘存的希望，她知道他會希望能夠找到某種方法自己來跟艾姆斯談。她原本那麼高興能把父親帶出屋子，讓他享受拜訪艾姆斯家帶來的慰藉——他有多久沒來了？她想得實在不夠清楚。她父親只是坐在那兒，閉著眼睛。

看見他們三個回來，艾姆斯顯然鬆了一口氣。羅比爬到他膝上，洋溢著尚未耗盡的精力，那部電影在他身上引發的精力。「你應該要去的，爸爸。你應該去看看。」他拍拍爆米花盒子的底部，黏黏的幾顆爆米花掉在他父親面前的桌上。「我留了一些給托比。」然後他說：「嘿！」從他父親膝上溜下來，走到傑克那兒去，挖出了幾顆爆米花給他。「這裡面應該有個獎品，你有看到嗎？」

傑克拿起那個盒子，斜斜地對著光線往裡面看。他說：「我想你一定是吃掉了。」

羅比笑了。「不，我沒有。」

「你看電影看得太著迷了，所以沒有注意到。就算是個銀幣，我打賭你也不會注意到。」

「噢，我會！如果是銀幣，我會注意到！」

「那很可能是條橡皮蛇。或是毒蜘蛛。」

「不，不是！讓我看一看。」羅比說，可是傑克把盒子拿開，仔細往裡面瞧，然後用兩根手指夾出了某樣東西。「你很幸運。我也想要這個。」

「是什麼？什麼嘛？」

傑克把那個小玩具擱在桌上。「這個嘛，是個放大鏡。」

羅比看著它。「它沒有很大。」

「喔，你得從某個地方開始。」

「開始什麼？」

「尋找線索。這裡，我想我襯衫的袖口有個汙漬。你覺得它看起來像什麼？」

羅比透過那個小鏡片仔細看。「看起來就只像個汙漬。」

傑克聳聳肩膀。「嗯，這就對了。結案了。」

羅比笑了，萊拉也笑了。

艾姆斯說：「羅比，你去找托比亞斯吧。他會想要看看你拿到了什麼。也許你們可以找到一隻小蟲來觀察。現在去吧。」男孩猶豫了一下，離開了。

傑克轉而看著艾姆斯，表情疲憊，無動於衷，意思是「我明白你為什麼這麼做，為什麼把你的孩子支開」。毫無疑問，艾姆斯和鮑頓剛才在為他的靈魂禱告，很可能在上天面前誹謗他曾經有過而又失去的生活，他在哀悼的生活。以罪惡之名加以譴責，或是用他們一致同意的某個較為溫和的字眼：越軌、不名譽、未盡的義務。他進屋來正好撞見對他的這番召喚，在他父親疑心的嚴峻光線裡，那些懷疑天真而無知，因此肯定誇大了，以確保他的代禱有充分的理由。傑克走進來正好碰上了別人對他的既定印象，就像拉撒路身上留著屍布的記憶，不管他多常刮鬍子或是梳頭髮。

「艾姆斯太太，你喜歡那部電影嗎？我自己也看過幾次。新聞短片很有意思，雖然午場電影放那樣的短片有點奇怪。」

萊拉對著鮑頓和艾姆斯說：「新聞短片很可怕。播出一顆原子彈爆發，還有那些炸毀的建築。屋子裡有假人，例如在吃晚餐的一家人。他們不應該播這種東西給小孩子看。」

「他們首先就不該製造這種東西。」鮑頓說：「他們喜歡那些蕈狀雲，那些吵嚷。」他仍舊沒有睜開眼睛。「杜勒斯那票人。」

傑克說：「是的，杜勒斯。據我所知，他是個長老教派的紳士。」

鮑頓哼了一聲。「這是他說的。」

傑克向後靠坐在椅子上，盤起雙臂，當他想要顯得自在，就會擺出這個姿勢。他說：「我覺得，那些人讓大家如今很難養育孩子，很難保護他們。在孩子喝的牛奶裡有輻射落塵。你會期待一個長老教派的紳士能多考慮一下這些事。在聖路易，他們做過一個關於乳齒的研究，在嬰兒的牙齒裡測出了放射性物質。對於想要養育孩子的人來說，那令人恐慌。這是我讀到的。」

艾姆斯看著傑克，帶著一絲責備。「你父親肯定不贊同杜勒斯的作風。我也一樣。」

鮑頓嘟噥著：「可是他會把票投給艾森豪。」

過了一會兒，傑克清了清嗓子。「即使責任感並非我自己長年遵循的標準，尤其是……」

他父親睜開眼睛。

「即使我一直令人失望，比令人失望還要更糟。儘管如此。」

他父親看著他。「不，你沒有。你這話的重點是什麼？」

萊拉說：「我知道他是什麼意思。許多事情沒什麼道理。很難知道你該尊敬誰。這是眞的。」

「是的。我無意不敬，只是覺得我應該爲我們當中的墮落之人說句話。相形之下，墮落之人反而是無害的。當然，在這裡我是這類人的唯一代表。」他微微一笑。「我不是在找藉口。可是，只要花點時間脫離我們邪惡的生活去讀讀新聞，就會覺得這一切有點令人迷惘。這毫無疑問是我們的錯。」然後他說：「艾姆斯牧師，我會感激你能提供的任何高見。」

艾姆斯瞥了他一眼，評估他的眞誠，彷彿驚訝於這可能是他的由衷之言。艾姆斯說：「這得要做很多思考。」

「在我認識的人當中，這事常被提出來。住得很近的人，時間很多的人……」他笑了。

一陣沉默。鮑頓又閉上了眼睛，垂下了頭。過了一會兒，葛洛莉說：「我想爸爸一定是累了。」

「我就在這兒，你可以問我。不要用第三人稱稱呼我。」

「你累了嗎？」

「是的，我累了。我想待會兒就回家去，現在還不要。」有一會兒，誰也沒說話，然後老人抬起頭來。「是的，我們該回家了。」

葛洛莉原以為傑克會一起走，也希望他會，但他留在原處，彷彿坐在椅子上很自在，迴避著她的目光。她陪父親走到車子旁，扶他上車，萊拉陪著他們一起回去，幫忙扶他下車，走上屋子的臺階。葛洛莉把老人安頓好去打個盹，然後打電話給艾姆斯，告訴他，萊拉會留下來幫忙做晚餐，羅比會在托比亞斯家吃飯。晚餐將在一小時左右準備好，不過，他和傑克隨時可以過來。半小時後，艾姆斯自己一個人來了。他說傑克過一會兒就來，於是他們等待著，等到晚餐都涼了，於是他們沉默地先吃了。

她父親問：「你跟傑克談了些什麼嗎？你們兩個？」

艾姆斯說：「算不上。我認為他想要談一談，但他無法說服自己把心事說出來。你們回家以後，他只再多待了幾分鐘。」

「他沒有說可能會去哪裡嗎？」

「他說他可能會晚點回來。」

葛洛莉一整夜都等著聽見開門的聲音。她兩度穿上睡袍和鞋子，走出屋外，去車棚裡看看，還有車子裡、工具棚、門廊，可是父親聽見了，便大聲地喊，喊著傑克，想必以爲聽到了傑克的動靜。最好讓他以爲是這樣。她躡手躡腳地上樓，待在房間裡直到早晨。

父親告訴她不必弄早餐，但她還是煮了咖啡，把吐司和果醬放在他椅子旁邊的燈桌上。也放了報紙，彷彿這個早晨沒有什麼不尋常。她竭盡所能地讓他感到舒適。他由於傑克的遲歸而焦躁不安。

「我要出去一會兒。」她說，而他點點頭，什麼也沒問，這表示他什麼都知道。

他說：「你就去吧。」

她換了衣服，梳了頭髮，往傑克的房間探看。床鋪得整整齊齊，書和衣服都還在，皮箱也還在。她找到了汽車鑰匙，就在她先前擱著的地方，在廚房的窗臺上。

她認爲傑克也許找到了辦法離開鎭上，搭某個路過之人的便車。如果在基列鎭上找不到，她就開車去弗里蒙特找他，就只是去街上看看。如果路上耽擱了，她就會打電話給萊拉，請她過來幫忙照料父親。來回頂多兩個鐘頭。她父親會盡量有耐心，因爲他很清楚她何以必須離開他。

她把鑰匙放進口袋，走出屋子到車棚去。她打開門，走進那片潮濕的昏暗中。而他就在那兒，靠在車上，帽緣往下拉，一隻手揪著外套衣領，另一隻手謹愼地只舉高到腰間，伸向她，說：「賞個一毛錢吧，小姐？」他在微笑，表情放蕩不羈，帶著憔悴的魅力，冷硬、落魄的魅力，令她震驚。

「這是你哥哥傑克，少了僞裝。」

「噢，天哪！噢，我的天哪！」她說。

他溫和地說：「沒必要哭呀，我只是開個小玩笑。算是個玩笑吧。」

「噢，我該怎麼做才好？」

他聳聳肩膀。「我也一直在想。不能讓他看見我這個樣子。這我知道。」

「欸，你的襯衫呢？」

「我想應該是跟襪子在一起，我好像把它們塞進排氣管了。襯衫垂在管子外面，衣袖的部分。目前對我沒有什麼用。」

她說：「我得坐下來。」她聽見自己的啜泣聲，而且她無法呼吸。她靠著車子，雙臂交疊趴在車頂，哭得無法自己，哭得無法思考接下來該怎麼辦。傑克在幾步之外蹣跚地徘徊，滿是酒醉的懊悔。

「你看，我把鑰匙給你是對的。我猜我試圖不用鑰匙把車子發動。」他指著打開的引擎蓋。「看來我弄壞了一些東西，但我很高興我沒有爲了鑰匙而去麻煩你。我並不總是考慮得這麼周到。尤其喝酒的時候。」

她說：「我要讓你坐進後座，然後我會去拿水和肥皂，還有換洗衣物，好讓你能回屋裡去。你可以在車子裡躺下來等我。待在這兒，我馬上就回來。」

他很溫馴，由於難爲情，也由於疲憊和放鬆。他縮起膝蓋，在後座躺下，好讓她能關上車門。

她走進屋子，聽到父親喊道：「傑克回來了嗎？」

「是的，爸爸，他回來了。」她不太能控制自己的聲音。

一陣沉默。「那麼，我想我們可以在晚餐時見到他。」

「是的，我想是的。」又是一陣沉默。老人在給他們時間，給他們喘息的機會，他按捺住好奇、擔憂和怒氣，也按捺住寬慰，讓她去料理目前的情況，不管那是什麼事。她從樓上的壁櫥裡拿了條床單，還有毯子、毛巾和浴巾，再從掃帚櫃裡拿了個桶子，用水沖乾淨，在桶裡裝了熱水。她原本擔心父親聽見這些動作的匆忙和緊急，但他顯然鼓起了忍耐的勇氣——又一次，天哪，她想。她把洗衣服的肥皂扔進桶中的水裡，帶著張羅到的這些東西，走下門廊的臺階。

現在呢？她從院子一側拉了張木條躺椅到車棚後面。那塊地方有丁香花叢遮掩，鄰居看不見。那兒灑滿陽光，但是並不太熱。她帶著那條床單從側門走進車棚。

「傑克，傑克，我要你把衣服脫下來，用這條床單裹住身體，然後下車。我們要把你弄乾淨。你聽見我說的話了嗎？」

他呻吟著，醒過來，瞇著眼睛看著她。

她說：「我會幫你。我會替你拿乾淨的衣服來，然後你就會覺得舒服得多。」

他搖搖頭。「我想我糟蹋了衣服。」

「我會處理。但你得把衣服給我，我可以試著洗乾淨。」

他看著她。「你還在哭。」

「別擔心。」

「我很抱歉，非常抱歉。」

「沒有關係。」她拉起他的手臂，扶他站起來，讓他靠在車子的一側。「把外套給我。」在外套下他什麼也沒穿。他雙臂交抱遮在胸前，笑了，帶著苦澀的難堪。

「也許我該再多睡一會兒。」他伸手去開車門。

她用手一推，又把車門關上。「我沒有一整天的時間。我得考慮到爸爸，他擔心得半死。拿著這個。」她把床單的一角遞給他，用其餘的部分裹住他的身體，繞過他手臂下方。「嗯，我會在外面等你。我替你拿了張椅子放在外面，沒有人會看見你。」

「至少我設法讓自己聞起來有死亡的氣味。這似乎有點太……適合了。這叫什麼來著？一條裹屍布。」

「噢！我該拿你怎麼辦？告訴我，我該怎麼做！」

「我希望你不要哭，給我一分鐘。我知道你想要幫我，葛洛莉。」

她出去外面等，一會兒之後，他出來了，赤著腳，皺著眉頭，在陽光下顯得窘迫，蒼白瘦削得嚇人。他在椅子上坐下，她提來那桶肥皂水，還有毛巾，由上往下替他清洗，先從他的頭髮和臉開始，再來是脖子和肩膀，毛巾擰了一遍又一遍，刷洗他的雙臂和雙手，他手上沾著油汙，還有傷口，她父親會注意到。

「薰衣草的味道。」他說。

她讓他俯身向前，以便清洗他的背。他把頭靠在她肩膀上，說：「我曾經在……停屍間工作過。做了一陣子。」

「那沒什麼。」她說。

「是的，我並不在乎。那裡很安靜。」

「你不必說話。」

「有一天，有個人被送進來，裹在一條床單裡，是我不認識的人。他腳趾頭上綁著一張紙片，用一條紅絲帶綁著。那是張借據，寫著我的名字，有我的……簽名。這些借據被賣來賣去……以打過折扣的金額轉手。」他看著她。「你聽說過這種事嗎？某個人手裡有你的借據，而你不知道自己該怕的人是誰。」

「很遺憾。」她說，因為他似乎希望她能體會那種受傷的感覺。

他笑了。「我甚至從來不知道自己欠了多少。在那些借據上。我寫借據的時候從來不是清醒的。想來金額不會太高，你知道的，我並不是個可靠的借貸對象。」

「大概不是。」她得設法替他刮鬍子。鬍子讓他的臉顯得沒有血色，而他的蒼白令他的鬍子顯得骯髒。

「我想，他們只是喜歡嚇唬我。我很容易緊張。千萬不要讓別人知道你容易緊張。可是他們反正會知道。」

她說：「你應該回家來的。」

他笑了。「也許吧。作爲一個下層社會的人，我失敗了。但不是因爲我不夠……努力。」

「我相信。」她說。

她讓他再靠著椅背坐好，用浴巾把他擦乾，再用毯子把他裹住。她讓他兩隻腳先後泡進桶中的肥皂水裡。「我只能先做到這樣。你舒服嗎？陽光會太曬嗎？」

「我沒事，好多了。也許可以給我一杯水？」

「好的。我去替你找些衣服來。我得進你的房間。可以嗎？」

他似乎睡著了，然後又驚醒過來。「我的外套……」

「就在這兒。」她把外套拿出來，掛在椅背上。然後她從外套前胸的口袋拿出那個薄薄的皮夾，先仔細地擦乾椅子扶手，再放上皮夾。

「謝謝你，葛洛莉。」他說，伸手蓋住那個皮夾，閉上了眼睛。

「我就只是去你房間拿幾件衣服。如果你不介意的話。」

他說：「你也許會發現那兒有一、兩個酒瓶。」他笑了。「最近我動用了鋼琴凳裡面的錢。」

「你就待在這兒。我會再回來。」

她已經不再哭泣，但她必須在門廊上坐一下。她趴在膝上，想像著他在漆黑的舊車棚裡，在午夜時分，把他可憐的襪子塞進那輛 DeSoto 的排氣管，然後，一不做二不休，把襯衫也塞了進去。他穿著最喜歡的那件襯衫，袖子上有美麗織補的那一件。酒醉的笨拙和沮喪，他骯髒的雙手，引擎裡他搆得到的所有東西，都被他撬起，拉鬆。她不能留下他獨自一人太久，可是父親也需要她。她也許會打電話給萊拉，但不是現在。比起《聖經》裡明言禁止的大多數事情，她的家人更不能原諒的是沒能保守祕密。傑克對於隱私的注重就跟他避免引人注意一樣，那就更有理由要小心，不要冒犯。

難道這就是他們一直擔心的事嗎？擔心他會眞的離開，擔心他會眞的澈底讓別人再也無法幫助他或傷害他，擺脫侷促不安和所有的羞辱，擺脫所有的孤單和無處發洩的怒氣，擺脫那些未能安撫的羞愧，還有他們對他不曾間斷的無盡忠誠？親愛的主啊，她曾經試過要照顧他，幫助他，偶爾他也讓她相信她做到了。這是她的老習慣，從自以爲能夠拯救他的這個念頭得到快樂，事實上，並沒有什麼理由相信拯救對他有任何特別的吸引力。昔日的錯覺，以爲她能夠幫助父親面對傑克所引起的悲傷，傑克本身所代表的悲傷，而要去撫慰或減輕那悲傷，遠遠超出她的能力，一如猶大出賣耶穌所造成的悲傷。傑克離家時，家裡就只有她和父母，而傑克歸來時，家裡就只有她和父親。這其中有種對稱，或許會讓她覺得像是一種安排，誘使她以爲他們的命運的確緊密相連。也可能是回到這棟安靜的屋子讓她又回復到更適合青春期的心境。一個三十八歲的寂寞中學女生。唉，這個念頭令人難過。

她想起某些時刻，她看得出傑克刻意疏遠，對她視而不見，也許是在重新評估她是否值得信賴，評估她的用處，也可能只是突然對她失去了興趣，連同當下的其他事物。她沒有察覺這些時刻有一致之處，沒有發現她能夠詮釋的東西。他就是他。父親一向這麼說，而這話的意思是：在他們的活力、目的、習慣與確信所形成的水流中，傑克被推擠著一起移動，但他從來不眞正是其中一部分。他吃著他們的食物，睡在他們家的屋頂下，穿著那些衣服，也以那種稍微有點自負、明顯出身牧師家庭的說話方式說話，而且就他們所知，他並無譃仿之意，即使他年紀大到有能力這麼做，也被懷疑這麼做。像一個棄兒，她想，雖然他是在這間屋裡出生的，母子倆的難產把她兩個姊姊嚇壞了，讓她們許多年立誓不要結婚。噢，他們永遠忘不了的是那份孤單，那份帶著嘲諷的疏離，彷彿他們全都生來就屬於他們的生活，他卻永遠做不到，彷彿這件事實對他就是種傷害。她無法生他的氣，這幾乎令她著惱。他差點就替父親的晚年帶來可怕的結局。看見老人的耐心和希望換來如此無情的回應，對於全家人來說，將是難以表達、永無止境的悲傷。要原諒他這麼嚴重的一件事，澈底原諒，而且幾乎是立即原諒，可見她對於傑克難以接近的陌生有多麼認命。他們全都這麼做，他也明白他們爲什麼這麼做，而他笑了，而且那令他害怕。她想：這一會兒我不要原諒他。

她把傑克要的那杯水拿給他。他在陽光下打著瞌睡，一身汗水。他睜開眼睛，微微的，但她曾見他對自己那種熟悉的、嘲諷的絕望。「我忘了我多麼會出汗，眞難看。」

她讓他的腳踩在浴巾上，把那桶混濁的水倒掉，進屋裡去再把桶子裝滿。她找到一塊海綿，把桶子和海綿拿到屋外，再替他清洗一次，他的頭髮，浸濕時看起來意外稀薄，還有他的臉，那張被愛、被哀嘆的臉。啊，傑克，她想。他看起來像個貧民，就像她有過的最悲哀的想像，關於他可能變成了什麼樣子，除了此刻他在呼吸，在出汗，在她的觸摸下有一點緊張。

「我可以自己來，不必麻煩你。」

於是她把海綿交給他，走進屋裡，帶回一把刮鬍刀和刮鬍膏。「對不起。」她說，抬起他的下巴。她把泡沫擠在手上，抹在他下頷。

他打量著她的臉。「你很生氣。」

「沒錯。」

「我不能說我怪你。」

「別說話。」

他看向別處。在他的表情裡有種悲傷，有種困惑。難道他感到驚訝嗎？還是那只是發現自己回到人間的震驚，發現他所有的防衛全已崩毀，還失去了他唯一的朋友？

她說：「把嘴巴抿起來。」於是他把嘴唇緊緊抿在牙齒上，她替他刮了鬍子。「現在換下巴。」他也照做了。她抬起他的下巴，刮了他的喉頭，用海綿把泡沫抹掉，端詳著他。

「夠好了。」她說。看見他模樣恢復了些，令她鬆了一口氣。她把他的頭髮從額上撫平。這個溫柔的動作似乎令他寬心，於是她親吻了他的臉頰。

他說：「假如我沒喝醉的話，我絕對不會那麼做。我甚至記不得……一點都不記得。」他看著手，彷彿向自己證實事情的確發生了。

「已經過去了。」

他對她微笑，彷彿在說：不，沒有過去，也不會過去。「很抱歉讓你看見我那副模樣。」

「我很慶幸事情沒有更糟。」

他點點頭。「現在你更認識我了……我的性格。」

她說：「先別說這些。」

「好吧。」

「我還沒有替你拿衣服來。你讓我爲了要進你房間而感到緊張。你准許我進去嗎？」

他笑了。「是的，我准許你進去。」

於是，他走進車棚去穿衣服，出來時穿著他父親的深色長褲和漂亮的舊襯衫，袖子捲起來，因爲沒有袖釦。她氣自己忘了替他拿襪子。他跟在她身後，一起走上通往門廊的小路。如果有誰看見，他們倆看起來肯定不像兩個普通人，兩個未曾共度驚懼疲憊時刻的人。但願沒有人看見他們。她聽得見傑克的呼吸，還有他踩在草地上的腳步聲，她將再也無法把這兩種聲音視爲理所當然，如果她曾經如此。

他們聽見路上傳來人聲。他停下腳步，彷彿要轉身去面對某種無法想像的最後試煉。但她說：「那跟我們沒有關係。」他點點頭，又再跟著她，走上臺階，走進門廊。

「是傑克跟你在一起嗎？」父親喊道，而她說：「是的，爸爸。」傑克對她微微一笑，搖搖頭。他清醒的程度足以讓他明白不該冒險開口講話。他們走上樓，她替他拉上窗簾，拿來一杯水，放在床頭桌上。她在衣櫃裡找到一捲襪子，放在那杯水旁邊。他翻身趴在床上，抱住枕頭壓在臉上。躺在自己的床上讓他放鬆下來，彷彿他先前離家太久，如今再度回來，回來休息，那休息意謂著：一切都結束了，或是：至少我知道一切將會結束。

她洗了臉，梳了頭髮，換了衣服，下樓去照料父親。她說：「他在休息。」

老人僵坐著，神色警醒。她知道他一直坐在這裡，解讀那些聲響，解讀她的匆忙和她勉強的保證，然後是傑克緩慢的腳步聲，跟在她後面上了樓。如果他曾看著她，那麼他也會解讀她泛紅的眼睛。「他沒事。」他說。

「是的，他沒事。」

他閉上眼睛，十分安靜，彷彿用盡餘生來讓自己鎮靜下來，來接受這個十字架。他的下頷有點鬆弛，在可怕的一瞬間，她以爲他也許死了，但他的雙手隨即在被子上動了動，而她知道他只是睡著了。

雖然很累，她卻不可能去睡。她感到孤單，非常孤單。她在前廳的櫥櫃裡找到一個掛外套的鐵絲衣架，把它拉直，到車棚去。她把傑克的襯衫從排氣管裡拉出來。他只把襯衫的尾端塞了進去，主要部分和衣袖躺在地上，油汙的泥土長期潮濕，加上動物的排泄物還有車輛滲出來的液體，昔日的生活和昔日的用途所留下的痕跡，要比對它們的記憶更經久。她用那個衣架鉤出了一隻襪子，再鉤出另一隻。就這樣，移除了他企圖自盡的證據，她感到安慰，彷彿可以完全不再相信發生過這件事。她把那雙襪子放進壁爐，在一堆引火細柴上悶悶地燃燒。然後把水槽接滿水，搓洗那件襯衫，留心上面的刺繡。也許最好是浸泡一下。她上樓去，盡可能放輕腳步，走進傑克房間。她在底層抽屜找到兩品脫威士忌，如同他所說的。他動了一下，抬起頭來，看著她，有點惱怒，但那只是睡得不安穩，而非醒來。她把酒瓶拿到果園去，把酒倒進土裡，空瓶子放進工具棚，然後回到那棟安靜的屋子。那件襯衫得放在別人看不見的地方。她擰乾襯衫上的水，掛上衣架，拿到工具棚去，掛在門後面牆壁的釘子上。

要宣告家裡回復了舒適與安樂，除了煮些香噴噴的食物，還有什麼好辦法？她母親一向這麼做。在每一場有點分量的災難過後，她就會讓屋子裡瀰漫著肉桂捲或堅果巧克力蛋糕的香味，或是雞湯煮麵皮，那意謂著：不管發生了什麼事，這棟屋子裡都有個愛我們大家的人。那也意謂著和平，如果他們打了架；意謂著赦免，如果他們闖了禍。在當年，那意謂著：現在你可以下來吃晚餐了，沒有人會講你什麼，除非你忘了洗手。而她父親會做謝飯禱告，照例會有小小的變化，為了他在桌邊看見的這些美好臉孔而感謝主。

她但願他們三個人彼此相愛這件事更為重要。又但願這件事沒那麼重要，因為內疚和失望似乎藉著愛來茁壯。她的父親和哥哥都由於悲傷而倒下，彷彿那是種疾病，而她沒有更好的東西能給他們，除了雞湯煮麵皮。然而，想到她能在他們疲憊的睡眠中喚起他們對舒適生活的記憶，這個念頭稍微提振了她的精神。冰箱裡有隻很不錯的小母雞，也有胡蘿蔔。食物櫃裡有月桂葉，還有發粉。不管她還缺少什麼，萊拉都會叫羅比送過來，通曉人情世故的她不會問起為何葛洛莉或傑克沒有自己去店裡買。好心的萊拉。也許她會知道某些常見的簡單方法好治療宿醉，撫著額頭的清涼的手能讓傑克從發汗的睡眠中醒來，彷彿悔罪被赦免給驅除了。假如有這樣的東西，傑克會知道，會請她給他，除非他想藉由痛苦來對自己說話，除非他想要用整個身體來承擔痛苦。他用每一條神經來感到悲傷，這算得上適當。不管她的經驗是多麼微不足道，她的確明瞭。她也知道他會睡上好幾個鐘頭，然後迷迷糊糊、悶悶不樂地醒來。

於是她洗了那隻雞，放進水裡，加入胡蘿蔔、洋蔥和月桂葉。當然也要再加點鹽，然後她開了火。可憐的小動物。這塵世上的生活是件奇怪的事。

收音機劈劈啪啪響，她坐在旁邊，試著對手上那本《盛氣凌人》提起興趣。她走進廚房，讓鍋裡的雞肚子朝下，然後她看見一輛藍色的雪佛蘭駛進車道。是泰迪。當然，泰迪就會剛好挑這個時候來。葛洛莉感到焦慮，也感到寬心，還有憤慨。就算他只早來一個星期也好，那時候一切情況都好得多，屋子裡有另一種氣氛。然而他這時候來，卻正好撞見了失敗和羞愧。幾個星期前她就該打電話給他，請他過來，那時她父親精神還算矍鑠，傑克也還不錯，甚至在她看來稱得上健康。至少沒有不健康，沒有這麼可憐。如今她知道，先前她感覺到自己在維持家庭的和諧——這份和諧無疑是脆弱的，但卻因此更加了不起。那個從不曾信賴過他們任何一個的傑克信賴她。他不總是信賴她、不完全信賴她，他仍然有所保留，那種他沒有透露、而她也無從領會的保留。儘管如此，就連泰迪也會羨慕他們之間的說說笑笑，羨慕那些近乎坦率的時刻，那些他們面對彼此幾乎感到自在的時光。她對這一切原本是那麼自豪，願意相信是機緣巧合讓她理應在此，在她自己才剛嘗到了滄桑的滋味之後，剛經歷過某件比一般的失敗更蒼涼的事——是那個甜蜜的機緣巧合把她送回家來，回到這個完全正直、無盡正直的地方，在這裡，認眞努力可以預期會得到成功，而且是鮑頓式的成功，能夠藉由更認眞的努力半被隱藏起來的那一種。倒不是說她能夠完全忘記自己的愁悶，也不是說相對於她原本想像的人生，她更喜歡現在的人生走向。但她的確感覺到，藉由她能替她哥哥做的好事，她從只有挫敗的羞恥感中被拯救出來。

泰迪走上門廊，走進廚房，伸出手臂摟住她，吻了她的前額。「嗨，親愛的小妹。」他短暫端詳了她的臉，注意到她臉上的疲憊，又佯裝沒有看見。「眞高興見到你！情況如何？你介意我先打幾通電話嗎？」這些話全都是用很輕的聲音講出來的，因爲他知道父親很可能在睡覺。他在門廳裡倚著牆打電話，提出建議和保證，三度試圖聯絡上某個人，對方卻沒有接聽。然後他掛掉電話，回到廚房，再次擁抱了她，安慰她，雖然他什麼也沒說。泰迪以前只跟傑克一樣高，比他稍微壯一點，沒有傑克那種總顯得有些退卻的猶豫不決。如今泰迪比較高，她想，這肯定一方面是來自穩重的堅毅，另一方面則是來自逃避和不情願。他又一次端詳她的臉。她不久前才受到驚嚇，而且她心裡難過，又如此疲倦，這一切他肯定看在眼裡。「我希望我沒有來得不巧。不回來很難，我終於投降了。」

「時候正好。跟任何時候一樣好，我想。」當父親在瞌睡中度過僅剩的時光，她有什麼理由不讓他來，不讓他們大家來？雖然老人本身並沒有要她請他們回來。泰迪也許會責怪她任由事態惡化，卻沒有打電話給他。是自尊，或羞愧，讓她期望傑克能夠恢復到一定的程度，足以讓其他兄弟姊妹看見他們之間一切都好。雖然家裡還有父親在。但她沒有在泰迪的態度中看出任何怒氣或指責。他是個冷靜、和藹的人，帶著審慎的超然和沉重的心情行醫，在他人生的日常中，他見過足夠的不幸，讓他避免再去增添不幸，除非是不得不然，基於醫學上的理由。

「他在嗎？」

她說：「他在樓上。」

「他會介意我跟他打聲招呼嗎？」

她說：「他怎麼會介意？」然後他們笑了，帶著懊悔。「我去告訴他你來了。」

傑克仰躺著，一條手臂遮著臉，擋住從窗簾裡透進來的光線。聽見她在房門口，他翻了個身，背對著她。

「怎麼了，什麼事。」

「泰迪來了。」

他笑了。「我才在想，你什麼時候會去做這件事。打電話給泰迪。」

「我沒有請他來。就我所知，他是自己過來的。」

他轉過身來看著她。「你壓低了聲音。所以說，他一定是在樓下。」

「是的。」

「我沒聽見他的車。我猜我睡著了。」

「嗯，他想看看你。」

「你跟他說了嗎？」

「沒有。我該說嗎？」

「拜託別說。別說，葛洛莉。這事再也不會發生，我發誓。」他揉揉臉。「我得洗把臉。我不該穿著襯衫睡覺的。我需要一顆阿斯匹靈。」他把雙腿晃向床邊，站了起來。「我把鞋子留在哪兒了？」他揉揉眼睛。「泰迪，可來得正好。」

她拿來一瓶阿斯匹靈和一杯水給他，又拿來毛巾和浴巾。

「謝謝。」他說。

「我會跟他說，你一會兒下來。我來煮點咖啡。」

「喔，咖啡。」他說，抹抹臉和脖子，然後又再揉了揉臉。「抱歉，對於這一切我很抱歉。」

她下樓到廚房去。泰迪站在門廊上，望著園子。「你做了不少事。」

「大部分是傑克做的。」

他看著她，衡量她這句話中實情與忠誠的比例，而不管何者，他都爲此感到高興，只希望得到資訊。「那麼，他應該還好。」

「他有一段時間還好。」

「我懂了。」泰迪頭髮清爽，雙手潔淨，穿著柔軟的棕色毛衣，戴著玳瑁框眼鏡。他在各方面都溫和而令人放心，在天性上、習慣上和意圖上。他身上帶著一點消毒酒精的氣味，味道很淡，顯示出他想必知道這氣味暗示著疾病或緊急狀況，因此盡可能小心地將之去除。這就能解釋他身上搽的古龍水，這是他唯一有違端莊樸素之處。幾分鐘之後，他說：「如果他希望我可以離開。我知道他不會太高興見到我。你可以告訴他我不會待太久。」

「再給他幾分鐘的時間，他會下來的。他大概是想要梳洗一下。」

泰迪笑了。「還要擦擦他的皮鞋，我想。他變了很多嗎？」

「我不像你對他那麼熟悉。他還是傑克。」

「爹跟我說你和他相處愉快。他原本還擔心哩。」

傑克下樓來，腳上只穿著襪子，身上穿著他自己的襯衫，還在試著扣上衣袖的釦子。他在門邊停下來，瞥向葛洛莉，露出微笑。他把袖口摺了兩摺，然後解開另一隻衣袖的釦子，也把袖口往上捲。

他弟弟說：「嗨，傑克。」

傑克說：「泰迪。」

「你好嗎？傑克，很高興見到你。」

傑克倚著流理檯，雙臂盤起。他好不好，可說是一目了然。儘管如此，葛洛莉但願他不是這麼瘦，但願他穿上了一件比較好的襯衫，但願要他睜開眼皮不是那麼困難。「我還不錯。」他微微一笑，聳聳肩膀。「我在找工作。」

泰迪吸了一口氣，說道：「我是你弟弟，傑克！看在老天的分上！」

傑克笑了。

「我的意思是，如果你在找工作，這很好。可是並不關我的事，對吧。」然後他說：「嘿，傑克，我們可以至少握個手嗎？」

傑克聳聳肩膀。「當然。」

泰迪走向他哥哥，雙手握住傑克的手。「這是眞的，你眞的在這兒。我親眼看見了。我簡直沒辦法相信。」

傑克笑了。「我可以讓你看我體側的傷口，如果你想看的話。」然後說：「對不起。」他垂下了頭，而且他是眞心感到抱歉。他對自己是那麼厭倦。

泰迪並不算是在打量他，雖然在他最和藹的關注中也總是帶著醫生的眼光。他們爲了這一點而取笑他。有一次，當他過於專注地看著侍璞的眼睛，她把下眼瞼拉下來，讓他仔細檢查個夠。此刻，他不得不注意到傑克的氣色，不得不注意到他的手有多瘦，注意到那隻手在顫抖。他怎麼可能不注意到這些事？而傑克又怎麼可能不向後退，露出惱怒的微笑？

「你是個好人，泰迪。我記得那一次我在聖路易見你的時候，你說你不會再來找我，我感激你做到了。」

「喔，事實是，我又去找過你，只是沒找到。我一共去了六次，最後一次大約是在兩年前。有一次，我認爲我找到了你住的旅館。櫃檯的人說你住在那裡。那是很久以前的事了。是我去的第三次吧。我留了個信封，裡面有張短箋和一點錢。我猜你從來沒有收到。」

傑克搖搖頭。「沒有。」然後他問道：「那個人是不是有一隻眼睛不太好？」他摸摸自己的臉。

「糟得很，他去看過醫生嗎？」

傑克露出微笑。「我不會知道。那個混蛋把我趕出去了，抱歉。」

「嗯，我答應過不去煩你，然後我很努力地不守信用。有時候，我就是覺得我必須再見你一面，於是我就會動身到聖路易去。有幾次，我從路上打電話回家，告訴他們我在哪裡。有時候我心裡想著要去加油，結果發現自己在前往密蘇里州的路上。」

傑克說：「我給你添了很多麻煩。」

「不，不。比起找到你，去找你算得上是最好的事了。我想，那讓我覺得我們仍舊是兄弟。」

傑克說：「既然你老實說了……我在那裡看見過你一次。你從車上下來，那是部黑色的雪佛蘭。那一天你也穿著一件棕色毛衣。我走進賣雪茄的店鋪裡等，等到你開走，結果還得買下一本雜誌，因爲我讀了一大半。我不覺得那有什麼道理，可是店員認爲有道理。那花掉了我最後的二十五分錢。」

泰迪笑了。「好吧。」眼淚從他臉頰流下。「我想這並不令我意外。」他摘下眼鏡，揉揉眼睛。

傑克輕聲地說：「我不想要你們在乎我。你們當中的任何一個。我從來不想。」他看著葛洛莉，彷彿像要道歉，然後是一陣沉默。他笑了。「這話眞蠢，我很抱歉。不過，算是講出了一個重點。」

泰迪點點頭。「這話顯然含有許多實情。」

「我不確定我自己能夠理解。我不知道你爲什麼容忍這事，容忍我。」

泰迪說：「這是個有趣的問題。改天再談吧。」

傑克笑了，站起來，他們兩個都看著他，他說：「我去拿咖啡。你們想再喝點嗎？葛洛莉？泰迪？」他端起葛洛莉的杯碟，可是它們在他手裡喀喀作響，於是他把杯子放下。「我去拿咖啡壺。」等他替他們添過咖啡，他又倚在流理檯上。

「我也過得還不錯，還撐著。就我所知，目前沒有什麼大問題。」泰迪說。

傑克說：「我很高興聽到你這麼說。」

然後他們的父親喊道：「是泰迪嗎？我想我聽見了泰迪的聲音！」他的聲音急切，帶著寬慰和歡喜。

泰迪說：「我在這兒，爹。我來了。」他走進老人的房間，在床緣坐下，抱住了老人。老人伸出雙臂摟著他，頭倚在他肩上，哭了。「我真高興你在這裡，泰迪！」他嘗試用他明理、像個父親的聲音來說話，可是他的聲音由於抽噎而斷斷續續。「這很難，泰迪。我本來就知道會很難，可是眞的很難！」他哭泣著。「我這麼老了！」

泰迪撫摸他的背部和頭髮。「沒事的，不會有事的。」

傑克看著葛洛莉，露出微笑，臉色十分蒼白。「我到底做了些什麼？我眞是個傻瓜……」

他上樓去了。她聽見他關上了門。

老人說：「葛洛莉幫了很大的忙。他沒跟我說什麼，但他會跟她說話。有時候我聽見他們在笑，那很好，可是我不認爲她勸得了他。我知道我勸不了。」

泰迪說：「我把手提包留在車上了。我去拿過來，替你檢查一下，聽聽你的心臟，然後我們再來擔心傑克的事。」泰迪是父親唯一允許近身的醫生，因爲當地那個醫生曾經建議，說白蘭地也許能稍微緩解他的不適，然後給了他一種補藥，老人確信那藥是用威士忌和李子汁調成的。

「不，不，泰迪，你很好心，但我不在乎心臟怎樣，我只想看著你們兩個在一起。傑克在嗎？我希望你把他找來，因爲我覺得我甚至不會好好看過他。如果你能夠就這樣站在他旁邊，我想對我也許會有幫助。我整天都在休息，但體力就是無法恢復。你也許能幫幫我。」

「當然，爹。」泰迪走到門廳裡，對著樓上喊：「傑克，你可以下來一下嗎？」沒有回應，於是他提高了嗓門。「嘿，傑克，下來一下。爹想要見你。」一分鐘過去了，然後傑克走下樓梯。泰迪說：「他想要看著我們在一起。」

傑克說：「葛洛莉也一起來嗎？」他停下來，讓她走在前面。他帶著謹愼、疏遠的表情，少了算計，她學會了從中看出希望的那種算計。父親似乎把她給忘了，而傑克希望她在場，彷彿她有辦法支持他，或是保衛他。然而在這個舉動中有種尊敬，泰迪也注意到了。泰迪替她把椅子擺在父親床邊，彷彿要表示無意忽略她。

「好，這太好了。傑克，你可以稍微站近一點嗎？」

他聳聳肩膀。「當然。如果你這麼說。」

「好，你們每一個，我都看到了。」他瞥向傑克的臉，然後把目光移開。「我想在腦海裡留下一幅你們的影像，像這樣在一起。」過了一會兒，他說：「我常常想起你們還是小男孩的時候，有時候別人會問你們是不是雙胞胎。當年你們那麼相像。當然，這會隨著時間而改變。」

傑克笑了。

泰迪說：「說也奇怪，只有我有白頭髮。」

「這是責任造成的，你向來是那個承擔責任的人。遠超過你所應該承擔的份。」

「我向來是那個操心的人。」泰迪說。

「是的，那是同一件事。上帝知道，我自己也一直在操心。如今回頭去看，我明白這占去了我大半的人生。」

傑克扶著葛洛莉的椅背。

「現在我得要擱下一切，不再用那個想法折磨自己，以爲我能做任何事……在任何事情上。是的。但良善的主的確透過人類來起作用，透過家庭。」他清了清嗓子。「這包括給予關懷和接受關懷。後者困難而且重要。我知道許多年來，我對每個人都是個負擔，而你們全都對我很好。我也很享受你們對我的好，雖然我從來不享受病痛，也不享受病痛迫使我變得毫無用處。我希望我表達得夠清楚，也就是我爲了你們而感謝上帝，你們對我來說是個很大的恩賜。傑克在家的這段時間對我非常好。當然，葛洛莉也一樣。是的。」

他閉上眼睛，皺起眉頭，極其謹慎地組織他的結論。

「這就是家庭的用處，加爾文說這是上帝的天命，讓我們照顧與我們最親近的人。所以，幫助我們的兄弟是上帝的旨意，接受他們的幫助並且得到這份幫助當中的賜福也同樣是上帝的旨意。彷彿那來自主本身。而那也的確來自主本身。所以，我希望你們兩兄弟答應我，你們會互相幫助。」

傑克笑了。

「並且也接受幫助。我也希望你們握握手，答應我這件事。」

泰迪伸出手，傑克握了之後鬆開。

泰迪說：「我答應。」

傑克說：「好吧。」

他父親看著他。「那是什麼話，傑克？我想我聽見你說『好吧』。我很抱歉，可是這似乎有點推託。」

傑克說：「是的，先生，我猜是有一點。我只是看不出我要怎麼做到我的承諾。我如何能夠幫助泰迪。」

「嗯，這就是我所謂接受幫助的意思。泰迪替你承擔了很大的責任，在每一方面，只要你願意讓他這麼做，而他這麼做是因爲他的幸福取決於你的幸福。因此，你能夠向他表現出的最大善意，就是接受他想爲你做的好事。這是你欠他的。而且我指的也包括精神上的幫助，尤其是精神上的幫助。」

泰迪向傑克微微一笑，聳聳肩膀，爲了父親的坦率感到抱歉，卻也沒辦法要他別講下去。他說：「我就只是喜歡傑克。我喜歡跟他在一起。他什麼也不欠我。」

「噢！我沒有心情來爭論。」他們的父親說，聲音都變了。「我請傑克答應，而他不肯。我不想聽你替他找藉口。依我的看法，這種事太常發生了。」他哭了。

傑克說：「不，我只是提出了一個疑問。我會答應，我是說，我的確答應。」

他父親沒有睜開眼睛，但極有尊嚴地說：「我想我料到了你的疑問，傑克，而我想我也回答了你的疑問。現在我累了。」他翻過身去，面對牆壁。

泰迪走過去，把他的頭髮從臉上拂開，十分溫柔而且不經意地把指尖擱在他額頭、太陽穴還有頸動脈上。他從父親放手帕的抽屜裡拿出一條，拭去老人臉上的淚水，抬起他的頭，把朝下更濕的一面擦乾。然後，抬著他的頭，翻過枕頭，讓老人能躺在乾燥涼爽的一面。他把毯子和床單拉直，瞥向他父親瘦弱佝僂的身體。

「你的聽診器在哪兒？」老人問道。

「在車上。」

「對它來說是個好地方。我的心臟可以想做什麼就做什麼，它有我的許可。我的肺也一樣。」然後他說：「你也許可以去看看艾姆斯。」

泰迪站在那兒，用手帕輕輕撫摸老人的頭髮和臉。「吃幾顆阿斯匹靈怎麼樣？」

「我想這沒有壞處。」

傑克說：「我想我剛剛吃完了。我的意思是，我把阿斯匹靈吃完了。」

「我手提包裡有，所以這不是問題。我會留一瓶下來給你們。」

傑克用雙手遮住了臉，笑了。「我沒法相信竟然被我吃完了。」

「不要緊。」泰迪瞥向傑克，注意到他的氣色，他受了傷的雙手在顫抖。「藥很多，夠大家用。」

葛洛莉走到車子旁，在前座上找到那個有卵石花紋的黑色提包，拿進廚房。那個提包一打開來，就有嗆鼻的皮革和藥用酒精氣味。裡面有裝在玻璃瓶裡的棉花球和壓舌板，還有溫度計、各式各樣的藥丸、藥膏、藥用糖漿，以及聽診器和好幾瓶阿斯匹靈。葛洛莉拿了一杯水和兩片阿斯匹靈過來，泰迪看了看，說：「三片。」他看著她把父親扶起來，讓他比較容易吞嚥。然後再替父親裹好被子，說：「睡一下，你就會覺得舒服一點。」

泰迪走進廚房，倒了一杯水，把杯子放在桌上，旁邊放了三片阿斯匹靈。「這東西我自己也吃了不少。」他說，舉起了右手。他的指關節腫大、扭曲。

傑克說：「很難受吧。」

泰迪點點頭。「但願只有手。你還好嗎？」

「還可以。」

「葛洛莉，你呢？」

「我似乎還好。」

「嗯，至少我知道這麼多年來，他老人家有多麼堅強。難怪他脾氣不好。他吃東西如何？」

葛洛莉說：「最近吃得不太好。」

泰迪點點頭。「葛洛莉，你在煮什麼？雞湯加麵片？他會喜歡的，如果這世上還有什麼東西是他會喜歡的。聞起來眞香，可惜我不能留下來吃晚餐。我請另一位醫生代班，可是人們遇上麻煩的時候，只想看見一張熟悉的面孔，所以我最好回去工作。」他擁抱了葛洛莉，然後向傑克伸出手。「能見到你眞是太好了，眞的。」

傑克說：「是的，謝謝。」接著又說：「泰迪，我有件事想問你，希望你能再抽出幾分鐘來。雖然會浪費你一些時間，我知道你得走了。」

泰迪把提包擱在椅子旁，再度坐下。「你在開玩笑嗎？我當然抽得出時間！我每天都見得到病人，要見你卻是……非常難得。」然後他說：「我先打幾通電話。」

傑克在桌旁和弟弟相鄰而坐，好輕聲說話。「他想要我跟他說什麼呢？我是說，我知道他想要什麼，可是我該怎麼說？」他看著泰迪。「問題在於，我會是在說謊。我原先認爲這有關係。嗯，我想這的確有關係。否則的話，我就會知道該說什麼。」他笑了。「我原先以爲自己有所顧忌是件了不起的事，但我只是毫無理由地讓老傢伙難過，而我不知道該怎麼終止這件事。現在我明白了。葛洛莉說過我可以那樣做，如果我嘗試去，呃，去跟他談。」

泰迪摘下眼鏡，揉揉眼睛。「所以，關於你靈魂的狀態，你想要讓他安心。我想這是個好主意。」

傑克笑了。「這也許超出了我的希望。我想要告訴他，我相信……某樣東西。也許不是肉體的復活和永生，但我相信某樣東西。」

「嗯。」泰迪把玩著眼鏡，靠向椅背。「有一陣子我考慮過要當牧師，非常認眞地考慮過。可是我必須面對事實，也就是我不擅長談論這些事。如同他們說的，這不是我的天職。你跟艾姆斯談過嗎？」

傑克說：「試過幾次。沒關係，我只是想問看看。」

「不，我的意思並不是我們應該放棄去談。我只是提醒你，我有我的局限。這得要費點工夫。」

「你得要走了。」

泰迪搖搖頭。「這是爲了讓老人家寬心。是合理的醫學考量。」

「好的。謝謝。」

一陣沉默。

泰迪說：「做點筆記也許有幫助。」他伸手到毛衣底下那件襯衫的口袋拿出一枝筆和一本處方箋用紙，再戴上眼鏡。又是一陣沉默。然後他在左上角寫下：信仰。傑克靠過去讀他寫下的東西，笑了。泰迪把那一頁撕下來，揉成了小球。「我的想法是，如果我們能找到一些你能夠誠實對他說的話，我們就能從那裡接下去想。那樣，我們就能有個起點。」

傑克說：「說的是。」然後他說：「假如你是我，你會怎麼說呢？我的意思是，他從來沒有要求你……給他任何保證，對吧？」

泰迪搖搖頭。「我從來沒有離開過教會。我猜那就足夠了。」

「而你仍舊，我是說，你的確會……」

「當然。在治療小兒痲痺症的醫院裡有我的病人。有時候，我禱告的次數就跟我呼吸的次數一樣多。」

「這有幫助……」

「對我有幫助。能幫助我做我的工作。」

傑克點點頭。

泰迪說：「前幾年的情況相當糟。目前新的病例沒有那麼多了，謝天謝地。」

「是的，報紙提到現在有一種疫苗。」

葛洛莉說：「萊拉擔心這個疫苗。她看到一篇報導，說這個疫苗有時候會引發小兒麻痺。」

「嗯，在一些情況下的確會。請她再等個一年可能比較安全，等到改良了疫苗。我也還沒有替我家孩子注射。夏天裡我送他們到鄉下去，去住在柯琳娘家。他們正待在那裡。」

傑克說：「所以，最安全的作法是讓孩子離開都市。」

「我想是的，就目前來說。」

傑克拾起那張揉皺的紙，扭轉著，思索著。

泰迪說：「我們把話題扯遠了。」

「噢，抱歉。我閃神了。」

「你想要繼續嗎？」

傑克說：「是的。讓我們繼續吧。」葛洛莉又在他臉上看見那種算計的表情，那奇怪地不抱幻想的希望。

過了一會兒，泰迪說：「在這件事情上，我需要你多說一些。」

「抱歉。」傑克清了清嗓子。「你曾經考慮要把孩子帶回基列鎮來嗎？這裡對他們來說會是個好地方嗎？」

「當然。只是目前不太適合，以爹目前的狀況。」

傑克點點頭。他似乎思考了一會兒，然後伸直了身體，用手指順過頭髮。「我的確非常希望我有宗教信仰，泰迪。主知道這是實情。」

泰迪說：「嗯，這像是個開始。」

「是的。假如我有宗教信仰，有些事情或許會比較容易，至少會是可能的。」

在「想要有宗教信仰」下面，泰迪寫下了「讓事情比較容易」。

傑克看著那個本子，笑了。「我不太確定這是個開始。在我看來，這像是某種異端邪說。」

泰迪撕下那一頁，揉成一個球。「我不曉得我們會擔心這個，有意思。」傑克露出微笑，聳聳肩膀。「好吧，哪些事情會比較容易？」

「嗯，要跟人們談話很難。那些有虔誠信仰的人。」

「例如爹。」

「舉例來說。」

「還有我。」

傑克笑了。「另一個例子是艾姆斯。」

「好，你能告訴我難在哪裡嗎？我從來沒有眞正了解過。」

傑克說：「有時候，就好像我在一個宇宙中，而你們在另外一個。你們全部。」他聳聳肩膀，然後瞥向葛洛莉，彷彿想要道歉。

泰迪凝視著他一會兒，帶著溫和的客觀。「你有這種感覺多久了？」

「喔，鮑頓醫師，我可能一直都有這種感覺。如果我可以相信關於我狂暴幼年的那些故事。」

「抱歉。」

「你不必抱歉。我想，有些事情也許對我有些幫助，幫助我稍微能夠理解。你知道，是有不同的宇宙存在，而我剛好有我自己的宇宙。也有其他的宇宙。至少我知道這個。」

過了一會兒，泰迪說：「嗯，我們剛開始聊的時候，你說你打算對父親說謊。『說謊』是你用的字眼。而我說在這個情況下，我尊重這個決定。而我也尊重做這個決定對你來說很難，我眞的尊重。然後我把事情弄得複雜了，提議我們也許能找到一些話來讓你說，一些並非……完全不眞實的話。現在我認爲，也許你最好就告訴他你相信上帝。告訴他，你認眞考慮過這件事，而你相信了《聖經》的眞實性。類似這樣的話，簡明扼要。」

傑克點點頭。「你認爲我有任何機會讓他相信我嗎？」

「我知道他會想要相信你。」

傑克露出微笑。「也許這不是個好主意。我看起來並不怎麼像是最近在羔羊血中受洗過，對吧？他很可能知道……我在幾個鐘頭前的狀況。他很可能有些概念。」

「嗯，我想我們得要記得，時間不多了。再過幾個星期，也許他連你對他說什麼都聽不見了。」

傑克說：「好吧。好，『我相信上帝，經過一番深思，我相信《聖經》的眞實性』。這我說得出口。等我稍微休息一下。」

泰迪站起來。「我不知道有沒有幫上忙，但我眞的該走了。如果我們沒有其他的事需要談。」

「知道你認爲我可以對他說謊，這對我有幫助。」

泰迪點點頭。「我認爲你這樣做很好心，在這個情況下。我放了個信封在冰箱上，裡面有我的地址和電話號碼。家裡的，還有辦公室的。如果你想，隨時來找我們。」

「所以，你樂見孩子的傑克老伯出現在你家門口。」

「樂意之至。」

傑克看著葛洛莉，露出了微笑。「也許。」

「我知道你不會來。」泰迪說，端詳著哥哥的臉。「我猜我這輩子再也不會見到你了。我想說：你好好保重，但我害怕你也不會這麼做。嗯，有什麼事請儘管……」他伸出了手。傑克握住他的手，他碰了傑克的肩膀，擁抱了他。

傑克對這種親暱展現出耐心。他說：「但願這麼多年以來，我們之間的情況能夠好一些。眞的，我懊悔的事情很多。」

「我知道，沒關係。現在你可以去睡一下了。」

傑克跟他一起走出去到門廊上。在泰迪的車子轉到街上去之後，他仍然留在那兒，然後他對她說：「你認爲海洋的聲音就像這樣嗎？」風搖動著橡樹的葉子，那些葉子茂密沉重，沙沙作響又漸漸無聲，然後又再沙沙作響。「我小時候喜歡這樣想。」

「路克說是的。」

他點點頭。「路克大概知道。」

§

傑克從冰箱上取下泰迪留的信封，拿得高高的，讓她看看厚度。「你認爲這裡面有什麼？想猜猜看嗎？」他掀起封口，讓她瞥見那一疊鈔票。他走到鋼琴凳旁，掀起凳面，把信封扔進去。「現在我們扯平了。我的意思是，關於錢的部分。他說的對，我得要離開這裡。我會的。」他在樓梯上停下來。「不過，現在我要去寫封信。葛洛莉，我知道我甚至還沒有開始……我沒有權利這樣對你。你對我很好，而我……但你得把那些酒瓶從我櫃子裡拿走。現在就去，如果你不介意的話。在最底下的抽屜。你也應該把那些錢放到別的地方去，所有的錢。」

葛洛莉說：「等一下，傑克，泰迪有說你應該離開嗎？」

「他說老先生沒有太多時間了。所以，幾個星期之後他就會回來，你知道他會回來，他們全都會回來。而他說他將再也不會見到我。這兩件事加在一起，就表示我應該離開。」傑克看著她。「如果我把這封信寄給那位共同的朋友，她再轉寄給黛拉，而黛拉再寫信到這兒來給我，可能要花上……十二天吧，也許兩個星期。所以我會再待上兩個星期，然後你就可以擺脫我了。」

「你會給我你的地址嗎？如果我需要把什麼東西轉寄給你？」

他笑了。「如果我有了地址，小妹，你會是第一個知道的。」

過了一會兒，傑克帶著信下樓來，從抽屜裡拿了信封和郵票，從桌旁拉了張椅子。

「幫個忙好嗎？」他問。他的眼睛仍舊紅紅的，臉頰看起來有點像蠟，又像泥土，在他微笑時露出深深的紋路。假如不認識他，她會覺得，他的樣子惆悵而令人不喜。他看著她，彷彿知道他在她眼中不一樣了，彷彿他做出某種可怕的白白，而且得到原諒，感到既羞愧又寬慰。

「當然好。」

他說：「我的手不太穩。也許會給人錯誤的印象。我希望她至少願意拆信。」於是她照他說的寫下地址。他舔了舔信封的摺口，皺起了眉頭。「雪花的味道。」他說，她笑了，他也笑了。他小心地把郵票貼上去，然後從襯衫口袋裡拿出一張摺起來的紙，放在桌上。「這是給你的。」

她拿起那張紙，打開來。是地圖。上面有條河、一條路，兩者之間有籬笆、一座穀倉、樹林、一間棄置的屋子，畫得很仔細，細心地加上標記；樹林裡有一片空地，空地的上緣畫了個×，寫著：「羊肚蕈」。左下角畫著一個羅盤，還有一個以百步爲單位的比例尺，右上角畫了一隻龍，尾巴蜷曲，鼻孔噴煙。

她說：「這地圖眞漂亮。」

他點點頭。「更重要的是，很精確。我畫圖的時候非常清醒。花了好幾天，還先打過好幾張草圖。」

她說：「現在我們眞的扯平了。」

「沒錯。」他笑了，臉色溫和，聲音輕柔，帶著倦意，但是和她開玩笑顯然令他感動而且覺得寬慰。

「只不過圖上沒有說這片樹林在哪裡。這一帶有很多籬笆和穀倉。」

「哎呀，好個疏忽。」他向她微笑。

「嗯，我會忽略這一點。這張圖很漂亮，我要框起來。」

「你是個好人，葛洛莉。」

「是的，我是。」

「雞湯煮麵片。」

「對。」

「我想你也許需要休息一下。我可以幫忙看著，如果你想去睡一會兒。」

「不，我沒事。如果你不介意我跟你作伴。」

「我很感激有你作伴，葛洛莉。」他笑了。「你無法想像。」

她說：「你想看報紙嗎？我把填字遊戲做完了。我也很感激有你作伴。」

他點點頭。「你這樣說很好心。」

然後他們聽見床的彈簧嘎吱作響，接著是穿著拖鞋、啪叮啪叮的腳步聲，還有枴杖戳地的聲音。一會兒之後，他們的父親出現在門口，穿著睡衣，臉色蒼白，頭髮蓬亂，但是莊嚴鎮定。他先看著葛洛莉，再看看窗戶，最後才像是鼓足了勇氣地看著傑克。「噢。」他說，一種遺憾的、不經意的聲音。然後他打起精神。「我想我也許也來聊聊天。我聽見你們兩個在這兒講話，所以，我來加入你們。」

傑克扶他坐上椅子，又再坐下。

老人握住他的手。「我想我先前脾氣不好。」

傑克說：「是我惹起的。」

他父親說：「不，不，我並不希望事情這樣。我向自己承諾了上千次，只要你回家來，你絕不會聽見我說一句指責的話。不管發生了什麼事。」

「我不介意。指責是我應受的。」

老人說：「你應該讓主來決定什麼是你應受的。關於什麼是你應受的，你想得太多了，我認爲這也造成了一些問題。」

傑克露出微笑。「我想你說的也許有點道理。」

「沒有任何東西是任何人應受的，不論是好是壞。一切都是上帝的恩典。如果你接受這一點，也許你就能夠稍微放輕鬆。」

傑克說：「不知怎的，我從來不覺得上帝的恩典是爲了我而存在的，特別是我。」

他父親說：「噢，胡說！這根本是胡說！」他閉上眼睛，抽回手，然後又說：「我又發脾氣了。」

傑克笑了。「別擔心這個，爹。」

過了一會兒，老人說：「別這樣叫我。」

「對不起。」

「我一點也不喜歡這個稱呼。『爹』聽起來很可笑，甚至不算是一個字。」

「我永遠不會再說這個字。」傑克坐直了，對著葛洛莉微笑，揚起了眉毛，像是在說：你若能幫忙，我會很感激。

於是她說：「爸，我去拿你的睡袍來好嗎？」

「我這樣很好。你以爲我們是住在阿拉斯加嗎？」然後他說：「我出了房間到這兒來，是想來聊聊天，而你們兩個都不再講話。」

一陣沉默後，葛洛莉說：「喔，我在煮雞湯加麵片。按照媽媽的食譜。」

他說：「這很好，只要麵片不是糊的，難以消化。我這一輩子吃過不少難吃的麵片。」然後，眼睛仍舊閉著，他說：「我沒法看著傑克的手。我不想知道他把他的手怎麼了。」

傑克清了清嗓子。「大部分只是引擎的機油，我還沒有刷掉。只是稍微刮傷了手。」他交叉雙臂，好遮住手掌，微微一笑。

他父親看著他，目光銳利。「我不知道發生了什麼事。昨天夜裡發生了某件事。」

「不是什麼好事。你眞的不會想要知道，先生，沒必要知道。」

「那麼，會有警長找上門來嗎？」

「不會，先生。我沒有做任何令警長感興趣的事。」他的聲音輕柔而悲傷。

「爸，傑克沒事，一切都沒事。可是他累了，我想我們應該談點別的。」葛洛莉說。

老人點點頭。「我們都累了。」然後他說：「這麼多年來，有那麼多次，我試著不要這麼愛你。從來沒有成功過，但我試過。我常說，『他根本不在乎我們。他偶爾需要一點錢，如此而已』。儘管如此，我以爲你會回家來爲你母親送葬。那段時間很難熬，假如你回來，會是很大的安慰。我爲什麼那麼愚蠢，以爲你也許會回家？你母親總是對我說：『你以爲這一切的等待和期盼之後終將迎來某種幸福，可是永遠不會有。』於是我試著不再等待和期盼，但我做不到。」

傑克露出微笑，清了清嗓子。「也許現在你能做到。也許我該告訴你，我在那許多年裡都做了些什麼。也許能讓你不再等待和期盼。」

老人搖搖頭。「不可能比我想像的更糟。我想過各種可怕的事，傑克。夜裡醒著，躺在那裡想。但那只是讓我爲了你而感到悲傷，也爲了我自己而感到悲傷，因爲我沒辦法給你安慰。」

傑克說：「嗯，我不希望你去想……我的意思是，『可怕的』是個很強烈的字眼。這世上有人活得比我更糟。我知道這不值得自豪，可是，儘管如此……」

葛洛莉說：「爸爸，我們全都愛著他，我們每一個，而且我們愛他是有理由的。不管是從前，還是現在。」

「葛洛莉，你可以再說得詳細一點嗎？我想聽聽。」傑克說。

他父親說：「喔，那根本就是很自然的事。我想知道的是，爲什麼你不愛我們。這就是我一直想不通的。」

過了一會兒，傑克說：「我愛你們。但是我能做的不多。在這裡生活對我來說很艱難，我永遠無法……信賴我自己。在哪裡都一樣，但在這裡分外艱難。」

他父親點點頭。「喝酒。」

傑克微微一笑。「這一點也是。」

「好吧，也許那是個玩笑，我不知道。昨晚簡直是我有生以來最糟的一夜。而我不斷思索，不斷問主：我爲什麼要這麼在乎？我對兒子的愛，似乎對我自己既是個詛咒，也是折磨。怎麼可能是這樣？我不止一次感到納悶。」

傑克說：「我很抱歉，再抱歉不過。但至少你明白我爲什麼離開這麼久。我沒有權利回家，此刻我不該在這裡。」

「沒有權利回家？」他父親說，聲音都變了。「假如我死之前見不到你一面，我會懷疑主的良善。」他看著傑克。「那是我心裡的恐懼。所以，你知道，我本來非常高興，高興了好一陣子。」

傑克說：「對於主的良善，你現在的看法如何呢？我眞的不認爲主的好名聲應該取決於我的行爲。我承擔不起這個責任。」

老人搖搖頭。「沒有人承擔得起。我也承擔不起，以我此刻跟你說話的方式……」

「沒關係。大部分我本來就知道了。」

他父親思索了一會兒。「你本來就知道，而這沒有造成一絲差別。我早該明白的。我想我的確明白。」

傑克把椅子往後推，站起來。「嗯，如果你容許我告退……」

葛洛莉說：「不，傑克，你坐下來。我們擔心你已經擔心得夠了。」

他投向她的一瞥帶著疲倦，甚至困惑。「我只是想回房間去。」

「不。」她摸摸他的肩膀。她看得出來他決定信賴她，至少不要得罪她。他又坐下來。

他父親說：「寬容所需要的力氣超過我現在所有的。我以前沒有意識到我費了多大的力氣。我猜，其他每一件事也都是這樣。」

傑克說：「我還不能走，但我會盡快離開。」

「喔，對，你回來有你自己的理由，而你也會為了你自己的理由離開。我只是剛好在這兒，剛好還沒死。」

葛洛莉說：「抱歉，爸爸，可是這番話已經說得夠久了。」

老人點點頭。「也許我正發現我不像自己所認為的那麼好。既然我沒有那份力氣……耐心消耗掉很多力氣，期盼也一樣。」

傑克說：「我認爲期盼是世上最糟的東西，我眞的這麼想。只要有一絲希望，你就成了一個傻瓜。而一旦希望破滅，你就好像什麼也沒了，除了……」他聳聳肩膀，笑了。「除了你擺脫不掉的東西。」

他父親說：「我很難過你有這樣的體會，傑克。欸，我們把葛洛莉弄哭了。」

傑克聳聳肩膀，向她微笑。「對不起。」

葛洛莉說：「別擔心。這沒有什麼。」

她父親嘆了口氣。「好吧，但願我能把剛才所說的話全收回來。但我想，你的確原本就知道了。儘管如此，把這些話大聲說出來，感覺還是不一樣。看起來已經像是我沒有那個意思。我知道我會躺在床上，擔心這件事，但願自己保持住了平靜。我已經保持平靜很久很久了。」

傑克說：「是的。你一直對我很寬容。」

老人點點頭。「我希望這對你還算得上重要。」

「這是唯一還重要的東西。」

「謝謝你，傑克。我知道現在你想要擺脫我了。我把我們兩個都折騰得夠了，我就讓你們兩個繼續你們的談話吧。」

葛洛莉扶著父親回房間，扶他上床。等她回來，傑克無精打采地坐在椅子上，足踝交叉，在玩單人紙牌。

他說：「你有哪一天不想著他的嗎？」

「誰？」

「還有誰，老先生啊。你以為我指的是誰？那位四百五十二封情書先生嗎？」

她說：「你眞會嫉妒！」

他笑了。「的確。這不公平，我連一封都沒收到。前幾天我在《郵報》上看到一首林白夫人的詩，我不介意在信裡收到這樣的東西，總比什麼都沒有好。雖然我體認到什麼都沒有也有迷人之處。舉例來說，那比『退回寄件人』要微妙得多。」

她說：「我應該不曾有過一整天都沒想到爸爸，偶爾幾個鐘頭倒是有。」

「我常常想起這個地方。我還小的時候，我但願我住在這裡。我曾經希望我能夠就這樣走進門裡，像你們其他人一樣，就這樣在桌旁坐下來，寫功課之類的。」

「那你為什麼不那麼做呢？」

他聳聳肩膀。「其實我試過幾次。」然後又說：「我知道別人為什麼總盯著我。我甚至不確定那是不是讓我不自在的原因。我想，有時候那讓我覺得更安全。我曾經為了測試而故意惹出一點麻煩，來確定他老人家仍然留意著我。有時候我會到車棚去，待在上面的夾層，聽著鋼琴聲，你們一起唱著〈心肝寶貝克萊門泰〉[76]，而我會想『也許他們全都把我忘了』，那感覺起來像是我死了，在某種程度上。我待的地方通常離家不遠，比他以為的更近。在他沒去找過的地方。」他瞥向她。「拜託，別哭。我只是告訴你當年是怎麼回事。」他笑了。「還有現在是怎麼回事。」然後他說：「夾層上有幾個酒瓶。如果你想去拿下來，我會替你扶著梯子。」

「我就是會掉淚。我忍不住。這不代表什麼。」

「其實，眼淚很好。老實說，我想，我之所以把我的悲哀故事告訴你，是想看看它們是否眞的悲哀。而果然，看到你的眼淚冒出來了，我就能放下心來。我的意思是，得到活該得到的，沒什麼好悲哀的。別人是這麼跟我說的。而你哭了，我覺得這有點證明了我的無辜。」

「我不知道。也許世上最悲哀的，就是得到你活該得到的。」

「眞的嗎？我想到小安妮・威勒，那個我該娶而未娶的小新娘。」他看著她。「這很悲哀。你看，我才提起她的名字，你就掉淚了。我眞的很抱歉。我早該明白的。」

過了一會兒，葛洛莉說：「我不介意談到她。我也會想起她。」

他清了清嗓子。「你知道她人在哪裡嗎？你不必告訴我。我的意思是，我不認爲她會覺得我有任何用處。無業遊民在芝加哥也多的是。我只是問問你知不知道。」

「就算她家人知道，也不會告訴我們。爸爸跟他們談過好幾次，心想他們也許有她的消息。他很擔心。」

傑克說：「我眞的讓他丟臉了。」

「那段日子很難熬。」

他擺弄著那疊紙牌，將之分開又疊起，又再分開。「當年我離家之前，最後一次跟他說話的時候，我知道我做了一件他無法原諒的事。他認為他能夠原諒，也說他原諒了，但他實在不擅長說謊。我居然能夠傷他傷得這麼重，令我震驚，也令我害怕。那雖然在我預料之中，卻令我害怕。那就像是一腳踏出懸崖。不過，那也是種解脫。我心想：事情終於發生了，我知道會發生。」他笑了。「在那之後我醉了三年左右。泰迪把讓我活下去視為他的使命。可憐的傢伙，他跟我一起都經歷了什麼……他那時十九歲，努力讀書，努力想進入棒球校隊，努力要我去上課。有一次他作弊被逮，因為他頂替我去參加考試。我想必是短暫地有了廉恥心，因為我就是在那時候去了聖路易。顯然，教務長判定泰迪是出於高尚的理由才做了有違榮譽的事，我不清楚。但那件事有可能讓他畢不了業，有可能會是他紀錄上的一個汙點，讓他上不了醫學院。到聖路易去，就像是一腳踏出另一個懸崖，而那也是一種解脫。」

他洗著牌，把牌攤開，再整個清掉，重新洗牌。「這些事沒有一件有意義，全都相當醜陋。有一段時間，我以為我也許可以結束這一切。不，我沒那麼天真，我不是這樣的人。黛拉的父親到處打聽。他想要……品德的證明。」他露出微笑。

「我很遺憾。」

「他告訴了我一些關於我的事，是我已經忘了的。他拿了一封他寫給黛拉的信給我看。他說，如果我不去打擾她，他就不會把信交給她。但我做不到。而她還是留在我身邊。那很難熬。」

「可是那時候你過得不錯？你跟黛拉在一起的時候。」

「『蘇格蘭人豈能改變皮膚呢？豹豈能改變斑點呢？若能，你們這習慣行惡的便能行善了。』[77]他只是想要保護女兒，我尊重這一點。事實上，他跟我們可敬的父親很像，總是想要照顧每個人。」他把紙牌攤開。「無論如何，我現在覺得比較有精神了。想望，希望……就像他老人家說的，這些事耗去你很多力氣。但這個……這個我做得到。」

「你會把那封信寄出去。」

他點點頭。「寄出去也沒有用。不過，既然貼了郵票，又何必浪費？」他瞥向她。「悲傷的葛洛莉，我的伙伴，你把這一切都看得這麼重，實在很好心，眞的。」

她擀好麵片，放進燉雞湯裡。她其實也吃過不少難吃的麵片。她突然想了想那些麵片是否稱得上好吃；就一般標準而言，是否頂多只不過是熟悉的味道，不惹人厭。它們的確是太過不惹人厭。也許她喜歡的是「麵片」這個字眼，而不是麵片本身。

她說：「傑克，我有個主意。我可以到孟斐斯去，我去跟她談。如果你把車修好，我們可以一起開車南下。我們可以打電話給泰迪，請他來這兒照顧爸爸幾天。他會這麼做的，如果你拜託他。然後我就到她家去，或是到她的教會去。沒有人會注意到我，說不定我有機會跟她講上話。」

「你很好心。但是，就算他們眞的不會注意到你吧……」他笑了。「我很確定他們會注意到你。不過，就算他們沒注意到，你要對她說什麼呢？說沒有人要雇用我，說我又開始喝酒，說我最近想要發動那輛 DeSoto 下地獄去，卻失敗了？說我對於基列鎮上種著最多花朵的小墳墓有道義上的責任？」

「別這樣說話。」

「可是，你要說什麼呢？葛洛莉。你明白我的意思。」

「我會說你在車上等她。」

「帶著一打玫瑰，而且引擎還沒熄火。」

「還有一盒巧克力。」

傑克看向別處，露出微笑，然後非常輕柔地說：「別這樣，葛洛莉。我得要對付現實。或者至少是接受這個事實，也就是現實在對付我。」他摸著自己的臉。「比起剛回到這裡的時候，我現在是個更憔悴的可憐蟲。而就連那個時候，我都很意外你讓我進門。我不認爲我想要她看見我現在的樣子。」

「過一、兩天你就會好多了。你可以到時候再決定。」

他笑了。「這是個很糟的計畫。我無法告訴你有多糟。」

「嗯，你可以想一想。」

「是的，想一想是很不錯。我可以讓他們看看我來自什麼樣的好人家。如果我能修好車上的收音機，去孟斐斯的途中可以聽聽音樂。無論如何，我還是可以去檢查一下車子的引擎。你曾經讓那部舊車派上一點用場，我會試著讓它能夠再跑起來。我的襯衫還在那兒嗎？」

「我早上拿進來了。我試過洗衣肥皂，但沒有什麼用。恐怕漂白也派不上用場。我本來想，也許我可以去請教萊拉，看看有什麼辦法。不過，那隻衣袖不算弄得太髒。你的外套掛在門廊上。襪子我燒掉了。」

他看著她。「又掉淚了。」他笑了。「替我惋惜是白費，葛洛莉。我做出最愚蠢不過的事，誰也幫不了。那件襯衫我保留了很久。我通常留不住東西。」

她說：「我還沒有放棄。如果我無法除掉那些汙漬，我會把那隻衣袖縫到另一件襯衫上。那不會太難。」

「別這麼做，讓我習慣東西應有的樣子。這是你能幫我最大的忙，葛洛莉。」他露出微笑。「不過，謝了。你是個好孩子。」

「是的。明天早上我會拿你的信去郵局寄。」

「好的。你的確把那些酒瓶從我衣櫥裡拿走了吧？」

「在你睡覺的時候。」

「很好。信賴我可就錯了。對於這件事，我很抱歉。」

她去照料父親，傑克幫忙擺了餐具。她帶老人到廚房來，讓他坐下。「好的。」他低下頭，有一會兒什麼也沒再說。「可以麻煩你嗎？葛洛莉。」

「好的。親愛的主，賜福給祢所賜予我們的食物，也賜福給服事祢的我們，讓我們總是留心旁人的需要。阿們。」

「嗯，我一向反對這篇禱詞。要能知道旁人的需要是什麼，實在不怎麼容易。單單是留心還不夠，要費的工夫遠遠更多。我的經驗確實是如此。」

傑克把雞湯煮麵片端上來，帶著舊日那種嘲諷的彬彬有禮，可是他安靜而且冷靜，舊有的焦慮如今消失了。麵片外面黏，裡面生，不過，也許本來就是這樣，她想。向來就都是這樣。

她父親說：「好極了。」然後吃了半片。

傑克說：「沒有什麼比得上一碗好吃的麵片。」

「除了一碗難吃的麵片。」她說。

他笑了。「的確，它們很相似。」然後他看著她。「唉，眼淚。」

他們的父親語帶尖銳地說：「你不該取笑你妹妹。你們這些男生把這當成遊戲，可是我不喜歡。紳士永遠要體貼女士。這句話我說過很多次了。這也包括你們的姊妹在內，就算是小妹妹也一樣。這很重要，我希望你多想一想。」他不像是睡著了，雖然眼睛是闔上的。

「是的，先生。」傑克說，好讓父親的惱怒平息下來，然後他坐在那兒凝視著老人，琢磨著老人說的話。

「前幾天晚上我才向你們的母親談起這件事。我們不該容忍這種取笑。」

葛洛莉突然意識到這一天一夜的疲憊擊倒了她，她想要安慰家人，但這個希望跟實際在世上發生的事情毫不相干。她父親蜷坐在椅子上，下巴幾乎擱在盤子上，迷迷糊糊地說著話，她只能希望他是在夢囈，而她哥哥退回至澈底的聽天由命，彷彿昔日的白熱在熄滅之前已經把他耗盡。但他拿了條擦碗布來讓她拭去眼淚，然後扶著父親回房間去。

上午的熱氣讓她醒來，她知道睡遲了。屋裡沒有聲音，也沒有咖啡的香味。傑克和父親想必還在睡。很好。她覺得身體僵硬，彷彿是某種體力勞動令她疲倦。她想到可能會錯過上午的寄信時間，這個念頭促使她起床、梳洗、更衣，讓自己看起來夠體面，免得哪個路人或店員注意到她，納悶在這個可憐的老牧師家裡不知道又發生了什麼新的風波。前一夜她把那封信擱在她的衣櫃上，以免傑克改變主意，選擇了聽天由命，而不是徒勞的盼望。她盡可能地輕聲下樓，溜出門去。

而世界在這兒，她想，還是我們離開時的模樣。炎熱清朗的天空，柔柔的和風，樹木輕聲呢喃，幾隻蟬刺耳地高聲鳴叫。橡實落在路上，有些被路過的汽車給碾碎了。菊花逐漸綻放，泛黃的南瓜藤蔓覆蓋了菜園，一株株番茄從支撐的樁子上垂下，果實都摘光了。夏天再度降臨基列鎮。基列的一成不變、昏昏欲睡，是它夢想著脫離的詛咒。怎麼會有人想住在這裡呢？這是他們兄弟姊妹問彼此的問題，在父親聽不到的時候，當他們從大學回來，或是從外面的世界回來。誰會想要待在這裡？

在大學裡，他們鑽研過人被迫離開熟悉環境的普遍效應，那些結果是憂慮和失序，是現代社會陰沉恐怖的苦果。他們在考試卷裡回答過這樣的問題，在學期報告裡重複寫著索然無味、煞有介事的各種論證，而他們這麼做是認眞地擱置了內心的質疑，這份質疑折磨著這些身懷才具的孩子。然後他們回到出生之地，在這裡，同樣幾株老柳樹拂過同樣參差的草地，同樣一片古老草原開展，無主的花兒綻放，能開多少算多少。家。世上還有哪個地方比家更寬容，可是爲什麼對他們來說卻像是流刑地？噢，在無人識得的情況下穿過一片與你無關的風景！噢，不必認得每一個樹墩、每一塊石頭，不必記得長著野胡蘿蔔的田野曾是他們快樂童年的一部分，他們獻給父親的希望的那份快樂。願上帝保佑他。

在這兒，她得跟每一個在園子裡的鄰居說話，也得跟人行道上遇見的熟人說話。在冷漠的大城市裡，陌生人或許會注意到她眼裡的悲傷，甚至會記住這份悲傷一、兩個鐘頭，如同記住一幅圖畫或是一張照片，但她對他們而言無名無姓。可是鎮上這些好人會替她擔心，會提起她，會相互議論她的事。天哪，她看得見他們眼中的關心、惋惜。可憐的葛洛莉，她的人生不太順利。這麼好的一個女孩，而且聰明，非常聰明。

對於匱乏的奇怪能力，彷彿我們天生就該擁有遠超過大自然所給予我們的東西。彷彿我們嚇人地赤裸，當我們缺少普通生活的自滿。在匱乏中，即使是感情或目標的匱乏，一個人類更加難以忘懷地是個人類，面對仁慈的舉動更加脆弱，因爲他覺得事情原本應該有所不同；他也會思索他缺少的是什麼，什麼能夠緩解這份匱乏，如何能讓靈魂自在、復原。彷彿歸家。可是靈魂會找到自己的家，如果它有家的話。

羅比和托比亞斯在雜貨店裡，從冒出白霧的冷藏櫃裡抽出雪糕。他們兩個各有十分錢，是靠著在萊拉的園子裡拔雜草賺來的。他們把錢拿給她看。她把傑克的信投進郵箱的窄縫，聽聽郵局職員對天氣的看法，便又踏上歸途。兩個男孩跟著她走，蹦蹦跳跳，轉著圈，倒著走了幾步，尚未接受單純走路的乏味。他們分食雪糕，因爲本來就打算分著吃，托比亞斯恭敬地要把他那一份分一半給她，她說「不用了，謝謝」，令他很高興。羅比說：「我要把我的留給鮑頓先生。」

葛洛莉說：「你可以叫他傑克。他不會介意。」

羅比搖搖頭。「我爹說我得叫他鮑頓先生。」

羅比只及她手肘高，跟在她旁邊走，全神貫注在那雪糕上，盡可能地去對付從棒子上滑下來的冰淇淋。走到他家轉角，托比亞斯先回家去了，羅比繼續跟著她。他說：「我媽喜歡我幫忙做事。嗯，我爹也喜歡，可是他只是看著。他坐在門廊上。」

萊拉跟她說過，這男孩得要學會工作。葛洛莉知道她的意思是，在他長大成人的大半時間裡，她將是他唯一的依靠，而他們母子的生計會是艱難的。「有一天我們終要離開的，這附近沒什麼工作機會。」那是他們為了慶祝艾姆斯的生日而到河邊去的時候，她們走到河邊去清洗盤子，停下來看著羅比和托比亞斯讓樹葉快速流過兩排沙子之間的渦流。她說：「我們希望他能夠記得在這裡的一些事。」然後葛洛莉看著那地方，彷彿那是一個女子會希望孩子留下的記憶，的確是的。河流又寬又淺，錯綜複雜的河床讓緩慢流動的河水成了許多條小溪，比較大的沙洲上開滿花朵，到處都是蝴蝶。高聳的樹木在河的上方相接，投下樹蔭，河水平靜處泥土清晰可見。他們全都喜愛這條河，世世代代都是如此，傑克也一樣。她彎身把手伸進水裡，掬了些水拍拍臉，來遮掩流淚的難為情，但不僅如此，也因為這條河的存在顯而易見，因而容易忽略。當她獨自一人，有時候她想起過它。

傑克坐在屋前臺階上，手肘支在膝上，等著她。一看見他們兩個，他站起來，扔掉香菸，走進屋裡。羅比說：「嗯，你可以把這個給他。」他把那半個雪糕交給她，已經在袋子裡融化了。

「他今天人不太舒服。」她說。

他點點頭。「他不會想跟我玩接球。」

「對，他不會。」

「那我爹也許會跟我玩。」

「沒錯。」她說。他之所以跟著她一起走，是因爲以爲會看見傑克。他轉身，揮揮手，朝家裡跑回去。

傑克坐在廚房桌邊，排出一盤單人牌戲。

「抱歉，我沒有聊天的興致。」

「他要我把這個給你。」

「眞好。好孩子。」

她把融化的雪糕放進水槽。

他說：「我想你也許還沒有清掉車棚夾層上的酒瓶，所以在你回來之前，我沒辦法動手修車。」

他跟著她走到車棚，替她開了門。「你待在這兒。」他從牆邊拉出一個空木箱，爬上去站著，一隻手抓住夾層邊緣，另一隻手把一具梯子放下來，那具梯子原先平放在夾層地板上，從下面看不見。梯子一落地，老舊的木頭和鬆動的釘子發出刺耳的聲音。「昨天夜裡你來找我的時候，我就待在這兒。我本來想要出聲的，但我……沒有。」他聳聳肩膀。「我沒有在基列鎮上醉醺醺地亂晃，如果你擔心過這個。我沒有讓這個家丟臉。」

他扶著那具不牢靠的舊梯子，讓她爬到夾層上。那裡聞起來空氣流通，有乾草或是麻袋的氣味，還有乾燥木頭的氣味，經過日曬雨淋，空置已久。幾個年紀較長的兄姊說過在此處玩耍的故事，但父親在她出生之前好幾年就禁止他們來這兒玩，就怕木頭地板上的木刺或低矮屋頂上穿透木板的釘子傷到他們，他甚至搬走梯子，以斷絕誘惑。儘管如此，幾個男孩偶爾會想辦法把彼此拉上去，進入這個祕密的禁地，進行祕密行動和埋伏，這種原始的衝動就連泰迪也抗拒不了。他們不曾想過要帶她這個么妹一起來，他們都知道她守不住祕密，即使她大到能守密之後許多年，也沒來過。所以，這是她第一次踏上這個傳聞中的空間。

傑克把一條曬衣繩牽在兩根樑之間，一塊防水油布掛在繩子上，在地板和屋頂之間的斜面做出低矮的帳篷。她跪下來往裡面看。油布邊緣用釘子整齊地釘在地板上，地板上鋪著報紙，有一條皺皺的毯子和一個枕頭。他在旁邊放了個木箱，充當桌子和架子。擺著一個手電筒、幾本書、一個美乃滋空罐，裡面有幾塊她做的燕麥餅乾。還有那幅裝了框的相片，上面是一條河。另外有一個玻璃杯和一個一品脫的酒瓶，沒蓋蓋子，喝掉了四分之三。這個黑暗的小空間瀰漫著威士忌和汗水的氣味。幾乎有種居家的感覺，但那裡有一份隱隱的孤單，彷彿有個黑暗的幽靈潛伏在那兒，一個靈魂臨時架起這個粗糙的帳篷神幕，來代替其他的庇護所，代替肉體。她想：假如他那晚眞的死了，然後她發現了這個地方，這般整齊，刻意用沒有人想要的東西做成，而他強烈的悲傷氣息仍舊在其中縈繞，毯子仍舊皺成一團……

傑克喊道：「你還好嗎？我很抱歉。我不該要你……」

她說：「我沒事。」從她的聲音他會聽出來她在哭，但她必須要說點什麼，而且他肯定料到她會哭。她把那條毯子從帳篷裡拉出來，一個空酒瓶一起拖了出來。她把瓶子放在一邊，把毯子摺好，撫平之後再放回去。然後她把那個木箱拉過來，從裡面拿出酒瓶和玻璃杯，放在旁邊。那幾本書是《英國工人階級狀況》、《盛氣凌人》，和一本讀舊的小本《聖經》。手電筒的電池已經用盡，但她還是把它關掉，放在那些書旁邊，再把木箱推回原本的位置。那感覺上像是虔誠和安撫，平息這個最整潔的人在他悲傷的困惑中留下的凌亂。

他說：「我想那上面只有兩個瓶子。我很確定。」

這句話表示，他認爲她所花的時間比她所需要的更長。如果他知道她看見並碰觸了他的隱密物品，他會感到難堪，那份難堪與羞恥那般相似，也與痛苦那般相似，三者之間幾乎無法區分。「我好了。」她說，卻又留在原地，跪在那兒，爲眼前所見感到驚奇，彷彿那是偉大奧祕最卑微的跡象，來自一個地域，在那裡，孤單和悲傷就像時間與天氣。

她把酒瓶夾在一邊臂下，玻璃杯拿在手裡，空著的另一隻手抓住梯子，往下踩上了梯級。

「我扶著了。」傑克說，替她把梯子扶穩。然後他走開來，雙手扠腰，看著她，表情疏遠而猶豫，表示他感覺到她也許對他有了其他看法。他說：「有點怪，是吧？有點邋遢？對不起。」

「沒關係。我想這就是全部了。」

他點點頭。

「我把另外幾瓶倒在果園裡。」

「很好。我搭那個帳篷是爲了防止蝙蝠在我用手電筒看書的時候飛過來。蝙蝠會受到光線吸引，這你知道嗎？很有用的資訊。而且也能擋雨，那個屋頂幾乎不管用。所以那樣做是有道理的，對我來說。」

§

他等著她，等她從果園和工具棚裡出來，然後落在她身後幾步，一起走回屋子。他說：「明天我會把它拆掉。我的克難小屋。在我走之前，我會把這周圍清理乾淨。我任由很多東西順其自然。」

「還是比你剛回來的時候好得多。」

他替她打開紗門。「我要想辦法弄掉手上這些汙漬。在我弄掉之前，我沒法協助他老人家做什麼。我想他怕我，以我目前的樣子。」

「不，他只是討厭那個念頭，想到你傷害了自己。」

他點點頭。「人竟然能夠討厭念頭。我討厭我大多數的念頭。」他打開水槽下面的櫥櫃，找到一把刷洗用的刷子。

葛洛莉說：「你可以用起酥油搓手，也許能溶解油汙。用刷子會讓手看起來紅腫。」她從櫥子裡拿出油罐，舀出一匙，倒在他掌心。她說：「還記得你跟我聊過你的靈魂嗎？關於拯救你的靈魂？」

他聳聳肩膀。「我想你也許把我記錯成另一個人了。」

「而我說我喜歡你的靈魂原本的樣子。」

「你眞的記錯人了。」他沒有抬起頭來，繼續揉搓他的手。

「我想過我當時應該對你說什麼，而我一點也沒有改變過想法。這就是爲什麼那令我難爲情，因爲那麼說會顯得我太過自負——我甚至不確定那是什麼意思。」然後她說：「靈魂是什麼？」

他抬起頭來，露出微笑，端詳她的臉。「爲什麼問我？」

「我只是覺得你會知道。」

他聳聳肩膀。「根據我廣泛的學習和經驗，我會說：那是你擺脫不了的東西。侮辱、匱乏、公然的暴力。『我若在陰間下榻，你也在那裡』之類的。『我若展開清晨的翅膀，飛到海極居住。』[78]」

「你選擇的經文很有意思。」

「自然浮現的。不必看得太重要。」

「嗯，你的靈魂在我看來很好。我也不知道這是什麼意思，不過，這是眞話。」

他說：「謝了，小傢伙。可是你不了解我。嗯，你知道我是個酒鬼。」

「還是個小偷。」

他笑了。「對，酒鬼和小偷。我還是個要命的懦夫。這就是我爲什麼常常撒謊。」

她點點頭。「這我注意到了。」

「不開玩笑。你還注意到什麼？」

「我不打算提起招惹脆弱的女人。」

「謝謝，你很寬宏大量，在這種情況下。」

她點點頭。「我想是的。」

他說：「除了這些，我還難以解釋地自負，並且帶有幾分惡意，這並不限於徒勞的自衛。」

「這我也注意到了。」

他點點頭。「我猜這不難察覺。」

她拿來一條毛巾蘸了肥皂，溫柔地把又黑又髒的起酥油從他手上抹掉。他從她手裡把毛巾拿過去。

「所以，我們列出了我可贖小罪的清單。」

「長老教會的教徒不相信可贖的小罪。」

「我很確定『長老教會教徒』這個字眼不能用來形容我。」

「噢，噓！」

他笑了。「好吧，就說我比較輕的罪。倒不是說長老教會教徒相信這個。你想要重罪的清單嗎？那些不可饒恕的大罪？」

「並不眞想。」

「很好。麥爾斯牧師，黛拉的父親兼我的傳記作者，他告訴我，我除了是個麻煩以外什麼也不是。我覺得這話有點道理。我的確什麼也不是。」他看著她。「什麼也不是，徒有一具身體。當我行經這個世界，我讓周圍的事都亂了套，可以合理地稱之爲麻煩。這是件奧祕，我想。這就是爲什麼我不與人來往，只要我能夠。唉，這會兒你又掉淚了。」

「可是，你不認為每個人偶爾都有這種感覺嗎？我肯定有。當黛拉在你身邊，你並沒有那種感覺。如果你不是那麼孤獨，就不會這樣。我的意思是，關於這一點，爸爸說的對。如果你肯讓我們幫助你。」

他說：「媽媽過世的時候，我剛從牢裡出來幾天。所以認真說來，我本來可以回家。可是你知道的，要擺脫掉那段經歷，洗刷乾淨，感覺到你能融入長老教會信徒當中，需要一點時間。而他老人家可不會漏掉任何蛛絲馬跡。我那時候不想讓他看見我，那個念頭令我害怕。所以我用他給的支票買了幾件衣服。我知道當他發現我把支票兌現了，他會有什麼想法。」他向她微笑。「我很感謝那張支票，真的。當時我已經好一陣子沒待在他寄支票去的那家旅舍了。我很驚訝那封信居然送到了我手上。信封上的黑邊讓櫃檯的人意識到事情嚴重，所以他把信拿來給我，甚至沒有先把信折開。我把一部分的錢花在酒吧裡，買衣服之後剩下的錢。」

葛洛莉說：「你不必告訴我任何你不想說的事。這不重要，我不在乎你坐過牢。」

他說：「不在乎嗎？那地方讓我難忘。身為一個什麼都不是的人，我認為那是我所能期望找到的最合適的地方。」他笑了。「在牢裡，他們稱之為行為良好。我可並不常受到這種指責。監牢加深了我的古怪。這一點我相當確定。」

「媽媽去世已經十多年了。所以說，你從牢裡出來之後，過得不錯。」

「對，我是過得不錯。而現在我知道那是個反常的現象，不是我能夠獨力維持的。我發現我仍舊無法信賴自己。所以，我又回到了原點。」他露出微笑。「你原諒了那麼多事，也得原諒這一件。嗯，我猜你沒必要原諒。」

「你知道我會的。」

過了一會兒，他說：「你大概納悶黛拉是個什麼樣的女人，會跟我這種人搞在一起。」

「她讀法文書，她刺繡，她在唱詩班裡唱歌。」

「她的事，有些我沒有告訴過你。」

她聳聳肩膀。「有些事情是神聖的。」

他笑了。「對，沒錯。正是這樣。」他用擦碗布把手擦乾，仔細看了一下。「還不壞。」他舉起手讓她檢查。「至少，他應該能夠忍受看見我的手了。但願我能替我的臉也做點什麼。」

「你可以去睡一下。」

「這主意不壞。如果你不介意的話。有幾件事我本來打算今天要做。」

「先去睡一、兩個鐘頭吧。」

「好，我會的。謝謝。」他走上樓，半途停下來。「剛剛我說我坐過牢，其實應該說是監獄。我待過重罪監獄。」然後他看著她，評估她的反應。

她說：「我不在乎你是否待過監獄。」但是，這句話她說得有點吃力，而他聽出來了。他向她微笑了一會兒，打量著她，以確定她這話是真心的。

他說：「你是個好孩子。」

傑克再度下樓來，已是晚餐時分。「我本來沒打算睡這麼久的，抱歉。」他看起來的確更像他自己，她想。這是句奇怪的話，因爲他一向是他自己，也許從不曾比過去這兩天裡更像他自己。他穿著父親的舊衣服，繫著那條藍色條紋領帶，而且顯然梳過頭髮，刮了鬍子。帆船牌刮鬍水的味道。他扣起了外套最上面一顆釦子，又再解開，然後把外套脫掉。「這樣比較好，我想。」他說，看著她，希望她認同他的看法。

「在這種熱天裡。」她說。

「是啊，不過領帶可以繫著。」

「看起來很好。」

他懷著某種意圖，這很明顯。總的說來，也許是件好事。他身上有種緊繃的鎮靜，彷彿像是士氣。他說：「晚餐吃什麼？」

「奶油雞肉配吐司。剩菜。這一次沒有麵片。不過，我做了桃子派。」

「嗯，也許我們可以在餐廳裡吃，點上蠟燭。這裡的光線似乎太亮了，對於我們當中那些害怕光亮、喜歡黑暗的人來說。」他笑了。

她想：當然，他不希望爸爸看見他的樣子而感到難過。她說：「你想怎麼樣都好。我會去把窗戶打開，把電風扇拿過去。在這種天氣，那兒很悶熱。」

「這些事我來做。」

她走進父親的臥室，老人躺在那兒，醒著，像在沉思。當她跟他說話，他說：「我喜歡聽見屋子裡有聲音。你母親說這棟屋子讓裡頭的聲音就像是從一把舊的小提琴發出來的。她說的沒錯。這是棟美妙的屋子。」他仍舊由於那漫長的一夜而疲憊，還在半睡半醒當中。

「爸爸，你現在想起床嗎？我做了晚餐。傑克下午休息了一會兒，已經起來了，他在擺餐具。」

他看著她。「傑克？」

「是的。他覺得好多了。」

「我不知道他先前不舒服。是的，我最好起床。」他擔心的是他似乎忘了自己的身體不聽使喚，驚訝地發覺自己要坐起來是多麼吃力。

「來，我來幫你。」她說。

他看著她，神色驚慌。「出了什麼事。」

「已經過去了。我們沒事了。」

「我以爲孩子們在這兒。他們在哪兒？」

「他們應該都在家裡，爸爸。」

「可是他們這麼安靜！」

她說：「稍等一下。我請傑克彈些曲子，然後我幫你準備好去吃晚餐。」

「所以，傑克在這兒。」

「是的，他在這兒。」

她走進餐廳，請傑克彈琴，再回去協助父親。「〈溫柔慈聲〉，很好的歌曲。是葛莉絲在彈琴嗎？」

「不，是傑克。」

老人說：「我不認爲傑克會彈琴。可能是葛莉絲。」

她帶著父親走到門廳。他在離鋼琴幾步的地方停下來，鬆開她的手臂，站在那兒看著傑克，帶著疑惑，小聲地說：「這個人彈得很好。可是他爲什麼在我們屋子裡？」

葛洛莉說：「他回家來看你，爸爸。」

「喔，這很好，我想。這沒有壞處。」

傑克彈完了那首聖歌，跟著他們進了餐廳。他把外套又穿上了。他替父親把椅子拉開，也替葛洛莉把椅子拉開，然後在父親身旁坐下。老人看著他，彷彿他跟他們同桌而坐顯得過度親暱，雖然不至於失禮，還是令人驚訝。他說：「葛洛莉，可以麻煩你嗎？」

「好的。」她閉上眼睛。「親愛的主，請幫助我們。親愛的主，請幫助我們所愛的每一個人。阿們。」

傑克看著她，露出微笑。「謝謝你。」

老人點點頭。「這算是概括了一切。」

她上菜時，她哥哥倚在燭光照不到的地方。他把頭髮向後攏，把領帶在襯衫上弄正，然後雙手交疊在膝上，彷彿想起來不要讓別人看見他的手。他父親不時斜斜地瞥向他。葛洛莉替父親把吐司切開，他們沉默地吃著，只有葛洛莉會開口問他們還想不想再多要一點什麼。她好幾天沒看報了，也沒有打開電視或收音機，想不出什麼辦法來提起艾森豪、杜勒斯、棒球、埃及這些能引起父親注意的話題，好把他從夢中引誘出來。至少，他和傑克在吃東西。

終於，傑克清了清嗓子。儘管如此，他的聲音仍是嘶啞的低語。「先生，有些事我想要對你說，如果這是個恰當的時機。我想，現在也許就跟任何時候一樣恰當。」

他父親慈祥地對他微笑。「沒必要這麼拘泥。我已經退休好幾年了，叫我羅勃就好。」

傑克看著她。

她說：「爸，我替你倒杯咖啡好嗎？」

「我不用，謝謝。我們的朋友也許會想要喝一點。」

過了片刻，傑克說：「我想跟你談談。我想要告訴你，經過一段時間的審慎思考，仔細考慮之後……」他看著葛洛莉，露出微笑。

他父親點點頭。「你在考慮要當牧師嗎？」

傑克深深吸了一口氣，揉揉眼睛。「不，先生。」

「如今又有不少人想當牧師了。有許多年輕人對牧師工作感興趣，是件好事。你也許會想要考慮一下。」

傑克說：「是的，先生。」他把玩著水杯，思索著，然後說：「我做過一番努力，爲了一些理由，去相信某樣東西。我把《聖經》讀過不知道多少遍，而且認眞思考過。當然，我待過一些地方，在那些地方，《聖經》是你唯一獲准擁有的書，而在那種地方也沒有太多其他事情可想。沒有太多你會想要思考的事。」他看著葛洛莉。「但我嘗試過了。也許這只是讓我……執拗。是這個字眼沒錯吧？我不知道我爲什麼是這個樣子。假如我能夠，我就會像你一樣。」

他父親看著他，神色莊嚴，沒有聽懂他的話。

傑克說：「我是想要告訴你……經過仔細的思考，我相信了《聖經》的眞實性。泰迪說，這樣說是可以的。我想要你別再爲我擔心。但我眞正能說的，是我試過去了解，而且我的確試過要過得更好。我不知道我將會怎麼做，但我的確嘗試過。」

老人專注地看著他，然後說：「這很好，年輕人。我們先前談過嗎？我不記得。但也許我弄錯了。」

傑克向後靠坐在椅子上，盤起雙臂，看著葛洛莉，露出微笑，輕聲地說：「你又流淚了！」

葛洛莉說：「傑克想跟你說話，爸爸。他想跟你說件事。」

「是的，你說傑克在這兒，讓我十分驚訝，他從來都不在這兒。」

傑克深深地吸了一口氣。「我是傑克。」

老人僵硬地在椅子上轉過身來，仔細端詳兒子。「我看出有相似之處。」他艱難地伸出手去握住燭臺，朝傑克移近一點，傑克用手遮住臉，笑了。他父親說：「是有相似之處，我不確定。如果你能把手移開……」

傑克把手放回膝上，忍受父親的端詳，微笑著，沒有抬起眼睛。

老人說：「嗯，我指望些什麼呢？他的人生會很艱辛，這我早就知道。」他陷入憂思。「我害怕會這樣，我向上帝禱告，但事情還是發生了。所以，傑克在這兒，在那麼久的等待之後。」

傑克隔著桌子對她微笑，搖搖頭。又是個壞主意。現在什麼也不能做。

葛洛莉說：「回來這兒對他來說很艱難。你應該要對他好一點。」

過了一會兒，她父親從白日夢中醒來。「對他好一點！他這一生每一天，我都爲了他而感謝上帝，不管有多少悲痛，有多少憂傷——而到最後，就只是更多的悲痛，更多的憂傷，他的人生只會這樣繼續下去，如今也幫不了他了。你在一個孩子身上看見一份美，你幾乎爲了這份美而活，你覺得你彷彿會為了它而死，但你卻留不住它，也保護不了它。而這個孩子若是長大成為一個不懂得自重的人，這份美就毀了，到最後你幾乎記不得它從前的樣子……那就像是看著一個孩子在你懷裡死去。」他看著傑克。「這種事我經歷過。」

「噢，我不知道這件事。我不……」傑克用手遮住了臉。

葛洛莉說：「不，這太可怕了。我不會讓這事發生。」

「就讓他說吧。我沒有什麼可失去的。」傑克輕柔地說，放下雙手，像是捨棄了所有的防衛。

老人找著自己的餐巾，那餐巾滑到地板上了。傑克把自己的餐巾給他。「謝謝你，年輕人。」他的聲音由於流淚而哽咽，他用餐巾擦乾臉。

「那不是傑克的錯，你知道那不是他的錯。」葛洛莉說。

她父親說：「那麼你為什麼打了老威勒一巴掌？葛洛莉的確那麼做了，她甩了他一巴掌。因為他的屋子不適合小孩生活，這就是為什麼。地上到處都是破掉的東西、生鏽的東西，到處都是！我們本來可以把她帶回家來的！假如傑克承認了她。他知道那是什麼樣的地方。」他憤恨地說：「他去過那裡。」

傑克向後靠坐在椅子上，用手遮住了眼睛。

葛洛莉說：「那麼久以前的事了，爸。我們不能撇開不談嗎？」

「你撇開了嗎？我們以爲你永遠都無法想得開。你哀悼那個孩子的方式差點把你母親給嚇死了。」

她說：「可是現在傑克在這兒。他的生活很艱辛，很悲哀，而現在他在家裡了。他回家來了。」

「是的，而他這是在向我們道別。你知道他是。他說他讀了《聖經》，嗯，任何一個傻子也看得出來。他對《聖經》比我還熟。他爲什麼要大費周章地告訴我？爲了讓我以爲他也許在努力得到拯救。嗯，也許他做到了，我希望他做到了。但這不是他對我說起這件事的原因。他認爲他不該留我在這兒爲他的靈魂擔心。他在這兒有幾件活兒要做完。他要扔給老人家一、兩個保證，然後他就要走了。」

傑克笑了，非常輕柔地說：「我不完全是這樣想的。」他清了清嗓子。「但我大概會離開。這是眞的。」

她父親垂下了頭。「他們全都稱這裡爲家，但他們從來不留下。」

過了一會兒，傑克說：「你並不想要我在這裡晃來晃去，提醒你那些你寧可忘記的事。」

他的聲音仍舊不比耳語大聲。

「我從來沒忘記，雖然我努力試著忘記。那些事是我的人生。」他抬起眼睛看著兒子。「你也是。」

傑克聳聳肩膀，露出微笑。「對不起。」

他父親探過身去，拍拍他的手。「有時候這令我擔心。我不知道我的人生變成了什麼樣子。」然後他摸著傑克的衣袖，說：「你知道，我失去了我的教會。」那語氣是沮喪的承認。

傑克說：「嗯，我知道你退休了。」

老人點點頭。「也可以這樣看待這件事。」燭光在晚風中搖曳起來，風吹動燈具上的水滴狀水晶。他說：「我失去了我太太。」

傑克動了動，彷彿預期會受到另一番指責，但他父親只是搖搖頭。「我爲什麼期望要留下任何東西？人生不該是這樣。我……我很擔心艾姆斯，他有這麼個小男孩。」過了一會兒，他抬起目光。「我把這房子留給了葛洛莉。他們其他幾個全都成家了。我有一點錢，你們每個人都會拿到一份，還有一點留給艾姆斯的小男孩。錢並不多。我知道葛洛莉會很高興見到你，如果你什麼時候想要再回家來。」

傑克隔著桌子對她微笑。「我很高興知道這一點。」

老人閉上眼睛。「留下這麼多沒有處理的事。我沒辦法如我所應當地享受上天堂的念頭。我知道我不應該認爲你母親會問起我這些事。」他沉默了一會兒，然後說：「我原本希望我能夠告訴她，傑克回家了。」

傑克坐在那兒，琢磨著父親的話，在他臉上有某種表情，比溫柔或同情更爲純粹，洗去了言語所能描述的一切。終於他低聲地說：「我希望你會把我的愛帶給她。」

老人點點頭。「是的，我肯定會這麼做。」

送父親上了床，傑克回到廚房來。他說：「你想下幾盤棋嗎？我實在沒法想像現在就去睡覺。」

「我也一樣。」

他說：「我很抱歉，葛洛莉。這些事情從來就不按照我所期待的方向進行。你會以爲我早應該學到了不要期待。」

「你本是好意。」

「我想我是的。」

「你是的。」

「對。」他點點頭，彷彿藉由這小小的確認讓自己鎮定下來。「我問過泰迪。而且那最初是你的主意。」

「我們兩個都認爲値得一試。」

「但我沒有試。你注意到了嗎？我沒有試著對他撒謊。我失去了勇氣。」

「那大概也無妨。」

他聳聳肩膀。「我不會知道。」

他們無言地下了三盤棋。傑克是那麼心不在焉，葛洛莉贏了，儘管她也很努力。她想：這種棋局該有個名字。鮑頓式下棋。甘地式下棋。

他說：「你大概想去睡了吧。」

「欸，傑克，我剛剛才得知我會繼承這棟屋子。我從來沒想過要留在基列。我的意思是，我本來打定主意要離開基列。我不希望別人認爲我不知感激，可是我……『嚇壞了』是個太強烈的字眼，但這就是我腦海裡浮現的字眼。所以，我怎麼可能睡得著，就算我想睡。」

傑克靠坐在椅背上，看了周遭一眼。「這棟房子不錯，也沒有抵押的負債。你有可能得到更糟的東西。」

她說：「這是個我作過一百次的噩夢。在這個夢裡，你們全都離開了，展開了你們的生活，留下我在一間空蕩蕩的屋子裡，屋裡滿是可笑的家具和難讀的書。我等著有誰注意到少了我而回來找我，可是沒有人回來。」

他笑了。「可憐的辮子妹。在我的噩夢裡，我躲在車棚裡希望有誰會找到我，可是沒有人來找我。」

「嗯，我要拆了那座車棚。如果我繼承了這個地方，那就是我要做的第一件事。」

「好。要我煮點咖啡嗎？」
「也好。」
傑克在咖啡壺裡添了水和咖啡粉，倚著流理檯等咖啡煮好。「那是你的車棚。當然，如果請個人來把屋頂修一修，還能再撐個幾年。這只是個提議。油漆一下也好。」
她笑了。「所以說，你想要我留下那個車棚。還有什麼東西是我該留下的嗎？」
「還有什麼東西是你打算不要的？」
「喔，那些地毯、窗簾、壁紙、檯燈、椅子和沙發……幾十個紀念盤，還有那些小雕像。」
「好。」他說。
「幾個書櫃。還有爺爺那些老舊的神學書籍，那些書想必有五百本。」
「我想，你會留下那批來自愛丁堡的書。」
「是的，那些我會留下。」
「至於剩下的書，有些你可以放到閣樓去。我可以把東西挪一挪，讓那裡空出更多位置來。」
「這是個辦法。」
他穿過門廳，走到餐廳，打開了電燈，雙手扠腰站在門口看。「我明白你的意思了。」

「那看起來就像是《老古董店》[79]裡的東西。」

「的確。」但他仍舊四下環顧。那張桌子和餐具櫃有著像獅子的腿和有爪好鬥的腳，像是某種欠缺考慮就被披滿小塊墊布的物種，而它們是這個物種最後的倖存者。牆壁上突出的燭臺是蓮花形狀，燈泡裝在該是蓮花雄蕊的位置。她心想：天哪，他已經預期他會想念這一切。她想：只要他還活在這世上，或者說，只要沒有人知道他已不在人世，我大概就得留下所有這些黑核桃木家具，這些酸腐、凶猛、令人沮喪的家具，還有那條紫色地毯。而就算他死了，我也得繼續留著，因爲我曾經看見他這樣看著。

她說：「你希望這些東西能維持原狀。」

「嗄？不，不，這對我來說不重要。也許我哪天會回來這裡。」他的語氣明白顯示出他懷疑他會回來，也顯示出他之所以表現出存疑，只是出於禮貌。他說：「我偶爾會想起這個地方。」然後他聳聳肩膀。咖啡煮好了，他拿了個杯子給她，替她斟滿，再替自己拿了一個。

她說：「不會有人想要我改變任何東西。等爸爸走了，他們會每年回來一、兩次，說不定根本不回來，可是他們會希望一切都保持原狀。」

他點點頭。「你可以把房子賣了。讓別人來拆除那個車棚。讓『雪花』有關的回憶永遠消失。如果你這麼做，對大家來說也許最好。」他知道他在提議無法想像的事，而他露出微笑。

「唉！」她趴了下來。「我不希望這件事成眞。不知怎的，我一直就知道這種事會落在我頭上。」

「不是非如此不可。你可以迅速離開，一走了之，讓其他人來處理。沒有人會怪你。至少我不會。」

「不，我真的沒辦法這麼做。」

「抱歉。知道你這麼想令我寬心，葛洛莉。我知道我沒有權利這麼說，可是這令我寬心。當然，你隨時可以改變心意。」他拿起那副紙牌，擺出了一盤單人牌戲。

等她終於上樓回到房間，躺下來準備睡覺，她陷入沉思，思索著她幾乎答應了傑克她將留在基列，讓這棟屋子維持原狀，這片土地也維持原狀——或多或少長滿雜草，或多或少未經打理，但基本上維持原狀。就算他也許再也不會見到這個地方。現在想起來，他幫忙做的那些事全都是在修復。母親的鳶尾花園重建了，那幾把戶外木條躺椅修好了，後門廊臺階的踏面更換過了。那有點像是讓這個家再度活了過來，有他在這兒，四處忙碌，像她父親從前一樣。他剛回家時，儘管擔心自己成了一個陌生人，卻還是按照老習慣，繞到廚房的門來。

她之所以想到要拆掉車棚，是因爲他一生中最悲慘的那幾個鐘頭無疑是在那裡度過的。只要她走進去，就會想起那件可能發生的事，想到她會發現什麼，然後是那個可怕的問題，那場災難，對她父親而言，不論她能想出什麼話說，想出該怎麼做。她也得要告訴泰迪。那會是最終的侮辱，最無可原諒的褻瀆，褻瀆了他們設法珍惜的關於他的每一件事。天哪。還有他造的那個藏身處，躲起來安慰自己，他一向都這麼做。隱藏他的孤單，或是讓他的疏遠變得實實在在，清晰可見。躲在夾層上是男孩子也許會玩的老遊戲，他小時候這樣做過，而他記住了，也許這讓他覺得比較自在。她應該親自去把那塊油布扯掉，不要留給他去做。不去侵犯他的任何東西，是種深刻的習慣，就算他開口了，她也很難鼓起勇氣去做。她想知道他是否已經把油布取下了？還是他也許會在她上樓以後離開屋子，再回到那裡去，就在這一夜。然後她又想，他會不會有另一瓶酒還藏在哪裡，也許在那輛 DeSoto 裡。那天下午，趁著他睡覺的時候，她應該要再回去四處看看的。她想得不夠周全。

說到底，究竟有什麼事改變了呢？他在她面前丟臉了，讓她來掩飾他的無助和無力自衛。倒不是說她會怪他，可是他將永遠忘不了她看見過那一幕。從他如今看著她的方式，從他那種有所節制的輕柔聲音，她知道傑克怎麼想。他基於好意，試著向父親撒謊，但他失敗了，而且在過程中投了一顆石子進入一座深深的憂傷之井。在這麼多年之後，他聽見了那些可怕細節，沒有別的理由，只因爲他可憐的父親似乎把其餘的一切都給忘了，卻更加憤恨地記得這些可怕的事。傑克答應過她，再也不會試圖結束自己的生命，然而，他也告訴過她，他之所以那麼做只是因爲他醉了，而這想必意謂著，如果他剛好在哪裡還有另一瓶酒⋯⋯

隨著時間過去，天空漸漸亮起，微光使得窗簾透白，她聽見傑克在他房裡有了動靜。然後她終於睡著了，而後在培根和咖啡的香味裡漸漸醒來。

傑克把西裝從門廊上拿進來，刷一刷，熨一熨，先前葛洛莉把它掛在那兒晾著。西裝上沒有留下明顯的油汙，只在長褲一個口袋的上方有個汙漬，外套翻領下側也有幾個，在他那天用手揪緊外套領子的位置。他對這套西裝的在意想必是深植心裡，即使在非常狀況下，他也記得留心。只要他記得把外套扣起來，遮住長褲上的汙漬，那麼這套西裝就跟從前一樣體面。這顯然令他寬慰。他向她要了針線，縫牢一顆鬆開的釦子。她喜歡看他做這類事情時那種嘲諷的認真，她知道自己很幸運，能夠目睹這種令人難以相信的轉變和熟練。儘管如此，這天早上他做這件事的時候帶點忙亂，懷有目的，有點令人不安。

他把西裝掛在門框上，往後站了幾步檢視著。「就這個情況而言，還不算太糟。對吧？」

「一點也不糟。」

「烤箱裡有吐司。我也煎了一些培根，還可以替你炒個蛋。」

「你今天非常周到。」

他點點頭。「我打了電話給泰迪。」

她過了一會兒才明白他所說的話。「你打了電話給泰迪？」

「對，我把他吵醒了。但我認為，最好是在我的決心消失之前打給他。」

「只要吐司就好。」她說。

「如你所願。」他把吐司疊在盤子上，放在她面前，還有果醬、奶油、一杯咖啡。「今天早上我去看看他老人家，而他不知道我是誰。他也不知道他是誰，毫無概念。對於這件事，他表現得很有禮貌。」他把身體撐在流理檯上。「所以我想我最好跟泰迪談一談。他會打電話給其他人。他說他星期二可以到這兒。」這是他第一次直視著她，與她四目相接。

「好。我得把屋子打點好，把那些床鋪好。我需要去買點雜貨。」

傑克說：「我會在這兒幫忙，直到星期二。然後我就不會再打擾你了。」

「什麼？可是你說過你要留下來。讓我算算看，再多留十天，留下來等那封信。」

他露出微笑。「不會有信來。我不知道我那樣做算什麼……也許是一個玩笑。葛洛莉，別叫我留在這裡看著事情發生。你知道我無法信賴自己，我可能會做出什麼……不忍卒睹的事。我可能會把一切弄得更糟。」他輕柔地說。「我實在應付不了他將要死去的這個念頭。」然後他說：「眼淚，你又哭了。但我不會留下你一個人在這兒。泰迪說他會在路上打電話來，從弗里蒙特，而我會一直留到他打來。你不會是一個人。」

「唉，可是誰來照顧你？」

「不會有事的。無論如何，這樣對我比較好，對每個人都比較好。你知道的。」

「可是傑克，我們甚至不會知道你去了哪裡。」

他說：「這有什麼關係？」

「噢，你怎麼能這樣問？你居然能夠這樣問？我應付不來……我知道你在怕什麼。這讓我心碎。」

他聳聳肩膀。「你眞的不該這麼擔心我。我有一段令人佩服的失敗史，不管有沒有價值。而在這一點上，人們有時候出奇地寬大。警察啦、修女、救世軍，或是脆弱的女人。」

她說：「你膽敢跟我開玩笑。」

他露出微笑。「我說的差不多都是實話。」

「那麼就別跟我說實話。你差點就讓我們擔心死了，差點就把我們嚇死了。可是你現在要做的事眞的是你的代表作。」

他看著她，臉色蒼白，表情沉重，帶著悵然，而她知道不能再說什麼了，也知道不該說出剛剛那些話，因爲他一直帶著的那份悲傷已經是他所能承受的極致。他說：「我照料過他了。我做了燕麥片餵他吃，幫他把身體洗乾淨，替他換了床單，也替他翻了身，我想他又睡著了。昨夜對他來說太艱難了。是我的錯。」

「不，你是試著想安慰他。而且這件事遲早要來，我們全都知道。」

他點點頭。「我想是吧，謝了。謝謝你，葛洛莉。我要去處理車棚夾層上那個東西，不會花太久的時間。」

葛洛莉去看看父親。他向右側躺著，神情鎮定，沉沉睡著。他的頭髮梳成一團軟軟的白雲，像無害的渴望，也像一團薄霧，由不斷作著的夢散發出來。

她去找艾姆斯，跟他說他們一家人已經準備回家來。他抱抱她，把他的手帕遞給她，說：「我了解，我了解。我會過去看看他，等他睡過之後。教會裡有幾件事我得先去處理。傑克怎麼樣？」於是她告訴了他傑克將要離開，雖然她原本沒打算要說。她說，他偏偏要在這個時候離開實在令她很難受，而她說這些話帶著強烈的擔憂和悲傷，但她沒有洩露她發誓要保守的祕密，或多或少。她沒有提起傑克害怕自己做會出某件不忍卒睹的事。唉，傑克。

「是的，你父親會希望他跟家人在一起。現在離開對他來說會是個遺憾。」艾姆斯說。

「是的。」她說。

未能坦誠以告，他能給的安慰很少，葛洛莉謝過他就走了，趁著還沒有向習慣和悲傷讓步，從而洩露出對傑克的擔憂——在他們和他的整個童年，他們做過最得罪他的事就是這個，她父親無疑又做過一次，在他最後一次來訪艾姆斯家的時候。她深深懊惱自己留給了艾姆斯一個印象，亦即傑克只不過是一個差勁又不遵守禮俗的無賴。唉。她不能做什麼，只能回家去，替要回家的兄姊做準備。

她走進廚房，傑克在那兒，穿著西裝，繫著領帶，刷著帽緣的一塊汙漬。爲了解釋，他說：「我還有最後一線希望，最後一絲樂觀。我想要確定它在我離開鎮上之前破滅。」他笑了。「我的意思並不像聽起來這樣。我的意思是，我懷疑這一線希望有任何存活的可能，但我想問看看，你知道的，只是爲了確定。我要再去跟艾姆斯牧師談一次。我想，我就再試這最後一次。」他聳聳肩膀。

葛洛莉說：「好吧。我剛去見過他，告訴他爸爸的事。他說今天上午他會去教堂，然後他會來這兒。所以，你可以等他來的時候跟他談。」

「不，我想散步到教堂去，依著我原本的想像，帶有自白性質的對談。我做得到。」他露出微笑。「別一副擔心的表情。這一次我不會讓他傷害我。我的意思是，至少他不會讓我措手不及，不管是好是壞。」

噢，天哪，她想，但願眞是這樣！該怎麼警告他？該怎麼警告他們倆？傑克會一頭撞進她替他準備的難堪情境裡。當艾姆斯跟她說「那會是個遺憾」，他的聲音微微帶著那種緊繃的耐心，他聽著傑克的無賴行徑時一向帶著這種耐心。而傑克習慣在他無法辯解的事情上退縮，當他覺得他可能被視爲可疑人物，就會擺出一副閃躲的尊敬態度，更增添了別人的不信任，不管他的鞋子擦得多亮。他那疲倦的微笑，彷彿他知道，在他和任何談話對象之間，缺少那份信賴來維持最普通的交談，彷彿他們之間有一份不安的共識，幾乎排除了言語。他做了這麼多假設，這其中厭倦的熟稔似乎令人們吃驚。儘管如此，他必須讓自己確信他的最後一絲希望會破滅，於是他檢查領結，輕輕碰碰帽沿，到教堂去找艾姆斯。

葛洛莉去看看父親，發現他還在睡。她上樓回房間，跪下來，急切地祈禱，用腦海裡唯一浮現的話語：「親愛的主，幫助他。親愛的主，保護他。請不要讓他由於我的愚蠢而受苦，親愛的上帝，求求祢。」然後她躺在床上，思索著。說得更確切一點，她陷入回憶之中，回想起她幾乎禁止自己去回想的事。一件她現在幾乎終於澈底放棄了的東西，雖然那東西從來就不屬於她。一棟日光明亮的簡樸屋子，屋裡的東西全都輕巧實用，通風良好，一點也不富麗堂皇。正面有扇望向庭院的落地窗，背面有個露臺。廚房寬敞而且日照充足，有一張漆成白色的桌子，不，是個早餐檯，晨光會落在那上頭。有時候，她曾經跟那個未婚夫談起這棟屋子，而他們的意見如此一致，如此心意相通，令他們感到驚喜。不要鍍金鏡框，不要突出的飛簷。她提起過小孩，而他說在頭幾年他們得要非常務實，先別想小孩的事，有的是時間。於是她想像著小孩安靜地玩耍，不時從露臺上踮著腳尖走進來，來輕聲說出一個祕密，或是攤開掌心，讓她看一塊特別的小卵石，然後再悄悄走出屋子。因為不能打擾爸爸。千萬不能讓他知道他們進來過。她替他們取了名字，那些名字在他們之間換來換去，也會改變，一如他們的某些個性，年齡、性別、數目。有幾個星期，其中一個孩子有口吃的毛病，因爲她在學校裡跟一個口吃的孩子談過話，一個可愛的孩子。但隨後他們又成了嬰兒，還沒有明顯的特徵，滿足地躺在她懷裡。在每一個寒冷的夜裡，他們穿著法蘭絨睡衣，而她在想像中唱著關於迷路孩子那首民謠給他們聽。「紅紅的知更鳥帶來草莓的葉子，鋪在他們身上。」他們會在她懷中哭泣，並且更愛她，因爲她永遠不會拋棄他們，讓他們免於失去的痛苦。假如他們是眞實的孩子，她或許會懷疑該不該把這種憂傷的顏料滴進孩子心裡，雖然就她自己而言，她從不曾遺憾幾個姊姊曾經唱這首民謠給她聽，讓她深深感覺家人的照料是多麼堅實，當強風在樹木間咆哮，搖撼著窗戶。他們都知道那風能夠橫掃一個鎭，讓它七零八落，讓房屋、牛群、小孩都消失。紅紅的知更鳥。這些字眼就像一滴血一樣鮮豔。

那個未婚夫有個習慣，坐著時腳跟靠攏，腳趾朝外。當他想要顯得滿足或討好時尤其是如此。她始終無法不覺得這表示他有某種令人沮喪之處，是無法校正的，即使她偶爾向他提起，說他也許可以讓雙腳的姿勢更優雅一點，而他也照做了。如果她端杯咖啡給他，他會靠坐著，手肘擱在膝上，端著杯子下面的淺碟，對她咧嘴一笑，那雙腳就彷彿是在模仿那個笑容，而那個笑容本身顯得誇大。他會說她對家人太引以爲傲，而這是眞的，也並非沒有理由。即使走路有些拙態，他們全都是優雅的人，而且不會咧開嘴來笑。

事實是，儘管如此，她本來還是會嫁給他。有許多年，她沒有別的打算，只有在懷疑浮現時，把打算降低爲期盼。回想起這些事是多麼可悲，而每當一封信寄達，電話響起，聽見他在敲門，那份欣慰又是多麼可悲。他是個相貌討喜的男人，強壯而紅潤，有清澈的藍眼睛和鬈曲的紅髮。就算他本人不完全符合她從他的信裡得到的印象，他足以令人喜歡。有時候他會逗她發笑。她幾乎想知道她給了他多少錢，只爲了量測出愛戀的深度，如今那愛戀於她顯得那般遙遠。是爲了那些孩子和那棟陽光充足的房子，她才努力看出他的優點，壓抑住懷疑，樂意放棄區區的金錢，如果那能爲她掃除通往幸福的障礙，或是能夠不要擾亂她對於幸福的想像。願上帝保佑他。傑克了解這一切，而且笑了，一種痛苦但友好的笑，彷彿他們一起消磨了墮入地獄的時光，訴說著是什麼讓他們墮入那裡，以預防單調乏味，還有對於接下來要發生的事的恐懼。她曾經暗中懷著關於陽光和小孩的甜蜜念頭，如今已經徹底消散。不，她想要藉由告訴傑克來將之驅散，彷彿它們是那種在日光中消亡的鬼魂。然而，正是爲了這個緣故，她無法透露，也將永遠不會。讓沉睡追上它們，終於。

所以，葛洛莉將在一個兄弟姊妹稱之爲家的地方過完一生，一個他們實際上不常回來、但卻希望能更常回來的地方。如果她謹慎地向中學校長提起她打算締結的婚姻其實並未發生，這個消息將傳遍全鎮，大家會理解，這件事不會再引起特別的關注。她可以再回去教書。

她聽見傑克走進廚房，把帽子擱在冰箱上。她聽見他沿著走廊走去跟父親說話，然後回來倒了一杯水，把水拿去給父親。過了幾分鐘，他走到鋼琴旁，彈起一首聖歌。「當我所有的試煉和煩惱成爲過去，我在那美麗的海灘醒來。」事情想必進行得還算順利，感謝上帝。於是她下樓去。

等他彈完那首聖歌，他轉過身來，看著她，輕柔地說：「還不錯，他很親切。他沒辦法替我做些什麼，但他很親切。情況還不錯，比我預期的要好，真的。艾姆斯說他的心臟愈來愈差，所以他不會在人間太久了。我本來以爲他也許可以……嗯……替我擔保，幫我洗刷我的壞名聲。但我反正得離開這裡，我不知道我爲什麼還去麻煩他。」他聳聳肩膀。

她說：「我很高興你們談得不錯。」

他點點頭。「我喊他爸爸，而這一次，我想那甚至讓他有點高興。」他自顧自微笑，然後說：「我幾乎把一切都告訴了他，聽完之後，他說：『你是個好人。』你想像一下。」

「喔，我也可以告訴你，你是個好人。我一字不差地這麼說過，對吧。」

他笑了。「你不善於鑑定別人的性格，尤其是我的。一點也不客觀。」

他們聽見父親醒來，有了動靜。傑克把他抱到門廊的椅子上，替他裹上毯子，讀報紙給他聽。葛洛莉去煮馬鈴薯湯，用他向來喜歡的煮法，不加洋蔥，而放進融化的奶油，捏碎的脆餅浮在上面。傑克替他拿著杯子餵他吃。老人接受這些照料，沒有加以評論。然後傑克換上工作服，走出去到園子裡，在父親看得見他的地方；父親似乎也看著他，直到打起瞌睡。過了一會兒，傑克回來，見到他睡著了，就把他又抱回床上，小心翼翼地把睡袍從他佝僂的身體上脫下來。她覺得傑克身上有種平靜，隨著認命而來的平靜，隨著最後一絲希望的破滅，像一種完美的謙遜，不因可能發生的事而分心——那些未能實現的事、尚未決定的事。他修理那輛 DeSoto，然後坐在門廊上閱讀，直到太陽西下。他出去散散步，只是去看看這個地方，他說。他在一小時之後回來，十分清醒。這也許是她這一生中最悲哀的日子，亦是他一生中最悲哀的日子之一。然而，總的說來，這一天並不算糟。

接著星期天到來，傑克上教堂去。這是去向艾姆斯表示敬意，還有感激，他說。他向她要了兩塊錢去奉獻，因爲先前他要她把全部的錢都收起來，甚至把他多年前藏在那批來自愛丁堡的書裡的鈔票也給了她，儘管那些鈔票具有情感價值——那是他年少時偷竊所得，藏在他肯定不會有人找到的地方。十二美元分別夾在《反對可怕之女性統治》的書頁裡，十九美元夾在《談苦惱》裡。從《被釋放的母鹿》，那本父親要求他們當成一部偉大作品來尊敬的書，他拿出幾張慘不忍睹的成績單，還有一張公民課教師給他父親的紙條，那位老師在他道德與教育的地平線上只看見漆黑的烏雲，迫切地請求和他父親討論。他搖搖頭。「我猜我是個相當憤世嫉俗的孩子。」他說著笑了。葛洛莉提議他把這些錢放進奉獻箱裡，當作是悔罪，但他認為金額太大，足以引起懷疑。「無論如何，出自我的手，就會引起懷疑。」

她留在父親身邊，感受到父親聽見傑克去教堂的消息時，表現出一份短暫而猶豫的歡喜。傑克回家時的樣子就跟出門時一樣平靜，這顯然令他父親鬆了一口氣。她問起講道的內容，他笑了，說：「講的不是我。」然後他說：「嗯，講的是偶像崇拜，關於對事物的崇拜，一方面是科學理性主義對物質世界的崇拜，另一方面則是……對椅子、桌子和紫色舊窗簾的崇拜，就像鮑頓家和圖騰主義者所為。那的確令我深思。」

「別擔心，我一件東西也不會更動。」

「如果你想，儘管去做。」

「這當然。」

她做了烤牛肉和比司吉麵包。傑克在閣樓裡忙，清出空間來放她也許硬起心腸不想再看見的任何東西。他再度懷著明確的目標。那張河流的照片又回到了老位置，她從他房間敞開的門瞥進去，看見那一套吉卜林在衣櫃上，夾在那副林肯書擋中間。不能說什麼，也不能做什麼。父親幾乎沒有說話，帶著惱怒和猜疑，看著他們來來去去。她在廚房裡端出晚餐，小心地盡量避免談起任何回憶。當他們就座，而她說完了謝飯禱告，她父親耐心地坐著，雙手交疊在膝蓋上，直到傑克提議餵他吃馬鈴薯泥和肉汁。最後這幾天裡，她覺得傑克的溫柔超乎尋常。為什麼這會讓她覺得不尋常呢？她向來知道他可以很溫柔。她會告訴其他的兄姊，假使他們忘了，好讓他們全都希望有朝一日能像她一樣熟悉他。那麼，如果他居然去找他們其中任何一個，他將會立刻受到由衷的歡迎，不管他看起來有多麼不體面，或實際上做了什麼不名譽的事。終於，父親指著她做的餐點說：「我猜這是在說再見。」

傑克說：「還沒到時候。」

老人點點頭。「還沒。」他憤恨地說：「還沒。」

「泰迪很快就會回來。」

「這我很確定。」老人垂下了頭。「帶著他的聽診器。彷彿那能解決任何事情。」

傑克清了清嗓子。「回家來很好，真的。」

老人抬起眼睛，端詳兒子的臉。「你從來沒有稱呼過我。沒有一個你會當面叫我的稱呼。爲什麼呢？」

傑克搖搖頭。「我自己也不知道。那些稱呼從我嘴裡說出來似乎全都不對勁。我不配像其他兄弟姊妹那樣跟你說話。」

「噢！」他父親說，閉上了眼睛。「這就是我所等待的。這就是我想要的。」

葛洛莉對安息日有了一種新的感激，因為在這一天沒有郵件送來。那個星期天在悲傷的平靜中度過，她覺得父親的精神好了一些，而傑克則對他們兩個充滿關懷，感到遺憾，但毫不懷疑，為自己堅決想要離開感到侷促難安。星期一早上，她聽見他在房間裡整理衣櫥，肯定是按照他分外嚴格的標準，區別哪些東西真正屬於他，把她給的屬於父親的衣物全部擺在一邊。她從不曾認識過別的小偷，無法一概而論，但她認為，關於「我的」和「你的」之分，偷竊也許涉及某種微妙的錯亂，沒有能力看出循規蹈矩的界線。這將能夠解釋他何以拒絕帶著父親的幾雙襪子離開這棟屋子。他對自己的嚴苛令她心碎。他把借用的幾條手帕洗乾淨，熨過，放回父親的抽屜裡。他再度變成了那個出現在廚房門口、聲稱弄丟了一個皮箱的傑克。

不，她認識另一個小偷，替她給他的錢記帳的那一個，說不定他真以為他能夠償還。要想孩子的事還有的是時間，他說，而她點點頭，知道那並非實情。他需要一點錢，又再需要一點，因為他要跟他從軍時的一個老朋友做生意。他等不及要讓他們倆見面，她會喜愛對方——如果可以這麼說的話，哈哈。她把錢給了他，好讓他別再說了，甚至說不定是想讓他離開。他或許也明白。他會離開，留下她和她對他的想像。有少數幾件事，回想起來仍舊感動，像是他握住她手的方式。她帶他回家的那一天，路克、丹尼爾和費絲全都在客廳裡等著。他們非常和藹，沒有流露出明顯的驚訝。她很確定當她和那個未婚夫離開房間，兄姊他們不會交換輕蔑的話語。沒有任何跡象顯示他們對他的人品或意圖有任何懷疑。儘管如此，在他投向她的目光中閃現出一絲緊張。然後他握住了她的手。

郵件送來時，她正想著這些事。有路克和侯璞寫給她的信，還有一封由黛拉．麥爾斯寫給傑克的信。她走進廚房，坐下來。她已經習慣了那個念頭，認爲在傑克最後寄的幾封信被退回來之後，不會再有什麼重要的事發生。不過，如果那個名叫羅蘭的女人——信封上的地址是葛洛莉寫的——打電話給黛拉，把傑克的信讀給她聽……不，就算是這樣，這封信還是來得太快了。這封信寄自孟斐斯，不是航空信。她有點頭暈。信件會這麼重要實在令人害怕。她想到要把信燒掉，甚至想到把信拆開。然後，如果有必要，她就燒掉。不，有些東西是神聖的，即使是令人傷心的東西，尤其是這件令人傷心的東西——令人傷心，她怎麼知道？她就是知道。她走到樓梯旁，喊傑克下來，而他立刻就下來了，大概以爲她需要他幫忙照料父親。看見她，他問：「怎麼回事？」

「沒什麼。這兒有你的一封信。」

她先前把信留在桌上。他拿起來看著。「天哪。」

「你想要我留你一個人在這兒嗎？」

「是的，如果你不介意的話。謝謝你。」

於是她走進客廳，在收音機旁坐下，等待著他也許會想要找她或需要她的任何信號。只有一片寂靜。最後她走到廚房門邊，傑克抬起目光來看著她，露出微笑。他說：「這並沒有眞的改變任何事。」他清了清嗓子。「這封信並非不親切。我沒事。」然後他說：「如果你想哭的話，小傢伙，就儘管哭吧。」

葛洛莉跟他一起坐在那兒，隨時準備走開，只要他做出要她離開的任何表示。他不時抬起目光來看著她，彷彿想說些什麼卻沒有說，也彷彿知道她跟他心意相通，雖然誰也沒有說話。最後他說：「我仍舊打算留在這兒，直到泰迪打電話來。雖然我幫不上什麼忙。」他又說：「在這種時候，不管是誰都會想要喝一杯。」聽見父親的動靜，他跟她一起過去。老人眨著眼睛看著傑克，說：「她哭了。我不知道該怎麼辦。耶穌從來就不需要變老。」但他讓他們替他洗澡，穿衣，刮鬍子，也讓葛洛莉替他梳頭髮。傑克拿來了刮鬍水，在他臉頰上拍了一點。他們扶他到客廳去，坐在他的安樂椅上。葛洛莉煮了個蛋，傑克倚著門，看著她餵他。

然後有人敲廚房的門，艾姆斯進來了，提著去探望病人時所攜帶的小箱子。艾姆斯打了招呼，談了談天氣，他們父親注意到了那個箱子，目光停留在那上面。葛洛莉知道他們的悲慘顯而易見，他們三個，而艾姆斯只會用聲音的溫柔來顯示他明白這一點。她父親用手指敲著椅子的扶手，他不耐煩的時候就會這麼做。艾姆斯對他說：「羅勃，我是希望能跟你分享聖餐。」老人點點頭。於是艾姆斯把那個小箱子擱在壁爐架上，打開來，拿出一個銀杯，把一個瓶子裡的東西倒進杯中，然後請葛洛莉給他一小塊麵包。她拿了星期天晚餐的比司吉麵包給他，放在亞麻餐巾上。他把各樣東西擺在鮑頓家椅子寬寬的扶手上，沉默了一會兒，然後說：「主耶穌被賣的那一夜，拿起餅來，祝謝了，就擘開，說：『這是我的身體，爲你們捨的，你們應當如此行，爲的是紀念我。』」鮑頓接道：「對，『也照樣拿起杯來』，是的，『是表明主的死，直等到他來』。[80]」兩個老人沉默下來。這幾句話他們說過那麼多次。艾姆斯把麵包掰開，拿了一塊給鮑頓，也給了葛洛莉一塊。他也遞給傑克一塊，但傑克微微一笑，走開了。然後他把杯子端到鮑頓唇邊，再把杯子交給葛洛莉，自己也從杯子裡喝了。兩個老人一起沉默了好一會兒。

等鮑頓打起瞌睡，艾姆斯走進廚房。他似乎沒有什麼話想對他們說，但是當他們請他坐下，他在桌邊坐下，也接受了一杯咖啡。他對他們父親的關懷和所帶來的聖餐，更增添了這一天悲傷的平靜。但他留下來，試著聊些什麼。傑克靠坐在椅子上，盤著雙臂，看著他，過於疲憊，無法說些什麼。葛洛莉去看看父親是否舒適，替他拿了毯子來，等她回來，艾姆斯正走出門去，樣子有點尷尬，而且沮喪。

「怎麼回事？」

「嗯，他想要給我錢，讓我離開。我告訴他我反正要走，他不必麻煩。」

「唉，傑克。」

「你知道他想要我離開這裡。他看得出來我對父親做了什麼。」

「他這麼說嗎？」

「善良的艾姆斯牧師？當然沒有。他說，他認爲我也許想去孟斐斯。」

「哦，他爲什麼不會這麼想呢？你和我談過要去孟斐斯。」

他沉思了一會兒，然後笑了。「我們是談過，不是嗎？那像是幾百年前的事了，上輩子的事。你說的對。可憐的老傢伙，他沒有什麼錢，還想送我錢。我眞是個傻瓜。」他揉揉眼睛。「那是好意，對吧，我應該要想到的。他有點喜歡我了，我想。」

這一天過去了。葛洛莉想好好珍惜這一天，即使她當然無法享受這一天。她很可能再也不會見到她哥哥——在這一輩子裡，如同泰迪所說。她想：親愛的耶穌，請祢也愛這個小偷。過了一會兒，傑克起來，忙著去做他打算要做的事，把東西整理好。他把工具棚牆上一塊鬆掉的木板釘牢，割掉紫丁香圍籬幾根枯掉的莖，劈了一堆引火用的木柴。然後他走進來，向她要汽車鑰匙。「我想我把車子差不多修好了。我來試試看發動。」她走到門廊上，聽見引擎發動，沒有熄火。傑克打開車棚的門，把那輛 DeSoto 倒著駛進午後的陽光。他推開前座旁邊的車門。「我在想，我們可以出去兜兜風，帶他老人家一起。」於是他們走進屋裡，傑克把父親抱起來，抱他出去上了車。他開車帶著他們經過教堂，他們父親心裡那座老教堂曾經坐落的地方。又帶著他們經過史威特太太當年所住的屋子，再經過托洛斯基先生的舊屋，經過那所中學和棒球場，然後駛出鎭外，與鄉村接壤的地方。向晚時分在成排的玉米之間投下藍色暗影，樹木背陽的一面也一樣，還有隆起的牧草地和小溪。風裡有成熟田野的氣味，還有水、牛群和傍晚。「是的，那會經很美好，現在我記起來了。」他們的父親說。

等他們再回到屋裡，傑克露出微笑，把鑰匙遞給她。他們安頓好父親上床睡覺，一起坐在廚房裡，試著閱讀，然後試著玩拼字遊戲。這是她的一個習慣，只要傑克不睡，她就不睡，心想，如果他知道她會留意他的動靜，他就比較不會離開屋子。終於他上樓了，而在半小時後，她也上樓了。一整個晚上她都在傾聽和擔心，恐懼他將不在，因爲，想到他將不在，讓她的人生顯得無盡漫長。她想：如果我或是父親還是鮑頓家的任何一個人曾經引起主的憐憫，那麼傑克就會沒事。因爲將他打入地獄就等於把我們全家人都打入地獄。

她在破曉時分下樓，傑克已經在廚房裡了，穿著西裝，繫著領帶，皮箱擱在門邊。他說：「我希望我沒有給你添太多麻煩。我遺憾的事情很多。」他在她走進來的那一刻脫口而出，彷彿這是他下定決心要說的一件事，他最想要她知道的一件事。

她說：「啊，傑克。」而他笑了。

「嗯，我不是個完美的住客。這點你得要承認。」

「我唯一遺憾的是你要走了。」

他點點頭。「謝天謝地。我本來可能會讓你有更多感到遺憾的事，也讓我自己感到遺憾。你眞的幫了我的忙。」

「現在你知道了，當你需要幫忙的時候該去哪裡。」

「是的。『憂傷困倦者歸家』。」

「很明智的忠告。」

他說：「我不確定你該留在這裡，葛洛莉，答應我，你不會讓任何人說服你這麼做，也別為了我而這麼做。我不應該那樣跟你討論這件事的。」

「別擔心。如果你在任何時候需要回家，我會在這裡。先打個電話來，為了保險起見。不，你不必打電話來。我會在這裡。」

他點點頭。「謝謝你。」

他幫忙她替父親洗澡，穿衣，餵他吃東西，然後八點了，電話響起。泰迪開車開了一整夜，用來彌補由於一通緊急電話和延後出發所耽擱的時間。他在弗里蒙特，在那兒停車喝杯咖啡。傑克說：「我得向你要點旅費。不要多到足以讓我惹上麻煩。只要足夠讓我離開鎮上。」她先前把泰迪的那個信封留著，再把傑克剛回家時給她的那張十元鈔票放進去，還有藏在那批來自愛丁堡的書籍裡的錢。

傑克掂掂那個信封的重量，把信封交還給她。「太多了。你知道這能讓我買多少烈酒嗎？肯定會讓我下地獄。除非我運氣好，有人把錢從我身上搶走了。」

「噢，天哪，傑克。那我可以給你多少呢？六十塊？這全是你的錢。你不會欠我一毛錢。」

「四十塊就夠了。你不必擔心，總是有盤子需要人洗，有馬鈴薯需要削皮。除了在基列鎮。」

「我會把剩下的錢替你留著。打電話給我，或是寫信給我。」

「我會的。」他拿起皮箱，又把皮箱放下，走進客廳，帽子拿在手裡。老人看著他，由於努力集中精神而表情嚴厲，也可能是帶著無言的怒氣。

傑克聳聳肩膀。「我得走了。我想來說再見。」他走向父親，伸出了手。

老人把自己的手縮回膝蓋上，別過了臉。「我厭倦了！」他說。

傑克點點頭。「我也厭倦了。厭倦到骨子裡。」他看著父親一會兒，然後俯身親吻了他的額頭。他回到廚房，拿起皮箱。「再見了，小妹。」他用拇指拭掉她臉頰上的一滴眼淚。

「你得好好照顧自己，你一定要。」

他輕輕碰了碰帽子，微微一笑。「我會的。」

她走到門廊上，看著他沿著那條路走開。他是那麼地瘦，他的衣服飽經風霜。他身上毫無年輕之色，只有依決心行事的那種短暫的活力，一個他拒絕加以考慮或後悔的決定。不，也許還殘留著一些舊日的沉著。誰會費事去對他好呢？一個憂傷的男子，熟悉悲傷，別人在他面前會別過臉去。啊，傑克。

於是泰迪抵達了，安頓下來，換成他在門廊上閱讀、替父親洗澡、餵他、替他翻身、幫忙準備接待其他家人、去買雜貨。他沒有問起很多關於傑克的事，而她也沒有主動提起太多，除了說他幫了很多忙，而且友善。傑克就是傑克。能夠說出來而不至於像是背叛了他的事很少，就算泰迪足夠了解他，對於他跟這個世界的關係有很清楚的概念。慢慢地，她會說得更多，等到他在場的那種感覺稍微模糊一點。

有一次，泰迪跪在父親的椅子旁邊，協助他吃晚飯，老人伸出手撫摸他的頭髮，他的臉，說道：「你跟我說過再見，但我知道你沒法離開。」他的眼中閃著光芒，證明自己想的沒錯。

傑克走了以後的第二天，葛洛莉到園子裡去清除黃瓜的藤蔓，採收綠番茄。天氣突然變了，一陣輕微的寒霜。她注意到一輛汽車緩緩駛過街道的另一邊。她注視著，心想也許是哪個從教會來的人，一個朋友或是熟人，在納悶謠傳是否屬實，亦即她父親的確日漸衰弱，而全家人將要回來。可是駕駛那輛車的是個黑人女性，而這很不尋常。基列鎮沒有黑人。葛洛莉彎下身子繼續工作，那輛車開回來，抵達街道的這一邊，停住了。她看得見兩個黑人女子坐在前座，一個孩子坐在後座。他們從車子裡望著這棟屋子，看了幾分鐘，似乎討論著接下來要怎麼做，然後一個女子從前座出來，走上小路。她黝黑而瘦削，穿著一襲灰色套裝，頭髮向後攏，包在一塊灰布下。在基列鎮這種地方，她一看就像是從城裡來的，而且對這一點有所自覺，彷彿她覺得她能給別人的最好印象，就是讓自己明顯與衆不同。她轉身去跟那個孩子說話：「羅勃，你留在車上。」於是那男孩一腳站在草地邊緣，一腳踩在車門裡面。他穿著上教堂的衣服，藍色西裝，繫著紅色領帶。

葛洛莉從園子裡走出來，到人行道上跟那個女子照面。「你好，有什麼事嗎？」

那女子說：「我在找羅勃．鮑頓牧師的家。」她的聲音輕柔而嚴肅。

「這兒就是，可是他病得很重。我是他女兒葛洛莉。有什麼事需要幫忙嗎？」

「我很遺憾聽到令尊生病了，非常遺憾。」她停了一下。「我希望能跟他兒子談話，傑克．鮑頓先生。」

葛洛莉說：「傑克目前不在這裡。他是星期二上午離開的。」

那女子轉頭望向那個小男孩，搖搖頭，他便靠回去，倚著車子。她再朝葛洛莉轉過身來。「不曉得你知不知道他是否打算再回來呢？」

「不，應該不會，近期內不會。我不知道他有什麼計畫，就算他有。我不知道他要去哪裡。」

那女子撫平手套，試圖掩飾失望之情。然後她抬起目光來看著葛洛莉。「我以爲他也許會在這裡，如果他父親生病了。我以爲他至少也許會回來。」她看著那屋子，屋上糾結的濃密藤蔓，還有又高又窄的窗戶。然後她說：「嗯，謝謝你，讓你費事了。」她轉身朝那輛汽車走去。小男孩用掌跟揉著臉頰。

那女子的舉止中有種不輕易相信別人的嚴肅，讓人覺得她輕柔地隔著無法量測的距離在說話。然而，她先前打量著葛洛莉，彷彿記得這張臉。

葛洛莉喊道：「等一下！請等一下。」那女子停下腳步，轉過身來。「你是黛拉，對不對？你是傑克的太太。」

有一會兒她沒有說話，然後她說：「是的，我是。我是他太太，而且我寄了那封信給他！而現在我甚至不知道該去哪裡找他，好跟他說上話。」她的聲音低沉，由於悲傷而哽咽。她看著那男孩，他離開那部車走了幾步，摸著那棵橡樹的樹幹。

葛洛莉說：「我先前不知道……傑克沒有那麼信賴我，他沒有把重要的事情全部告訴我，他向來如此。有很多事我也沒有告訴他。也許我們就是這樣。」

「可是他在信裡總是說你對他有多好。我想爲此謝謝你。」

「他對我也很好。」

黛拉點點頭。「他人很好。」一陣沉默之後，她說：「這地方就跟他描述的一模一樣。那棵樹，那個車棚，還有那棟高大的房子。他以前常跟羅勃說起他爬那棵樹的事。」

「我們其實是不准爬樹的。就連最低的樹枝都那麼高。」

「他說那樹上掛著鞦韆，而他會順著繩子爬上去，一直爬到最高的樹枝上。他說他會躲在那上面。」

「喔，幸好我們的母親不知道。她總是為他擔心。」

黛拉點點頭，望著她後方那整齊的園子，看著那條曬衣繩，又看著那個門廊，臺階前放著那盆矮牽牛。她的目光變得柔和。彷彿有人留了一個訊息給她，在親密中帶著悲傷、幽默和美好。葛洛莉能夠想像傑克也許替他們畫過一張這個地方的地圖，包括果園、牧草地還有工具棚。也許每一件普通的事物都有一個故事，與她所聽過的故事不同，與他們當中任何人所聽過的故事都不同。也許還提起了「雪花」的事。她說：「你想進來坐坐嗎？」

「不，不，我們不能這麼做。謝謝你，可是我們得在天黑前回到密蘇里州。尤其是在目前的情勢下。我們在那裡有個地方落腳。開車的是我姊姊，而我答應她我只會停留幾分鐘。我們在找這個地方的時候迷路了，白天現在沒有那麼長了。我們帶著那個男孩一起，他父親不會希望我們冒任何風險。」

葛洛莉說：「傑克說他會打電話給我，或是寄個地址來。但這並不表示他會這麼做。他也許會打電話給我哥哥泰迪，那我就會告訴他你來過這裡。這件事太突然了。我希望我沒有漏掉任何事。」

黛拉看見她的眼淚，露出了微笑。又是一件她幾乎熟悉的事。

「我老是這樣。」葛洛莉說，擦了擦臉頰。「但我沒法告訴你，他若是看到你會有多麼高興，看見你們兩個。那就太好了。要是我能夠把他多留在這裡一段時間就好了。」

黛拉說：「我們會回聖路易去。他也許會到那裡去，回到從前住的街區。」然後她問：「他是因爲我的信才離開的嗎？你知道，我會非常擔心。」她幾乎是在低語。

「事情對他來說很艱難，但他說那封信並非不親切。而且他反正本來就要離開，他有他自己的理由。他並沒有爲了任何事而怪你。」

「謝謝你。願上帝保佑你。」黛拉接著又說：「我們該走了。姊姊很好心地跟我一起北上，而我不想惹她生氣。她不認爲這是個好主意，我的家人全都認爲這麼做不好。」

「不過，你能否再等個一會兒？既然你大老遠到這兒來，我該讓你帶點東西回去……請等一下。」她走進屋裡，屋裡有那許多書，還有那一堆亂七八糟的小東西。她原本打算隨便拿點什麼。剛才她看見那個小男孩把橡實塞進口袋。任何東西都會是件紀念品，一座寶塔、一隻天鵝。可是那些小擺飾全都那麼古怪可笑，那些大本的舊書也沒有一本適合。她上樓去到傑克小時候住的房間，把那張裝了框的河流照片從釘子上取下來，帶到樓下。她交給黛拉，說道：「傑克向來喜歡這張照片。其實我不知道爲什麼，但他把它放在房間裡。」

黛拉點點頭。「謝謝你。」男孩從小路上走過來，看看他母親收到了什麼。她遞過去，他打量著。她說：「這是那條河的照片。」

葛洛莉向那個男孩俯下身子，伸出手來，他跟她握了手。「你是羅勃。」她說。

「是的，女士。」

「我是葛洛莉，是你父親的妹妹。」

「是的，女士。」然後是一道久久的注視，彷彿他在記住什麼，或是想要記住什麼。

傑克有個漂亮的孩子，一個漂亮的兒子，在某個時候將會變得像鮑頓家的人，這一點毫無疑問，他將不再秀氣，而變成他們所謂的有特色。

「你也打棒球嗎？」她問。

他露出微笑。「是的，女士。我打一點球。」

「他想要成爲投手。」他母親說，撫摸他的頭髮。黛拉的姊姊打開了駕駛座的門，站出來到車外，隔著車頂望著他們。黛拉說：「我們眞得走了。」

「好。傑克知道該怎麼跟你聯絡嗎？如果他眞的打電話到這兒來的話。」

黛拉把男孩抱上後座，然後從前座的置物箱裡拿出一個信封，在上面寫下幾個數字和名字。她姊姊發動了車子。黛拉把信封遞給她。「很高興能見到你，希望你父親會好一些。如果你有機會把這封信交給傑克，我會很感激。」然後她關上車門，車子開動了。

葛洛莉在門廊臺階上坐下來。她想：假如傑克在這裡，他會分外驚喜——不，比驚喜更美好，是平靜——大量湧入，就像血液湧進亟需血液的四肢，就像慌亂的營救，痛苦而美妙，令人謙卑——令人感到羞慚，當她想起來，因爲她曾經如此無助地抗拒這個感覺。但那是因爲她那個未婚夫。黛拉是傑克的妻子，她對自己說，這使得事情大不相同。黛拉溫柔地看著他昔日生活的世界，所有那些證實了的細節，證明了他說的是眞話，而這一點的確一向需要證明。傑克說過，「我曾經住在這裡，我並非總是跑走，我通常比他所以爲的離家更近」。而他怎麼會顯得跟他們如此疏遠？儘管如此，他仍舊愛著這個地方，這件事又是多麼殘酷。他的小男孩摸著那棵樹，就只是爲了摸摸它。那棵聽起來像海洋的樹。天哪，她永遠不能改變這裡的任何東西。她怎麼會知道他用他的故事讓哪些東西在那個孩子的心裡變得神聖了，那些讓他們發笑的悲傷故事。「我以前常希望我住在這裡」，他這麼說，「希望我能夠就這樣走進門裡，像你們幾個一樣」。

而他們不會走進這扇門。他們得要趕路，以躲避入夜之後的危險。那男孩跟她們在一起，他父親不會希望他們冒險。她知道這能回應傑克的一份渴望，如果他能夠想像他們母子的心靈曾經穿過這棟奇怪的老房子。單是這個念頭就可能讓他回來，而這個地方對他來說會顯得有所不同，對她而言也是。彷彿他們的父親保存和維持了這棟老房子的原狀的確是天意，而新的愛將會轉化舊的愛，讓它的遺跡變得美妙。

黛拉與傑克在一個雨天的午後相遇。他剛出獄，而他穿著西裝——幾乎是新的，他說——用本來應該帶他回家參加母親葬禮的錢買的。那套西裝他後來賣掉了，因爲他穿起來像個牧師。而他不知從哪兒弄來了一把雨傘。獲釋回到世間令他惶恐，心知他永遠失去了他的家，單是這份惶恐就會讓他掛著那顯眼的嘲諷表情，一套深色西裝和一把堪用的雨傘所不經意流露出的體面也一樣。而在他面前有個女子需要協助。她說：「謝謝你，牧師。」這般溫和的眼神，這般溫柔的聲音。他早已忘了別人和善地跟他說話的愉悅。最後他告訴她，他並非神職人員。就這樣展開了一段長長的敘述，關於他能信賴她會原諒的任何事。

他會說「她原諒了那麼多事，你無法想像」。而她要如何原諒這件事，亦即來到基列鎮讓她覺得宛如來到一個陌生的敵對國家？有誰能說事情不是這樣？殘舊、樸素、土裡土氣的基列鎮，開著向日葵的基列鎮。她的舉止帶著緊張的穩重，她知道自己引人注目。傑克簡直無法奢想她會到這兒來，而且他有足夠的理由感到懷疑，雖然他也無法讓自己不再去夢想。傑克會爲了那男孩而擔憂，因此他們得在天黑以前回到密蘇里。在密蘇里，他們有個地方落腳。

她想：有一天，這個小羅勃也許會回來。年輕人很少會小心謹慎。在他身上會有多少傑克的影子？而我那時恐怕也老了。我會看見他站在那棵橡樹旁邊的路上，而我會從他那種高個子特有的彎腰駝背，從他雙手扠腰的姿勢，認出他來。我會邀請他到門廊上來，而他會帶著南方人的禮貌回答「是的，女士。如果您應允」，或以南方人慣用的話回答。而他會對我非常親切。他是傑克的兒子，南方人對待年長的女性特別有禮貌。他會對這個地方感到好奇，但舉止有度不會逾越。他會跟我談一會兒，過於害羞，無法告訴我他為何來此，然後他會謝謝我，隨後離開，倒退著走幾步，想著：是的，那個車棚還在那兒，是的，那叢丁香還在，就連那盆矮牽牛也還在，這是我父親的家。而我會想：他還年輕，他不會知道我這一生就歸結成這一刻。不會知道他回應了他父親的祈禱。

主令人讚嘆。

注釋

1 Leon Trotsky（1879-1940）：俄國革命分子，共產黨奪得政權之關鍵人物，在共產黨執政之初，地位僅次於列寧，後來在權力鬥爭中落敗，於流亡墨西哥時遇刺身亡。

2 「不可知論」是懷疑主義的一種形式，認爲形上學的觀點既不能被證明，也不能被否證。就宗教而言，不可知論者認爲人不可能知道或證明神的存在。

3 「狐狸和鵝」是種戶外遊戲，在地上畫出一個大圓及數條直徑，遊戲者中一人爲狐狸，其餘爲鵝，被狐狸抓到的鵝就轉而變成狐狸，繼續追逐其他的鵝。遊戲者只能在圓周和直徑上奔跑，圓心爲唯一安全的地點。

4 《阿爾卑斯山的少女海蒂》是瑞士作家約翰娜・施皮里（Johanna Spyri, 1827-1901）寫的童書，講述小女孩海蒂在阿爾卑斯山上的生活，曾改編成卡通片，在台灣播出時的片名爲《小天使》。〈森林裡的小孩〉（“Babes in the Woods”）是一首童謠，敘述兩個小孩因迷失在森林裡而死亡。

5 Gabriel Heatter（1890-1972）：美國知名廣播新聞播報員，在二戰期間以播報新聞來提振士氣著名。

6 Aimee Semple McPherson（1890-1944）：美國知名基督教佈道家，四方教會創辦人。

7 John Milton（1608-1674）：英國詩人，這一句出自他著名的長篇史詩《失樂園》。

8 〈幽思者〉（“Il Penseroso”）：英國詩人米爾頓的詩作。

9 〈輕騎兵的攻擊〉（“The Charge of the Light Brigade”）：英國詩人丁尼生（Alfred Tennyson, 1809-1892）的詩作，根據歷史事件而寫，紀念英國輕騎兵在克里米亞戰爭期間的英勇事蹟。

10 John Keats（1795-1821）：英國詩人，「金色領域」一語出自他的詩作〈初窺柴譯荷馬〉（“On First Looking into Chapman's Homer”）。

11 《安德森維爾》（*Andersonville*）：美國作家麥金雷．坎特（MacKinley Kantor, 1904-1977）於一九五五年出版的小說，以美國內戰期間的安德森維爾戰俘營為主題，獲普立茲文學獎。

12 《盛氣凌人》（*The High and the Mighty*）：一九五三年出版的小說，根據作者 Ernest K. Gann 身為民航機機師的經驗寫成，曾拍成電影，中譯片名為《情天未了緣》。

13 《有價值之物》（*Something of Value*）：一九五五年出版的小說，以一九五〇年代肯亞毛毛族與英軍的衝突為主題，作者為 Robert Ruark。此書於一九五七年拍成電影，中譯片名為《毛毛喋血記》。

14 傑克的父親以摯友艾姆斯（John Ames）的名字替他命名為約翰．艾姆斯．鮑頓（John

Ames Boughton），強尼（Johnny）和傑克（Jack）皆是約翰的小名，但他自己後來選擇了傑克這個名字。

15 語出〈路加福音〉第六章第三十八節。

16 Adlai Stevenson II（1900-1965）：美國政治人物，曾任伊利諾州州長，爲民主黨一九五二及一九五六年總統候選人，兩次都敗給了艾森豪。《家園》的時間背景爲一九五六年，正是總統大選年。此段對話暗示了艾姆斯牧師的政治傾向。

17 Fulton Lewis, Jr.（1903-1966）：美國知名廣播新聞播報員，政治立場屬於保守派，爲麥卡錫參議員的支持者。

18 W. E. B. DuBois（1868-1963）：美國作家、政治人物，曾任教於亞特蘭大大學，爲「美國有色人種促進會」的創辦會員，以著述及演講反對差別待遇與種族歧視。

19 Reinhold Niebuhr（1892-1971）：美國知名神學家、公共知識分子，極具影響力。

20 DeSoto：美國車業巨擘克萊斯勒於一九二八年創立之廠牌暨車款名稱，以首位率領歐洲探險隊跨越密西西比河、深入今日美國南方領土的西班牙探險家埃爾南多・德・索托（Hernando de Soto）爲名，一九六〇年停產。

21 費絲原文爲 Faith，意思是「信心」。侯璞原文爲 Hope，意思是「希望」。

22 〈The Ballad of Sir Patrick Spens〉：蘇格蘭童謠，背景是十三世紀的歷史故事，講述蘇格蘭貴族駕船前往挪威迎回身爲蘇格蘭王位繼承人的挪威公主，於回程中沉船。

23 出自莎士比亞劇作《李爾王》。

24 《光榮之路》（*The Paths of Glory*）：一九三五年出版的小說，作者爲 Humphrey Cobb，以一次世界大戰爲背景。一九五七年由導演庫柏力克拍成同名電影。葛洛莉這個名字的原文即爲 Glory，所以傑克才會拿她開玩笑。

25 英國詩人 Thomas Gray（1716-1771）的名句。

26 〈Smoke Gets in Your Eyes〉：寫於一九三〇年代的知名老歌。

27 〈I Will be Seeing You〉：爵士樂經典曲目。

28 此語出自十四世紀英國牧師 John Ball 的講道辭，意指人人生而平等，本無階級之分。

29 John Foster Dulles（1888-1959）：美國政治人物，一九五三至五九年擔任艾森豪總統的國務卿。

30 《基督教世紀》（*Christian Century*）爲美國基督教雜誌，屬基督教主流刊物。

31 蒙哥馬利爲阿拉巴馬州首府。一九五五年，黑人婦女羅莎．帕克斯因拒絕在公車上讓座給白人而被捕入獄，引發了大規模的反對種族隔離運動，掀起美國黑人民權運動。

32 Jesus Christ，在此處沒有宗教意涵，只是一種驚呼，類似「天哪」。但對信奉基督教的人來說，這是對耶穌的侮辱。

33 〈哥林多前書〉第十四章第四十節。

34 語出〈創世記〉第四章第十三節，該隱在殺了亞伯之後對耶和華所說。

35 〈詩篇〉第七十八篇第二、三節。

36 傑克在此把自己的名字改成法文，戲稱自己爲 Bouton de la Rose。

37 法國作家福樓拜（Gustave Flaubert, 1882-1880）的小說。

38 《做娃娃的人》（*The Dollmaker*）：作家 Harriette Arnow（1908-1986）於一九五四年出版的小說，講述主角 Gertie Nevels 原住在肯塔基州鄉間，因丈夫夢想能在城市過上更好的生活，舉家遷居底特律，因而被迫放棄木雕手藝。不料生計始終困難，幼女更遭橫禍，讓 Gertie 下定決心以雕刻木偶營生，終得攢錢回鄉。一九八四年改編爲電視劇，由珍芳達主演，並贏得艾美獎。

39 〈傳道書〉第十二章第一節。

40 〈箴言〉第二十二章第六節。

41 卡萊葛倫（Cary Grant, 1904-1986）：好萊塢知名演員，曾主演《費城故事》、《金玉盟》、《北西北》等片。

42 〈羅馬書〉第三章第二十三節。

43 拉斯柯尼可夫（Raskolnikov）：俄國作家杜斯妥也夫斯基小說《罪與罰》中的主人翁。

44 〈申命記〉第六章第八節。

45 語出莎士比亞劇作《馬克白》女巫之語，該劇係以蘇格蘭爲背景。

46 《英國工人階級狀況》（*The Condition of the Working Class in England*）爲恩格斯停留於英國期間，根據本身的觀察以及當代的相關報導所寫，原文爲德文。

47 皮爾牧師（Norman Vincent Peale, 1898-1993）：美國牧師兼作家，著有《正向思考的力量》等暢銷書。

48 語出古希臘預言家埃庇米尼德斯，由於他本身就是克里特島人，這句話無法成立，常被用來作爲邏輯矛盾的例子。

49 彼得爲白人，基馬尼爲肯亞毛毛族人，彼得的父親在肯亞經營農莊，基馬尼的父親則在農莊工作。彼得與基馬尼從小一起長大，但後來毛毛族以暴力反抗英國人統治，兩人遂成敵人。

50 〈創世紀〉第二十七章第二十七節，以撒對假扮爲長子以掃的小兒子雅各說的話。

51 〈創世紀〉第二十七章第三十四節。以掃打獵回來，爲父親以撒送上美味，卻得知弟弟雅各以詭計先獲得了父親的祝福，便哭求父親。

52 加爾文（John Calvin, 1509-1564）：瑞士宗教改革運動神學家，傑出的聖經注釋者。

53 〈詩篇〉第五十一章第十七節。

54 美國高等法院於一九五〇年判定州立大學的種族隔離制度違反憲法，但阿拉巴馬大學直到一九六〇年代都不接受黑人學生。一九五六年，該校曾接受第一位黑人女性註冊就讀，但引發了白人學生的抗議與暴動，校方後來以安全爲由將她退學。

55 Emmett Till（1941-1955）：生長於芝加哥的黑人少年，去密西西比州拜訪親戚時，因對一名白人女性吹口哨，遭其丈夫及兄弟凌虐至死，棄屍河中。凶手雖以殺人罪被起訴，但全由白人組成的陪審團判定兩人無罪。

56 尼什納博特納河（Nishnabotna）爲密蘇里河支流，流經愛荷華州時又分爲東西兩條。

57 係指一九五六年的蘇伊士運河危機。

58 係指一九五二至一九五六年，肯亞毛毛族與英國人的對抗。

59 《小公子》（*Little Lord Fauntleroy*）是一本兒童故事，曾改編爲舞臺劇及影視節目，身爲主角的小男孩多以過耳的長髮造型出現。

60 西方傳說中，時間老人禿頭，但有一撮額髮，抓住他的額髮即可抓住他。

61 傑克此處係謔仿〈馬太福音〉第五章第二十九節的文字。原文爲：「若是你的右眼叫你跌倒，就剜出來丟掉，寧可失去百體中的一體，不叫全身丟在地獄裡。」

62 語出〈約翰福音〉第十二章第二節。拉撒路死後埋葬於洞穴中，耶穌令他死而復活。

63 Fides、Spes、Gratia、Gloria 分別是 Faith、Hope、Grace、Glory 的拉丁文。

64 歌曲原名〈A Sunday Kind of Love〉，一九四〇年代的老歌，曾被多次翻唱。

65 傑基・羅賓森（Jackie Robinson, 1919-1972）、賴瑞・杜比（Larry Dobie, 1923-2003）、威利・梅斯（Willie Mays, 1931-）、法蘭克・羅賓森（Frank Robinson, 1935-2019）、羅伊・坎帕內拉（Roy Campanella, 1921-1993）、厄尼・班克斯（Ernie Banks, 1931-2015）、薩奇・佩吉（Satchel Paige, 1906-1982）均爲活躍於一九四〇、五〇年代的黑人棒球員。其中傑基・羅賓森是首位登上大聯盟的黑人棒球員，於一九四七至五六年效命於道奇隊。每年四月十五日，爲了紀念他首度先發上場的日子，美國職棒大聯盟所有球員皆會穿上四十二號球衣，紀念這位「傳奇的四十二號」。

66 一九四七年，傑基・羅賓森登上大聯盟，一九五七年退休。本書故事背景在一九五六年，直到一九五九年，紅襪隊才接受黑人球員，是大聯盟裡的最後一支。

67 〈馬太福音〉第二十六章第五十二節。

68 〈創世紀〉第一章第二節。

69 〈彼得前書〉第二章第十七節。

70 大衛王見將軍烏利亞之妻拔示巴貌美，將之據爲己有，並故意派烏利亞上戰場。烏利亞陣亡，拔示巴替大衛生下一子，上帝爲懲罰大衛，令此子死亡。

71 〈以西結書〉第十八章第四節。

72 〈出埃及記〉第三十四章第七節。

73 〈以西結書〉第十八章第二節。

74 〈約翰一書〉第三章第二十節。

75 原文是拉丁文「Et ego in Arcadia」（我也在世外桃源），一般將「我」解釋爲死神，意思是死神也在世外桃源般的鄉間。

76 〈心肝寶貝克萊門泰〉（"My Darling Clementine"）是美國家喻戶曉的童謠。

77 〈耶利米書〉第十三章第二十三節。原文首句爲「古實人豈能改變皮膚呢」，傑克諧改爲「蘇格蘭人」。

78 〈詩篇〉第一百三十九篇第八、九節。

79 《老古董店》（*The Old Curiosity Shop*）：英國小說家狄更斯的作品。

80 〈哥林多前書〉第十一章。